有爱的青春陪伴者

耳东陈，屹立浮图可摘星的屹。

阮貂换酒的阮，睡眠的眠。

没有人像你

The Only you

岁见 Suijian

著

花山文艺出版社

河北·石家庄

图书在版编目（CIP）数据

没有人像你 / 岁见著. -- 石家庄：花山文艺出版
社，2021.5（2023.9重印）
ISBN 978-7-5511-5625-7

Ⅰ．①没… Ⅱ．①岁… Ⅲ．①长篇小说－中国－当代
Ⅳ．①I247.5

中国版本图书馆CIP数据核字（2021）第056168号

书　　名：**没有人像你**
MEIYOU REN XIANG NI
著　　者：岁　见
特约编辑：欧雅婷
责任编辑：董　舸
美术编辑：王爱芹
责任校对：卢水淹
装帧设计：颜小曼　cain酱
封面绘制：Fangpeii
出版发行：花山文艺出版社（邮政编码：050061）
　　　　　（河北省石家庄市友谊北大街330号）
销售热线：0311-88643221/29/35/26
传　　真：0311-88643225
印　　刷：长沙鸿发印务实业有限公司
经　　销：新华书店
开　　本：880mm×1230mm　　1/32
印　　张：11.5
字　　数：463千字
版　　次：2021年5月第1版
　　　　　2023年9月第2次印刷
书　　号：ISBN 978-7-5511-5625-7
定　　价：45.80元

目 录

c o n t e n t s

目录

contents

上卷.

婆婆大梦

Mei you ren
xiang ni

第一章
屹立浮图可摘星的屹

Mei you ren xiang ni

　　阮眠跟随母亲搬来平江西巷这天，恰好是 2008 年那一届奥运会的开幕式，举国欢庆。

　　巷子里家家户户敞着门开着窗，电视机里的歌声和欢呼声混杂着传出来，屋里人影晃动，月光从房顶上盘旋交织的天线和楼上各家随意悬挂的衣服缝隙里穿透而下，照亮这一方狭窄的天地。

　　母亲方如清细声交代着早前已经说过很多遍的话："到了赵叔叔家里记得叫人，懂事一点。"

　　阮眠垂着眼走在后边，看着行李箱滚轮从青石板路面轧过去的痕迹，没什么情绪地应了声："知道了。"

　　方如清听出女儿话里的勉强，回头看了她一眼，又折回去继续往前走，五厘米高的细跟鞋"嗒嗒嗒"精准避开路面各处的坑坑洼洼，身影纤瘦而干练。

　　"我知道你还在怪我和你爸离婚，但是眠眠，经营一段婚姻并没有你想象中那么简单，有些事情你现在还不懂。"

　　阮眠的父亲阮明科是搞科研的，当初和方如清是大学校友，在迎新晚会上一见钟情。方如清大学一毕业两人就结了婚，不到两年，阮眠出生，一家三口过了七年幸福生活。

　　大约到了婚姻的倦怠期，阮眠八岁那年，父母开始频繁吵架冷战，家里总是乌烟瘴气。

　　这一吵就没停过。

　　直到三年前，阮明科因为工作原因调离平城，在临走前和方如清开诚布公地谈了一次，夫妻俩有了短暂的缓和期。

　　但这个缓和期也仅仅存在了半年，阮明科的工作性质常年没法着家，早前多年的频繁争吵早已将夫妻两人之间的爱意消磨殆尽，如今再加上时间和距离的拉大，这段婚姻已经是名存实亡，离婚是他们俩最终也是最好的结果。

　　去年十月底，夫妻俩和平离婚，房子和车子归阮明科，方如清只要了阮眠的抚养权。

离婚之后，在外贸公司当财务组长的方如清行情好，很快就有了新恋情，是同公司业务部门的主管赵应伟。

方如清在今年春节的时候带着阮眠和赵应伟见了一面。

之后的事情就很顺理成章了，赵应伟开始频繁出入阮眠和母亲的生活里，一个星期前，两个人领了证。

对于父母的决定阮眠向来不参与也不发表意见，早在阮明科和方如清第一次毫无顾忌当着她的面就能吵起来的时候，阮眠就已经猜到将来会有这么一天。

她看着母亲的背影，过了很久才说："我没有怪你。"

方如清没再接这个话茬，经过巷子里一家水果摊，停下脚步，让阮眠去挑了两个西瓜。

老板在给西瓜称重的时候，赵应伟带着儿子赵书阳从家里迎了过来。四十多岁的中年男人，穿着一身灰白色衬衫和西装裤，身姿挺拔而颀长，身形未走样，气质儒雅。

他朝着水果摊走过来，动作自然地接过了方如清手里的行李箱："我不是说让你和眠眠在巷口等我出来接你们。"

"又没有多远。"方如清伸手拿过阮眠肩上的书包，提醒她叫人。

"赵叔叔好。"不等方如清多说，阮眠又看向躲在赵应伟身后的小男孩，从口袋里摸出两颗大白兔奶糖递了过去，"吃糖吗？"

赵应伟和阮眠对视一眼，意外之余还有欣慰，他拍着儿子的肩膀："还不谢谢姐姐。"

赵书阳拿了糖，怯生生地说："谢谢姐姐。"

"不客气。"阮眠顺势摸了摸他的脑袋，笑得并不明显。

赵家的两层楼在巷子深处，几十年的老房子，和当初政府下批的拆迁线仅差了几十米。

赵应伟家里除了已故前妻留下的儿子赵书阳，还有他的女儿赵书棠和母亲段英。

赵书棠和阮眠年纪一般大，听赵应伟的安排，新学期开学之后，阮眠会转到她的班级。

晚上两家人坐在一起吃过饭，赵应伟和方如清带着阮眠去了二楼的卧室。房间不大，但胜在向阳光线充沛，布置得也很温馨。

书桌上放了几个没拆封的盒子，方如清解释道："这是你赵叔叔专门托人从国外给你带回来的模型。"

阮眠走过去拆开一个，回过头说："麻烦赵叔叔了。"

"不麻烦，你喜欢就好。"赵应伟没在房间久待，交代了几句家里的布置就先出去了。

方如清替阮眠铺了床，在床边坐着："八中的教学水平和六中不相上下，你赵叔叔已经联系好了老师和班级，八月三十号报到，你在六中那边的补习班要上到几号？"

"十六号。"

"那也没几天了，不然我给你们周老师打个电话，你就别去上了，从这里过去坐车挺远的。"

阮眠眨了下眼睛："不用了，我还是过去吧，反正也就剩下七八天了，况且我还有试卷和资料放在那边教室。"

"也行。"方如清没强求，站起身，"那你等会儿去洗个澡，晚上早点休息，明天我喊你起来吃早餐。"

"好，妈妈晚安。"

"嗯。"方如清摸了摸她的脑袋，"晚安。"

方如清出去之后，阮眠打开自己的大行李箱，把里面的衣服拿出来放进衣柜里，等听不到外面的说话声，才拿着睡衣去楼下洗澡。

老房子除了主卧带卫生间，楼上楼下只有一间公用的卫生间，阮眠在洗澡中途听见赵书阳在外面敲门说想上厕所。

她应了声"马上"，连沐浴露都没用，拿浴巾随便擦了擦身上的水，套上睡衣走出来让赵书阳进去。

门没关严，阮眠听到里面的动静，皱了下眉，转身回到楼上从行李箱里找出一个小型的吹风机把头发吹干，随后便关了灯躺在床上。

走廊外不停有人走动的声音，阮眠翻了个身，闻到枕头上并不熟悉的洗衣粉味道，长长地叹了口气。

次日一早，阮眠并没有和赵家人一起吃早餐，从平江西巷到补习班有一个半小时的车程，她没时间坐下来吃。

方如清送她出去坐车。

白天的平江西巷比起晚间要有人气些，巷子里各种杂货铺、发廊、水果摊琳琅满目，铝合金框、塑料招牌在风吹日晒下褪去了原有的颜色。

早晨阳光大好，照得整条巷子都是亮堂堂的。

等到了公交站台，方如清不放心地交代道："要是有考试下课晚，就给我打电话，我过来接你。"

"知道了。"公交车到站，阮眠手里提着豆浆和油条坐上了车，路边商铺林立，和平江西巷一路之隔的平江公馆露出了一角轮廓。

公交车越走越远，逐渐远离了这片繁荣和老旧交错的天地。

之后的一个星期，阮眠差不多都是这样朝九晚五地来回跑，直到最后一天，补习班组织聚餐，她比平常晚了四个小时回来。

从公交车上下来已经将近九点，阮眠拎着书包，在路边的小卖部买了根冰棍，边吃边往巷子走。

这个点街坊邻居都已经关门熄灯，只偶有几家还能从窗口窥见一点电视机的光亮，月光成了这处唯一的照明。

巷子错综复杂，稍不留神就拐错了道，阮眠停在一个陌生的十字巷口，犹豫往哪边拐的当口，右边的巷子里突然走过来两个有说有笑的男人，目光在她身上停留了几秒。

阮眠下意识地攥紧了书包的背带，没等人走远，便转身朝着另一条在不远处亮着光的巷子走去。

身后安静了几秒，但很快便有不紧不慢的脚步声传来，阮眠整个人头皮一麻，也没敢回头看，只得加快了步伐。

到最后，她甚至跑了起来，耳边出现了呼啸的风声，带着夏天的气息，燥热而沉闷。

这条巷子里的光是从路边一家网吧里漏出来的，门口的台阶处站了几个男生，旁边还有人在卖烧烤。

阮眠一口气跑到烧烤摊前，正在烤架前给羊肉串刷酱料的李执被她吓了一跳："你……"

她喘了口气："老板，我要二十串烤羊肉。"

说完这句，阮眠装作不经意往来时的路看了眼，那里空无一人，好像刚才所有的惊心动魄都是她一个人的独角戏。

她收回视线，对上男生有些莫名其妙的目光，抬手摸了摸自己的脸："怎么了？"

李执笑了下："没事，要二十串是吧？马上好。"

等烤串的间隙，阮眠摸出手机给方如清打电话，并没有人接，又打了三个还是同样的结果。

她手机里没有存赵应伟的号码，也没有存赵家座机的号码，只能隔几分钟就给方如清打一通电话。但直到二十串烤串出炉，阮眠都没有打通她的电话。

阮眠拎着打包好的烤串站在路边，犹豫是继续等在这里打电话，还是大着胆子往回走。

一旁的李执将烤好的肉串端上桌，招呼站在旁边的几个男生："你们先吃着，烤鱼马上就好。"

阮眠闻声回头看了眼，目光在不经意间扫过一旁，却一眼看见那个站在台阶上看手机的男生。

他个子很高，头发在网吧的光影下看着有些像棕色又有些像栗色，总之不是黑色。他穿着一件黑色的短袖，下面是同色系带白杠的运动裤，脚上踩着双白色的浅口帆布鞋，一双眼眸带着刻骨铭心的深邃和凛冽。

人对注视的目光是敏感的，男生有所察觉地抬起头，朝周围看了一圈。阮眠在他看过来之前先一步低下头，手和脚僵硬得都不像是自己的。

陈屹并没有朝阮眠这里看过来。

他没怎么在意地收回视线，抬脚往下走了两步："璐姐说网吧里没烟了，我去店里拿两条。"

"那正好，我跟你一起去搬箱酒回来。"李执把手里的工具递给别人，叮嘱了句，"看着点我的鱼啊。"

有人接话："得嘞。"

李执摘下胸前的围裙丢在凳子上："走吧。"

陈屹从台阶上走下来，李执搭上他的肩膀。走了几步，李执又回头看着阮眠："妹妹，这么晚了还不回家啊？"

阮眠攥紧手里的塑料袋，看到站在李执旁边的男生，有一瞬间的呼吸不顺："这就回去了。"

"你最近刚搬过来的吧，以前都没见过你。"李执挠了下脖子，皱着眉问，"你住在哪边啊？"

阮眠想了下："巷子里的赵家。"

"赵应伟？"

阮眠点头："嗯。"

"那你怎么走到这里来了，是不是走错了啊？"李执笑了声，松开搭在陈屹肩膀上的胳膊，偏头和他说话，"赵家是不是在前边那条巷子里？"

陈屹抬眼，目光从阮眠脸上一掠而过，声音干净透彻，像是空谷里缓缓淌过的泉流："没印象。"

"我记得好像是的。"李执看着阮眠，"李家超市你知道吗？赵家在那个路口就要拐过去，不过那超市八点多就关门了，你路过的时候估计没注意到。走吧，我们顺路带你一起过去。"

"谢谢。"阮眠提着已经没什么热气的烤串跟着他们往前走，手心和后背出了一层汗。

半路上，阮眠接到方如清的回电，说了几句。赵应伟在电话旁听明白是怎么回事，让她在超市门口等着，他们现在过来接她。

李执回头看了阮眠一眼，又继续和陈屹闲扯。等到了超市门口，他问阮眠："家里人来接你？"

"对，今天谢谢你了，下次我还去你家买烤串。"

李执扑哧笑了声，点头说："行。"

一旁的陈屹收起手机，弯下腰，手在卷帘门底下摸索着，然后一使劲将卷帘门掀了上去。超市里原来还有人也亮着灯，只不过门关得太严实，没露出来。这会儿门一开，照亮了门口的一大片。

李执没和阮眠多聊，跟着陈屹转身进了超市。阮眠站在外面，听见他们俩和超市里的人在说话。

"都跟你说了多少遍了，我是李执，他是陈屹。"李执扯着嗓子喊完，有些不满地抱怨道，"怎么连自己孙子都能认错。"

"陈屹，陈屹是谁啊？"这是老人的声音。

另外有一个中年男人在说话："就是平江公馆陈老家里的孙子，您的老朋友陈平鸿老先生。"

老人连连"哦"了三声，像是明白了又像是没明白："那你是哪个陈哪个屹啊？"

屋里安静几秒，阮眠忍不住回头，男生侧身对着门口，在他面前是一位坐在轮椅上的老人，看样貌已过古稀。

他略微弯着腰，鼻梁在这个角度显得尤为高挺，声音懒懒的，很好听："耳东陈，屹立浮图可摘星的屹。"

那晚的羊肉串并不怎么好吃，凉掉之后带着很重的羊膻味，肉质很硬，阮眠只吃了一串，剩下的全都被方如清拿去吃掉了。

"都凉了就不要吃了。"方如清去厨房给她端了碗绿豆汤，"喝完洗个澡，早点休息。"

"知道了。"阮眠几口喝完，回房间拿了睡衣，洗完澡出来的时候碰见下楼上厕所的赵书棠。

她擦头发的手顿了一下，在犹豫要不要开口打招呼的几秒时间里，赵书棠已经目不斜视地从旁边走了过去，还将卫生间的门关得很响。

阮眠脚步碾动，鼓着腮帮吐了口气，扯下毛巾拿在手里，放轻了上楼的脚步声。

慢慢来吧。她想。

翌日，阮眠恍惚中以为还要补课，不到七点就起了，下楼洗漱的时候，在厨房准备早餐的方如清探了个头出来："怎么起这么早？"

"记错时间了。"阮眠收拾好，往厨房走，"要帮忙吗？"

"那你帮我把碗筷拿出去，等会儿吃早餐了。"

"行。"阮眠卷起衣袖，将干净的碗和筷子拿出去，按照座位一一摆好，晨光落在桌角。

没一会儿，赵应伟和段英从外面回来。赵家的两个孩子还没起，赵应伟要去喊，段英拦着他："马上要开学了，现在难得有这个时间就让他们多睡会儿吧。"

赵应伟想也是，坐下来的时候看着阮眠："眠眠，现在补课结束了，以后早上也可以多睡会儿。"

没等阮眠开口，方如清从厨房出来接了话："她也就是今天记错了时间才起这么早，要搁以前，不到中午不起床的。"

赵应伟笑了声："现在学生压力大又辛苦，放假能多睡一会儿是一会儿。"

早餐有了一个看似和谐的开端，饭桌上，段英也和阮眠说了几句话，看着倒是亲切。

很快吃完饭，方如清和赵应伟还要上班，阮眠没什么事，跟着一起出去重新认路。

经过李家超市时，店门口正在卸货，阮眠只看到昨晚那个中年老板在旁边指挥，并没有看到李执和那个叫陈屹的男生。

等走到巷口，赵应伟的车停在路边，方如清塞给阮眠两张红票子："中午要是不想在家里待着，就出去找朋友玩，晚上回来吃饭。"

阮眠觉得母亲有些担心过度，但也还是收了钱让她放心："好，出去会和你说的。"

"注意安全。"

"知道了。"

车走了，阮眠把钱塞进裤子口袋，抬头看着头顶盘旋交错的天线，转身沿着路边的商铺朝前走。

她花了一上午的时间，把平江西巷这一片所有的弄堂巷道都走了一遍，范围其实不大，只是巷子多。

快十一点的时候，阮眠从东边的巷口进来，准确无误地走到了李家超市门口。老板正站在柜台旁边摁计算机，看她进来，露出一个淳朴的笑容："小姑娘买点什么？"

阮眠朝里走了两步："买点零食。"

超市不大，也就放了四排货架，最里面还有个门通往后边的四合小院，此时门帘被卷起来挂在墙上，阮眠看到院子中间置了口井，井口边放着一个红白色的瓷盆，旁边是花架的一角。

她没在里面停留太久，用方如清给的钱买了些零食和一个西瓜，拎着往赵家走。

赵书棠和赵书阳两姐弟都已经起床，坐在客厅看电视，段英在厨房忙活午饭，见她回来，只有赵书阳从沙发上爬起来看了眼。

阮眠把东西放在桌上，站在那儿想了会儿，还是鼓起勇气去了厨房："奶奶，要帮忙吗？"

段英头也没抬："不用。"

阮眠掐了掐手指，突然不知道该说什么。

段英放下菜刀，手在围裙上擦了下："厨房油烟重，你去客厅和书棠、书阳他们看会儿电视吧，等会儿就吃饭了。"

"好。"阮眠松了口气。

吃过饭，阮眠把买来的零食放到客厅的茶几上，拎着西瓜去了厨房。

中间赵书棠来过一趟，她抱着胳膊站在厨房门口，眼神冷淡而犀利："你不用做这些来讨好谁，反正不管怎么样，我都不会接受你跟你妈的。"

阮眠瞥她一眼，没有说话。

赵书棠大约也觉得没什么意思，转身又走了。没多会儿，赵书阳不知道从哪儿钻了出来，阮眠切了一小块西瓜给他："吃吧。"

他拿着西瓜，蹦跶着跑出去玩了。

阮眠把切好的西瓜放进冰箱里，洗干净手回了二楼的卧室，老旧的落地扇对着床尾直吹。

她闭着眼睛横躺在床上，在凉风吹动之中，莫名想起那个叫陈屹的男生，想起他那双漆黑的眼睛。

在似醒非醒间，那双眼睛格外清晰。

之后的一个星期，阮眠总在傍晚的时候出门，随便沿着一条巷子走下去，有时会路过李家超市，有时也会路过那间网吧，认识了李执，认识了他的朋友，却再也没有见过那个叫陈屹的男生。

八中开学那天，因为是月末，方如清和赵应伟都没能请到假，只能把阮眠托给了同在一个班的赵书棠。

在去学校的路上，赵书棠毫不掩饰自己的态度："你是我爸花钱买进我们班的，除了周老师，我不希望班里其他人知道我们俩的关系，也请你在学校和我保持距离。"

八中现在这一届高二总共有三十四个班，一班到二十二班是理科班，其中一班和二班是理科实验班，余下的二十三班到三十二班是文科班，最后两个班分别是理艺班和文艺班。

阮眠的成绩虽然还过得去，但在这个时候转学来八中，也只能去到一般的重点班，只是赵应伟在学校有认识的人，花了点钱，把她塞进了赵书棠所在的理科实验班。

转到实验班这事阮眠事先不知情，等知道的时候事情已经成了定局，她不可能再去麻烦赵应伟。

现在赵书棠这么说，她也没什么太大反应："行，我知道了。"

高二的教学楼在单独一栋，上四层是理科，下两层是文科，阮眠学理，到学校赵书棠把她带到班主任周海的办公室门口，自个就先回了教室。

"阮眠是吧，我看过你的成绩，挺好的。"周海让她先进办公室坐一会儿，"现在班上有些同学还没来，等上课我再带你过去。"

"好的，谢谢周老师。"阮眠背着书包坐在桌旁和这位看着并不年轻的班主任大眼瞪小眼。

周海搓了搓手指，从桌上拿出她在八中的资料："我看你之前好像参加过不少生物比赛，对竞赛感兴趣？"

阮眠没敢说这里面大部分比赛都是老师硬性要求报名，折中了说："只是对生物比较感兴趣。"

周海点了点头："那可巧，我就是你们这学期的生物老师。"

没聊一会儿，上课铃响，整栋教学楼很快展现出作为重点班学生的优质水平，阮眠跟着周海沿途路过每个班级，基本上都很安静，很少出现什么嬉笑打闹的情况。

赵书棠所在的高二一班在三楼走廊拐角，周海推门进去，班里有部分学生高一就是周海的学生，见了他，调皮地吹了声口哨："老周，好久不见啊。"

周海敦厚一笑，让阮眠站在自己身边："新学期了，也就意味着我们离高考又近了一步。现在这个班上有一部分同学高一就是我带的，有一部分可能只是听过我的名字，另外还有一些人估计连我是谁都不知道，不过这些都不重要，重要的是，从现在开始我们就是一个新的集体了。在这里，我先自我介绍一下。我叫周海，周公的周，大海的海，是你们这学期的班主任兼生物老师，希望大家多多指教。"

底下响起一阵热烈的掌声，其中也掺杂着几道口哨声。

周海抬手让他们消停，拍了下阮眠的肩膀，让她上前一步："这位是我们班这学期新来的转校生，大家欢迎。"

底下又鼓掌，等停下来，周海让阮眠做个自我介绍。

"大家好，我叫阮眠，阮貂换酒的阮，睡眠的眠。"阮眠停下来在想还要说些什么的时候，之前吹口哨的那个男生突然带头鼓起了掌，掌声打断了阮眠的思路，也将她从困境中解救出来。

周海让她下去先找一个空位坐下。

在重点班，越靠后的位置越不吃香，班级里的大部分座位都有了人，只剩下第一组最后一排还空着，阮眠选择了靠近走廊的这边。

有了阮眠这个自我介绍开头，周海又让班里其他人从第一排顺着往下开始自我介绍。

等全班人都说完，阮眠也只记住了几个比较特殊的，比如那个吹口哨的，叫江让。

开学第一天普通班没什么事情，可重点班不同，下午就安排了摸底考试，单考理综。

阮眠一听不要考英语和语文，整个人都松了口气。她偏科严重，理综和数学每次能考接近满分，但语文和英语时常挣扎在及格线的边缘，很让人头疼。

下午考完试，成绩在晚上第二节自习结束后就贴了出来，阮眠三门总成绩在班级排名第五。

江让看完成绩回来，专门绕到她面前："厉害啊，新同学，生物这么难，你竟然考满分，强。"

阮眠翻着书："等下次考全科六门，你就不会这么认为了。"

"什么？"

"没什么。"她抬头笑了下。

很快第三节自习课铃声响，周海带来新鲜出炉的生物试卷，按照分数高低发卷。

阮眠第一个，上去领试卷的时候得了不少夸奖，周海更是直接就把生物课代表给了她："继续努力。"

"谢谢周老师。"拿试卷下去的时候，阮眠看到坐在中间第三排的赵书棠，两人对视一眼，各自又挪开了视线。

重点班的节奏紧且快，一节自习课讲解了一张试卷。放学之后，阮眠提着书包先一步从后门下了楼。

一直走到赵家附近的巷子口，在那里等到姗姗来迟的赵书棠，两个人一同回了家，假装是一起从学校回来的。

到家后，方如清过来问阮眠今天在学校的情况，她挑着拣着说，完了又提了句："妈，您和赵叔叔说一声吧，以后不用赵书棠专门等我上学，她有她的自由，我也有我要做的事情，这样太麻烦了。"

"那也行。"方如清犹豫道，"书棠今天在学校……"

阮眠说："我们挺好的，您不用担心，没起什么争执，赵书棠不是那么无理取闹的人。"

方如清松开皱起的眉头，温声笑了笑："这样我就放心了，那你早点休息吧。"

"嗯。"

翌日，赵书棠果然没再等阮眠一道上学，一大早就出门了。阮眠乐得自在，洗漱完，出门在巷口买了早餐，边吃边朝学校走。

她出门得算晚，差不多是踩着早读铃进的教室，坐到位子上的时候才发现自己旁边的座位放了个黑色的书包。

看来是新同桌了。阮眠没怎么在意，从包里拿出生物书摊在桌上，顺着之前看到的地方继续往后看。

早自习的第二遍铃声响，后门的走廊外面传来一阵急促的脚步声，随后走进来几个男生。

阮眠旁边的空位有人坐下来，余光里最先出现的是两条笔直的长腿，桌底不够放，他往前伸直了。

男生的手肘在无意间杵到阮眠眼前，她看见上面有一道类似月牙形状的疤，视线顺着胳膊往上游走。

越过平直流畅的肩线和棱角分明的下颌，在看清脸的一瞬间，阮眠愣住了。

男生的脸色有些差，眼底还有熬夜过度留下的痕迹，睫毛不是很长，但很密，垂下来的时候，像鸦羽一般漂亮。

陈屹放下书包，抬眼对上女生直愣愣的目光，随意问道："怎么了？"

男生的声音依旧干净慵懒，带着些漫不经心，稳稳地落进阮眠耳里，在无意间搅乱了她的心跳。

阮眠犹如被巨大的惊喜砸中，回过神后有一阵短暂的局促和紧张，课本书页的边缘被她在无意识间卷出许多褶皱。

陈屹显然已经不记得阮眠，久等不到她的回答，又加重语气疑惑地"嗯"了声，尾音上扬。

阮眠的心跟着往上跑，在抵达一个最高点时，猛然下降。她松开紧攥的手，摇摇头说："没事。"

大抵是见多了这样的事情，陈屹也没怎么在意，扯了几本书垫在胳膊下当枕头，直接睡了过去。

他这样潇洒肆意，旁边的阮眠却如坐针毡，面前熟悉的生物符号这会儿犹如天书，她一个标点符号都看不进去。

窗外的栀子花花期将停，残余的淡雅香气随着微风飘进教室。阮眠垂着头，在一片嘈杂混乱的读书声中，听见陈屹舒缓均匀的呼吸声。

那天的早自习对于阮眠而言，是漫长的，亦是格外难忘的，那是独属于她一个人的重逢之喜。

和这暮夏的凉风一样，久久不能平息。

陈屹睡了一整个早自习，下课铃声一响，他就醒了。

这才开学第二天，教室里还没有形成太浓厚的学习风气，一下课就跟炸开了锅的开水似的，热闹沸腾。

陈屹懒洋洋地倚着墙，眼里带着睡眠不足的血丝，没什么精气神地看着教室里奔来跑去的同学。

新同桌也不在，课本摊在桌上，书页被风吹得"哗啦"作响，写在扉页上的名字在风里一闪而过。

陈屹低头打了个哈欠，耸了耸肩膀，刚从座位上站起身，身后突然蹿出来一个人影，直接挂在他肩背后，半个身体的重量都压了下来。

他被这重量带着往下弯了一些弧度，及时伸手在桌面上撑了一下才没被带倒。

"你是猪吗，江让？"陈屹笑骂了一句。

江让嬉皮笑脸地从他背后走到跟前，拿掉阮眠放在桌上的书，直接坐了上去，脚踩着椅子的横杆："你暑假干吗去了，昨天开学都不来。"

江让和陈屹从高一就是同班，在一起玩的还有两个男生：一个叫沈渝，现在在隔壁二班；另外一个叫梁熠然，分科时选了文科，是他们四个人中唯一一个文科生。

"老汪弄了个竞赛营,过去参加集训了。"陈屹搓着脖子,"加上比赛,正好十天,昨天是最后一天。"

老汪全名汪洋,是他们高一的物理老师,放暑假前他手里有个物理竞赛缺人报名,陈屹知道后就去要了张报名表。

江让做了个吃惊的表情问:"那考得怎么样啊,能不能拿奖?提前说好,拿奖了请吃饭。"

陈屹没搭理他,抬脚挪开椅子坐了下来。

江让翻了翻手里的生物书,看到写在扉页的名字,歪着身体凑到陈屹面前:"你新同桌,是个超级学霸。"

陈屹没怎么在意地"嗯"了声,在脑海里给新同桌的脸对上号。

"昨天摸底考试,她生物竟然考了满分。"江让从桌上跳了下来,"周海出的试卷哎,我们高一考过那么多次老周出的试卷,你见过几个考满分的。"

陈屹挑了挑眉,神情带着几分惊讶:"这么厉害?"

"可不。"江让一脸得意,不时拍打着手里的课本,语气颇有些遗憾,"就是长得朴素了点。"

陈屹抬手抽掉他拿在手里的书:"余老师要是知道你这么乱用词语,估计立马就能从一中杀回来。"

江让笑了出来,眉眼熠熠发光:"算了算了,不和你说了,该是时候去趟老周办公室了。"

他早自习没来的事情,估计还没下课就传到周海那里了。

江让走后,陈屹翻开手里的生物书,在扉页的右下角看到一个名字,笔迹是和文静长相大相径庭的龙飞凤舞。

阮眠。

陈屹低声念出,随即又合上书放回原位,起身走出了教室。

阮眠一下课就被周海叫去了办公室,是竞赛的事情,八中每年都会培养一批通过竞赛而被保送高校的学生。

周海觉得阮眠有这个潜质,打算让她报名参加这次八中和其他几所重点高中联合组办的一个生物竞赛。

"这是报名表,你拿回去填了,这周五之前交给我。"周海怕她有压力,开导道,"不是什么正式的大比赛,你权当练练手,去感受一下比赛的氛围。"

阮眠之前不是没参加过竞赛,初来乍到也不想给老师留下个什么不配合工作的坏印象,点点头说:"知道了,谢谢周老师。"

交代完竞赛的事情,周海又问了些她在班里和同学相处的情况。

阮眠不由得想起陈屹,但又不知道该从何问起,只说:"挺好的。"

"那就好。"周海说，"班里同学一大部分以前都是不熟悉的，现在我们就是个新班级，你就当是分班分到了一个没有熟人的班级，多处几天就好了。"

"嗯，我知道。"

没说几句，门口有人敲门。

阮眠和周海一同看过去，江让单手插兜站在门口，脸上笑嘻嘻的表情："老周早上好。"他又看向阮眠，"新同学也在啊。"

阮眠点了个头，算作回应。

周海连门都没让他进，一副恨铁不成钢的样子："老规矩，一千字检讨，今天中午交到我这里。"

江让伸手比了个 OK 的手势："得，我这就去写。保证下不为例。"

周海皱着眉，神情嫌弃："走走走。"

江让说走就走，十分干脆。

阮眠震惊地抿了下唇，调整了几秒情绪，迟疑地问："那周老师，我也先回去了？"

周海立马又阴转多云："哎，好，你先回去吧。"

阮眠从办公室出来，走到教室门口，看到陈屹和江让站在走廊上，蓝白相间的校服裹着男生如青竹般笔挺颀长的身形。

陈屹胳膊搭着栏杆，偏白的皮肤下，胳膊上青筋脉络延伸走向格外清晰，神情有足够的漫不经心，也有勾人的慵懒恣意。

等阮眠走到教室，他和江让的身边又多了一个男生，三个人有说有笑，说话声和笑声几乎不加掩饰地传了进来。

"梁熠然刚给我发消息，他中午要帮老师整理试卷，不跟我们一起吃饭了。"江让的声音格外有朝气，"听说他们班这学期的语文老师是吴严。"

"教导主任啊？"陈屹问。

"我们学校还有第二个叫吴严的老师吗？"江让的笑声里显然带了几分幸灾乐祸，"吴严上学期说这学期就只打算带一个班，谁想到正好就是梁熠然他那个班。"

"我们的小梁同学有罪受了。"沈渝说着说着，也没忍住笑了出来，"这也太惨了吧。"

陈屹也跟着笑了声，夹在他们俩的哈哈大笑中并不明显，可阮眠就像在他的声音上装了探测仪，总能避开所有纷扰准确捕捉。

很快铃声响，教室如同飞鸟归巢，但吵闹只存在一时，铃声停下来的时候，教室里已经完全安静下来。

阮眠身旁有拖动椅子和人坐下来的轻微动静。她捏着笔，心绪乱成一团，不知所措。

这样的状态整整持续了一天，而在这一天里，阮眠和前桌孟星阑因为一起去了趟女厕所，快速而有效地建立起了友谊。

后来经过时间的锻造磨炼，这段厕所之谊进化成了革命友谊。

当然，这些都是后话。

孟星阑和陈屹高一不同班，但因为梁熠然的关系，彼此之间有过不少交集。

"陈屹他是天之骄子，品学兼优，颜正性子野，学校里有不少女生都是他的追捧者。"孟星阑的语气只有单纯的欣赏，"他人性格随和洒脱，朋友很多，老师同学都很喜欢他，女生更是，我敢保证，我们班的十六个女生里有十四个都对他动过心思。"

"那还有两个呢？"阮眠一时没反应过来。

"还有两个就是我和你啊。"孟星阑拧上水龙头，说得头头是道，"喜欢他这样的天之骄子，难过必定大于欣喜。但是喜欢一个人应该是一件开心的事情，我可不想以后回想起来的时候，记忆里却满是悲哀。"

说者无意，听者有心。

阮眠在淅沥的水声中，隐约看见了未来的自己。她关上水龙头，甩了甩手上的水，很平静地说："走吧，快上课了。"

下午生物课，周海让陈屹起来做个自我介绍。其实压根儿没有这个必要，在八中基本上没有人不认识陈屹。就连刚转学过来的阮眠，也在孟星阑的科普下，对他的大部分事情都有所了解。

陈屹大概也清楚这一点，站起来说了个名字就没了下文。

周海让他坐下，又快速地公布了班里其他班干部的人选，至于课代表，除了被他提前确定的阮眠，其他科的课代表人选都留给了各科老师自己做决定。

一节课结束，孟星阑又拉着阮眠去接水。

两人的交好很快引起了赵书棠的注意，当晚放学回家的路上，赵书棠阴阳怪气地扎了阮眠几句。

这个年纪无非就是些什么幼稚的怼骂，阮眠没有当回事，也没有把这件事告诉方如清。

重组家庭本来就不容易，想成为真正的一家人并非一朝一夕的事情，她能做的只有少给母亲添麻烦。

回到家里，阮眠从书包拿出那张报名表，依次填好了信息。停笔的时候，她抬头看向窗外。

对面是别墅林立的平江公馆，黑夜里，远处的灯光犹如低垂的星河，璀璨斑斓。

她脑海里逐渐浮现白日孟星阑说过的话——

"陈屹他一家都是很厉害的人。"

"他父亲是研究天文学这块的专家，母亲是舞蹈家，有个舅舅在部队里，外公是退休的老将军，外婆是医生，爷爷和奶奶都是文学界有名的前辈。"

"他是家里的独生子，出生就在罗马，从小就是别人家的孩子。"

"他家住在平江公馆，那里的房子超贵，而且还不是你有钱就能买到的。"

阮眠在回忆里听见自己的声音，带着伪装之后的沉静淡然："那他，我说陈屹，他家里人这么优秀，他有想过将来要做什么吗？"

"有啊。"孟星阑想了下，"高一新生演讲的时候，他说他将来想当兵。男生嘛，不都有这种家国情怀的英雄主义，更何况他本身就属于军人世家。不过他现在有没有改变想法，我就不知道了。"

后来话题被骤然响起的铃声打断，阮眠也回过神，将报名表收进包里，打开抽屉的锁，从里面拿出一个笔记本。

她翻开其中一页。

上面写了两行字：

2008/8/16

耳东陈，屹立浮图可摘星的屹。

阮眠翻过新的一页，提笔写了几个字：

2008/8/31

怎么了。

没有像你

第二章
你好像很紧张，怕我？

Mii you ven xiang ni

9月1号才是八中正式的开学日，结束军训的高一新生换掉廉价的军训服，穿上款式刻板的校服，和高年级的学长学姐一同站在操场上聆听校领导的讲话。

所有年级的校服都是一个色，打眼看过去全是晃眼的白和淡雅的蓝，混在一起像是汪波澜不惊的海。

操场以升旗台为界，往右依次是高二文科和高一新生，往左是高二理科和高三毕业班。

阮眠站在高二理一班的女生队伍中间。

九月份的平城暑气未消，早上的太阳晒得人昏昏欲睡，她正闭着眼睛，透过眼皮感受阳光的温度，肩膀上猝不及防落下一点重量，人也被推着往前跟跑了一下。

枕着她肩膀的孟星阑跟着往前欠身，脑袋却始终没抬起来，声音带着困意："他们还要说到什么时候啊，我好想回去睡觉……"

"应该快了。"阮眠说。

孟星阑哼哼唧唧地直起身，不太耐烦的样子。阮眠摸了摸口袋，从裤子口袋里找到一颗大白兔奶糖。

"吃糖吗？"她扭头递糖，在几秒的时间里，飞快地瞥了眼班级男生队伍的末尾。

陈屹侧着头和江让在说些什么，笑得有些晃眼。

孟星阑没注意到阮眠的小动作，伸手接过糖，剥开吃进嘴里，还没嚼完，听见台上教导主任吴严说开学典礼到此结束，她忍不住抬起胳膊伸了个懒腰，声音拖得很长："终于结束了。"

说是按照班级顺序依次离场，但到最后还是乱成了一团，人流朝东西南北四个方向往外走。

人流缓慢前行，等从操场出来，孟星阑又拉着阮眠去了学校里的小超市："吃什么，我请客。"

阮眠很客气地只拿了一瓶水。

孟星阑："……"

超市里人多，结账的时候阮眠先去了外面等孟星阑，校园里环绕着舒缓老旧的歌声。

一首歌快要唱完，孟星阑才从超市里出来，右手提着一个黑色塑料袋，左手拿着两支雪糕。

她走过来，递给阮眠一支："给，陈屹请的。"

"嗯？"阮眠手刚挨到雪糕的包装袋，指尖一片冰凉，心跳却如擂鼓般轰然，"什么？"

"刚才在里面碰到陈屹了。"孟星阑话说了一半，陈屹一行四人便从超市里走了出来。

阮眠下意识地攥紧了手，差点把手里的雪糕捏碎。

陈屹并没有往这里看，胳膊搭着江让的肩膀往下走了几级台阶。

反倒是走在最后戴着细边框眼镜的男生停下脚步往这里看了眼，声音温润如玉："孟星阑，你还不走？"

"等会儿，你们先走吧。"孟星阑嘴里刚咬了口雪糕，牙齿被凉得打战，声音也跟着变得含糊。

男生没多说，交代道："中午跟我们一起吃饭。"

"知道了。"

四个人一前一后地下了台阶，等到他们走远了看不见了，阮眠才从那种心跳失衡的不适感中挣脱出来："走吧，我们也回去了。"

回教室的路上，孟星阑和阮眠解释道："刚才那个戴眼镜的是文科一班的梁熠然，我和他是邻居，认识很多年了。"

"青梅竹马？"阮眠问。

"差不多。"孟星阑更细致地说，"他和陈屹是高一同学，还有一个叫沈渝，就是刚才站在最底下的那个男生，他现在在我们隔壁二班。沈渝、梁熠然、江让、陈屹，是他们高一那会儿玩得最好的四个人，现在估计也是。"

阮眠没想到这中间还有这层联系，一时间除了惊讶便再无其他。

孟星阑晃着手里的袋子："你中午跟我一起去吃饭？反正你现在和陈屹是同桌，以后迟早要熟悉的。"

"不了，中午周老师要找我说竞赛的事情。"

"哎，好吧。"孟星阑的手背在不经意间擦过阮眠手里拿着的雪糕，提醒道，"你再不吃等会儿雪糕就要化完了。"

阮眠回过神，拆开包装一看，虽然没化完但也吃不了几口了，她小心翼翼地将剩下的部分拿出来，一口咬下去。

又冰又甜。

像是盛夏傍晚的凉风，让人意犹未尽。

阮眠和陈屹同桌的那段时间，交流并不多，阮眠是有所克制，而陈屹则是不在意。

国庆节来临之前，学校组织了一次月考，考试是按照当初高一期末的成绩排的考场。

阮眠是转校生，在八中没有排名，周海把当初开学时她的摸底考成绩报了上去。

周五下午的生物课，周海拿着分班表走进教室："班长，把这个贴到教室后面。"

坐在前排的女生起身接过分班表，拿上胶布径直走到教室后面。

与此同时，周海又翻开旁边的文件夹，温声说："这一次月考是你们开学以来第一次正式考试，希望大家都能够好好发挥，不要丢掉我们作为理科一班的脸。"

"另外，国庆节结束之后就是校运动会，虽然我们是重点班，但我们也讲究德智体美劳全面发展，所以我希望大家能够踊跃报名。"周海拿起一沓报名表，"来，体育委员把这个拿下去发给同学。"

班长傅广思贴完分班表，还没回到位子上坐下，又被体育委员林川抓着帮忙发报名表。

阮眠拿到报名表，一目十行扫下来，最后提笔在 50 米短跑和 3000 米长跑后面写下了自己的名字。

孟星阑转过身，问："眠眠，你报了什么？"

阮眠："50 米和 3000 米。"

孟星阑："……"

在同一时刻，阮眠旁边突然传来一阵急促的咳嗽声，她和孟星阑同时抬头看了过去。

只见陈屹神情淡定地抬手擦掉唇边的水珠，拧上瓶盖，装作一副什么都没发生的样子。

孟星阑和陈屹虽有交集，但关系不深，平常梁熠然不在的时候，她都不太敢和陈屹开玩笑。

这会儿，她也装作什么都没发生的样子，默默收回视线，拿起阮眠的报名表确认过后，神情有些一言难尽："3000 米，你可真猛啊。"

阮眠笑了声："还好，我以前跑过比这更远的。"

孟星阑说不出话了，握拳给她竖了个大拇指。

阮眠没再多说，余光瞥见陈屹桌角残留的水珠，唇边的笑意更深了些。

等到下课后，孟星阑拉着阮眠去教室后面看考场。

阮眠四门成绩加起来在一班排名倒数，在全校名次也不够高，排在第四十六考场，比起重点班的学生来说，算是挺靠后的。

不过她也没怎么在意，抬头看了下孟星阑的考场座位号之后，视线顺着往上，最后定格在第一行。

这一行除了姓名"陈屹"二字有所不同，剩下的考号、考场以及座位号全都是数字"1"。

第一考场和第四十六考场差得可不是一星半点，阮眠在心里默默叹了口气。

当天是九月最后一个星期五，八中惯例，靠近月底的那个星期五没有自习课。放学后，阮眠参加完大扫除，孟星阑带她去找了下考场的位置。

孟星阑和陈屹同在第一考场，和阮眠所在的第四十六考场相距甚远，甚至不在同一栋教学楼。

看完考场，两人去校外吃晚饭。

吃过晚饭，阮眠等孟星阑上了回家的公交车，才转身朝巷子里走。路过李家的超市时，她进去买了两支笔。

今天是李执在店里，阮眠有一段时间没见过他了，之前没开学那几天，她差不多一个星期能有五天都能看到他在店里。

结完账，李执看到她身上的校服，主动搭话："你也是八中的？"

"嗯，这学期刚转过来。"阮眠站在柜台边上，手里把玩着刚刚找回来的硬币。

"高二？"李执问。

阮眠点了下头。

李执"哦"了声，又问："学文？"

"不是，我学理的。"

李执笑了，说："巧了，我有个朋友也在八中的高二理科班。"

阮眠猜测他说的应该是陈屹，眨了下眼睛，没有说实话："是吗，那还挺巧的。"

外面又有人进来买东西，李执收起话茬："有时间介绍你们认识。"

"好。"阮眠拿上东西，"那你忙，我先回去了。"

"回见。"

阮眠前脚还没走远，陈屹后脚就来了店里，李执看到他才突然想起来，阮眠和陈屹应当是见过面的，就在一个多月前的那个夜晚。

她因为走错路误打误撞走到自家网吧的门口，接着又错把他当成卖烧烤的小哥点了二十根羊肉串。

想到这儿，李执兀自笑了声，将柜台上的钱币收进抽屉里，抬头看着陈屹："你怎么过来了？"

陈屹挑着眉笑道："这话不该我问你吗，你怎么这时候回来了，逃课还是逃学啊？"

"都不是。"李执纠正道，"是放假。"

陈屹觑着他，显然不相信。

李执今年高三，十中虽然不及八中管得严，但也不至于提前这么多天就开始放假。

"爱信不信。"李执懒得扯这茬，"不说这个了，你吃饭没？"

"还没。"陈屹从柜台上拿了根棒棒糖，"走吧，关店，去我家吃。"

"不去。"

"家里没人。"陈屹说。

李执动作利索地拿上钥匙关门："上次你家阿姨烧的那个红烧排骨好像还不错。"

"……"

等到了陈家，李执换了鞋和陈屹一左一右歪倒在沙发上，陈屹养的橘猫懒洋洋地窝在两人中间。

阿姨送上水果和果汁。

陈屹交代她晚餐添一道红烧排骨，回头就看到李执双手合在头顶给他比了个爱心。

他眉心一跳，伸手捞了个枕头就砸了过去，语气嫌弃："别恶心我啊。"

李执笑着躲开，又弯腰捡起掉在脚边的枕头，拍了拍放回原位："说就说嘛，动什么手。"

陈屹在原位坐下来，想起不久前在店门口看到的身影，随口问道："刚才我去找你时，在你店里买东西的那个女生你认识？"

"认识啊。"提到阮眠，李执也想起件事，"说起来，她也在八中，和你一样，是高二理科班的。"

"我知道。"陈屹看着他，不咸不淡地说，"她是我同桌。"

"这么巧吗？"李执惊叹，"还真是没想到。"

陈屹对这种巧合反应寻常，倾身把猫捞进怀里，骨节分明的手指搭在猫背上缓缓抚动，手背上的青筋随着动作若隐若现，半晌才问了句："你和阮眠怎么认识的？"

"你不记得？"李执一副见鬼的神情看着他。

陈屹抚猫的手一顿，抬眸对上李执的脸，想了几秒才顺着他的话往下问："不记得什么？"

"我们之前见过阮眠的，就前段时间你来网吧吃烧烤那回，她迷路误打误撞遇到我们。"

平江西巷只有那一家小网吧，每天来往的人很多，陈屹对于这段往事毫无印象。

李执忍不住翻了个白眼："就你这破记性，我真怀疑你能考年级第一是不是给你老师塞钱了。"

说到底还是无关紧要的人，陈屹没再费神去扒拉这段早就没什么印象的回忆，用漫不经心的语气，一针见血地怼了回去："那你倒是记着了，我怎么没见你考年级第一？"

"……"

吃过饭，李执回去看店，陈屹和他一起顺道过去买东西。临走前，家里阿姨让陈屹带几包盐回来。

从平江公馆出来，转个弯就到平江西巷，夜间凉风习习，马路两侧的各色商铺灯火通明。

少年的身影披上一层浮华的光影。

走进巷子里，又像是进入另外一个世界，锅碗瓢盆家长里短，暖色调的光亮为这寻常的夜晚平添了几抹烟火气。

李执重新开了门，他爸带着他爷爷去乡下探亲，明天才回来，店里乌漆墨黑的，走之前什么样现在还是什么样。

陈屹走进去，抬手在墙上摸到开关摁了下去。

"啪嗒"一声，电灯泡的钨丝在黑暗里闪了两下才接上电流，光线亮堂堂的，很快吸引了不少飞虫。

李执走去柜台，提醒道："盐在第三个货架底下。"

"不急。"陈屹走到墙角把躺椅拿出来，支开放在柜台旁边，人躺下去手指交叉放在肚子上，闭着眼睛问，"李叔什么时候回来？"

"不出意外明天回来。"李执把抽屉里的硬币拿出来，按照十个一组给粘在一起，随口问，"叔叔阿姨今天怎么不在家？"

"我妈团里有个会演，我爸去捧场了。"陈屹的母亲是舞蹈家，年轻的时候在部队文工团是台柱子，十多年前随丈夫工作变动调至平城大剧院，如今是首屈一指的国家一级演员。

聊了会儿天，李执觉得口渴，走出柜台去后面厨房倒水，问陈屹是喝茶还是喝白开水。

陈屹头枕着竹制躺椅自带的小靠枕，手机举在脸前，屏幕亮光映着脸摇头说："不用，我不渴。"

"那你看着点店。"

"嗯。"

这个点，人人都急着赶回家吃饭，自行车"丁丁零零"从超市门口穿过，时而还伴随着几声摩托车的轰鸣。

阮眠下午到家睡了一觉，醒来去楼下洗完澡，湿着头发从浴室出来的时候碰上了刚从外面回来的赵书棠。

阮眠清楚赵书棠不待见自己，但到目前为止，她也没见这人真的对自己做出什么出格的事情，顶多拿她当个同在屋檐下的陌生人，所以在赵书棠没有踩到自己底线的前提下，她基本上不会主动搭理对方。

两个人默契地在客厅擦肩而过。

阮眠晚饭吃得早，这会儿有些饿了，擦着头发去厨房，冰箱里除了西瓜和剩菜也没其他东西。

她踩着拖鞋去楼上换掉睡衣，拿了些零钱出门。

赵家在巷子的最深处，往外走才能看见热闹，阮眠在半道上碰到带着赵书阳在外面串门的段英，停下来叫了声奶奶。

周围交谈的声音小了下来，段英拍掉腿上的瓜子壳，抬头看她："这么晚了还出门啊？"

"嗯，去前面超市买点东西。"阮眠说。

一听到要去超市，原先蹲在地上玩弹珠的赵书阳立马站起来跑到阮眠面前，叫嚷着："我也要去。"

段英训斥他："你去什么去？"

闻言，赵书阳立马嘴一撇就开始哼唧，阮眠摸了摸他的脑袋，笑着道："没事，超市就在前面，我带他一起吧。"

"惯得他。"话是这么说，但段英最终还是松了口，"别他要什么就给他买什么。"

"知道了。"

坐着的人看着姐弟俩走远，瓜子重新嗑起来，八卦却从之前谁家儿子媳妇不孝把老父亲赶出家门换成了阮眠。

穿凉衫的阿姨问："这就是大伟那新媳妇带来的女儿？看着还怪懂事的，知道叫人。"

段英垂着眼拍了拍裤脚沾上的灰，说："懂事什么，这儿都是长辈，也不见她叫一声。"

几个妇女互看一眼，附和着说了几句，把这话茬掀了过去。

李家超市拐个弯就到，阮眠牵着赵书阳走过去，门口有两级台阶，赵书阳甩开她的手，手脚并用爬了上去。

店里亮着灯，阮眠走近了才看到柜台那边躺了个人，一米多宽的玻璃柜台挡住上半身，却遮不住下半身，两条腿笔直修长，大刺刺地敞着，裤脚和鞋口中间是一截精致漂亮的脚踝，踝骨锋利分明。

她以为是李执在，喊了声："李执。"

"李执不在。"躺着的人听见说话声，边答话边坐起来，整张脸猝不及防暴露在灯光下，也猝不及防暴露在阮眠眼前。

陈屹从躺椅上站起来，身高的缘故，眼帘微微往下垂，像是丝毫不惊讶在这里看到阮眠："买什么自己拿。"

阮眠完全愣住了，脑袋也跟着凝固，好半天才想起来要说话，可那时候陈屹已经重新躺了回去。

她错失了良机，贸然再开口就显得有些突兀和尴尬，只好被赵书阳牵着往货架那边走。

在这里突然见到陈屹的冲击太大，阮眠已然完全把段英的交代抛之脑后，任由赵书阳拿了好些东西，导致结账的时候才发现带的钱不够。

那会儿李家超市不同于一般的小卖部，有专门的收银机器，东西是一样样扫录进去的。

阮眠捏着不多的纸币，紧张得连脸都红了，手心出了一层汗："不好意思，能不能退掉一些东西，我今天带的钱不够。"

"可以。"陈屹点了几下键盘，把机器里录入的商品全部清除，"你看看要退掉什么？"

"哦。"阮眠拿掉桌上近三分之一的东西，"好了。"

陈屹扫了眼桌上剩下的一部分，又拿出去几个，才重新开始扫码，整个过程阮眠始终没抬过头，视线一直落在他手上。

最后结账一百零三块，陈屹还要找给阮眠两块钱，他从盒子里摸出两个硬币放在桌上。

阮眠伸手去拿，不知道是太过紧张还是怎么，两个硬币就像是长了爪子一般紧紧地扒在上面怎么都拿不起来，越着急越抠不起来。

陈屹见状，又从盒子里拿了两个硬币，这下没放在桌上，是直接拿在手里递过去："别抠了，给。"

阮眠不得已抬头，碰上他的目光，强忍着没躲开，伸出手说："谢谢。"

陈屹却没直接给，手指捏着硬币搓了两下，声音分外平静："阮同学。"

"嗯？"阮眠没想到他会突然叫自己，一个单音节的回应都能听出几分紧张感。

"你好像很紧张，怕我？"话音落下，陈屹跟着松开手指，两个硬币掉在阮眠摊开的手心里，硬币相撞，发出清脆的声音。

"没有……"阮眠合上手，指腹挨着硬币，好似还能感觉到陈屹几秒之前留下的温度。

"没有吗？"陈屹盯着阮眠的眼睛。

她强装镇定，实际上连呼吸都快停止："没有。"

陈屹没有接话，伸手将桌上多余的两个硬币拿起来，轻而易举的动作像是在嘲讽阮眠的不坦荡。

"早点回去吧。"说完这句，他将硬币放回抽屉，转身走到躺椅边重新躺下，身形被遮去大半，长腿这回是支在地上。

阮眠愣了有十几秒的光景，才提上东西牵着赵书阳从店里走了出去，在门口又朝里探了一眼，男生还是那个姿势。

赵书阳急着要回去，走在前面拽着阮眠的胳膊。

她如同失了魂似的被拉着往前走，讲不出是什么感受，只是觉得心口那一块闷闷的，好像有些呼吸不过来。

那天的夜很凉，月色静谧，阮眠头一回尝到心跳随着人一句话一个动作就能失控的苦涩。

阮眠从店里离开没多久，李执才从后面院子进来，他刚才去倒水还顺便去了趟厕所。

"有人来买东西吗？"他问。

陈屹"嗯"了声，收起手机："总共一百零三块，钱放在抽屉里。不早了，我先回去了。"

"成。"李执放下水杯，走到货架前给他拿了几包盐，"别忘了这个。"

陈屹抬手接住，另一只手往口袋掏钱却没摸到钱包，这才想起来晚上回去换了身衣服，钱包忘记拿出来。

他拽了个袋子把盐装进去："忘了带钱，明天拿给你。"

不过块把钱的事情，李执觉得他小题大做："算了啊，我今晚这一顿饭都够你买一箱盐了。"

"一码归一码。"陈屹往外走，顺手在门口拿了根棒棒糖，"明天一起结。"

李执笑骂："德行。"

陈屹从店里出来，站在门口鬼使神差地往旁边巷子看了眼。这是一条直巷，一大半都是店面，路上人挺多，一眼也看不到头。

他收回视线，提着盐往前走，莫名想起李执下午说的话，又回头看了眼，超市门口亮起一片光，人影晃动。

灯光朦胧，陈屹没再深想。

那晚的回忆对于他来说，终究只是一场可有可无的梦，如今梦醒，连只言片语都不曾留住。

月考那两天，平城下起了雨，温度也跟着猛降，阮眠前天晚上睡觉忘记关窗，第二天早上起床时就发现嗓子有些干涩的疼。

方如清和赵应伟一大早就出了门，她在家里没找着感冒药，回房间吞了两片润喉糖就去了学校。

一班的教室已经被布置成考场，偌大的教室只放了三十张桌子，剩下的全都架在教室后面。

阮眠找到自己的桌子，坐下来没一会儿，周海进来说早读课正常，让没座位的同学和有座位的同学挤一下。

孟星阑立马就搬了张椅子坐到阮眠旁边。

教室里已经来了不少人，阮眠环顾了一圈，也没看到陈屹的身影，不由得叹了口气。

自从上个星期五的晚上，阮眠在李家超市和陈屹见过一次，她回去后整个周末都处于自我埋怨之中，觉得自己在面对他时失掉了该有的礼数。

更别说陈屹当时看她的那个眼神，讽刺又冷淡，更令她如鲠在喉，久久不能释怀。

想到这儿，她忍不住又叹了口气。

一旁的孟星阑从快节奏的默读中抽出几分关注给她："你怎么了，一大早就这么唉声叹气的。"

"没什么。"阮眠挠了下脸颊，"就是我语文不好，第一场就考这门，有点紧张。"

孟星阑笑了声，安慰道："别紧张了，我们语文老师很好说话的，就算你考不及格，他顶多也就是让你站一个星期的语文课，不会动手的，放心啊。"

阮眠抿了抿唇，欲言又止。

孟星阑被她的反应戳中笑点，趴在桌上笑个不停："哈哈哈哈，阮眠你怎么这么可爱啊。"

这样的情形，就算是头一回被人夸可爱，阮眠也笑不出来。

正无奈间，她余光突然瞥见门口的身影，忙不迭坐正了身体，提醒道："周老师来了。"

孟星阑倏地收了笑，拿起书开始大声朗读。

装得还挺像回事的。

周海在教室里转了两圈，便走到走廊外面和其他班级的老师闲聊，直到快下早读的时候才进来提了几句和考试有关的事情。

阮眠趁着这个时候又看了眼教室，在靠门边的位置看到了坐在人群中间的陈屹。

他今天没穿校服，穿了件纯白色的连帽卫衣，胸前是一小串辨不出花样的黑色字母，白皙的皮肤本就是偏冷质感，被衣服一衬，越发清冷。

阮眠就没见过比他还白的男生。

她收回视线，周海也交代完事情，班里有了一阵的嘈杂。

在同一考场的人结伴走出教室，不在同一考场的，像阮眠和孟星阑，走到教学楼底下就分开了。

四十六考场在思政楼的多媒体教室，同一考场的基本上都是普通班的吊车尾，阮眠是唯一一个重点班的学生。

监考老师对名单的时候还特意多看了她两眼，像是纳闷她一个在重点中学的重点班学生，怎么跑到这个考场来了。

阮眠权当看不见，接过前面同学递来的试卷，匆匆扫了一遍，在铃声响的时候，提笔开始答卷。

上午一门语文结束，学校对午休时间不做强制要求，阮眠在校外吃了饭，回家里睡了一觉。

一觉醒来，嗓子疼逐渐发展为头疼脑热，她在去学校的路上去了趟药店，出来的时候，看见陈屹和江让他们几个人从路边的一家奶茶店走出来。

男生有说有笑，走在他们中间的几个女生人手一杯奶茶，同样也是笑脸盈盈。

阮眠站在路边，被巷子里的穿堂风一吹，忍不住低头咳嗽了几声，冷风顺着嘴巴蹿进喉咙里，咳得她满脸通红。

两天的考试转瞬即逝，原本隔天便是国庆长假，但不巧的是，那段时间平城病毒性感冒肆虐，阮眠不幸中招，长假全耗在了医院。

孟星阑在假期最后一天得知阮眠生病的消息，说什么也要过来看望她。

阮眠还记着开学时和赵书棠的约定，没把人约到家里，在家附近的一家火锅店和孟星阑碰了面。

孟星阑一放假就和父母去了南方的海滨城市旅游，回来还给阮眠带了当地的特产。

送完礼慰问完人，她把手伸到阮眠面前，跟献宝似的："我新做的指甲，好看吗？"

女生的手指白皙细长，指甲饱满圆润，涂了一层肉粉色的指甲油，上面点缀着珍珠和小波点，显得俏皮又可爱。

阮眠点点头，发自内心地夸赞道："很好看。"

孟星阑收回手，笑眯眯地说："这家店就在我家楼下，你要是喜欢，下次我带你去。"

阮眠点头说好。

吃完火锅，孟星阑没急着回家，拉着阮眠去了路边的奶茶店，一人点了杯奶茶坐在店里闲聊。

从海滨城市的人文地理聊到最近的月考，孟星阑想起件事，匆匆咽下嘴里的珍珠："哦，对了，我前两天听江让说这次的月考结束之后，老周要重新调换一下班级里的座位。"

阮眠猝不及防，一颗珍珠卡在喉咙里，低头猛咳了几声才缓上气来："换座位？"

"是啊，老周打算按照成绩重新排一下座位。按照他的习惯，应该就是那种拉帮扶模式，第一名和倒数第一名，第二名和倒数第二名，这样以此类推。"

这对阮眠来说无疑是个晴天霹雳，她愣了足足有半分钟，才找回自己的声音："也不知道我的新同桌会是谁。"

"别担心啦，不管是谁，肯定比陈屹那个家伙要好。"孟星阑是阮眠的前桌，这一个月下来几乎很少听到阮眠和陈屹有什么交流。

她先入为主地认为是陈屹不待见阮眠，自然也就希望阮眠能换到一个真心相待的新同桌。

可孟星阑不知道的是，对于阮眠来说，哪怕是不待见，也总比不是陈屹要好得多。

阮眠和孟星阑在外面一直待到天黑，到了分别的时候，孟星阑搭公交车回家，上了车坐在窗边和她挥手："明天见！"

她也跟着挥了两下："嗯，明天见。"

公交车的车门合上，车灯在夜色中逐渐远去，混入斑斓的霓虹之中，变得模糊，再也看不见。

阮眠手里还提着孟星阑给她的各种特产。她转身朝巷子里走，路过李家超市，李执站在店里，抬头看到失魂落魄的女生，叫了声："阮眠。"

阮眠回过神，走进店里："李执。"

"嗯。"李执看着她，"你干吗呢？"

"刚和朋友吃完饭回来。"阮眠从袋子里拿出两盒糕点递给他，"朋友给的特产，你尝尝。"

李执没要，朝旁边努了努嘴："巧了，我朋友也刚给我送了特产，这些你留着带回去自己吃吧。"

阮眠顺着他的视线往柜台旁一看，那里放了个和自己手里一模一样的纸袋子，她又把手收了回来。

李执指腹点着玻璃柜台的边沿："说起来，这个朋友你也认识，陈屹，知道吗？"

阮眠说知道，又说："我和他是同班同学。"

"不只是同学吧？"李执笑了下，"他跟我说你们还是同桌。"

阮眠不知道陈屹是怎么跟李执说的自己，大概不会是什么好的印象，毕竟她敏感又伪饰，平常也说不上几句话。

她目光闪了闪，声音很轻："之前是同桌，不过很快就不是了。"

李执笑："怎么，他欺负你？"

阮眠不知道他从哪里得出的这个猜测，飞快地否认道："不是，是老师要按照成绩重新调座位。"

"这样啊。"

后来两个人没聊几句，阮眠接到方如清的电话，一边说着马上回，一边和他示意自己要先回去。

李执点点头，没出声，用口型说：回见。

阮眠接着电话往外走，李执看着她的背影，若有所思。

阮眠到家的时候，方如清正在厨房给段英打下手，听见开关门的动静，她从厨房走出来："怎么这么晚，不是说会早点回来吗？"

"不小心忘了时间。"阮眠换了鞋，把手里的袋子递给方如清，"朋友带的特产。"

方如清接过去，问了她几句，便提着东西去了客厅："书阳，你看姐姐给你带了什么？"

这个年纪的小孩子好玩爱吃，特产本就包装得奇形怪状，格外吸引人，赵书阳一连拆开几个，结果全都只吃了一口就不吃了。

阮眠走过去，看到被他随意丢在桌上的糕点，唇瓣动了动，对上方如清的目光，最终还是什么都没说。

吃过饭，阮眠回到房间看书，照例等到外面没了动静，才换了衣服去楼下洗漱。

夜里外面又起了风，卷着秋雨砸在玻璃上，滴滴答答的动静，阮眠被吵醒，摁亮手机里看了眼。

才刚过四点。

她裹着被子翻了个身，闭上眼睛听着外面的雨声，却再无半分睡意，就这样一直耗到了天亮。

阮眠比平常起得都要早，下楼碰见方如清在厨房准备早餐，她没过去，径直走进了卫生间。

等她洗漱完出来，方如清就站在外面，手里提着昨晚她带回来的纸袋："给你留了些，你拿回房间吧。"

阮眠说不用了。

方如清把袋子递到她手里，转身往厨房走："吃了早餐再去学校吧，我煮了你喜欢吃的皮蛋瘦肉粥。"

因为这一年突如其来的金融危机，方如清和赵应伟所在的外贸公司遭受了不小的冲击，这段时间一直在大幅裁员，方如清为了留住这份工作，每天都加班到深夜。

阮眠看着母亲明显瘦了不少的身形，还是没忍心拒绝。

吃过早餐，阮眠和往常一样独自一人出门，等到了教室，班级里已经恢复原样，座位还是考试前的顺序。

但阮眠清楚，很快就不是这样了。

月考成绩在国庆假期结束的第一天就出来了。

阮眠的偏科情况一如既往的严重，数学拿了满分，理综总分 280，英语这次走运过了三位数，剩下一门语文正好挂在及格线上，90 分多一分都没有。

成绩出来之后，她不出意外地被语文老师赵祺请去了办公室。

赵老师是省一级教师，带过的重点班的学生不在少数，见过偏科的，还没见过这么偏科的。

他看完阮眠的卷子，推了推架在鼻梁上的框架眼镜，好半天才开口："你是不是对我有什么意见？"

阮眠垂着头，露出一小截白皙的后颈，没敢接话。

赵祺用手指戳着试卷，诘问道："你看看两个实验班一百多名同学，有谁的语文考得比你低？你要是能把放在数学上的心思分一点到语文上，也不至于就考这么点分。"

学生时期，老师在训话时你多说一个字他都会觉得你是在顶撞他，阮眠之前在六中经常碰上这种情况，早就摸索出了一套应付老师的方法。

她先是由着赵老师训了个够，才开口认错说以后会勤加练习，争取下一次考个好成绩。

赵老师看她认错态度诚恳，刨去语文这门其他科成绩都不算差，说到底还是个好苗子，也就没再多责问，只说："我听你们周老师说了，你是这学期才转来八中的，那我也不管你在以前学校的语文老师是怎么教你，现在在我这里，我没其他要求，只要你好好学，争取每次都能进步一点就行。"

阮眠点点头说："知道了，谢谢赵老师。"

"学习呢，不只是要埋头苦干，有时候也要看看别人是怎么学的，多听多看多学，总归是错不了的。"赵祺端起茶杯喝了一口，"你看看你同桌，理综和数学这次和你不相上下，但他语文考了 130 分，那人家是怎么做到的？"

说来也巧，赵祺这一秒才刚提到陈屹，下一秒这人就正好从办公室外面走过，赵祺那叫一个眼尖，捧着茶杯对外叫了声："陈屹。"

阮眠下意识地扭头往窗外看。

男生手里拿着沓试卷，毛茸茸的头发在阳光下衬得柔软蓬松，视线在赵祺热情的招呼下落了过来。

那张脸轮廓利落干净，全是蓬勃坦荡的少年气，眼神带着莫名其妙的茫然。

赵祺放下茶杯，又招手："陈屹，来，你来一下。"

阮眠看着陈屹转身往里走的时候，整个身体都是僵着的，如果赵祺那会儿要是让她先回教室，她估计都能走出同手同脚的姿势。

幸好赵祺没有这么做，陈屹也很快走了进来，笔挺高瘦的身影伫立在阮眠身旁。

周围全是他的味道，清冽干净，像是夏日烈阳天兜头浇下的暴雨，让人猝然清醒又让人沉醉。

赵祺从桌上拿起阮眠的试卷递给陈屹："这是你同桌的作文，你看看，有什么想法。"

阮眠觉得赵祺有点不清醒："……"

试卷摊在堆积不平的课本上，窗外的风将试卷掀起一角，陈屹伸出手压在上边，骨节锋利分明，手背上的青筋若隐若现。

阮眠的余光从他的手指看到手腕，又垂下脑袋，像是等着审判的罪徒，明知前方等待着自己的是什么，却依旧恐慌和不安。

陈屹一目十行扫下来，忽略了旁边硕大的 30 分，自顾自笑了下："这不是写得挺好的？"

赵祺眼一瞪。

"我说的是字，字写得挺漂亮，至于作文嘛——"陈屹轻"啧"了声，"都写跑题了还能拿 30 分，这阅卷老师当时是不是有点不清醒啊？"

"咣当"一声，悬在阮眠头顶那把无形的刀伴随着男生若有似无的笑意稳稳地落了下来。

杀人不过头点地，他轻描淡写的一句玩笑话却已然将阮眠击溃，她整个人如坐针毡，恨不得当时就在地上挖个坑把自己埋进去。

赵祺没理睬他的玩笑话，把自己叫他进来的正事提了出来："你同桌的偏科情况有点严重，你没事多帮帮她，有什么技巧性的学习方法都给人家说说，一个大男生别小气吧啦的啊。"

阮眠还没从这句话中回过神，听见耳边少年惺忪慵懒的声音："行，知道了。"

她觉得诧异，抬头看过去。

但从这个角度，也只能看见男生高挺的鼻梁和密长卷翘的睫毛弧度，辨不清神情，话里也听不出情绪。

阮眠一时也弄不懂他到底是真心实意的应承，还是虚情假意的敷衍。

陈屹哪里知道自己随随便便一句话就能成为别人晦涩难懂的阅读理解，依旧是那副漫不经心的姿态："赵老师，您要是没其他事情，我就先回去了。"

"行，你先去吧。"等陈屹走后，赵祺又交代阮眠，"和你同桌好好学，他可是唯一一个在新概念作文大赛蝉联了三届一等奖的人。"

阮眠脸上是藏不住的惊讶。

赵祺笑："看不出来吧？"

"有一点。"

"正常，陈屹这个男生看着就不像那么文艺的人，这种气质在他身上太矛盾了。"赵祺说，"但人家家里有两个研究文学的长辈，他从小耳濡目染的，在文字方面的功底肯定比你们要强得多。你好好跟他学，以后在作文上肯定大有长进。"

阮眠点头说知道了。

从语文组的老师办公室出来后，阮眠又去了趟周海的办公室，拿了这次月考的生物答题卷。

八中这次月考理综虽然和高考模式一样，但三科答题卷是分开的，这样既方便各科老师阅卷也方便后期讲解试卷。

周海知道她刚才被赵祺叫了过去，还特意安慰了几句："你们赵老师就是嘴厉害，人其实挺好的，他要是说了你什么，你也别往心里去。"

阮眠点点头说："我明白。"

"这次月考，你总体上考得还算不错，你们数学老师都在我这里夸了你好几遍，下次再努把力，争取把语文也提上来。"

阮眠点头："好，我知道了，谢谢周老师。"

"没事，那你先回去吧，等会儿也该上课了。"

"好的。"

阮眠刚回到教室，上课铃就响了起来，教室后排围着陈屹的那几个男生纷纷散开。

她回到座位，桌上放着刚发下来的物理答题卷，104 分。

陈屹的物理答题卷也摊在桌上，阮眠抬头瞟了眼。

嚯，满分。

阅卷老师还像是生怕别人看不见，将"110"写得超大，甚至因为用力过猛笔末将试卷刮破了。

陈屹察觉到女生的视线，抓起试卷往她面前一放，语调淡淡："想看就拿过去看，说句话我又不会吃了你。"

"……"

阮眠在面对他时总是反应不及，英语老师都拿着试卷进教室了，她才在班里同学齐声的"老师好"中对他说了声"谢谢"。

其实阮眠也没什么要看的，104 分的试卷和满分试卷也就是一道选择题的差距。

但她还是看得很认真，男生的字迹非常漂亮，苍劲有力，藏锋处微露锋芒，露锋处亦显含蓄，一看就是有特别练过，一般人写不来这种字。

讲台上英语老师宋文让大家把试卷拿出来，阮眠把答题卷还回去，又说了声谢谢。

陈屹"嗯"了声，随手就将试卷塞进了抽屉。

第三章
向着她的光，一往无前

Xiang zhe ta de guang yi wang wu qian

宋老师讲卷子的速度非常快，一节课结束只剩下作文没说，她占用了几分钟课间时间稍微提了下作文的写作方向和立意："作文低于 20 分的同学，中午来一趟我的办公室。"

听到这里，阮眠不由得松了口气，她这次走运，英语作文是之前在辅导班写过的同类型题材，头一回拿了"2"字开头的分数。

一上午的课结束，阮眠和孟星阑去校外吃饭，期间她提到了赵老师要陈屹教她写作文的事情。

孟星阑嘴里咬着排骨，声音含糊："陈屹答应了？"

"他当时说行，知道了。"阮眠用筷子戳着碗里的米粒，"我也不确定这到底是答应了还是没答应。"

"哎呀，那就别管了。你要想学我也能教你啊，怎么说我也拿过小学生作文大赛第一名。"

"……"

两人你一言我一语笑个不停，也没注意旁边楼梯处有人下来，三个男生一前一后朝这里走。

突然从旁边伸出只手在孟星阑头顶揉了一把，男生调笑的声音紧随其后："孟星阑你还吃，都快胖成猪了你。"

阮眠听见声音，一抬头看见站在江让身后的陈屹和沈渝，手里的筷子悄悄放了下来。

"胡说！你个狗江让！"孟星阑叫嚷着挥开男生的手，回头没看到熟悉的人，皱着眉问，"梁熠然呢，他又没来吃饭？"

"他现在是学生会的副主席，为了运动会的事情都忙死了，哪有时间出来吃饭。"江让把手里打包好的饭菜放在桌上，"我们等下要去剪头发，你给送一下呗？"

"滚吧，我才不去。"

"那怎么办，难不成让梁熠然一直饿着肚子等我们回去？"江让笑，"你舍得吗？"

明知是假话，可孟星阑还是忍不住上当，不耐烦地挥了挥手："走走走，剪你们的头发去。"

"得嘞，回来请你喝奶茶。"江让收回手，又和坐在对面一直没说话的阮眠打了声招呼。

等走出饭馆，沈渝搭着江让的肩膀问："刚才坐在孟星阑对面那女生是不是陈屹同桌？"

江让觑着他："是啊，你之前不是见过吗？"

"那也没见过几次。"沈渝拍了下陈屹的肩膀，"你都不知道，老严今天早上在我们班夸了你同桌多少次。"

严何山是理科实验一班、二班的数学老师，这次的数学试卷难度大，阮眠是两个实验班里唯一的一个满分。

陈屹抬眸："夸什么？"

"夸她厉害啊。"沈渝清了清嗓子，学着严何山的语调，"就这道题，一班那个阮眠啊，解题思路就非常通透简洁，你们有认识她的同学，下课后可以把她的试卷借过来看看。"

"说归说，人家也确实厉害，这次数学连陈屹都没拿到满分。"江让毫不吝啬地夸赞，"而且人家理综 280 分，甩我们班其他女生一大截，不过她好像偏科也挺厉害的，语文才刚过及格线。"

"这科得偏到大西洋了吧？"沈渝笑着说。

"可不，老赵因为这事还把她叫去了办公室。"说到这里，江让倏地想起件事，神情恍然，"难怪呢，当初开学摸底考试的时候，我说她厉害，她跟我说等下次考全科的时候我就不会这么认为了，搞了半天就是因为这个。"

没怎么搭话的陈屹想起上午在老赵办公室看过的那篇作文，莫名觉得好笑，可不是偏到了大西洋。

作文要求根据材料自拟标题，她从头至尾压根儿就没写过一句和材料相关的内容。

鬼知道她当时在想什么。

孟星阑找梁熠然还有别的事情，没让阮眠陪着一起去文科班找他，两人在二楼楼梯口分开。

阮眠走到教室门口，伸手推门，正巧里面有人出来，两个人一个拉一个推，谁也没注意谁，冷不丁撞在一起。

赵书棠手里的杯子没拿稳"啪嗒"一声掉在地上，杯底仅剩的一点水都溅在阮眠鞋上。

阮眠往后退了一小步，弯腰捡起杯子和散在旁边的杯盖递过去："不好意思，刚才没注意到有人出来。"

赵书棠动作迅速地接过杯子，几不可察地撇了下嘴角，语气一如既往的差劲："下次走路注意点。"临走前，还故意用肩膀撞了下阮眠的肩膀。

阮眠揉着肩膀看着她走远的身影，轻叹了口气也没太在意，抬脚进了教室。

正是午休时间，阮眠埋头写完半张物理卷子，便枕着胳膊趴在桌上睡了会儿午觉。

迷迷糊糊间，她感觉身旁有人影晃动，想醒但是眼皮犹如千斤重，最后也只是颤了颤眼睫，又睡熟了。

再醒来是听见了上课铃声。

今天才出的成绩，学校排名还没出来，周海没来得及提调换座位的事情，阮眠仍旧坐在教室最后一排。

后门一开，凉风直接就刮了过来，她刚睡醒，还没缓过神就先忍不住打了个寒噤。

不过这么一折腾，人也彻底醒了。

阮眠揉着发麻的胳膊，想着下午第一节的语文课，左想右想都觉得不得劲，就怕赵祺等会儿上课让她当众把作文读一遍。

正胡思乱想间，身旁的椅子被人挪开，一道高大的身影走了过来，呼吸间全是清爽干净的洗发水味道。

她揉着胳膊的动作逐渐慢了下来，犹豫着要不要说话的当口，男生突然伸手放了杯奶茶在她桌上。

阮眠愣住了。

陈屹倾身把另外一杯放到孟星阑的桌上，坐下来的时候才开口道："江让买的。"

"哦，谢谢。"阮眠这次反应很快，没再错过说话的时机，说完还抬头看了他一眼。

这一看又被慑住了神魂。

男生剃短了的头发薄薄一层，额前没了碎发遮挡，五官有棱有角越发分明，那双眼深邃而冷淡，眉骨硬朗。

蓬勃的少年气被初露锋芒的桀骜不驯硬生生压了几分。

陈屹抬眸看过来，薄薄的眼皮被压出一道深刻的褶子，回得漫不经心："不客气。"

说话间，赵祺人已经进了教室。阮眠压下狂窜的心跳，伸手将奶茶放到抽屉里，心不在焉地跟着大家喊老师好。

大概是上午已经训过人了，赵老师这节课没找阮眠的麻烦，只是在抓住她发愣时，慢悠悠地走来敲了敲她的桌子："注意听课。"

阮眠耳根一热，把试卷往上提了提。

陈屹之前也没听课，听见赵老师的声音，往旁边看了一眼。

秋日柔和的阳光薄薄一层，穿过透亮干净的玻璃落进来，淡薄的光影里，勾勒出少女瘦弱的身形。

她其实长得不像江让说的那么"朴素"，皮肤细白，一双眼清亮干净，像是盛着月夜萤火的浅泊。只是性格有些过于温敛内敛，同桌这么久，两个人说过的话加起来都不超过十句。

说不怕他，但好像又不是那么回事，不过说到底这人是什么性格和他也没多大关系。

陈屹翻开书，又是那副什么都不在意的模样。

教室外的天空风卷流云，空中留下飞机驶过的浅淡痕迹，被风一吹，散成过眼云烟。

到了晚上自习课，这次月考的总排名也出来了。

陈屹总分 704，位列班级第一年级第一，第二名是理二班的一个女生，总分数和他咬得很紧。

阮眠受语文和英语影响，总分 621，在班里排四十六名，在年级正好是第一百名，属于不上不下的位置。

拿到成绩之后，阮眠被周海叫去了办公室，她刚开学那会儿报名参加的生物竞赛，过几天就要开始比赛了。

周海把准考证拿给她："这竞赛时间正好，回来就是运动会，我听体育委员说你报了 50 米和 3000 米，这几天就先不要去训练了，好好复习，争取到时候考个好成绩。"

阮眠点点头说："好，我知道了。"

交代完竞赛的事情，周海翻开桌上的年级排名大榜："这次月考的排名你看了吗？"

"看了。"

周海抬起头："那你有什么想法吗？"

阮眠认真地想了会儿："我偏科有点严重，语文和英语在前一百里面排名都很靠后。"

"是这样的，语文你应该是这里面最低的，英语稍微好点，但也倒数。我下午的时候给你母亲打了电话，她说你之前在六中偏科就很严重，我想问问，你是不想学，还是学不进去？"

"想学，但学了好像又没什么用。"阮眠抿唇，"暑假也参加了补习班，但效果不是很明显。"

"这样啊。"周海看着她，"学校呢，一直有一个作文辅导班，是给高一组织的，不收费，你要是想去的话，我给你也报个名？"

阮眠犹豫了几秒："好的。"

"那行，就先这样。至于英语这块我回头和你们宋老师聊一下，看看有没有什么针对性的学习方法，到时候再说。"

"好，那就麻烦周老师了。"

这才第一次月考，阮眠就因为偏科的事情被老师约谈了几次，回到教室的时候整个人都有些无精打采的。

孟星阑坐到陈屹的位置："怎么了，老周又训你了？"

"没训话，不过他打算给我报名参加高一年级的作文辅导班。"阮眠把竞赛准考证塞进抽屉里，"你高一的时候去过这个辅导班吗？有效果吗？"

"一般吧，毕竟不是收费的辅导班，老师管理得也不严，我们那时候后期都不怎么去了。"

"……"

孟星阑凑过来："上午老赵不是说让陈屹多教教你吗，你没问问他？"

阮眠摁着笔，摇摇头："没敢问。"

"那算了，让他教还不如去辅导班了。"上课铃响，孟星阑站起身，拍拍她的肩膀，"你也别太担心了，这才第一次月考，后面时间还长着呢。"

"嗯。"

晚上九点半，伴随着最后一节自习课的铃声响，漫长而繁忙的星期一终于画上了句号。

阮眠晚上一到家就看到母亲坐在客厅，看样子应该是在等她。她换了鞋走过去，叫了声妈。

方如清回过神，放下遥控器，抬头看她："回来了。"

"嗯。"阮眠从桌上拿了个橘子剥开，"我听周老师说，他下午给您打电话了是吗？"

方如清点点头："他跟我说了你这次月考的成绩，夸你考得不错，就是有点偏科。"

阮眠往嘴里塞了瓣橘子，没接话。

方如清瞥了她一眼："书棠这次考得怎么样？"

"还行，比我高几名。"阮眠低头吐籽。

"我听你赵叔叔说书棠的理综不太好，你放假在家，没事也多帮帮她。"

"……"

"听到了吗？"

"听到了。"阮眠拿起书包，"今天作业多，我先上楼了，不用给我送牛奶，我这两天不太想喝。"

回到房间，阮眠翻出竞赛准考证，考试时间是这周五。她没和方如清提这事，考试那天也像正常上学一样，从家里出发去学校，跟着学校安排的大巴去了考场。

这次的生物竞赛是八中和其他几所重点高中联合举办的，考点最后是定在了拥有南北两个校区的十中。

十中的南北校区只隔着一条马路，为了这次竞赛，学校将整个北校区都空了出来。

考完试已经接近十二点，阮眠早上没吃东西，这会儿消耗大饿得不行，和带队老师打了声招呼，不跟学校大巴回去。

因为下午是放假的，好多人都没跟车，阮眠在面馆外面排队的时候，看到大巴车里只有几个人。

面馆人多，阮眠排到了面却没找到位置，正准备让服务员打包一下带走，突然被人从后面拍了下肩膀。

她回头，看见男生，语气惊喜："李执！"

李执伸手帮她端住汤水快洒出来的面碗，笑问："你怎么跑我们学校来了，今天不要上课吗？"

"我来这儿参加竞赛。"阮眠摸了下脖子，"没想到你们学校吃饭的时候人这么多。"

"那是因为食堂菜难吃。你跟我来吧，我这里有位置。"李执带着她走到角落的一张桌子，那里已经坐了三个男生。

见李执带着人还是女生回来，三个男生皆露出了八卦的神情："什么情况啊执哥？"

李执将碗放在桌上，让阮眠坐到里面去，淡笑着说："就是邻居家的妹妹，今天来我们学校考试，你们在想什么？"

在场的人普遍都比阮眠年纪大，叫声妹妹也没错，互相认识了下。阮眠一边吃面，一边听他们几个抱怨高三作业多压力大时间少。

阮眠明明是最先开始吃的，结果却是最后一个吃完，李执让另外三个男生先回去，坐在那儿玩手机等她吃完，之后又送她去公交车站。

初秋的风恰到好处，干爽清凉，阮眠站在站台底下，手拨弄着外套拉链："你们高三真有那么多事？"

"没，他们学习不好才多事。"李执收起手机，"听陈屹说，你们前段时间月考了？"

"嗯。"阮眠看着他，"你下一句该不会要问我成绩吧？"

"怎么，不能问吗？"李执靠着站台的广告牌，男生高高瘦瘦，长相和气质都格外出挑，路过的女生不停地回头。

"啊，没有，就是觉得大家一听到考试，下一句就是问成绩，好像就没有其他可以问的了。"

"那你觉得还有什么可以问的？"

阮眠想了几秒："好像确实是没有其他可以问的了。"

李执抿唇笑了下："你这种性格，倒是挺适合和陈屹做同桌的。"

阮眠没好意思和他说自己跟陈屹做了一个多月的同桌，说过的话不超过十句。

后来公交车到站，阮眠上了车。车子在路口拐弯的时候，她从窗户看到李执往回走的身影，高高瘦瘦的。

阳光明明就在前方，他却好像被什么束缚着，看起来有些漫不经心的消沉和颓丧。

周末那两天是八中的运动会，天公作美，气温不高不低，没什么风，一点也不冷。

阮眠参加的 50 米和 3000 米在同一天，开幕式一结束，广播里就在喊高一女子组 50 米开始检录，请高二女子组做好准备。

孟星阑体育是短板，什么项目也没参加，进了志愿者组，成了阮眠的专属志愿者，全程为她跑前跑后，就差替她参加比赛了。

阮眠今天穿的运动服，黑白配，参加 50 米的时候脱掉了外套，只穿着里面的白色 T 恤。检录站在跑道前，她象征性地动了动脚当热身，孟星阑站在跑道旁，怀里抱着她的衣服。

不仅如此，班里孟星阑能叫过来的人，差不多都来这儿了，就连陈屹也站在人群后面。

他戴着一顶白色的棒球帽，帽檐压得低，看不清神情，露出一截轮廓分明的下巴，喉结凸出。

阮眠的心怦怦跳。蹲下身做预备的时候，她闭了闭眼睛又睁开，抬头看着前方的终点，从未有任何一刻比现在这一刻更想赢。

耳边枪声响，阮眠几乎是不受控制地冲了出去，耳边是呼啸的风声和激动的呐喊声。

她向着光，向着藏在心里的那个少年，一往无前。

高二女子组 50 米短跑初赛和决赛的第一名都是阮眠。

她上午只有这一个项目，比完赛在班级休息区和孟星阑等人一起玩游戏的时候，突然接到了父亲阮明科的电话。

阮明科是科研工作者，工作性质使然，一年到头也摊不上几天假，这次回平城也是临时抽出来的一天时间。他在电话里提出想和阮眠一起吃顿饭，另外还有些东西要给她。

阮眠没拒绝，和周海请完假便离开了学校。

阮明科的车停在学校门口，一辆黑色的桑塔纳，是阮眠三岁那年买的，有十几年了。

阮眠和父亲的关系一直很好，小一点的时候，阮明科工作还没有现在这么忙，经常带着阮眠参加各种田径类比赛。她上初中那年，和阮明科一起参加了那一届的平城环湖十公里跑，分别拿下了当时青少年组和成人组的冠军。

当初阮明科和方如清离婚，阮眠也想过跟着父亲一起生活，但因为方如清的坚持和阮明科的工作性质，她的抚养权最终还是归母亲所有。

阮眠朝车子走过去的时候，阮明科正在接电话，听着像是项目上的事情。瞧见阮眠的身影，他忙推开车门下车，声音带着笑意："不跟你说了，我见到我女儿了，具体的数据等我回去再修改。"

阮眠有一年多没见他，发现他好像晒黑了。

阮明科以前常年待实验室，皮肤很白，加上样貌清俊儒雅，身上总带着些书卷气，现在晒黑了，反而多了些英气，人看着也精神了不少。

她笑了下，喊道："爸爸。"

阮明科应了声，眯着眼笑起来，眼角有很清晰的细纹。上了车，他问阮眠："今天不是周六吗，怎么还在学校？"

"学校开运动会。"阮眠低头扣上安全带。

阮明科看她的穿着，笑着问道："你参加了什么？还是跑步？"

阮眠点点头："报了50米和3000米，你给我打电话的时候，我刚跑完50米。"

"第一名？"

"嗯，计分老师说差0.03秒就破了全校纪录。"阮眠说，"我下午还有3000米，爸爸有时间来吗？"

阮明科在路口掉头，说："当然有时间。"

阮眠和父亲去了以前常去的粤式餐厅。饭后，服务员送上来餐后甜品，阮明科不嗜甜，全都给了阮眠。

他喝了口水，盯着阮眠清瘦的脸庞看了会儿，才出声喊道："眠眠。"

"嗯？"阮眠捏着勺子抬起头。

阮明科从包里拿出一个文件袋递了过去："爸爸的项目组过段时间就要调去西部了，估计两年之内都不能回来，也不能和家里人联系。这里面是南湖家园那套房子的过户手续，另外还有一张银行卡，密码是你的生日，你收着。"

南湖家园是阮明科和方如清没离婚时，他们一家三口一直住着的地方。

阮眠很吃惊，又有些讲不出来的难过，手捏着甜品勺的长柄摩挲了几下："那今年过年，你都不会在平城了吗？"

"应该是的。"阮明科看着她，眼眶微红，"是爸爸没用，没能守住这个家，现在还要放你一个人在这里。"

阮眠眼眶一酸，可她又不想当着阮明科的面哭，拿手揉了下，声音发涩："没有，妈妈说得对，离婚这件事没有谁对谁错，只是你们两个的缘分不够深。"

阮明科别了视线，沉默片刻才说："你妈妈无论是作为妻子还是母亲，都是非常称职的，她现在带你去了新家庭，有时候可能会顾不着你，你也别怨她，她一个人也不容易。"

"嗯。"

"今年过年你要是不想留在平城，就去奶奶家，奶奶一直都在挂念着你。"阮明科勉强笑了下，"爸爸离开这两年，就把两个妈妈都托付给你了。"

阮眠吸了吸鼻子："嗯。"

吃完饭，阮明科送阮眠回学校。

3000米长跑是下午最后一场比赛，四点钟才开始，阮明科五点钟有个会，等不到比赛开始就走了。

阮眠心里难受，只送他出了操场："爸爸再见，路上注意安全。"

"好。"阮明科摸了摸她的脑袋，"那你回去吧。"

"嗯。"阮眠走了几步回头，发现阮明科还站在原地，又和他挥了挥手，收回视线往回走的时候，眼泪猝不及防地掉了下来。

操场四周回荡着轻快的歌声，人潮涌动，阮眠抬手抹掉眼泪，快步从人群中穿过。

那天的3000米比赛，阮眠是唯一一个跑完全程的女生，但也是唯一一个哭得最凶的女生。

从三分之二圈开始，一直半陪半跑的孟星阑就发现阮眠的不对劲，眼泪和汗水糊满了整张脸。

孟星阑又惊又急："眠眠你怎么了？是不是难受啊？"

阮眠只是摇头，脚下的速度始终未慢下来，风从四面八方涌过来，吹散了奔跑带来的热意。

进入最后的冲刺圈，阮眠忽然提速，孟星阑跟不上，穿过大半个操场跑向终点。

这时候已经是傍晚时分，操场的人只多不少，孟星阑拽上忙完来找她的梁熠然："快快快，跟我来一下。"

梁熠然被她拉着胳膊往前走，长腿轻轻松松跟上她奔跑的步伐，身后跟着江让和沈渝。

江让问："怎么了？"

"阮眠不知道怎么回事，一直在哭。"说话间，几人已经走到终点，不远的距离外，是阮眠迈过终点线的身影。

计分老师按下秒表，孟星阑冲过去把人扶住，耳边是女生失控的哭声，完全卸了力的身体压着她往后倒。

梁熠然在孟星阑背后托了一把："先去旁边。"

周围的老师看到这里的情况，说了声："别坐下来，同学扶着走一走，难受是正常的，过会儿就好了，哭一哭也没事。"

老师这么一说，孟星阑就没那么担心了，拿纸巾擦掉阮眠脸上的泪水："好了好了，没事了。"

班里后勤部的同学拿着兑了葡萄糖的水走过来："喝一点吧，人会舒服点。"

阮眠哭够了，接过去喝了几口便没再喝，手里的水没地方放，站在旁边的江让伸手接了过去。

她也没在意，低头吞咽了下，嗓音仍旧沙哑："我没事了，你们去忙吧，我在这里歇一会儿就好了。"

"没事，你歇你的，反正等会儿也没其他比赛了。"孟星阑松了口气，往后靠着台阶问，"陈屹呢，怎么不见他？"

"在教室补觉呢。"江让把玩着手里的矿泉水瓶，"沈渝，给他打个电话叫他过来吧，等会儿一起去吃饭了。"

"行。"沈渝拿着手机走去旁边。

阮眠闭着眼睛休息，听见打完电话回来的沈渝说陈屹等会儿就过来，她眼皮一跳，睁开眼说："孟孟，我想先回去了。"

"啊？你不跟我们一起吃饭了？"

"我有点难受，想早点回去休息。"刚跑完3000米的阮眠，脸色苍白，眼眶湿红，头发乱糟糟，浑身汗津津的，实在不是能一起出去的样子，加之难受也是真的，她确实没什么胃口。

孟星阑说："那我送你回去吧。"

阮眠没拒绝。

她俩离开有一会儿了，陈屹才从教室过来，他的项目都在明天，今天来学校也是不想留在家里面对啰唆的父母。

他看着就是一副刚睡醒的样子，倦怠都写在脸上，夕阳昏黄的光影将他的影子拉得很长。

去吃饭的路上，几个男生聊起刚才的事情。沈渝搓着脖子："我还是头一回见女生哭成这样。"

陈屹不知内情，没怎么在意地问了句："谁哭了？"

"你同桌啊，跑完3000米的时候哭得上气不接下气，吓得我还以为她怎么了。"沈渝说。

陈屹没看到阮眠哭起来是什么样子，却记得上午她奔跑时勇往直前的模样，垂着眼问："为什么哭了？"

"不知道，估计是难受吧，她是唯一一个跑下来的。"沈渝笑了下，"我看其他班没跑完的女生也哭了，不比阮眠哭得少。"

一旁的江让打了个岔："晚上去哪儿吃？"

"吃火锅吧，我想吃了。"梁熠然说。

沈渝上前一步搭着他的肩膀："说清楚啊，到底是你想吃，还是你家那位小青梅想吃？"

梁熠然弯唇笑起来："她想吃。"

人群里发出鄙视的长音。

那时候路的尽头是悬在地平线之上的夕阳，暖橙色的余晖铺满大地，少年并肩前行的身影，无畏又无惧。

孟星阑将阮眠送到家。家里那会儿没人，阮眠去卫生间洗了把脸，出来又去厨房给孟星阑拿了一瓶酸奶。

她肩上搭着毛巾，在沙发另一侧坐下，见孟星阑对着放在电话桌上的相册发愣，主动开口解释道："这里是赵书棠的家，我妈妈在今年夏天和她父亲领了结婚证。"

孟星阑惊呆了："那你和她……"她一言难尽，用手比画了下。

"就是你想的那样。"阮眠抿了抿嘴角，"我不是要故意瞒着你的，是赵书棠不想班里其他同学知道我们的关系，我才一直没有说。"

"哇喔。"孟星阑眨眨眼，"那我会替你保密的。"

阮眠笑了下："谢谢。"

孟星阑没在赵家久留，收到梁熠然发来的吃饭地址就离开了。她走后，阮眠回房间拿衣服下来洗了澡。

热水将小腿在运动过后的酸涩引了出来，她回房间捏了会儿腿，坐在床上打开了阮明科留给她的文件袋。

里面除了阮明科提到的过户资料和银行卡，还有三封信，分别是写给十六岁、十七岁、十八岁的阮眠。

离阮眠十六岁生日还有一个多月，她把东西收起来锁进抽屉，吹干头发躺在床上。

疲惫和困意如潮水般涌来，阮眠没能支撑太久，迷迷糊糊地睡了一觉，醒来时天已经黑了。

外面的走廊传来方如清和赵应伟的说话声，她揉了揉眼睛，起床走到门边开了灯。

大约是屋里的亮光从门缝透了出去，没一会儿，方如清就过来敲门了："眠眠，你醒了吗？"

"醒了。"阮眠趿拉着拖鞋去开门。

方如清走进来，手里提着一个包装袋："今天下午我和你赵叔叔去商场给你买了条裙子，你试试。"

"好。"

阮眠接过衣服，方如清拉上窗帘后背对着她站在桌边："你爸爸今天来找你了？"

"来了，中午我们一起吃了饭。"

"他最近还好吗？"

阮眠拉上侧腰边的拉链："挺好的，就是过几天要调去西部，这两年估计都不会回来。"

"这么久。"方如清问，"穿好了吗？"

"好了。"

方如清买的是一条浅蓝色格子长裙，很衬人，阮眠皮肤白又瘦，穿起来很让人眼前一亮。

"蛮好看的。"方如清走过来替她捋了捋领子，"真不错，晚上就穿这件出去吃饭吧。"

"出去吃？"

"对啊，难得今天我们一家人都有空，你赵叔叔特意在外面餐厅订了位置。"方如清摘掉裙子上的吊牌，"晚上外面还是有点凉，你穿件外套吧。"

"行。"阮眠去衣柜里拿了件牛仔外套。

晚上大约是一家人都在，赵书棠没给人什么坏脸色，只是话比较少，阮眠也一样，不怎么主动开口。倒是赵书阳，一会儿姐姐一会儿妈妈叫得很亲热，偶尔说一些童言童语，惹得桌上人都笑了起来。

阮眠没什么胃口，吃了几口放在外套里的手机连着振动了下，她停下筷子，拿出来在桌底看了眼。

是孟星阑发来的消息。

[孟星阑]：新的座位表出来了。

[孟星阑]：老周绝了！！！

[孟星阑]：竟然把你和赵书棠弄成了同桌！！！

相较于最近发生的一系列事情，和赵书棠成为同桌无疑是阮眠转到八中以来最让她糟心的一件事。

上次月考她和赵书棠的名次只差几名，按照周海以往排座位的模式，她们俩不该是同桌。

但没想到，周海这次改了排位的顺序，只有前十名和后十名是按照拉帮扶的模式。至于剩下的一部分学生，则是根据学生各学科情况综合排出来的另外一种拉帮扶模式。

理一班共有五十六名学生，阮眠上次月考刚好排在四十六名，倒数第十一个，不在第一种模式之内。而上次月考赵书棠语文和英语都排在年级前十，但数学却和阮眠的语文一样，堪堪挂在及格线上。

在周海看来，赵书棠和阮眠在生活上是一家人，在学习上又互补，坐在一起再合适不过。

但他不知道的是，这两人表面看着和谐，私底下却是针尖对麦芒，爆发只在一瞬间。

赵书棠是当晚吃过饭回去才知道座位的事情，那时候他们全家都坐在客厅看电视，她看完消息一脸不可置信的模样像极了阮眠之前的样子。

阮眠权当看不见，坐在原地按兵不动，打算等明天去学校，再去找周海聊这件事。

但等到第二天，阮眠到了学校正准备去找周海的时候，赵书棠却告诉她："你不用去了，我已经找周老师聊过了，我们做同桌这事，是你妈建议的。"她嘲讽地笑了声，"真有意思。"

方如清的目的显而易见。

两个年纪相仿的孩子，想要成为真正的一家人，势必要先有近距离相处和接触的机会才行。

阮眠心里梗着一口气："不管你对我、对我妈有什么意见，她现在已经是赵叔叔的合法妻子，在法律意义上是你的长辈，你没必要这么阴阳怪气的。现在是你爸和我妈过日子，将来要走一辈子的也是他们，不是和你，懂吗？"

赵书棠翻了个白眼："不过就是贪图我们家的房子，至于说得这么冠冕堂皇吗？"

阮眠觉得自己没法和她交流，丢下一句"你爱怎么想就怎么想"就下楼去操场了。

陈屹上午有跳高比赛。

阮眠到操场的时候才知道他在八中的人气有多高，整个跳高场地，里三圈外三圈站着的全是女生。

她没往里硬挤，和孟星阑站在不远处的看台上，高度的原因，正好可以看到被人群围起来的那一小片场地。

陈屹今天穿了身黑色的运动服，长身鹤立，奔跑起跳的时候像一道流畅的抛物线，完美而精准，轻而易举地赢得了满堂喝彩。

人群里不时传出女生激动的叫好声，阳光刺目，阮眠微眯着眼，视线里全是男生肆意潇洒的模样。

操场的广播里又响起那首耳熟能详的《晴天》，歌词里唱到"从前从前有个人爱你很久，但偏偏风渐渐把距离吹得好远"。

一如此时，他在人群里闪闪发光，而她不过是台下芸芸众生中毫不起眼的一个。

几百米的距离，却划出了两个世界的悲欢喜怒。

两天的运动会结束后，班级里的座位安排也已尘埃落定，阮眠和陈屹短暂的同桌生活还没来得及步入正轨就被彻底掐灭掉所有可能性。

换座位那天平城下了场小雨，空气湿漉漉的，带着南方城市特有的潮湿和黏腻。阮眠早上起晚了，到教室的时候班里全是挪椅子拽桌子的动静，她收起雨伞放在门口，在角落找到自己的桌椅。

她和赵书棠同桌的事情没有转圜的余地，新座位在第三组第四排，和远在第一组第一排的陈屹相隔甚远。

但好在是他前她后，只要抬头就能看见。

阮眠刚把椅子架到桌上，路过的体育委员林川搭了把手："你坐哪儿，我帮你吧？"

"在那边，第三组。"

林川不费吹灰之力就把阮眠的桌子搬了过去，阮眠拿着椅子和书包，走过去说了声谢谢。

男生爽朗地笑了笑，摆摆手说不客气。

教室里的吵闹只持续了一会儿，换好座位之后，赵祺便捧着茶杯来了教室。瞧见班里的座位变动，他站在讲台下，问坐在中间第一排的女生："座位是你们周老师调的，还是你们自己选的？"

"周老师安排的。"

他"哦"了声，抬头看了一圈，捧着茶杯走到阮眠面前："听说你们周老师给你报了高一那边的作文辅导班？"

"应该是的，他之前提过这事。"阮眠无意识地捏着书页边缘。

"这样啊，那也行吧，你先去上着，有什么不懂的就过来问我。"说完，他低头看了眼阮眠摊在桌上的课本，屈指轻敲桌面，"早读看什么物理，多背背语文和英语。"

"知道了。"

班里书声琅琅，窗外是绵绸的雾雨，和赵书棠同桌的第一天，阮眠才真正体会到了什么叫作无话可说，两个人之间像是有一层无形的屏障，阻挡了所有可能性的交流，好在彼此心里都有数，这样的情况是最好的结果。

相安无事过了一周，阮眠按部就班地上课，到了周日下午，要比其他同学先去学校上两节作文辅导课。

那天下午，她坐在全是陌生面孔的教室里，听着老师讲起枯燥无味的内容，也终于明白有些事情只能是奢望。

两节作文课结束正好是五点，阮眠收拾好东西，和一起上课的同桌学妹交换了联系方式。

离开高一教学楼，阮眠去校外的饺子店吃晚餐，来八中的这两个月，这家饺子店是她最常来的一家店。这会儿正是学生返校高峰期，狭窄的店里全是学生，阮眠要了份香菇肉馅的饺子，和几个不认识的女生拼了桌。

无意间听她们聊起学校里的风云人物，阮眠微垂着眼眸，不动声色地放慢了咀嚼的动作。

很快她听见了那个熟悉的名字。

"你们听说了吗，今天下午有个女生在球场和陈屹表白被拒绝了。"穿蓝衣服的女生说。

另一个坐在阮眠旁边的女生问："不是吧？真的假的？"

"当然是真的，不信你们回去用电脑上学校贴吧看看，大家都传疯了。"蓝衣服女生拿出手机看学校大群，群里正好在聊这事，"你们看，现在还有人在说。"

消息较为滞后的两个女生头凑了过去，不时发出各种惊叹声："这女生真敢啊。"

"哪个班的知道吗？"

"好像是高二文艺班这学期新转来的美术生。"蓝衣服女生显然比她们消息要快捷许多，"据说还是从首都那边转学过来的，叫……"她一时没想起来名字，"叫什么我忘记了，反正人长得特别漂亮，而且身材也很——"

她用手在胸前比画了一下，惹得另外两个女生咻咻笑起来。

几个人聊得热火朝天，阮眠吃完最后一口饺子，端起汤碗放到门口的桌子上，从店里走了出去。

那会儿夕阳正好，阮眠随着人流走进校园，沿途路过热闹沸腾的篮球场，她扭头看了眼，视线里全是奔跑的身影，陌生又生动。

回到教室，班里同学都在说这事。

其实在八中有人和陈屹表白并不是什么稀奇的事情，只不过这次这个表白的女生，平常在学校的行为做派太过惊世骇俗，以至于大家都没有想到她会和陈屹牵扯上关系。

孟星阑从江让那里弄到了第一手消息，见阮眠回来，拉着她聊八卦："其实这次也不算是表白，我听江让说那女生的意思也就是想和陈屹交个朋友，至于其他的可以等以后慢慢相处。但陈屹这个人呢，是个特别嫌麻烦的人，拒绝各种花里胡哨，直接就没理人家，后来给他们男生一乱传，就变成现在这个样子了。"

"原来是这样。"阮眠笑了笑，没怎么在意地说，"不过那个女生还挺勇敢的。"

"那当然，毕竟人家有资本啊。"孟星阑边说边用手在胸前比画，恨不得自己也拥有那样傲人的身材。

看着孟星阑的动作，阮眠想起之前在饺子店碰到的那个做了同样动作的女生，以及她口中没想起来的那个名字，手翻了翻书页，装作无意问道："那……那个女生，她叫什么啊？"

"叫——"孟星阑话还没说完，余光看到往这里走来的人，立马抿了抿唇噤声。

"嗯？"阮眠疑惑地看着她。

话音才落，陈屹已经走到两人跟前，高大的身影落在桌上。阮眠下意识地抬起头，看到男生没什么表情的脸，目光闪了闪，莫名有些"在别人背后说闲话却被当场抓住"的心虚。

她咽了咽口水，默默低下头，旁边却突然递过来一张 A4 纸，耳边响起男生的声音："这是书单，你回去对着买，看完一本写一份读后感给我。"

"啊？"阮眠没反应过来，又抬头看着他。

陈屹把手里的纸撂在桌上，眼眸漆黑，语气淡淡："赵老师之前不是让我多教教你作文吗，这是第一课。至于老周让你去的那个作文班，你找个理由退了吧，对你没什么用。"

"……"

陈屹没多说，把该交代的交代完，人就走了，留下阮眠和孟星阑面面相觑又不知所措。

"你以后有罪受了，陈屹很严格的。"孟星阑拿起那张书单看了眼，"之前江让找他补英语，他直接把江让教到快要放弃这门课了。"

阮眠压着内心的欢喜，不让它泄露一分出来，面上依旧平静："是吗，这么严。"

"等你体会到了就知道了。"听力预备铃响，孟星阑放下手里那张书单，起身的时候又想起什么，"对了，刚才话还没说完，那个女生叫盛欢，文艺班的，长得特别漂亮，有机会我带你去文艺班看看。"

阮眠笑了下："好。"

孟星阑回了座位没多久，教英语的宋老师便拿着资料进了教室。阮眠收起陈屹给的书单，打开了听力材料。

那天是阮眠第一次听到盛欢这个名字。

当时不以为意的她却从未想到，在之后很多个枯寂难熬的漫漫长夜里，这个名字会成为她千万遍的耿耿于怀和无数次的辗转反侧。

没有像你

第四章
他和她的第一张"合照"

Mee you xin xiang ai

　　阮眠参加的那一届生物竞赛难度不高，奖项也没什么含金量，十月底获奖学生名单公布出来，一等奖有十几个，阮眠也在其中。

　　获奖证书送到学校的那天，八中的校领导通知所有获奖学生的班主任，让其领着学生去思政楼门口拍照。那会儿还是午休时间，阮眠趴在桌上昏昏欲睡，猝不及防被周海叫去跟学校老师领导和其他同学站在一起拍合照的时候，整个人都是一脸迷糊样。

　　秋日午后的阳光明亮和煦，摄影老师连着按了几下快门，停下动作看了眼照片，跟站在旁边的教导主任吴严笑着说："第一排右边这小姑娘太白了，拍出来的曝光过度，照片都不能用。"

　　吴严凑到镜头前看了眼，照片里阮眠的半边脸都是白茫茫的，他抬头，手在半空中划了划："那个阮眠，你站到左边来。"

　　"哦，好。"阮眠走到最左边的位置，那里光亮没那么足，这才勉强拍出几张能用的照片。

　　拍完集体的大合照，还有每个学生的个人照，用来贴在学校的公告栏橱窗里当展出用。

　　老师和领导陆陆续续都回了办公室，剩下的学生叽叽喳喳站在树荫下，等着摄影老师叫名字。

　　高一全拍完才到高二，按照班级顺序，阮眠是第一个，她捧着证书站在楼前的台阶上，在镜头前笑得格外僵硬。

　　隔天中午这张照片就被贴在了进入校园的第一个公告栏里，孟星阑和梁熠然在校外吃完饭回学校路过公告栏前，孟星阑拿手机隔着玻璃拍下了阮眠的那张照片。回到教室，她把手机拿给阮眠，整个人笑得不行："你当时怎么笑得这么呆啊？"

　　阮眠："……"

　　孟星阑笑得肩膀直抖，阮眠实在羞赧，没忍住瞟了眼手机屏幕。

　　那会儿大家用的手机大多都是诺基亚一类的按键手机，屏幕小，像素也不高，但也不影响观看。

阮眠看见那张照片靠左边的边缘处还有几行黑色的小字，她放大了看，是一个熟悉的名字。

陈屹

高一一班

日看尽长安花

最后一句话没拍全，全句是"春风得意马蹄疾，一日看尽长安花"，出自唐代诗人孟郊的《登科后》。

那是刚开学没多久的时候，陈屹暑假参加的物理竞赛公布了获奖名单，他拿了一等奖，当时学校也给他拍了一寸照放在公告栏里，之后阮眠还去拍了那张照片。

这中间差不多隔了一个多月的时间，阮眠也没想到自己有一天会以这样的方式和他出现在同一个地方。

想想，竟然比她拿了奖还要开心。

那天下午最后一节自习课，阮眠去了趟老周的办公室。在回教室的路上，她从三楼走廊处看到远处的学校大门，脚步逐渐慢了下来。

几秒后，阮眠折回头，从教学楼的另一侧楼梯跑下楼，径直往前跑，在靠近校门口的公布栏前停下脚步。

橱窗里陈屹的那张蓝底一寸照片边缘已经有些泛黄，男生面庞英俊，眼眸漆黑，脸上没什么表情，和旁边笑得傻里傻气的女生形成了鲜明的对比。

周围除了门卫室的保安没有其他人，阮眠拿出手机，小心翼翼地拍下了她和陈屹的第一张"合照"。

那模样认得好似在拍什么珍贵的宝贝，门卫处的保安在她走了之后，背着手溜达到这里，视线从左至右看过来。

橱窗里全是优秀学生的照片，面无表情的男生和笑起来呆呆的女生夹在其中，只是别人无足轻重的一眼。

周末的时候，阮眠去了趟市中心的新华书店，按照陈屹给的书单，买了一堆书，另外还拿了两本《如何阅读一本书》和《1000篇读后感》，以防这些书买回去无从下手。

从书店出来，阮眠在附近找了家打印店，把之前拍的那张照片打了出来，后来拿回去找不到放的地方，她索性放在日记的封皮夹层里。

阮眠不擅长文字，日记不是每日都写，偶尔想起来写，也只有寥寥几句，但每一句都离不开陈屹，也只有在那时候，她才能做到真正意义上的点题。

有了陈屹的帮忙，阮眠便没有再去作文辅导班上课，之前和她加了好友的学妹在QQ问她怎么不来上课了。

阮眠只说是找了别的辅导班，另外把陈屹给的书单也发了一份给她，说是老师建议阅读的书。

学妹表示十分感谢，之后在学校碰见，她塞给阮眠几根棒棒糖，阮眠还没来得及拒绝，人就已经跑掉了。

阮眠盯着跑远的身影笑出了声，随手把糖放进书包，回去之后在QQ上说了谢谢。

十一月底的那个周五，八中照例没有晚自习。傍晚最后一节自习课，阮眠在教室写完这周要交的读后感，准备下课拿给陈屹，结果周海半道被叫去开会，班里没了人管，陈屹和几个男生跑去打球，一直到放学都没回来。

她留在教室等孟星阑做完卫生，一起去外面吃了晚饭才回去，路过李家超市，看见穿着黑色篮球服的陈屹站在店门口。

那时候已经是深冬，平城每日最高温度不过八九度，晚上更是低得吓人，阮眠怕冷，早早就穿上了薄款的羽绒服，男生却好像不怕冷似的，胳膊和小腿都露在外面。

蹲在台阶上的李执比背朝路口的陈屹更先看见阮眠，他人蹲在地上没动，说话时唇边有一团团白气："听说你生物竞赛拿了一等奖，恭喜啊。"

这都是多久之前的事情了，难为他还记着，阮眠把没在衣领里的下巴露出来，说了声谢谢。

李执笑了下，从地上站起来。

陈屹早在他开口说话时就转过了身，额前的头发沾了水，在大冷天里结成一绺一绺的。

他抬手把头发揉开，手往下放的时候又顺手挠了挠后脖颈，问："你这周的读后感写了吗？"

"写了。"阮眠捏着书包的带子，"你现在要吗？"

陈屹点了下头："行，给我吧。"

李执转身往里走："进来说吧，外面这么冷。"

三个人一前一后走进店里，李执去了后面的院子，陈屹正捞起搭在椅子上的校服外套穿。

阮眠这周回来带了不少课本，书包有点重，搭在柜台边上，她翻到生物书，课本中间夹着笔和作文本，还夹着其他乱七八糟的东西。

她拿出来的时候，夹在课本最底下的东西掉了下来，砸在玻璃台面上发出"当"的一声。

阮眠偏头一看，是之前学妹给的棒棒糖，一直放在包里也没想起来吃。

站在一旁低头回消息的陈屹听见声响，抬头看过来："怎么了？"

"哦，没事，东西掉了。"阮眠找到作文本递过去，另一只手下意识去捡那根掉在桌上的棒棒糖。

陈屹看了眼她的动作，接过本子随意看了两页作文，说："周一去学校拿给你。"

"好。"交完作文也没其他事，阮眠不擅长和陈屹独处，李执又久久不回，她犹豫着准备回去了。

陈屹看出她的不安和焦灼，将本子放在桌上，又是那句："早点回去吧。"

阮眠对这几个字有阴影，乍一听到，整个人微微一僵，眼睛眨了两下，把手里的糖递了过去："我之前把你给我的书单发给了一起上作文课的学妹，这是她给我的糖，给你一根。"

陈屹把糖接了过去："谢谢。"

"没事。那我先回去了。"

"嗯。"

阮眠走到门口，又想起什么，扭回头。灯光明亮，男生的脸庞在光影中格外清晰。

她抿了下嘴角，缓声说："陈屹，谢谢你。"

男生愣了两秒，才抬起头说："不客气。"

阮眠露出一个格外浅的笑，收回视线从店里走了出去。夜色掺着昏黄光影，女生的身影很快消失在人群之中。

陈屹盯着雾气弥漫的夜色看了片刻，淡淡收回了视线。

其实作文这事要说起来他只能算是中间的搭桥人，真正在教阮眠的是他奶奶沈云邈老先生。

沈老先生大学就读于平江大学人文学院，毕业后一直留校任教，两年前被平江大学返聘回校，现在在中文系（前身为人文学院）授课。她教书育人大半辈子，带过的学生如今在业内也都事业所成，可谓是"桃李满天下，春晖遍四方"的最好诠释。

那天赵老师让陈屹教阮眠，陈屹回来之后就把这事托给了沈老先生，请她收个门外学生，也不用教得多么厉害，能把作文不写跑题就成。

之后的书单和读后感也都是沈老先生给阮眠布置的作业，陈屹怕阮眠心里有负担，就没跟她说实情，每次的读后感批注也都是沈老先生先在别处写好，他再誊到作文上。

阮眠跟着学了这么长时间，虽然没什么大的变化，但也算有进步，起码在前不久刚结束的期中考试中作文没有再写跑题。

思及此，陈屹拆开手里的棒棒糖，吃到嘴里一股子甜到腻的果香味，他微皱了皱眉头，囫囵嚼碎咽了下去。

2008 年的最后一天是阮眠的生日，那天正好也是八中的元旦晚会，学校早在大半个月前就开始在筹备晚会的节目。

全校一百多个班级，除了高三，剩下的每个班都要求交一个节目，之后再由校领导审核，砍掉了近二分之一。剩下来的都是要在晚会当天上台表演的，高二两个理科实验班受学校扶持，两个班合作出的小品一路过关斩将，最后成功地站在了当天的舞台上。

那个时候的快乐和欢闹都只属于高一高二，大礼堂和高三教学楼相距甚远，他们看不见那个没有硝烟的战场，尽情享受这一时刻的所有美好。

晚会当晚，高二文艺班的盛欢在表演完节目后，没有按照原定流程从舞台左侧退场。她捡起台下好友丢上来的大喇叭，当着一众师生的面，公开说要追求高二理一班的陈屹同学。

八中建校百年，还是头一回出现这样的事情，台下几千师生在猝不及防的安静中，突然爆发出一阵能把房顶掀翻的尖叫声。

场面几乎失控，学生们尖叫着、呐喊着、起哄着，而校领导则脸色各异神情莫辨，教导主任吴严率先反应过来，三步并作两步冲上台，夺过女生手里的大喇叭，把人给按下了台。

那是阮眠第一次见到盛欢，女生的妆容精致，肆意洒脱，廉价劣质的表演服在她身上体现出了最好的样子。

在观众席近乎失控的尖叫声中，她扭头看向坐在不远处的陈屹，男生戴着棒球帽，低着头在看手机，好像这一切的疯狂都与他无关。

有那么一瞬间，阮眠有些同情盛欢，但同时她又很羡慕对方。

因为，在全校那么多女生中，没有人能像她那么勇敢，那么不顾一切，毫无顾忌地说喜欢。

阮眠收回视线，耳边是孟星阑按捺不住的激动尖叫："我的妈呀！盛欢也太酷了吧！"

是啊。谁能不喜欢这么漂亮又不拘一格的姑娘。

阮眠的脑海里浮现出女生那张漂亮到过分的脸，她忍不住又扭头往后看，陈屹的座位空了出来。

那时候晚会已经在吴严的镇压下勉强回到正轨，场面没了之前的轰动，阮眠伸长脖子往四周看，最后在礼堂出口处看到男生往外走的身影。在他身后，是刚才站在台上跟他表白的盛欢。

两个人一前一后走了出去。

阮眠盯着那扇开了又关的门，心神全乱，听不见周围的声音，也看不到别的东西，脑海里全是两个人走出去时的背影。

那天直到晚会结束陈屹都没再回来，散场后，阮眠和孟星阑随着人流往外走，周围人全都在议论盛欢。

她揉了揉耳朵，整个人都有些不在状态。

从大礼堂出来后，孟星阑拉着阮眠去校外吃夜宵，冬夜的冷风凛冽刺骨，吹得阮眠的眼睛都红了。

那晚回到家，阮眠在夜里发起了高烧。隔天早上在家附近的诊所挂水时，她从孟星阑那里得知陈屹昨天又拒绝了盛欢。

当时是方如清陪着她在诊所，瞧见她面露喜色，方如清伸手替她掖了掖被子问道："遇上什么好事了？"

"没什么。"阮眠收起手机，"就是之前以为丢掉的试卷，又在同学那里找着了。"

"这么不小心，下次试卷可要收好。"

"知道了，以后会注意的。"

挂完一瓶水，方如清找来护士换药瓶。在这个间隙，她问阮眠："我昨天给你们周老师打电话，他说你前段时间跟书棠在班里闹了点矛盾是吗？"

班里的座位自从那一次月考换了之后，除了每两个星期的平移挪换，其他就没有再动过。阮眠和赵书棠也一直都是同桌，平常基本没怎么说过话，也没撕破脸闹起来过，顶多就是些小摩擦。

也就是上个星期，两人因为卫生的事情才撕破脸吵了一架。

班里的值日生是每天按小组轮换着来的，阮眠和赵书棠是同桌，自然也就被分在一起，另外一起的还有同组前两排的四个女生，以及坐在阮眠后面的两个男生。

值日组长刘婧宜和赵书棠交好，每次分给阮眠的都是倒垃圾这种脏活重活。那天班里正好换了一个新的垃圾桶，比之前大很多垃圾也比平时堆得多，阮眠一个人根本拿不动，同组负责擦黑板整理讲桌的齐嘉就说要帮忙。

刘婧宜当时就不乐意了，说："齐嘉，你的黑板还没擦呢，等会儿要是检查卫生的来了，我们班被扣分你负责？"

齐嘉："卫生部六点钟检查卫生，现在才五点半，我就算倒完垃圾也来得及。还有，你难道看不出来这个垃圾桶比之前那个大很多吗？就算是两个女生也很吃力的，你让阮眠一个人去倒垃圾什么意思啊？"

刘婧宜："那本来倒垃圾就一直是她负责的啊，我们都有自己的活要干。"

齐嘉还要说什么，阮眠拉住她，自己往前一步："那行啊，你来试试这垃圾桶你能不能一个人拿起来。"

这时候，站在一旁的赵书棠冷不丁插了一句，语气嘲讽："有的人啊，还以为自己是公主，不想干活就直说呗。"

"你有意思吗，赵书棠？"阮眠笑了声，也不想忍了，索性破罐破摔，"不就是我妈和你爸再个婚的事，你至于这么针对我吗？"

赵书棠当时脸色就变了，周围站着的同学也惊呆了。在场的两个男生不想场面闹得太僵，出来打圆场说："这样吧，垃圾阮眠和齐嘉去倒，黑板我们来擦，你们俩怎么说也是一家人，别吵了啊。"

赵书棠吼了句："谁跟她是一家人！"说完，人就跑了出去。刘婧宜瞪了阮眠一眼，也跟着跑了出去。

阮眠垂着眼说："我没想和赵书棠吵，是她一直这么阴阳怪气的，我没忍住才说了几句。"

方如清听完沉默了好一会儿，才握着她的手说："你的性格我知道，不是会先来事的人。我之前也不知道书棠她是这个样子，只是想着你们现在毕竟是一家人，就跟你们周老师提议让你们俩坐到一起，要是早知道——"

"妈。"阮眠打断她的话，"这不怪您，是我之前想得太多，没跟您说清楚。"

"这样吧，我回头给你们周老师再打个电话，让他给你们俩调开。"方如清叹了口气，"总不能让你跟着我嫁过来，一直这么受委屈，不然我以后怎么和你爸爸交代。"

阮眠抿了抿唇，没说话。

那天挂完水回家，阮眠在楼上房间休息，孟星阑还在QQ上和她聊盛欢和陈屹的事情，大多聊的是盛欢。

后来孟星阑又问阮眠下午出不出来玩，阮眠回她自己生病了，没法出去玩，对方直接打了个电话过来。

接通后，是孟星阑咋咋呼呼的声音："不是吧阮眠，你怎么又又又生病了？我记得你上次国庆的时候也生病了，你跟节日犯冲吗？"

阮眠笑："我体质不好，冬天容易生病。"

"那好吧，还想叫你出来玩的呢。"孟星阑有些失望，"每次和他们男生出去玩都只我一个女生，我好孤单啊。"

"对不起啦，我是真的没办法出门，而且我万一再把病毒传染给你们就不好了。"

"哎呀，你道什么歉，我就是在跟你抱怨，反正以后多的是机会，你就在家里好好休息吧。"

阮眠说："好，知道了。"

元旦只有三天假，短得让人还没反应过来就已经结束了，阮眠的感冒没好彻底，去学校那天穿得比平常还要厚实。

路上碰见班里的同学，别人都没认出她，只有齐嘉从后面跑过来拍了下她的肩膀，笑她怎么穿这么多。

那天下午阮眠在班里说出自己和赵书棠的关系之后，周海很快就从其他同学那里得知了这件事，在班会课上特意强调了几遍不要议论别人家的私事，别人说是一回事，我们不能说。

之后班里就少了很多议论，阮眠也由此和齐嘉走得近了些，平常孟星阑和梁熠然去吃饭，她都是和齐嘉一起，偶尔也会三人行。

"我怕冷。"阮眠声音还有些瓮瓮的，一说话嘴边都是白气。

"这还没下雪呢。"齐嘉敞着怀穿羽绒服，里面就一件卫衣，"等到下雪，你岂不是要裹被子来学校了？"

"也没那么夸张吧。"

齐嘉张着嘴哈哈大笑，站在校门口的吴严冷不丁一声："笑笑笑就知道笑，都几点了大小姐们，还不走快点！"

两人被吓了一跳，下意识加快步伐走进校园。齐嘉转身朝着吴严的背影做了个鬼脸，抱怨道："我好烦吴严哦，又凶嗓门又大。"

阮眠手揣在外套口袋里，低着头说："我以前在六中的教导主任比吴严还凶还可怕。"

"那你好惨，从一个苦海来到了另一个苦海。"

"……"

两个人边走边聊，走到教学楼底下的时候，突然从旁边跑过来一个女生，搭着齐嘉的肩膀，语气格外激动："嘉嘉！陈屹今天早上通过我QQ好友了！"

"是吗，恭喜啊大小姐，追人之路又近了一步。"齐嘉站直了身体，回头笑着给阮眠介绍，"阮眠，这是我朋友盛欢。"

冬日的早晨雾蒙蒙的，女生的脸庞张扬艳丽，细长微翘的眼睛里全是笑意。阮眠忍着喉咙里的不适，和她点了点头："你好。"

"你好。"盛欢爽朗地应声。旁边有同学在催她快点走，她松开挂在齐嘉肩膀上的胳膊，"那我先走了，回头去你家找你。"

齐嘉语气无奈："还是我去你家吧，省得你妈又念叨你。"

"成。"

女生跑远了。

阮眠忍不住回头看了眼。大冬天的，女生穿得单薄，不过膝的短裙下是两条笔直修长的腿，身形曼妙多姿。

一旁的齐嘉没在意，又重新聊起之前被打断的话题。

阮眠心不在焉地听着，脑海里全是女生那句"陈屹今天早上通过我QQ好友了"。

感情就是这么蛮不讲理的，有人想方设法地藏匿住自己的心思，就有人会奋不顾身地去追求。

她是没勇气迈出步伐的胆小者，可别人不是。

阮眠回到教室，觉得喉咙里的不适越发明显，边咳嗽边起身拿着水杯出去接水。

水房和厕所一墙之隔。

阮眠站在饮水机前咳得厉害，拿杯子的手也跟着颤抖，热水猝不及防抖出来一些。

她忙往回收手，如注的热水倾泻而下，砸在水槽的铁板上，水溅得乱飞，幸好这时候旁边有人及时伸手关了水龙头。

男生的身形因为这个动作挡在她面前，身上轻淡的味道清晰可闻。

阮眠忍不住又偏头咳嗽了几声，脸颊迅速染上几分红晕，不知咳的还是觉得难堪导致的。

陈屹拿过她手里的水杯，接了大半杯递过去："喝点水吧。"

"谢谢。"阮眠接过去，保温杯的杯壁察觉不出温度，她凑到唇边喝了一小口，热水滑过喉管，减轻了不少不适感。

旁边的窗户没关严，呼啸的冷风从窗缝挤进来，吹得人身体发寒。

"走吧，快上课。"陈屹把手放回外套口袋里，率先迈步往教室走，他走路不像别的男生松松塌塌的，一步一迈都很笔挺。

阮眠落了两步走在他后面。

那时候，冬日早晨的阳光薄薄一层，穿过还未散尽的雾气落到走廊里，一前一后的两个人，像是电影里擦肩而过无数次却永远都不会有交集的两个陌生人。

隔天是周一，上午的升旗仪式照常进行，操场一片蓝白色，广播里吴严正在对上周违纪的同学进行公开处分。

其中就有之前在元旦晚会上做出出格行为的盛欢。女生换上了校服，站在一群男生中格外打眼。

喇叭里念到盛欢的名字时，阮眠听见四周发出唏嘘的起哄声，有人明目张胆地把目光转到一班的队伍后排。

江让拍了下陈屹的肩膀，调笑道："现在被盛欢这么一弄，你在我们学校更出名了。"

男生轻描淡写的目光从台上一掠而过，语调漫不经心："无聊。"

喇叭里的声音还在继续，站在人群里的阮眠悄无声息地收回视线，看向远方初升的朝阳。

那之后很长一段时间，阮眠都能从不同的人那里听见有关盛欢的事情，好的坏的，离经叛道又张扬洒脱。而盛欢也真的像她所说的那样，正式向陈屹展开了追求。

她那样性格的人，追起人来也一板一眼，早上送早餐，下午送奶茶，晚上还有护"花"服务。

花不是别人，是陈屹。

她每天下了晚自习就来一班报到，文艺班的教室在教学楼一楼的最西边，盛欢每次都要提前十分钟从教室溜出来，才能在下课之前抵达教室处于教学楼三楼最东边的理一班。

面对她这样明目张胆的追求，陈屹却始终不为所动。

送来的早餐和奶茶不是丢了就是拿给了其他人，后来为了躲她，陈屹甚至开始不来上晚自习。

这样的日子一直持续到这学期末结束。

期末考试前一周，学校开始对每班晚自习出勤率严查死守，有缺席的会扣掉班里的分，陈屹只好又回来上晚自习。

盛欢不知道从哪儿得到了消息，第一节自习一下课就堵在了一班的教室门口："陈屹，你出来。"

当时值班的化学老师还没走，班级里就已经有了起哄声，门外也有不少围观者。

方老师年轻，思想没那么古板，他丢掉手里的粉笔，拍拍手笑着说："陈屹，人家女生都找上门了，你一个男生别这么不给面子啊，有什么事情出去说，好好解决。"

班里起哄声和着外面的叫好声。

阮眠看着男生站起来走了出去，走廊外热闹的讨论声在很长一段时间里都没能消停下来。

她低头看着卷子，再也听不进一道题。这时，换了有一个月的新同桌傅广思戳了戳她的胳膊："周老师让你去一趟他办公室。"

"哦，好。"阮眠回过神，"谢谢啊。"

"不客气，快去吧。"

阮眠走出教室，走廊外已经看不到陈屹和盛欢的身影，只剩下八卦在各班之间迅速传播。

最后一节自习一般都由班主任负责看管，周海拿了一沓试卷给阮眠："隔壁班王老师出的卷子，你把我们班的数出来，拿回去发了，最后一节自习我们做这套卷子。"

"好的。"阮眠接过来放到旁边的空处数。

周海站起来接水，问了句："这段时间和陈屹学得怎么样啊？"

她当初听了陈屹的话，和周海提了下不去作文班的事情，周海当时也从赵老师那里知道了这事，也就没怎么太过问了。

阮眠动作没停，低着头说："还行。"

"马上就期末考试了，这次好好考，看能不能冲进年级前五十。"周海回到位子上坐下，"下学期学校要开设一个数理化竞赛班，负责数学组的严老师让我问问你有没有兴趣。如果要去的话，以后就是走竞赛保送这条路了，你看看你有没有什么想法？"

阮眠一时也拿不准主意："我想先回去考虑考虑。"

"行，反正也不急在这一时。"周海笑，"回去也和你母亲商量一下。"

"好，我知道了。"阮眠犹豫了几秒问，"周老师，那我们班现在有其他同学想报名吗？"

"暂时还不清楚，这事我还没通知其他同学，毕竟竞赛也不是说拿奖就能拿奖

没有像你

的，学校方面对学生成绩这块还要再综合考察一下。"

阮眠点点头，没有再多问，数完试卷就回了教室。

陈屹那会儿已经在教室了，江让和隔壁班的沈渝围在他桌旁，阮眠发试卷从旁边路过，听见他们在讨论今年寒假在哪儿过。

她放了两张试卷在陈屹同桌的座位上，江让突然回过头，看她捧着一沓试卷，从座位上站了起来："我帮你一起发吧。"

阮眠没好拒绝，分了他一半："谢谢。"

两人顺着同一条过道往后走。

江让问："周老师找你干吗啊？"

阮眠："拿试卷，说了些考试的事情，让我这次期末考试好好考。"

江让："他是在担心你语文和英语吧。"

"估计是的。"

"我听说你在和陈屹学习写作，那你要不要我帮你补英语？"江让看着她，像是怕被拒绝，又补了一句，"作为交换，寒假你帮我补数学怎么样？"

阮眠觉得他的提议有些突然，没一口答应也没一口拒绝，只说："我还不确定我今年寒假在不在平城。"

"你不在平城？那你去哪儿？"

"可能去我奶奶家。她家住在乡下，我要是回去的话，估计得到开学之前才会回来。"

提到家人，江让不免想起之前班级里传过关于她和赵书棠之间的那些八卦，怕引起她的伤心事，没再问下去，只说："那到时候再说，如果你不回去的话，我们再联系？"

阮眠点点头："行。"

发完卷子，第二节自习课也开始了。

老师这节课不讲卷子，让大家自己写作业，他在教室里坐了会儿又起来转了两圈，然后就让阮眠的同桌也是班长的傅广思上讲台来看自习，自己回办公室改卷子。

孟星阑和傅广思打了声招呼，坐到她的位置上，和阮眠低语："你把今天上午的物理卷子借我看一下，我有道题没记下来。"

阮眠从物理书里翻出卷子拿给孟星阑："我没记整个的解题过程，只记了解题思路。"

"可以，没事，我先看看。"孟星阑接过去看了几眼，然后趴在桌上，拿笔戳了戳坐在前面的齐嘉，"哎！"

齐嘉扭过来，面上一惊："你什么时候换过来的？"

"这不重要。"孟星阑让她靠近点，"你那个朋友，盛欢，还打算继续追陈屹吗？

这都拒绝几次了啊。"

齐嘉往后靠着桌子，朝阮眠这边侧着头，拿书挡着脸："肯定还要追吧，她这人不到黄河心不死，势必要把人追到手才肯罢休。"

说话间，阮眠笔下一划拉，笔尖在试卷拉出一道黑线。

"我感觉悬，陈屹不是那么好追的人。"孟星阑又看向阮眠，"眠眠，你觉得呢，盛欢能追上陈屹吗？"

阮眠不动声色地拿手盖住刚才的印子，唇瓣动了动，却没说话。

能吗？

她也不知道，但她希望不能。

人都有自私的一面，阮眠也不能幸免。

她抿了抿唇："我不知道。"

孟星阑摇头叹气，感慨了句："不过我还挺佩服盛欢的，她做了我们都不敢做的事情。"

齐嘉一根筋，没转过来弯："你也喜欢陈屹啊？"

"你胡说什么呢。"孟星阑没控制好声音，一惊一乍的动静在安静的教室格外响亮。

傅广思朝她丢了个眼神，她在嘴边做了个拉拉链的动作，压着声说："我说的是当众表白这种事，和人没关系，主要是这个事。"

齐嘉笑："懂了，懂了。"

又聊了几句，门外有巡查老师过来，两个人各自坐正，开始忙正事。

等巡查的走了，孟星阑碰了碰阮眠的胳膊，歪着头说："我听江让说，陈屹为了不让盛欢再来我们班找他，答应了这周末和她去市中心新开的鬼屋玩。"

阮眠眼皮一跳，声音有几分发涩："是吗？"

"是的哦，陈屹已经答应了，不过那天江让、沈渝还有梁熠然他们都会去，江让刚才问我去不去。"孟星阑"啧"了声，语气有些苦恼，"我是想去的，但就我一个女生，盛欢到时候肯定还要带朋友，我和她又不熟。"

她念叨着，突然想起什么，凑到阮眠跟前："不如到时候眠眠你陪我一起去吧？"

阮眠太阳穴突突直跳，心里烦乱，好半天才应了句："好。"

到了周六，平城初雪来袭，阮眠早上起床时，外面已经白茫茫一片，巷子里沟沿角落随处可见被铲起来的小雪堆，远处交织的天线也裹了一层白，鸟雀在上面停留，不堪重负的天线摇摇晃晃坠下簌簌雪花。

南方不通暖气，屋里不开窗还好，一开窗寒风凛冽刺骨，阮眠将窗户合紧了，穿上外套下楼。

方如清和赵应伟难得有个周末休息，两个人一大早就在厨房忙活。见阮眠起床，方如清抬头往外看了眼："今天周末，怎么也不多睡一会儿？"

"睡不着了。"客厅窜风，阮眠被吹得人发冷，低头轻咳了声，"我先去洗脸刷牙。"

"去吧，衣服穿厚点。"

"知道了。"阮眠趿拉着拖鞋往卫生间走，在门口碰上刚上完厕所出来的赵书阳。

小男生除了第一次见面叫了阮眠一声姐姐之后，就再也没叫过第二次，但他平时又特别喜欢黏着阮眠。这会儿，他拽着阮眠的羽绒服下摆，大眼睛扑闪两下："你想打雪仗吗？"

哪里是问她想不想，分明是自己想玩，又不敢一个人出去玩。

阮眠喉咙发痒，又怕传染给他，握拳抵在唇边，偏头咳嗽了两声才笑着说："等会儿要吃早餐了，吃完我们再去行不行？"

"行。"他松开手，"拉钩。"

阮眠哑然失笑，伸出小拇指和他的小拇指钩在一起盖了个戳。

吃完早餐，阮眠回房间换了身衣服，拿了帽子和围巾，带着赵书阳去外面的平地玩雪。

家门口附近的雪还没被铲完，阮眠陪赵书阳玩了会儿，十根手指冻得通红，最后受不了站在旁边看着他自个推雪球。

赵书阳人小力气大，三两下就推了两个圆滚滚的雪球出来，阮眠搓了搓手，走过去帮他把两个雪球摞在一起。

玩得正兴起，旁边有人喊了一声："阮眠。"

阮眠闻声回头，看到正朝着这里走来的李执，她拍拍手站了起来："你们学校高三周末都不用补课的吗？"

"天气太冷了。"话是这么说，他却跟不怕冷似的，敞着怀的羽绒服里只有一件单薄的T恤，"你干吗呢？"

"堆雪人。"

李执挑眉笑了笑，偏头朝后看了眼："那是你弟弟？"

"嗯。"阮眠把冻得快没知觉的手塞进口袋，和他并肩站在路边，"你怎么从这边过来的？"

李执也两手插兜："网吧那边有堵围墙被雪压塌了，把路给堵住了，你没发现今天早上这边路过的人都多了些吗？"

阮眠笑了下："刚起床呢，没注意。"

两个人就这么站在路边有一搭没一搭地聊了起来，赵书阳回头看阮眠不搭理自己，搓了个小雪球丢过去，没承想到了正在说话的李执。

"那——"

"嘭——"

李执的话音戛然而止。他抬手拍掉衣服上的雪迹，瞄了眼站在原地的赵书阳，有些好笑："这小孩是不是欠打啊。"

阮眠不大好意思地摸了摸鼻尖："赵书阳，过来给哥哥道歉。"

"算了，说着玩呢。"说完，这人伸手从旁边堆着的瓦砾上攥了团雪就朝阮眠砸了过来，砸完笑着往后退了两步，"弟债姐偿。"

阮眠抿了抿唇，欲言又止："……"

李执退到赵书阳身边，胳膊搭在他肩膀上，半蹲下来和他说话："我们来打雪仗，一起砸姐姐好不好？"

小屁孩重重地点了下头："好！"

阮眠："？"

莫名其妙地，三个人就开始打了起来，半空中全是乱飞的雪团，阮眠招架不住两个人的火力，主动投降。

玩了大半个小时，李执带着赵书阳在平地上堆了个大雪人，阮眠把自己的红帽子贡献出去。

见状，赵书阳也坚持要把自己的围巾系在雪人的脖子上。

拾掇好，李执从外套口袋里拿出手机，对阮眠说："站过去，我帮你们俩拍张照片。"

"啊？"

"留个纪念。"

阮眠无奈地笑了下："行吧。"

她和赵书阳一左一右站在雪人旁边，天空偶尔有雪飘下来，李执举起手机，看了眼屏幕，偏头说："你这表情好像我拿了把刀架在你脖子上逼你拍照的感觉。"

阮眠天生就对镜头有恐惧感，听他这么一说，倒是没忍住笑了出来，李执眼疾手快，按了下拍照键。

老式相机拍照还有那种很响的"咔嚓"声，雪人、小孩和笑得灿烂的女生一同被定格在画面里。

李执把照片递给她看。

阮眠看了眼，夸道："拍得挺好的。"

"回去传给你。"李执收起手机，抬头看向远方的天。

彼此沉默了会儿，他开口喊了声："阮眠。"

"嗯？"阮眠抬头看着他。

他扭头看过来，语气难得正经："以后多这么笑笑吧。"

阮眠愣了下，目光和他对视了会儿，低头错开了视线，没接话。

李执垂眸，脚底碾开旁边的雪团："人这一辈子，活着就已经够受罪了，有些不重要的事情，就不要放在心上，别让自己这么累，开心点。"

阮眠盯着被他踩开的那一块，过了很久才点了下头。

李执没再说什么，后来他接了个电话人就走了。

他走了没一会儿，阮眠也带着赵书阳回家了。晚一点的时候，李执在 QQ 上说已经把照片传过来了。

老式手机 QQ 上不能接收图片，阮眠去了二楼书房，用了下家里的电脑，接收照片的过程，李执发来一条消息。

[李执]：照片我能发空间吗？

李执喜欢摄影，他的空间里有很多他拍的照片，阮眠没拒绝，之后他又发来一条消息。

[李执]：回头给你结模特费，还有事先下了。

[阮眠]：不用麻烦，你先忙吧。

[李执]：[自动回复]嗯。

阮眠看着屏幕上的自动回复笑了声，点着鼠标关掉了页面。

晚上吃过饭，阮眠去书房查资料，顺便把 QQ 挂在电脑上，查完资料刷了下空间动态，看到了李执在一个小时前发的一组图。

九张图全都是人像。

男女老少，人间百态。

她顺着往下看，在底下点赞一栏看到一个熟悉的头像。阮眠瞬间觉得自己心跳都抖了一下，她握着鼠标点了下头像，进入了陈屹的空间。

陈屹不常发动态，最近一条还是三个月前的，他分享了一张照片，是一只橘猫。

共同入镜的还有右上角的一只手，手指纹理清晰，骨节分明，食指靠近虎口处那一侧有一颗小痣。

阮眠认出那是陈屹的手，当时就把那张照片保存了下来。这会儿，她像往常一样，从头至尾浏览了一遍，离开的时候习惯性地删掉了访客记录。

做完这一切，阮眠正准备退出 QQ，孟星阑给她发了条消息，问她明天几点从家里出发。

阮眠突然有些说不出来的感受，之前答应下来，不过是因为当时被各种情绪困扰，没法做出正确的决定。

她想了会儿，给孟星阑回了消息，说自己临时有事不去了。

她不能这么卑鄙，在所有人什么都不知道的情况下，以这样不磊落的方式去见那个女生。

后来，阮眠从孟星阑那里得知，那天的约会最终因为突如其来的大雪被迫取消了。

而陈屹不知道和盛欢又达成了什么条件，她没再来过一班，早餐和奶茶也没再送过。

一切好像又回到了原来的位置。

这样平静的日子过了没多久，期末考试如期而至，阮眠上一次月考进步了很多，这一次在第三考场，而陈屹依旧是雷打不动的第一考场。

考试那天，平城依旧下着大雪，一路上走过来全是五颜六色的伞，为这白茫茫的雪天平添几抹艳色。

最后一场英语考试结束，一班的学生要回教室开班会和拿寒假作业，阮眠和班上同一考场的同学一块回的教室。

班里，周海正在指挥几个男生过去搬作业和试卷，教室里刚考完试，桌子椅子乱成一团。

阮眠被孟星阑拉着坐到她那里，陈屹和江让当时就站在旁边，周围全是人，她只听得见他的声音。

……

"今年不在平城。"陈屹说。

江让靠着桌子："去你外公那儿？"

陈屹"嗯"了声，往旁边挪了一步让别的同学过来，淡声说："估计过完年回来。"

"行吧，还想找你玩呢。"

陈屹觑他一眼："你爸今年过年该回来了吧？"

"是吧——"江让骂了一声，"玩个锤子，他回来我能出门都算走运了。"

陈屹哂笑，侧弯着腰钩起要掉下来的书包放到桌上，羽绒服的帽檐从女生脑袋上轻轻擦了过去。

他没注意到，她整个人在那一瞬间都绷紧了。

周海发完作业和试卷，又老生常谈地交代了几句假期安全问题，最后笑着道："祝大家新年快乐。"

底下乱哄哄应着声："恭喜发财，红包拿来！"

周海笑呵呵："行，等你们回来拿成绩单那天，我给你们一人准备一个红包。"

有男生接了句："老周，拿了成绩单我们还有啥心情要红包，能回去过个安稳年都不错了。"

兴许是假期将近，又临近新年，直到班会结束，班里的气氛始终闹腾腾的。临走前，孟星阑和阮眠约了过两天出来逛街："这次你可不许再放我鸽子了。"

阮眠笑了一下："好，不会的。"

孟星阑朝她眨了下眼睛："那我先去找梁熠然了，回头 QQ 联系。"

"好。"

班里陆陆续续开始走人，阮眠收拾好自己的东西，也从教室后面走了出去，一路上全是热闹声。

走到一楼大厅，她旁边冷不丁窜出来一道声音："之前给你的书单还有多少没看完？"

阮眠被吓了一跳，抱在怀里的书全掉在地上，好在当时没走出去，大厅全是大理石地砖，书页只是沾了少许污渍。

陈屹把书包挎到肩上，弯腰帮她捡了一半："抱歉。"

"没关系。"阮眠擦掉封面的脏渍，重新拢到一起，"是我走路没注意。"

他从口袋里翻出纸巾递过去，又问了一句："我之前给你的书单你看了多少了？"

"看了——"

"陈屹！"

阮眠才刚开口，旁边同时传来一道更响亮的声音盖过了她的声音。她偏头往后看。

是盛欢。

女生穿着牛仔褂和短裙，化着漂亮的妆，站在那里笑得潋滟动人。

陈屹也看见她了，眉宇间有一瞬间的烦躁闪过，但他还是和阮眠说："你先回去吧，晚一点我在 QQ 上找你。"

阮眠呼吸一窒，忍着一瞬间涌上来的鼻酸说："好。"

陈屹点点头，转身往那边走。

阮眠看着他的背影，眨了眨眼睛，忍不住叫了声："陈屹。"

男生停下脚步，回过头看着她："怎么了？"

阮眠朝他笑了笑，几乎要哭出来："新年快乐。"

第五章
愿我与他岁岁长相见

阮眠恍惚中回到家，段英带着赵书阳坐在客厅烤火，电视机里正在放着动画片。

赵书阳看见她回来，从沙发上爬起来，小跑到她面前，软声软气地说："你放假了吗？"

"嗯，放假了。"阮眠从口袋里翻出几颗大白兔奶糖递过去，"吃吗？"

赵书阳拿了两颗，阮眠弯腰把剩下的全放到了他口袋里，又直起身摸了摸他脑袋："去看电视吧。"

他抓着阮眠的书包带子不松手，嘴里含着糖，腮帮子鼓鼓的。

段英回头看过来，神情是讲不出来的漠然："阳阳，过来。"

"不要。"他一说话，嘴里的糖包不住，口水顺着嘴角流了下来。

阮眠拿纸给他擦了下，抬头朝着沙发那边说："奶奶，我带书阳上去玩一会儿。"

段英看她一眼，点点头："去吧。"

赵书阳这才松开抓着她书包带子的手，转身过去扶着旁边的楼梯栏杆，一级一级台阶往上爬。阮眠轻吐了口气，小步跟在后面。

阮眠房间里堆了五六个乐高玩具，有几个是刚搬来时赵应伟给她买的，剩下的一部分是从南湖家园那边带过来的，都是阮明科之前买的。

赵书阳蹦跶着进了屋，阮眠给他拆了个新的乐高放在地毯上，蹲下来说："玩这个可以吗？"

他点点头，脱了鞋直接坐在地毯上。

阮眠把零件倒在毯子上，从旁边拖了个地垫坐了下来，心不在焉地陪着赵书阳搭了会儿乐高。

她扭头看了眼窗外的大雪，总忍不住在想陈屹现在在哪儿，在做什么，是不是还和盛欢在一起。

这么大的雪，他又会不会送盛欢回家？

答案不得而知。

她想得难受，长长地叹了口气，拿起旁边的手机，在 QQ 上找到陈屹的名字，

没有像你

点进去又不知道发什么，就顺手往上翻了翻两个人的聊天记录。

加上陈屹的 QQ 是一个多月前的事情，在那不久前，陈屹说要教她写作，给了她一份书单。

阮眠在那个周末去买了书，回来之后就看到 QQ 上有一个新的好友申请，她点进去，看到验证申请写的是陈屹两字。

她当时还愣了下，退出去又点进来，发现自己没看错后立马点了通过。

陈屹的头像是他 QQ 空间里拍的那张橘猫照片，网名也很简单，只有一个"陈"字。

开学这么久，阮眠和陈屹哪怕是做同桌的时候，也没有想过要和他加 QQ 好友。其实也不是不想，那会儿更多的还是不敢。

平常坐在一起都没话聊，加了好友难不成就能多说几句话吗？

结果当然是——

不能。

阮眠和陈屹成为 QQ 好友这么久，两个人的聊天记录也只有寥寥几句，而且大多都是关于读后感写了没和什么时候交的话题。

除此之外，其他内容实在是匮乏得可怜。

这会儿，阮眠只花了不到两分钟的时间就看完了她和陈屹的聊天记录，退回来在输入栏摁完一句话，手指停留在发送键上，久久没能按下去。

冬天的夜晚总是来得比其他季节要早，阮眠坐在昏暗的房间里，看着远处平江公馆的路灯一盏一盏地亮了起来。

全部亮起的路灯，有一星微弱的光照拂到这远处的角落里，她没有再犹豫，抬手摁了下去，消息很快发送成功。

阮眠将手机放在桌上，走到门旁开了屋里的灯。

手机在灯亮的瞬间"嗡嗡"振动了两声，机身贴着木质桌面，随着振动的频率晃了晃。

她走过去拿起来，是陈屹回了消息。

半分钟前。

[阮眠]：你给的书单，我已经看了一半了。

半分钟后。

[陈屹]：嗯，剩下的寒假看完吧。

[陈屹]：读后感开学一起交给我。

阮眠回了个好的。

[陈屹]：嗯。

阮眠盯着屏幕看了会儿，没有再回消息。

之后的几天，阮眠的生活过得乏善可陈，赴了孟星阑的约，没什么事情的时候就带着赵书阳走街串巷，或者在一个下午去李执的店里待上半天。

李执也真像他之前说的那样，给阮眠结了上一次的模特费，两根橙子味的棒棒糖。

回学校拿成绩单是农历小年的前一天，平城接连下了几日的大雪突停，久违的太阳爬了出来。

到学校，年级大榜已经贴在教学楼底下的公告墙上。

阮眠到得早，周围没什么人，她咬着豆浆袋站在那儿一行行扫下来，在第一页第四十九行看到自己的名字和成绩。

语文 112 分、数学 149 分、英语 109 分、理综 289 分，总分 659，班级排名第 25 名，年级排名第 49 名。

陈屹依旧霸榜年级和班级的第一名，阮眠喝完最后一口豆浆，正准备走，旁边过来个人。

"你怎么来这么早？"是江让。

阮眠拧上豆浆袋的盖子，温声说："我家就住在这附近，早上起来早，没什么事就先过来了。"

江让"哦"了声，抬头看了眼墙上的排名，笑了下："你这次考得不错啊，语文没拉什么后腿了。"

阮眠谦虚了下："还行，估计是作文没再写跑题了。"

江让笑了笑："不过你这英语还是不行啊。"

"……"还真是哪壶不开提哪壶。

江让扭头看过来，唇红齿白模样俊俏："我之前和你说寒假补课的事情，你考虑得怎么样了？"

"估计不行了，我已经和我奶奶说好了，明天回去。"刚放寒假的第二天，阮眠就和方如清提了今年过年不留在平城的决定，方如清虽然不大乐意，但最后也同意了。

"这样啊，那就等开学之后再说吧。"江让有些失望地笑了声，"本来还想着找你取取经，把数学往上提一提呢。"

他语气听着可怜，阮眠犹豫了下说："那到时候我们 QQ 再联系吧。"

她记得奶奶家装了台阮明科之前淘汰不用的老式电脑，虽然打不了游戏，但正常使用还是没问题的。

江让笑得眼睛弯了弯："那行啊。"

阮眠盯着那笑容看了几秒，偏头错开了视线。

教室的门还没开，班里先到的同学一部分站在走廊，一部分去了周海办公室，阮眠去了赵老师的办公室。

赵祺不仅是理一班的语文老师，同时也是文二班的班主任，发成绩单，他肯定要来的。

阮眠过去的时候，他刚把几个班的语文试卷给分出来，见她敲门，难得露了笑容："这次考得不错啊。"

阮眠从他笑容里看出自己这次作文应该没写跑题，一路提着的心放了下来："谢谢赵老师。"

赵祺把她的试卷翻出来，作文41分，虽然不高，但比起之前算得上进步很多了。

他笑着说了句："看来你跟着陈屹学习的这段时间，还是很有用处的，回去多谢谢人家。"

阮眠点点头："赵老师，我能把试卷拿回去吗？"

"你拿回去吧，不要弄丢了，开学还要讲的。"赵祺把剩下的试卷收起来放进抽屉。

"好的，谢谢赵老师，那我先回教室了。"

他挥挥手："去吧。"

阮眠回了三楼，教室门已经开了，班里座位还是之前考试时的单列组合，大家就随便搬了张椅子坐了下来。

孟星阑把阮眠拉到她那里，一脸的笑意："你今天拿了成绩单之后还有其他事情吗？"

"应该没。"阮眠折着手里的试卷，"怎么了？"

"江让说下午去市中心的鬼屋玩，让我问问你去不去。"孟星阑撞了撞她的肩膀，神情暧昧语气八卦，"他是不是对你有意思啊？"

阮眠脸一热："怎么可能。"

"怎么不可能。"孟星阑越想越觉得有这个可能，"我认识江让这么久，除了你我还没见他主动邀请过哪个女生跟我们一起出去玩。"

阮眠无奈："你再这么说，我下午不和你们出去了。"

"好好好，我不说了，我不说了。"孟星阑撒起娇手到擒来，抓着她胳膊哼唧，"好眠眠，你就当我刚才放了个屁行不行，你别不跟我们出去玩嘛，要不然到时候进鬼屋就只有我一个女生了。"

"你一个也没关系啊。"阮眠看着她，"反正到时候梁熠然会保护你的。"

孟星阑羞得脸一红，撒手叫嚷着："阮眠！"

说话间，班里人已经来得差不多，陈屹也在老周拿着成绩单进教室前几分钟，慢悠悠进了教室。

这个年纪的男生好像都不怕冷，他今天穿了件黑色长款的羽绒服，内里搭着白色圆口T恤，底下一条浅灰色牛仔裤包裹着两条修长笔直的腿，脚上踩着双黑白条纹的浅口帆布鞋。

走动时，裤脚底下露出一小截踝骨，跟腱深陷，尤为性感。人像是没睡醒，眼皮耷拢着，一张脸写满了倦意。

他跟着江让坐到孟星阑这边，背靠着墙，胳膊搭在两侧的桌子上，姿态懒散恣意。

孟星阑和江让聊起下午的行程安排，阮眠坐在陈屹后面，原先放在桌上的手因为男生突然搭过来的胳膊，挪到了桌下。

几天不见，班里依旧闹哄哄的，陈屹抓了两下额前蓬松的碎发，放下胳膊，偏头往右边看了过来："你把语文卷子拿回来了？"

阮眠神情微怔，像是疑惑他怎么知道自己把卷子拿回来了。

陈屹搭着桌子的那只手轻敲了两下桌面，猜出她在想什么："我刚才在楼梯口碰见赵老师了，他说的。"

这样啊。

阮眠点头"哦"了声，便没了下文。

他蓦地笑了下："你哦什么呀，把试卷给我看看。"

阮眠下意识又"哦"了声。

"……"

"……"

她微红着脸把折成方块的试卷拿出来，陈屹伸手接过去，翻开从头至尾看了一遍。

不过两分钟的时间，阮眠却觉得分外煎熬，一方面是因为刚才的出糗，另一方面则是紧张他对于自己这次成绩的评判是好是坏。

其间陈屹皱了三次眉，她的心跳跟着抖了三次，生怕这人下一秒就把试卷丢到她脸上，再冷淡地说一句"你这写的什么"。

但——

陈屹看完女生的试卷，按照原来的折痕重新折成方块递回去："作文还行，阅读理解差了点，寒假多花点功夫吧。"

阮眠在心里松了口气："我知道了。"

他"嗯"了声，转过头加入旁边男生的话题圈中。

领成绩单的时候，周海还真的兑现了诺言，给班上每个学生都准备了红包，数额不高，只有几十块钱。

后来有人发现每个人的红包数字都对应着自己这次的考试成绩，比如阮眠总分是 659，换成红包就是 65.9 元。

男生拍着桌子起哄："老周，你够浪漫的啊！"

周海笑了笑，和大家约定等他们考上了大学，考多少分就包多少红包，绝不虚言。

班里响起一阵掌声。

拿完成绩单也没其他要交代的事情，周海没有在教室久留，阮眠答应了下午和孟星阑出去玩，去坐车之前先回了趟家。

她回家里拿了手机和钱包，跟段英说了声今天晚点回来，又给方如清打电话报备了声。

公交站就在巷子口，阮眠拿完东西回来的时候，一大堆人正在排队上车，她接着队伍后面排队。

车上孟星阑说留了座位，阮眠上了车从人群里挤过去，坐下来的时候感觉都热出汗了。

她把窗户开了道细缝，冷风直钻："怎么这么多人？"

"啊，你走了之后，班里其他同学听到我和江让在说下午去鬼屋玩的事情，也说要来，然后沈渝带了二班的几个同学，梁熠然又带了他们班的同学。"孟星阑一摊手，"结果就成了现在这样了。"

他们鬼屋一日游的队伍庞大到一辆公交车都快坐不下了，已经在车上的其他乘客不了解情况，还以为他们出去冬游，笑着感慨年轻真好。

阮眠在拥挤的人群里看了一圈，竟然还看到了赵书棠。

她拽了下孟星阑的胳膊："赵书棠也和我们一起吗？"

"对啊。"孟星阑神情有些讲不出来的尴尬，"其实赵书棠以前高一的时候在班上挺受欢迎的，如果你和她不是那种关系，她不会这么针对你的，所以嗯……"

阮眠笑了笑："我知道你的意思，我没有介意，我只是有点惊讶。"平常赵书棠给她的感觉就是冷冰冰的，一点也不像是会和大家一起出来玩的样子。

孟星阑抱着她的胳膊："哎呀，这不重要，反正大家这么多人，你们俩估计也碰不上。"

"嗯。"

车子很快启动。

车里，阮眠和孟星阑坐在最后一排，前边是陈屹和梁熠然。

中途公交车进入一小段隧道，车厢猛然陷入昏暗之中，周围传出无数惊呼声，阮眠借着车外微弱的光，从窗户的玻璃上看见陈屹影影绰绰的侧影。

男生仰靠着椅背，宽大的帽檐扣下来遮住了整张脸。

车厢内欢闹嘈杂，阮眠歪头靠着窗户，手指搭在玻璃上轻轻敲了几下，目光所及全是他。

而那些曾经因他泛起的心酸和难过，也在随着车子开出隧道的那一刻，全部化为乌有。

市中心这家鬼屋才开半年不到，一行人浩浩荡荡下了车，在附近一家 KFC 解决了午餐。

其间，江让和沈渝统计了下总人数，三十九个人，正好符合团体票的要求，索性就买了张团票。

鬼屋占地面积极大，带有密室逃脱性质，一个大门四条入口，一次性可以进入四十个人，一条通道最多十个人。

阮眠那一组以孟星阑为纽带，男生有陈屹、江让、沈渝、梁熠然、林川，还有两个是沈渝班里的同学，剩下一个女生是阮眠的同桌傅广思。

他们这十个人是最先组好的，挑了条难度和恐怖系数都是最高的通道就开始排队进场了。

这是阮眠第一次来鬼屋，她理科思维强，对这些牛鬼蛇神之类的始终保持无感。反倒是孟星阑，还没进去就开始打退堂鼓，和傅广思一左一右抱着阮眠的胳膊颤抖。

跟在后面的江让笑了句："你们俩这样，让阮眠怎么走路啊？"

走在前边的梁熠然回头看了眼，默不作声地伸手把孟星阑拉到了自己身边。

沈渝带头起哄。

孟星阑羞极，想说什么，梁熠然搭在她肩膀上的手往上一抬，捂住了她的嘴巴："走了。"

等完全进入通道，大家散成一团，各自找线索，有一搭没一搭地聊着天。

沈渝手里拼着道具魔方，低声问陈屹："你跟盛欢什么情况啊？她找你，消息都发到了我这里。"

"没情况。"陈屹在桌角摸到一串数字，在保险箱上试密码。

沈渝笑："你真不喜欢她？"

"嗯。"

"那怎么我听江让说，你跟盛欢前段时间还去看了电影。"

话音落下，旁边阮眠不知道踩到了什么，狭小的房间里乍然作响，三个女生都被吓了一跳。

响的是墙上的电话。

离得近的江让接通了，里面先是一段诡异的音频，之后是一个女人在唱戏，唱的是《霸王别姬》。

听着像是没什么用的线索。

沈渝和陈屹继续之前的话题。

"我陪盛欢看电影，作为交换，她以后不来一班找我。"陈屹说起这个还有些烦躁。

沈渝笑："我觉得盛欢挺好的啊，长得漂亮又大方。"

陈屹觑他一眼，语调听不出什么情绪："我是这么肤浅的人吗？"

"说不定哦。"沈渝拼好手里的魔方，从里面掉出线索，提示下一步在哪儿又该怎么做。

陈屹也打开了保险箱，找到了另外一条线索。

一切都有条不紊地在进行着。

无意间听了八卦的阮眠站在原地发呆，被傅广思碰了下胳膊才回过神，她将了将心思，走过去和对方一起找线索。

前两个房间过得有惊无险，到了第三个房间，刚一推门，就有道具鬼从角落冲出来。

场面乱成一团。

一片昏暗之中，阮眠被喊叫着乱跑的林川撞了一下，手往后扶没扶稳，将要倒地的瞬间，从旁边伸过来一只手，抓着她衣领把她拽了起来。

这姿势实在是算不上多唯美。

男生的手劲很大，阮眠被勒了下，几乎要喘不过气来，他一松手，她跟着就低头咳了起来。

陈屹摸黑往旁边挪了两步，踢开她身后的凳子："没事吧？"

"没。"阮眠缓过来气，手握着衣领，低声说，"刚才谢谢你。"

"不客气。"说实话，陈屹没被这屋里的鬼吓到，却实实在在被刚才那一幕给吓了一跳。

一分钟前，他往这边走，林川从他面前跑过去，他一偏头就看到女生往后倒去，目光往下，墙边放了张凳子。

如果他刚才没抓住人，后果不堪设想。

一想到这儿，陈屹又抬脚把凳子往旁边踢了下，不料就这么随便一踢，原先就有些破损的凳子直接散架了。

"……"

噼里啪啦一阵响。

已经往前走的阮眠回过头："怎么了？"

陈屹面色如常，手放在外套口袋里，自顾自往前走，语调一如既往的平静："没事，走吧。"

那天的鬼屋之游直到傍晚才完全结束。几个人在商场吃过晚饭，各自组合搭配坐车回家。回程的公交车上只有阮眠、孟星阑、梁熠然和陈屹四个人。

剩下的江让和沈渝跟他们不同路，搭乘了另外一路公交车。

孟星阑和梁熠然家住在一起，他们俩要比阮眠和陈屹早两站下车，所以上车时，孟星阑下意识就和梁熠然坐在一起。

剩下阮眠和陈屹坐在他们俩后面。

车外夜色如墨般黑沉，市中心的马路两侧是鳞次栉比的高楼大厦，灯光粼粼宛若星河。

阮眠坐在靠窗的位置，整个人都十分拘谨，手和脚怎么放都觉得怪异，好像就不该坐在这里。

反观陈屹，一上车就扣着帽子在睡觉，长腿微敞，手指交叉放在腹部，睡得一无所知。

回程的路显然比来时的路要显得漫长许多，车厢内少了很多吵闹的动静，阮眠在窗外一闪而过的景色里逐渐听见男生平稳的呼吸声。

她也慢慢放松下来，扭头看向窗外，像是镜子一般的玻璃上映着她浅浅的笑容。

陈屹睡到梁熠然他们下车才醒，车子重新发动，他拨开帽子，长腿往外面伸着，抬手揉了揉眼睛。

剩下不过两站路，几分钟的事情。

阮眠跟在男生后面下了车，冬夜里的风凛冽刺骨，她刚从暖暖的车里出来，被风迎面一吹，忍不住低头打了个喷嚏。

陈屹回头看了她一眼，没说什么，只是放慢了步伐。

阮眠揉了揉鼻子，把拉链往上提到头，看他往巷子走，没忍住问了句："你不回家吗？"

"嗯，去李执那儿。"

阮眠在心里放烟花，庆幸又可以同走一段路，甚至连步伐都轻快了许多。

从巷子到李执家超市有一小段路的路灯是坏的，冬天天黑得早天气又冷，巷子里家家户户不像夏天敞着门亮着灯，这时候都很早地熄了灯，或者关着门亮着灯在家里待着。

一星亮光从窗户钻出来。

巷子里的积雪没清扫干净，狭窄的道路两侧还有雪堆，鞋底踩上去，发出闷声。

沉默着走了一截。

阮眠努力在脑海里搜索一切可以聊起来的话题："那个……"

"什么？"陈屹问。

"帮我补习作文的事。"阮眠咬了下嘴角，"谢谢你。"

"不客气。"

"……"

又没话了。

阮眠皱着眉，抬手抓了下耳后那一片，羽绒服的面料因为这个动作摩擦出动静。

她想了又想，还没等想到说什么，李执家的超市已经近在眼前，店里的灯光照亮了门口的一大片。

他们走到了另一片天地。

这里算是巷子里的闹市区，琳琅满目的商铺，穿行走动的人影，肆意奔跑的小孩。

陈屹站在台阶上，回过头看落了两步在后面的阮眠，想到她和李执的关系不浅，客套了句："要进来坐会儿吗？"

阮眠摇摇头："不了，时间不早了，我得回去了。"

"那好，明年见。"他语气平常，把明年见说得好像明天见。

"明年见。"

陈屹等她走过去了，才抬脚走进店里。李执站在货架那边清查数目，见他进来，抬手指了指墙角："那是我爸今年给陈爷爷准备的酒，你给带回去吧。"

陈老爷子和李执爷爷是一起穿开裆裤长大的兄弟，关系匪浅。李家没落之后，陈老爷子也从没轻过李执爷爷，待他仍旧如亲兄弟。李家没什么拿得出手的贵件，恰好李执父亲擅长酿酒，而陈老爷子文人雅兴正好偏好这口，每年也就靠着这老手艺给陈爷爷子带去点心意。

陈屹还没走过去，就已经闻见清淡的酒香味，笑了声："先替我家老爷子谢谢李叔了。"

"客气。"

陈屹靠着旁边的货架："今年过年你们是留在这儿还是回溪平？"

"回溪平。"李执合上本子，"后天回去。"

"行，我到时候送你们回去。"陈屹看他一眼，补上后半句，"顺便去看望一下奶奶。"

李执爷爷两年前患上老年痴呆，确诊后就一直留在平城治病，而李执奶奶腿脚不便，则留在乡下由李执二叔一家人照顾。

陈屹小时候跟着李执在乡下待过一个暑假，吃过不少顿李奶奶做的饭，说去看望也是正常的。

但李执清楚，陈屹更多的还是想找个理由让家里的司机送他们回去，不想他们一家人大冬天还要去汽车站挤车。

李执点头："那行，我回头跟我爸说一声。"

"好，后天几点走？"

"八点吧，也不能太迟了，晚了路上得堵车。"李执回到柜台后面，"你刚才站在门口和谁说话呢？"

陈屹走过来："阮眠。"

李执挑眉："你们一起还是碰巧遇上的？"

"一起。下午班里同学一块出去玩，回来顺路。"陈屹从柜台上拿了个泡泡糖，"走了，先回去了。"

"行，别忘了酒。"

"没忘。"陈屹走过去把酒拎起来，"后天见。"

"回见。"

阮眠回到家里才知道赵书棠在回来的路上不小心把腿给摔了，现在人在医院，方如清和赵应伟都刚下班回来，接到电话正准备去医院。

两个人都急匆匆的，段英也跟着着急，等到方如清和赵应伟走了，她质问阮眠："你怎么这么晚才回来？"

阮眠一愣："我和同学出去了。"

"天天就知道往外跑，一个是的两个也是的。"段英边嘴碎边往厨房走，在里面把动静弄得乒乓响。

阮眠在原地站了会儿，默不作声地上了楼。

行李是一早就收好的，原本按照计划，明天早上方如清会开车送阮眠回乡下奶奶家。

谁也没想到会出这种意外。

阮眠把行李箱打开，拿出放在夹层里的信件，那是阮明科之前留下的，给她十六岁的信。

她在过生日那天晚上拆开看过。

信里也没写什么，不过就是些关怀的话语，看着没什么，但仔细再看看，阮眠只觉得难过。

如若他和方如清没有离婚，这些话本不该这么让人难过。

门口传来开门的动静，阮眠抬手抹下眼睛，抬手合上行李箱，费了半天劲儿才开了门的赵书阳迈着小步走了进来。

阮眠笑了笑："你干吗呀，赵书阳。"

小男孩也不叫她，走过来往她面前丢了样东西。

阮眠低头一看，是一颗大白兔奶糖。她愣了下，在眼泪掉下来之前，抬手捂了捂眼睛，再开口声音已经带了哭腔："给我的吗？"

赵书阳点了点头。

她笑："谢谢。"

赵书阳也不说什么，转身在房间里找到之前玩过的乐高，盘着腿坐在地毯上开始玩了起来。

阮眠瞧着他的小身影，吸了吸鼻子，从地上站了起来。

那天晚上，方如清和赵应伟到后半夜才回来，阮眠失眠，听见他们在外面的动静。

没过一会儿，两个人又出了门。临走前，方如清来敲了阮眠的房门，只一下又停了。

几分钟后，阮眠的手机收到方如清发来的一条短信。

妈妈：眠眠，我和你赵叔叔去医院了，明天估计要晚一点才能送你去奶奶家，你早上在家先把东西收拾好。

阮眠没在这个时候回消息，躺在床上一会儿摁亮屏幕一会儿又锁屏，重复了几次她放下手机，在黑暗里闭着眼睛放空脑袋。

长夜难眠。

次日清晨，阮眠随着闹钟响醒了过来，家里一个人都没有。她洗漱完，回房间拿上行李箱和书包，在巷子口拦了辆出租车去了平城汽车站。

现在还不到春运最紧张的时候，汽车站人算不上多，但也不算少，阮眠在窗口买了票，按照指示上了去溪平的大巴。

大巴车半个小时发一班，上一班走了有二十多分钟，她在车子开始启动时，给方如清回了短信。

阮眠：好，我知道了，我已经在回溪平的大巴车上了。

消息才发出去，方如清的电话跟着就进来了。

阮眠犹豫着接通："喂，妈妈。"

"你怎么一个人回去了？我不是让你等我吗？"方如清那边有点吵，过了会儿又安静不少。

阮眠抠着手机壳后的凸起，不答反问道："赵书棠怎么样了？"

方如清静了几秒，说："小腿骨折，左手轻微骨裂。"

"怎么这么严重，是摔的吗？"

"被车刮的。"方如清没放任她把话题扯远，"你现在在哪儿，大巴车走了吗？东西都带好了吗？"

"车已经走了，东西也都带好了。"阮眠扭头看着窗外，"我到了再给你打电话吧。"

听筒里安静了片刻，只听见方如清叹了口气说："那好吧，你路上注意安全，回来我去接你。"

"好，我知道了。"

从平城到溪平有两个小时的车程，这是阮眠第三次坐大巴车回去。

以前方如清和阮明科还没离婚的时候，每年寒暑假，阮明科都会把阮奶奶接到平城小住一段时间。

偶尔有几次暑假，阮眠是跟着阮明科住到乡下，平日里也不常出门，就待在院子里吃西瓜看月亮。

这一趟要说起来，其实是阮眠头一回一个人坐车回去。

两个小时车程不长，阮眠低头睡个觉的工夫，就听见乘务员拿着喇叭在喊："溪平就要到了，有下车的乘客把行李提前拿好。"

坐在阮眠旁边的阿姨在上一站下了车，阮眠当时就把行李箱先拿了下来，这会儿等着车停，就直接拎包下车了。

溪平是个大镇，溪水中间的一座桥连着溪平的南北，汽车站台在北边，奶奶家在南边。

阮眠下了车，旁边有专门接送人的三轮车。她问好了价钱，司机一车送到家门口。

这里是阮家的老宅，乡下建筑大同小异，几间平房加一个院子，阮奶奶当初是溪平周家大小姐身边的丫鬟，跟主家姓周，名秀君，嫁给阮老爷子之后，就一直住在这里没搬过。

这会儿，老太太正在院子里择菜，和前来串门的邻居唠家常，听见门口的动静，她停下手里的动作走了出来。

"呀！"瞧见阮眠，老太太脸上满是惊喜。

阮眠收了司机找回的零钱，朝着老人笑了声："奶奶。"

周秀君上前几步，接过孙女手里的行李："怎么就你一个人回来，你妈呢，她不是说送你吗？"

"她早上临时有点事，说准备下午送我来着，但我想早点来，就自己坐车先回来了。"

周秀君拉着她的手："这一路上辛苦吧，走，快进来歇一会儿。"

院子里坐着的都是家门口的邻居，阮眠"张婶""李婶"挨个叫过来，个个都夸她长得水灵又懂事。

老太太给她倒了杯热水，其他人也没久留，剩下祖孙俩坐在院子里。

阮眠捧着水杯，坐在小凳子上："爸爸去西北那边了，今年过年都不回来。"

"我知道，你爸走之前回来了趟，和我说了这事。"周秀君边择菜边问，"你妈还好吧？"

"嗯，挺好的。"

"那家人对你怎么样？"

阮眠喝了口水："也挺好的。"

周秀君抬头看她一眼："你比上次看，瘦了不少。"

"没有吧，我称体重还是那么多。"

"瘦了。"老太太端起择好的菜，起身往厨房走，"脸小了。"

阮眠摸了摸脸，放下杯子跟了过去，没再继续这个话题："奶奶，您中午做什么呀？"

老太太低头洗菜："红烧排骨，你不是最爱吃这个吗？"

"那我有口福了。"阮眠笑得眼睛弯了弯，"那我先去给我妈打个电话说一声。"

"去吧。"

阮眠走了出去，周秀君回头看了眼，转过身撩起围裙抹了抹眼睛，又继续忙活。

站在院子里打电话的阮眠瞧见老太太的动作，眼一酸，挪开了视线，和方如清没说几句就挂了电话。

中午阮眠吃到撑，一盘红烧排骨她吃了一大半。吃完饭，周秀君带着阮眠去别家串门。

一下午的时间，这一片都知道阮家的孙女回来了。晚饭是在隔壁表叔家吃的，一大家子人热热闹闹的。

谁也不提城里的事，权当不知道。

晚饭结束已经快八点，阮眠和奶奶挽着胳膊回家，洗漱完，她不去自己房间，非要和奶奶挤一张床。

"这么大人了，还要跟奶奶睡，也不怕别人笑话你。"话是这么说，但周秀君眼里却是带着笑的。

"谁笑话我呀。"阮眠拿着枕头躺过去，"奶奶，我明天想吃您包的香菇肉馅饺子。"

周秀君笑："行，你想吃什么我都给你买。"

"那我们明天早上一起去菜市场买菜？"

"不用你去，你早上多睡一会儿，我去买就行。"

"我想陪您一起去。"阮眠抱着奶奶的胳膊，脸颊挨着她肩膀蹭了蹭，"奶奶，我好想您啊。"

"哎哟，这么大人了。"

祖孙俩聊了大半会儿的天，但多是阮眠在说，从生活到学习事无巨细，周秀君听得认真。

聊到班里的同学，阮眠想到陈屹，沉默了会儿，她突然开口道："奶奶。"

"嗯？"

阮眠捏着老太太的胳膊，眼眸微垂："我遇到了一个男孩子，遇见他之后，我有时候会很开心，但有时候又会很难过。奶奶，您说我遇见他到底是好事，还是坏事呢？"

周秀君笑叹，抬手摸着孙女的脑袋，语重心长道："过去人常说有些人遇见是福气，不遇见也是福气。那如果有重来一次的机会，你还想再遇见这个男孩子吗？"

……

那天晚上，阮眠想了很久。

对于那个时候的阮眠来说，无论重来多少次，她依旧会选择在那个盛夏的夜晚，走上那条暗淡无光的路。

然后在路的尽头，遇见了那个让她只看了一眼，就喜欢到了心尖上的男孩子。

次日一早，阮眠从久违的安稳睡梦中醒来，周围的摆设熟悉而亲切，屋外甚至还能听见隔壁表叔家的公鸡打鸣声。

她揉了揉乱糟糟的头发，起床穿上衣服走出卧室。

敞亮的院子里，墙角颓败的葡萄架在寒冷的冬日沦为晾晒年货的好地方，腊肉和香肠在阳光底下泛着勾人胃口的油光。

阮眠站在廊檐下，眯着眼睛打了个哈欠，整个人从上到下都是暌违许久的放松。

另一边的厨房，周秀君手抹着围裙从里出来，正要张口喊阮眠起床，瞧见她就站在不远处，笑着道："醒了啊。"

阮眠"嗯"了声，走下廊檐，闻见从厨房里传来的淡淡香味，眼睛都亮了："好香啊。"

"就你鼻子灵。"周秀君边往里走边说，"你表姊一早送来的老母鸡，我炖了一半，留了一半给你中午做红烧吃。"

阮眠抬手捏着老太太的肩膀，笑着说："那我回头去谢谢表姊。"

"成。"周秀君揭开锅盖，回头问她，"洗脸没？等会儿吃早饭了，吃完早饭我们去菜市场买菜。"

"好。"阮眠转身往外走。

周秀君想起什么，又扭头喊了一嗓子："牙刷和毛巾都给你放在架子上了。"

阮眠头也没回地说："知道啦。"

老太太笑着摇了摇头，放下手里的锅盖，拿抹布擦掉灶台上的水，又坐到洞口继续添柴加火。

吃过早餐，祖孙俩锁上门拎着竹篮子从家里出发。

溪平分南北，南溪平住户少，北溪平住户多属于城镇中心，像菜市场、稍大些的综合性超市、医院等都在北边的溪平。

老太太腿脚利索，两个人就没骑车，步行穿过连接两个溪平之间的长桥，一路上有说有笑。

到了菜市场，周秀君拿出买年货的架势，买的多是大鱼大肉，恨不得把整个摊位都给搬回去。

在里面转转买买了将近大半个小时，出来后，阮眠打算去旁边超市给表姊家的堂弟阮峻买点东西。

周秀君把手里的大包小包寄存到附近摆摊的老熟人那儿，和阮眠一块进了超市："说到阮峻，你表姊今早送鸡过来还托我问问你寒假有没有时间，想让你给阮峻补补课。"

阮眠往推车里放了两包薯片："好啊，阮峻今年几年级了？"

"都初二了，回回考倒数，你表姊都着急死了，打也打了骂也骂了，一点用都没有，三天两头逃课往网吧跑。"

阮眠有些迟疑："那他这样，我给他补课，他肯来吗？"

周秀君笑了声："他敢不来，你要同意给他补课，表叔就是把他腿打折了都会把他送过来的。"

"哦……"

既然提到补课，阮眠索性就在超市给这个堂弟买了三本辅导书和一沓练习本，另外又给表叔表婶买了点营养品。

从超市出来，已经快到十一点，周秀君去拿存放的菜，阮眠提着刚买的一堆东西在路边等她。

这几天气温有回升，中午这会儿太阳明晃晃的，带着蓬勃的暖意，阮眠把东西堆在脚边，低着头在看手机。

周围人来人往，她突然被人从后面拍了一下肩膀。

阮眠扭过头，看到穿得跟孪生兄弟一样的李执和陈屹站在那儿，整个人当时就愣住了。

李执笑了声："刚才老远看就像是你，没想到还真是，你怎么在这儿啊？"

阮眠收起手机，也收敛起那几分惊讶："我奶奶家住在这里，你们怎么也在这儿啊？"

"巧了，我也是奶奶家住在这儿。"李执回头看陈屹，"他是送我回来，顺便在这儿玩几天。"

阮眠没想到前天还说着明年见的人，今天突然就见到了，故作镇定地和陈屹点了下头，放在口袋里的手不停摩挲着手机，试图缓解那阵不断涌出来的紧张。

李执看她大包小包的，问："你这是？"

"陪我奶奶出来买点年货，她去拿别的东西了，我在这儿等她。"阮眠拿出放在口袋里的手，不动声色地在外套上擦掉手心里的汗意。

李执和陈屹出来也还有其他事情，和阮眠没聊几句，李执说："回头再联系你，我们先走了。"

阮眠点点头："好。"

街市上人来人往，阮眠看着两个人并肩往前走，直到走远了看不见了才收回视线。

中午吃饭，周秀君叫了隔壁表叔一家。阮眠帮着摆碗筷，堂弟阮峻凑过来："姐，你今天遇上什么好事了啊，这么高兴。"

阮眠拿筷子的手一顿："有吗？"

"有啊。"阮峻拿手在脸上比画了下，"你刚才嘴角都快咧到这里了。"

"你也太夸张了。"阮眠继续手里的动作，"对了，你爸妈让我给你补课，你想什么时候开始？"

"下辈子吧。"

"？"

阮峻哭丧着脸："我一点也不想补课，姐，你跟我爸妈说一声吧，就我这成绩补课也没用啊。"

"谁说没用，只要你想学，什么时候都来得及。"阮眠当机立断，"那就从明天开始吧。"

"姐……"

"去你家还是我家？"

阮峻叹气："还是来这儿吧。"

阮眠笑了声："早上九点开始，不要迟到啊。"

"哦。"

吃了午饭，阮眠回房间休息。没一会儿，阮峻拿着这学期的成绩单和寒假作业走了进来。

"自己去搬张椅子。"阮眠看了眼他的成绩单，七门没一门及格，甚至还有两门是零分。

搬了椅子进来的阮峻见她神情惊讶，摸了摸鼻子在远处坐下："姐，我这样真的还来得及吗？"

阮眠回头看他："没看你成绩之前我倒是觉得还来得及。"

阮峻："……"

"零分是怎么回事，选择题就算是全选C也能蒙对一两道吧？"

"我是全选C了啊，谁知道我们学校阅卷老师有规定，选择题不能全写一样的。"

阮眠头疼，还没来得及说什么，挂在电脑上的QQ闪了两下，进来一条新消息。

[李执]：在吗？

阮眠愣了两秒，放下成绩单，敲了几个字回过去。

[阮眠]：在，怎么了？

[李执]：你明天有空吗？我和陈屹打算去爬溪山，你要是有空的话也一起来啊。

溪山是溪平镇唯一也是最具代表性的景点，山不高，主要是上面供奉了一座拥有百年历史的寺庙，每年都有不少人特地来这里祈福，尤其是逢年过节的时候。

阮眠犹豫的当口，阮峻已经拖着椅子挪了过来，瞄了眼电脑屏幕，他兴奋地说："姐，你去吧，顺便也带上我行不？"

"你这成绩还有心思出去玩？"

"不带你这样人身攻击的啊。"阮峻说，"不是说那寺庙祈福特别灵吗，我也去求一下不行吗！"

阮眠没搭理他，给李执回了消息。

[阮眠]：好啊，我能带我弟弟一起吗？

［李执］：上次那个？他那么小能爬得动吗？

［阮眠］：不是，是另一个。

［李执］：那行，提前说好，到时候他要是走不动，我们没人会背他的。[/调皮/]

［阮眠］：那我滚也要让他滚回来。

［李执］：哈哈哈，那就这么说定了，明天早上九点，在我们今天碰见的那地方会合。

［阮眠］：[/OK/]

翌日清晨，阮眠还没起床，阮峻已经收拾好背着书包过来敲门："姐！姐！都几点了！你怎么还不起啊！"

还在睡梦中的阮眠被吵醒，摸到搁在床头的手机看了眼，才刚刚过七点半，距离约好的九点还有一个半小时。

她太阳穴突突跳了几下，掀开被子下床猛地开了门："阮峻，你是不是有毛病啊？这才几点？"

男生偃旗息鼓，抿了抿唇说："我这不是怕你睡过了嘛。你看！我还给你带了早餐，你最爱吃的皮蛋瘦肉粥。"

这附近没有卖粥的，最近的一个摊点也在北边的溪平，阮眠一下子就没脾气了，关上门说："我换衣服，你先吃。"

门外传来逐渐走远的脚步声，阮眠看到压在桌角的成绩单，无奈地笑了声。

姐弟俩收拾好吃完早餐也才刚过八点，离约定的时间还早，阮眠就从屋里拿了本初中英语词汇书撂给阮峻："背吧，今晚回来默写第一页的单词。"

"……"阮峻突然后悔这么早过来了。

剩下的时间就在男生磕磕巴巴的读单词中一晃而过，快九点的时候，阮眠和周秀君打了声招呼，带着阮峻出了门。

过了桥，阮眠看到昨天和李执他们碰面的地方停了一辆六人座的黑色商务车，此时车门大敞，陈屹坐在车里和站在车外的李执聊天。

两人依旧穿得跟孪生兄弟一样，黑色羽绒服、深蓝色牛仔裤，连鞋都是同样的黑白款。

陈屹比李执先看见阮眠，人从车里站了出来，淡声说："来了。"

李执回头，和阮眠招了下手："早，吃早餐了吗？"

"吃了。"阮眠给他仨简单介绍了下关系，"这是我弟弟阮峻，这是姐姐在平城的朋友，李执哥哥和——"

她突然卡顿了一下，但时间很短，只有一两秒，在周围吵闹的环境下并不易察觉："和陈屹哥哥。"

阮峻嘴甜又不认生，笑嘻嘻地叫了李执哥哥也叫了陈屹哥哥。

李执笑着揉了下阮峻的脑袋，四个人上了车，谁也没注意到阮眠那两秒的停顿，没注意到那到底意味着什么。

溪山距离溪平镇有半个小时的车程，越往山脚走，路面上的车就越多，到最后甚至直接堵在了半道上。

陈屹降下车窗，山间的冷意争先恐后地从窗缝里挤进来，混到车内的暖气中并不明显。

李执在和阮峻聊天，不可避免地聊到了期末考试的成绩，成功地把阮峻聊自闭了。

"我们这一车人，你旁边这位哥哥是你姐他们学校的年级第一，大考小考都是，我和你姐则是从来没掉过年级前一百。"李执笑，"你这个倒数第一是怎么回事啊？"

阮峻："……"

李执不遗余力地打击着小朋友的自信心："缺考拿零分也就算了，你这去考了，还拿零分，这就有点说不过去了吧？"

阮峻没搭理李执，和阮眠小声抱怨道："姐，你这朋友怎么回事啊，老是往我伤口上踩。"

一旁的陈屹接了话："那你努力点，让自己变得没伤口让人踩。"

阮峻见他搭话，凑过去问："你真的每次都是你们学校年级第一？"

"嗯。"

"你怎么学的啊？"

陈屹扭过头来看他，一本正经道："随便学学就行了。"

单纯无知的阮峻再一次受到了暴击："……"

一路上因为有阮峻的存在，车厢内多了不少笑声，就连前排开车的司机也跟着笑了几次。

这个时节，来爬山祈福的人格外多，阮眠一行人下了车，跟着热闹的人群往山上走。

山间松柏林立，冬日也是绿意盎然，阳光穿过云层，洒落在连绵起伏的山头上，让万物都充满了勃勃生机。

溪山寺在山顶，还未靠近便有浓厚的香火气从寺间传出，门前是百级长阶，寓意人间百难，皆在跨过门槛的这一刻消失殆尽，从此福照荫庇，平安顺遂。

庙里人头攒动，烟熏雾绕，阮眠跪在佛前的蒲垫上，双手合十，面容虔诚而郑重。

……

佛祖在上，信女阮眠在此向您求愿。

一愿，远在西部的父亲平平安安，万事顺意。

二愿，奶奶长命百岁，母亲幸福美满。

三愿——

阮眠偷偷睁开眼睛，扭头看向跪在一旁的男生，庙外的阳光洒落进来一束，恰好落在两人身后。

浮光掠影，万般皆是情，阮眠重新合上眼眸。

三愿——

我与他岁岁长相见。

第六章
新年快乐

Mei you ren xiang ni

拜了佛许了愿，李执领着三个人在山里转悠了一圈，过了午饭的点司机才过来接他们下山。

回程的路上没有来时拥挤，山风在窗缝间呼呼作响，远处层峦叠嶂，阳光铺满群山。

半个小时后，车子在早上的位置停下，李执揉着肩膀第一个从车里下来，外套敞着怀，回头问阮眠："一起吃个饭吧。"

阮眠点点头："行。"

回来的路上李执和阮峻聊游戏聊到了一起，成功建立了只属于男生的友谊。这会儿，李执钩着小男生的肩膀，一派哥俩好的模样："想吃什么，执哥请客。"

"烤鱼！"阮峻常年住在这里，哪里有好吃的他门儿清，"就在桥东边，我爸常带我去那儿吃。"

"行，那就去吃烤鱼。"李执回头问他俩，"就吃这个了啊？"

两人都没意见，三个大孩子被一小孩领着往桥东边走。这个点已经到了歇市的点，街上没什么人，路边的摊贩也都收了摊。

阮峻说的那家烤鱼店叫溪山烤鱼，过了饭点，店里只有老板和伙计，服务员过来给了菜单和茶水。

点完菜，李执端起杯子喝了口茶，抬眸看着阮眠："你奶奶家是在南边的溪平？"

"对。"阮眠也问，"你家是在北边？"

李执点头："桥西边最里头一家就是。"

南北两个溪平的住户如果不是沾亲带故的，平日里来往并不密切，更何况阮眠和李执也不是常来这里，如果不是那天偶然在集市上碰见，估计还不知道什么时候才能知道这件事。

说起来都是缘分。

李执人活络，阮峻不认生话又多，一顿饭吃得还算热闹。

吃完饭已经接近下午三点，这一上午跑下来，四个人都有些疲惫，便没有再捣摆什么其他活动，在桥头分开各回各家。

之后陈屹住在溪平的那几天，李执基本上都会叫阮眠出来玩，钓鱼、滑旱冰、去小电影作坊看电影，只要他能玩得上的，基本上都不会错过。

日子一晃，春节已然在眼前，1月24号那天早上，他们仨一起吃过早餐后，陈屹提着行李坐上了回平城的车。

阮眠和李执送他到站台，马路上车来车往，冬日凛冽的风穿堂而过，卷起路边的枯败落叶。

李执和陈屹站在一旁闲聊，阮眠落了一步站在两人后边。这几天溪平放晴，气温有所回升，阳光明晃晃落下来。

她抬手遮了下眼睛，目光穿过指缝落到男生那里。

陈屹微低着头在听李执说话，唇边挂着抹似有若无的笑，神情漫不经心，偶尔听到什么趣事，笑得眼尾微眯。

肆意而鲜活。

每一个瞬间都成了阮眠的念念不忘。

很快大巴车抵达，陈屹手握上行李箱的横杆，拍了拍李执的肩膀，又回头看阮眠，语调温和："学校见。"

阮眠压着心底的雀跃："好，那你路上注意安全。"

"嗯。"

男生拎着行李箱上了车，车停车走，喧闹不过一时，车影在路过拐了个弯，很快便看不见了。

李执拍拍手："走吧，我们也回去了。"

阮眠走出站台，和他并肩走在湖边，冬日的湖面水波晃荡，在阳光下泛着波澜。

李执不知是无意还是有意，偏头看过来："陈屹在你们学校挺受欢迎的吧？"

阮眠点了下头。

"那应该有很多女生给他送情书表白喽？"

阮眠"嗯"了声："是吧，好像挺多的。"

李执又问："那你见过吗？"

阮眠不可避免地想起盛欢，眼眸微垂："见过一个，她在我们学校元旦晚会上公开说要追求陈屹。"

"这么酷。"李执目光朝前看，意有所指道，"人啊，总要这么放肆一回，才算不负青春。"

阮眠眨了下眼睛，觉得他像是在暗示什么。

李执见她不接话，又扭头看过来："你说对吗？"

阮眠突然觉得喉咙发痒，低头轻轻咳了声说："也许吧，不是所有人都能做到那样。"

李执笑："也对，毕竟以后的事情谁也说不准。"

阮眠心间一跳，总感觉他话里有话，他却不再执着这个话题，很快又聊起了别的。

除夕当天，阮家的年夜饭很丰盛，阮眠吃完饭，先是接到了方如清的电话，之后又接到了阮明科的电话。

阮明科去到西部已有好几个月，这是头一回和她联系，关切了几句，她把电话拿给了周秀君。

老太太从始至终都是笑呵呵的，但等到电话一挂，就别过头去抹了下眼睛。阮眠看不得这场景，强忍着眼泪从家里走了出来。

乡下没有禁烟令，此起彼伏的烟花声照亮了深沉的夜空。

阮眠也没走远，整理好情绪就顺着原路返回了，到家时饭后残局都已经收拾好，一大家子坐在堂屋里围着炭火聊天守岁。

她搬了张椅子坐在周秀君身旁，老太太握着孙女的手，带着厚茧的指腹摩挲着她的手背。

电视里正在放着春晚，阮眠拿出手机，在新年钟声敲响的那一刻，发了条新的QQ动态。

阮眠：新年快乐。

这一条动态很快收到其他人的点赞和评论，有八中的同学也有之前在六中的同学。

独独没有陈屹。

阮眠握着手机犹豫了片刻，想起李执的话也想起阮峻的话，终于下定决心，点开陈屹的头像，发了一条消息过去。

[阮眠]：新年快乐。

这一条很快收到了回复。

[陈屹]：新年快乐。

阮眠捧着手机笑了很久，这一天所有的惴惴不安都在这四个字中被安抚被抹平。

春节过后，江让在QQ上找到阮眠，问了她一些关于数学方面的事情。他进退得当，阮眠找不出理由拒绝。

江让之前在陈屹那里学英语，整理了一个笔记本，每天都会给阮眠讲两页内容。

两个在学校联系不多的人，到了假期反而成了联系最频繁的人。

剩下的日子，阮眠都在学习和辅导阮峻功课这两件事情中度过，假期截止到元宵节前。

回去那天，阮眠没让方如清来接，而是和李执一同搭大巴车回的平城。

周秀君虽然很不舍，但也没有办法，一路送她到车站，不停地叮嘱："路上注意安全，有什么事就给奶奶打电话。"

阮眠笑了笑："好，我知道了。"

等上了车，阮眠打开车窗，看到奶奶跟在车后面走，她忍着一瞬间涌上来的难过："奶奶，您快回去吧。"

周秀君这才停下脚步，站在原地朝她挥了挥手。

阮眠关上窗户，整个人靠进座椅里，一旁戴着眼罩的李执从口袋里摸出一根橙子味的棒棒糖递了过去。

"睡一会儿吧。"他说。

阮眠"嗯"了声，接了糖揣在口袋里，钩起帽子扣在脑袋上，视线变得昏暗，周遭的动静也跟着远去。

两个多小时的车程，下了车方如清就等在车站围栏外面，远远看见阮眠，她绕过人群，走到出站口。

"眠眠。"

阮眠抬头看见人，快步走过去，给她和李执介绍："妈，这是我朋友李执，他老家也在溪平，我们正好顺路。"

李执微颔首："阿姨好。"

"哎，你好。"方如清接过阮眠的行李箱。

在附近接完电话的赵应伟找了过来，瞧见李执，他笑了声："小执。"

李执跟着笑："赵叔好。"

方如清没认出李执，正疑惑着，赵应伟解释道："老李家，就我们那附近李家超市，他家的小孩。"

方如清恍然，也笑了声："难怪呢，刚才看着就眼熟。"

兜来转去都是一个地方的人，等上了车，方如清问了阮眠几句老太太的情况，还说过阵子等天气暖了把人接来做个体检。

往年这时候，老太太的体检都是方如清安排的，今年情况有所不同，阮眠没说什么，只道："到时候再给奶奶打电话吧。"

"也行。"方如清说。

一路上赵应伟接了好几个电话，中途只好换了方如清开车，阮眠听着他电话内容像是在聊投资的事情。

她没怎么在意，偏头看李执，他靠着椅背似乎是睡着了。

此时正是二三月交替之间，平城气温回升，窗外阳光明亮温暖，晒得人直发困。

阮眠低头打了几个哈欠。

半个多小时后，车子在路口停下，赵应伟去附近停车，方如清提着阮眠的行李箱走在前头。

剩下阮眠和李执落在后面。

"你什么时候开学？"阮眠可纳闷，李执一个高三生，寒假比她放得早就算了，开学也这么晚，一点也没有高三的紧张感。

李执甩了甩胳膊："早开学了，只是我没去。"

"……"

他视线落在前面，低声说："你妈好像误会我和你的关系了，刚才看我的眼神都不对。"

"啊？"阮眠挠了挠脸，"我怎么没看出来？"

"不信你回去看吧，她肯定会问你的。"说话间，已经走到自家门口，李执和方如清打了声招呼，又朝着阮眠挑了下眉，"回见。"

等他进去之后，阮眠快步跟上方如清，问了句："赵书棠怎么样了？"

"还好，只是还不能走动，加上胳膊也摔了，这学期的课都不知道能不能跟得上。"方如清今天穿了双平底鞋，看起来和阮眠差不多高。

"这样啊。"

方如清偏头看她一眼，犹豫着开口："你和李执是早就认识了，还是回去之后才认识的？"

还真被他说中了。

阮眠抿了抿唇："早就认识了，刚搬过来的时候就认识了，之前暑假那个晚上我走错路，还是他带我过去的。"

那都是去年的事情了，方如清也没什么印象，旁敲侧击地叮嘱道："你现在还小，主要任务还是要以学习为主，其他的事情可以等高考结束再说。"

阮眠耸了耸鼻子，回应得马马虎虎："知道了。"

等到了家，阮眠被方如清推着去赵书棠房间看了眼。算起来这应该是她第一次进赵书棠的卧室，不同于她那里窄小和简单，这里显然更像个女孩子的房间。

赵书棠半靠在床上，左腿和左胳膊都打着厚厚的石膏，右脸靠近颧骨那里的瘀青还没散完，看着有些触目惊心。

碍着大人在场，两个人也没呛起来，一个装模作样地问候，一个虚情假意地回应。

两个人谁也不比谁高贵。

慰问完赵书棠，阮眠回房间收拾行李，休息了会儿，去楼下吃了午饭，这之后的时间过得飞快。

第二天便是开学日，赵书棠手脚不便，赵应伟和方如清跟着阮眠一块去的学校，三个人一起去了周海的办公室。

给赵书棠请完假，周海提到竞赛班的事情，阮眠心里"咯噔"，才想起来自己忘了跟方如清说这事。

周海从方如清的表情中看出来阮眠没提，笑着打圆场道："也就是学校组织的一个数理化竞赛班，阮眠转来八中以后几次月考数学都是满分，负责数学组的严老师就想让她进个竞赛班，看看能不能走竞赛保送这条路。毕竟阮眠现在整体上还是有些偏科，竞赛也就是给她多个选择。"

这决定说突然也突然，方如清和赵应伟互看一眼，又抬头看了眼阮眠，才开口道："还是看她自己怎么选择吧，我们没意见，她要是想去我们做家长的也不可能拦着说不让去，肯定都是支持的。"

话就说到这儿，剩下的还是丢给了阮眠，方如清和赵应伟晚一点还要去公司，和周海寒暄了几句就离开了学校。

周海起身倒了杯水，看着站在旁边默不作声的人，温声问道："这么大的事情，怎么没和家里人说？"

"我忘了。"

"是忘了，还是不想说？"周海坐回椅子，语重心长道，"人这一辈子啊，无论是家庭还是生活总会遇到点挫折的，有时候挺一挺就过去了，不要想太多。你现在还小，有些事情你不理解，等你大了自然而然就想清楚了。"

"周老师，您说的我都知道。"阮眠笑了笑，"但这次我是真忘了说，我一放假心就野了，只顾着放松了。"

周海懒得再说教，用杯盖撇着茶沫问："那进竞赛班的事情你考虑得怎么样了？"

"周老师，我——"

平心而论，阮眠之前对于参加竞赛保送这条路压根儿就没有考虑过，她其实更偏向于按部就班的流程。

周海一看她这欲言又止的模样，就已经猜出什么，也没再多说什么道："说到底路怎么走还是看你自己，旁人说再多也没用，但不管怎么样，我都希望你可以再好好考虑一下。"

阮眠抿唇轻吸了口气："好，我知道了，谢谢周老师。"

阮眠回了教室，班里已经来了不少人，座位还是上学期的座位，短暂的分别让大家都显得有些过分兴奋。

收作业的收作业，补作业的补作业，谈笑风生才是青春。

阮眠一坐下来，四周的人立马围过来，七嘴八舌地问起赵书棠的情况："她这学期真不来上课了吗？"

阮眠："不是，只是请了一个月的假。"

"这么长？她怎么弄的啊？"

"被车刮的。"

"这么严重？那肇事司机找到了吗？"

阮眠抿了下唇："找到了。"

这些人关心也有八卦也有，他们问什么阮眠知道什么就说什么，其他的一概不多说。

后来迟来的孟星阑挤开人群，把阮眠捞出来："你傻啊，要是赵书棠知道你在学校说她的事情，又要和你撕起来了。"

阮眠趴在走廊的栏杆上："那能怎么办，他们问的都是正常问题，我总不能都说不知道。"

聊了几句，阮眠看到楼下走过来的几道身影，慢吞吞直起身，转过来背靠着栏杆。

孟星阑这个寒假过得丰富多彩，但仔细一听重点内容只剩下梁熠然三个字。

阮眠一边听一边把目光挪向楼梯口，在看见人影靠近时，却又装作云淡风轻的模样。

江让早在楼下就看见站在三楼的女生，等到上了楼，他搭着沈渝的肩膀，脚步轻快。陈屹落了几步在后面，正月里不剪头，他之前剃短的头发又长了不少，显得蓬松凌乱。

几个人站在走廊聊了会儿天，沈渝先回了教室。江让手握着栏杆，问阮眠："之前给你的笔记你都看完了吗？"

阮眠没想到他会突然提起这个，此时此刻总有种背着陈屹做了什么事的心虚，眼神闪躲了下："看完了。"

"那好，回头我再拿两套试卷给你。"

阮眠客套了句："麻烦你了。"

江让笑："没事儿，反正你也有帮我补数学嘛。"

孟星阑察觉出不对劲，拿肩膀撞了下阮眠的肩膀，虽然没说什么，但她那八卦的眼神已经暴露了她在想什么。

阮眠揉了揉脸，余光瞥见陈屹从后门进了教室，心跳抖了一下，明知他不会在意，可她永远会为他的一举一动而紧张。

开学第一天照例是摸底考试，这一次是考全科，两天的考试时间一晃而过，假期残留的兴奋感也在紧张的考试中被消磨干净。

考试当天正常上晚自习，结束最后一门英语，阮眠回了趟家，突如其来的生理期导致她整场考试都有些不在状态。

换好衣服，路过赵书棠的房间，阮眠脚步顿了下，但很快又加快步伐离开了家。

等到了晚自习，周海在班里说了这学期学校开设数理化竞赛班的事情："学校开这个只是起辅助作用，并不是提倡大家都去报名，毕竟不是每个人都适合走这条路。报名从这周开始，大家回去和父母商量一下，有意向想报名的先去班长那里记个名。"

八中每年都会走一批竞赛保送的学生，今年是头一回针对这个项目开设辅导班，作为实验班的学生可能会比普通班和重点班的学生更有优势走这条路。

但这也不是能一锤定音的决定，班上一时议论纷纷，周海也没多说其他，叮嘱傅广思盯一下纪律，随后就回了办公室。

阮眠一早就得到了消息，这会儿人不舒服，埋头趴在桌上，听着周围同学在讨论这事。

傅广思戳了戳她的胳膊："阮眠，你没事吧？"

"没事。"她枕着胳膊的脑袋转过来，神情恹恹的，"生理期。"

"那你接着休息吧。"傅广思从书包里翻出一个暖宝宝递给她，"上次买的，还有一个。"

"谢谢。"

傅广思摆摆手："没事啦。"

阮眠刚开始疼得难受，暖宝宝贴上去之后缓和了几分，但人也睡得不沉，对于周遭的动静并不是全无意识。

班里乱哄哄的，混着四处走动的脚步声，阮眠调整了下姿势，将校服往上扯盖过脑袋。

没一会儿，她在似醒非醒中听见江让的声音："班长，帮我和陈屹也记个名。"

傅广思问了句："你和陈屹都打算去竞赛班啊？"

"陈屹想去，我就是凑个热闹。"江让站在傅广思那边的过道，视线落到阮眠这里，装作不经意地问，"阮眠怎么了？"

"哦，她有点不舒服。"

"不严重吧？"

"没事，休息会儿就好了。"傅广思摁了下笔，打岔道，"好了，已经帮你们记过了。"

"行，谢了啊。"

江让回了自己的座位，傅广思在忙自己的事情，阮眠在一片昏暗里醒来，直到快下课才掀开校服坐了起来。

傅广思看过来："你好点了吗？"

"好多了。"阮眠揉着校服，脸色有些苍白。

过了会儿，她问："我们班现在有多少人报名竞赛班了？"

"不多，也才五六个。"傅广思翻开笔记本，"你要报名吗？你这个成绩周老师肯定会建议你参加的。"

阮眠抠着校服的拉链："那你先帮我记个名吧。"

"行。"

晚自习结束，孟星阑拉着阮眠去校外奶茶店打卡店里推出的新品，同行的还有齐嘉和傅广思。

这个点店里人正多，队都已经排到了店外，四个女生接着队末排了起来，周围叽叽喳喳的全是女生。

齐嘉很快在前排的人群里看见熟人，收起手机叫了声："盛欢！"

原先垂头在一旁踢小石子的阮眠听见这个名字，整个人倏地一僵，脚下一个用力直接将石块踢到了马路上。

她抬起头，看见如同换了个人的盛欢。

女生原先的大波浪烫成了黑长直，发间挑染的几缕亮色在光影下格外晃眼，她卸掉了浓妆，露出原先就很漂亮的五官，多了几分少女感。

齐嘉托她多买四杯奶茶，孟星阑从队伍里出来，四个人站在一旁聊天。

孟星阑抓着齐嘉的胳膊，问："盛欢她怎么把头发烫直了？"

齐嘉笑说："还不是因为陈屹。她不知道从哪儿得来的消息，说陈屹喜欢黑长直天然感的女生，你没看她今天连妆都不化了。"

孟星阑咂舌："她可真是狠得下心。"

"她这个人就是这样，想做的事情她爸妈都拦不住。"

聊了会儿，阮眠看到盛欢提着一袋子奶茶走过来，孟星阑要把钱给她，她没要，反而笑着说："不用啦，就当请你们喝了。"

后来等她走了之后，孟星阑咬着吸管"呜呜"号："长得漂亮就算了，人还这么好，讲真的，她刚才朝我笑的时候，我心跳都停了。"

傅广思应着疯狂点头。

阮眠垂着眼眸，手里的奶茶温热，喝一口，甜得发苦，犹如她无人可说的少女心事。

竞赛班报名第二天傍晚截止。

下午最后一节生物课，周海拿到名单，看到几个心仪的学生都在其中，心一下子就稳了。

他将名单放在讲桌上，开口道："竞赛班分数学和理综四科，需要大家自主择科，这周六学校会组织审核考试，之后将根据审核成绩综合考量再决定是否录取。那个，课代表下课去我那里拿一下报名表，填完收一下明天中午交到我办公室。"

阮眠点了下头："好的。"

一节课结束，周海把陈屹和阮眠都叫去了办公室："竞赛班的严老师是希望你们俩都能去数学组，你们自己是怎么想的？"

陈屹成绩一直稳定，没有太多的偏颇，但对于选科，他想了会儿说："我还是想去物理组。"

没有像你

周海没说什么，又问阮眠："那你呢，应该去数学组吧？你这个成绩，去数学是最稳定的。"

阮眠背在身后的手纠缠在一起，犹豫了半天才点头说："那就……数学吧。"

"那行，先这样。"周海从抽屉里拿出一小沓报名表递给阮眠，"我也没其他事了，你们回去吧。"

两个人从办公室出来，陈屹拿了张报名表在手里，看了眼默不作声的阮眠，温声提了句："选科的事情你不用太在意别人说什么，主要还是看你自己对什么感兴趣。"

阮眠点了点头："我知道。"

陈屹没再多说，回到教室，他和江让出去吃饭，阮眠发完报名表，孟星阑也把晚餐买了回来。

吃饭时聊到选科的事情，孟星阑吸溜着粉丝，声音含糊："我觉得老周的话也有道理，你看上学期每次考试，你数学就没掉过 145 分以下，严老师在沈渝他们班都把你夸遍了。"

阮眠心里始终犹豫着。

孟星阑见状，放下筷子问："那我问你，你自己选的话，你想选什么？"

阮眠压着心跳和紧张："物理。"

"那你就选物理呗。"孟星阑重新拿起筷子，埋头吃得兴起，"反正你物理又不差，再加上你也感兴趣，学起来肯定不比数学难。"

阮眠叹口气，想选又不敢选。

临近上晚自习时，班里同学陆陆续续地回来，阮眠在上课前收到了三张填好的报名表。

是陈屹、江让还有物理课代表代硕的，三个男生选的都是物理，阮眠把自己的报名表摊在桌上，盯着科目那一栏发愣。

恍惚着过了一晚上，阮眠在最后一节自习课快结束的时候，去了趟周海的办公室，和他提了下想选物理的事情。

周海显然有些不太赞同："你想好了？这可是关系到后面报学校报专业很多事情的，一旦决定了，可就不好调了，你要不要回去再考虑考虑？"

阮眠却不再犹豫："周老师，您说的我都清楚，但比起数学我还是对物理更感兴趣。"

周海沉默了会儿，长叹了口气："行吧，反正我还是那句话，怎么选都是你自己的事情，只要你自己考虑好，老师没意见。"

阮眠松了口气："谢谢周老师。"

周海笑了笑说没事。

阮眠正准备回去，周海又想起什么，从抽屉里拿出几张卷子："哦，对了，你把这个卷子带回去给赵书棠,让她在家做了,周三你再给带回来。"

"好的。"

晚上回到家里,阮眠和方如清提了一句去竞赛班的事情,方如清还是秉持着不干涉的态度:"你自己想好就行了。"

阮眠"嗯"了声,翻出包里的试卷:"这是周老师让我带给赵书棠的卷子,您帮我拿给她吧。"

方如清笑了声:"你自己去,就送张卷子又没什么。"

阮眠挠了挠眼下那一块,见方如清坚持,也没好说其他的,拿着卷子去了楼上。

二楼赵书棠房间的门没关,她停在走廊,抬手敲了下门板。

屋里传来一声:"谁啊?"

"是我。"阮眠垂头看着自己的鞋,语气淡淡的,"周老师让我拿这次摸底考试的卷子给你。"

屋里安静了几秒,才有回应:"那你进来吧。"

阮眠走进去,站在离床尾一米远的位置:"周老师让你这两天把卷子做了,后天我带去学校给他。"

"知道了。"

阮眠屏着一口气:"试卷给你放哪儿?"

"放书桌就行了。"

阮眠走过去把卷子放下,赵书棠看着她的身影,抿了下嘴角,一句"谢谢"说得格外别扭。

阮眠顿了下,也不转过来看她,只是语气放缓了几分:"不客气。"

从赵书棠房间出来之后,阮眠站在走廊耸了下肩膀长舒了一口气,转身回了自己房间。

几天后,学校组织审核考试,上午笔试下午面试,两轮筛掉了三分之一的学生,江让也在其中。

新一周来临,八中第一批竞赛班也组建完毕,阮眠如愿以偿去到物理组,一班报名参加竞赛班的大部分同学都在这个班,人云亦云,这也让她的选择显得不那么突出。

竞赛班初期上课时间在每周一三五的晚上七点到九点半,以及周六下午半天。

阮眠也确实像周海说的那样,是个走竞赛的好苗子,进班之后的三次模拟考都是第一名。

最近结束的一次摸底考,她和陈屹是并列第一,但因为阮眠前几次考试都是第一,排名的时候老师就把一直是第二名的陈屹依旧放在了第二名。

教课的汪老师在课上开陈屹的玩笑:"陈屹,你这是在第二名上挖了个坑住下

没有像你

了吧？"

教室里铺满了阳光，坐在后排的男生笑得漫不经心："那人家确实厉害，我考不过，这没办法，我总不能把人打一顿，说下次让我考第一吧？"

这话一说，班里全笑开了，阮眠坐在一片笑声中，恍惚听见自己心跳的动静。

周六下课早，傍晚五点钟天还亮着。

往常这个时间，陈屹都是和代硕他们几个男生去球场打球，但今天他要去趟李执那儿，下了课就和阮眠顺路一起回去。

周末学校除了高三和他们这一群人，没其他的学生，林荫道上人影寥寥，夕阳的余晖从枝叶的罅隙间洒落几分。

两个人的影子落在后面，在地面上晃来晃去，时而触碰到一起，时而又分开，多了不少缠绵悱恻的暧昧。

阮眠无意间回头看见两个人近乎挨在一起的影子，一恍神的空当，陈屹脚步未停。

两道影子擦肩而过。

惊蛰过后，平城的气温猛然回升，中午的阳光甚至掺上了几分夏季的燥热，午休的教室全是纸页扇风的动静。

阮眠这段时间过得格外忙碌，除了从早到晚的课程，周末还有额外的补习课。

空闲的时间她还要给赵书棠讲卷子。

说起这个，阮眠还觉得有些不可思议，她和赵书棠的关系一向是水火不容，但因为开学这一个月赵书棠请假在家的缘故，不管是周海还是方如清，好像都默认把她当作可以帮一把赵书棠的人。

平常在学校有什么卷子或作业，周海都会让阮眠帮着带来带去，班里和赵书棠玩得好的女生，记下什么笔记，也都会让阮眠带回去给她。

起初阮眠只负责传递，二月底的时候，赵书棠在家里远程参加了班里组织的一次周考，成绩并不理想。

之后周海找到方如清，方如清等阮眠晚上放学回来和她提了这件事："你们周老师今天找我去趟学校，说书棠这段时间在家里落下不少课程，有点跟不上班里的进度，让你休息的时候给她辅导辅导。"

阮眠摁了下手里的笔，没什么语气地说："这事我没意见，但你得先问问赵书棠愿不愿意。"

"我今天回来就问过她了，她说可以。"之前春节赵书棠在家里养伤的时候，方如清寸步不离的照顾让她们俩之间的关系有了一些转变，虽说仍不亲近，但至少没有以前那么抵触了。

"那就从这周日开始吧。"阮眠当时是这么说的。

闷热困乏的午休在乍然作响的铃声中宣告结束，阮眠从试卷堆里抬起头，捏着有些发酸的手腕，轻轻打了个哈欠。

下午第一节是英语课，宋老师已经提前拿着教材进了教室，还不到上课时间，大家没把他的存在当得太正式，上厕所的上厕所，聊天的聊天，孟星阑甚至还想拉着阮眠去小卖部买东西，最后因为休息时间太短，没去成。

上了课，时间就显得有些漫长了，尤其是刚睡完午觉的时候，春乏秋困，阮眠在宋老师没什么起伏的腔调中眼皮直打架，在脑袋只差一点就要砸到桌面的时候，宋老师走过来在她桌角敲了一下。

阮眠从昏昏欲睡中惊醒，耳边是宋老师带着笑意的声音："我知道第一节课比较难熬，但都这个时候了，可千万不能再松懈，有谁还想睡觉的，去厕所洗把脸清醒一下再回来上课。"

话音一落，教室里稀稀拉拉站起来几个人，阮眠揉着眼睛，看见陈屹也跟着走了出去。

两节连堂的英语课结束，阮眠陪孟星阑去小卖部买零食。去的时候路过楼下公告栏，她们俩在上面看见一个熟悉的名字。

盛欢。

上周五因为在校内打架被记大过一次。

打架这事一出就传了出来，说是盛欢在班级里搞小团体欺负别的女生被人告到老师那里时候，后来她带着人把告状的那个女生围在厕所打了一顿。

但实则不然，真正搞小团体的另有其人。

盛欢所在的艺考班大多都是女生，她平时行事惊世骇俗，可偏生又长得漂亮，追捧者能从六楼排到一楼，班里搞小团体的那几个女生看不惯她，故意撺掇着弄出来这么件事。

虽说事情起因是假，但盛欢打人是真，处分还是按校规批了下来。

"盛欢也太惨了吧。"孟星阑咂舌惊叹，"果然是女生多的地方就容易生出事端。"

阮眠虽然和盛欢站在对立面，但孰是孰非还是能够认得清，这件事要论起来盛欢也是受害者。

阮眠不免对她也抱有几分同情："希望她不要因为这件事受到太多的影响。"

"但愿吧。"

后来回到教室，班里也在讨论这件事，阮眠从齐嘉那里得知盛欢的父母和校董是朋友，记大过的事情估计很快就能翻篇。

她莫名地松了口气，却在下意识间往陈屹那里看了眼。男生背朝着人群趴在桌上，一只胳膊垫在脑后，看不到脸也看不见神情。

上课铃响，男生放下胳膊坐了起来，阮眠隔着重重人影瞧见他轮廓分明的侧脸。

依旧是淡漠而英俊。

阮眠悄无声息地收回视线，翻开课本摊在桌上，剩下的两节课在恍惚中过得飞快。

晚上还有竞赛班的课程。

阮眠陪孟星阑吃过晚餐，回教室拿书包的时候，碰见来一班找齐嘉的盛欢。女生和她有过几面之缘，坦荡而热情的模样让人压根儿生不出丝毫厌烦："你好厉害啊，上次月考我看你数学又是满分，不像我，连你的零头都没摸着。"

阮眠笑了笑，说什么好像都不对，最后只好说了句："谢谢。"

盛欢和阮眠聊了几句学习上的事情，之后又继续和齐嘉说笑。她笑起来是毫不顾忌的，露出整齐洁白的牙齿，眼睛弯成漂亮的月牙。

任谁看到都是赏心悦目的。

阮眠拿着书包和她们打了声招呼，走出教室的时候碰见刚从外面回来的陈屹和江让。

正巧这时候教室里传出来一阵笑，陈屹越过阮眠的肩膀朝里看了眼，阮眠心一提，装作若无其事擦肩而过。

天堂和地狱只在一瞬间。

下一秒，陈屹收回视线，脚步往旁边一挪，人站到从教室里看不到的地方，和江让说："帮我拿下书包。"

江让不解地往教室看了眼，随即露出了然的笑："你至于这么躲着人家吗？说不定都不是来找你的。"

陈屹皱眉，催促道："快点，我去一楼等你，你把书包丢下来。"

江让拍了下他的肩膀："行，真服了你。"

还没走远的阮眠站在台阶上，抬头看向远处的夕阳，余晖铺满了整片天空。

那天，似乎连风里都掺着微妙的甜味。

竞赛班的教室安排在思政楼的小多媒体教室，物理竞赛班人最多，有二十八个。其中男生二十四个，女生只有男生的零头多。

阮眠过去的时候，班里还没几个人，被选来的这些学生，大多一眼看过去就是搞学习的模样。

十个有八个戴着眼镜，头发剃得不长不短，斯文内敛话很少。

阮眠的同桌是二班的一个女生，叫虞恬，是每次年级大榜都紧咬着陈屹不放的第二名，也是班里为数不多的活泼性子。

这会儿她见阮眠来了，停笔抓着人聊天，什么都能聊，上到天文地理下到娱乐八卦。

聊完，她感慨了句："你不在，我都要憋死了。"

竞赛班人人自危，把时间当生命，聊天这种事情不适合存在，也就阮眠有时间和她聊这些。

正说着话，阮眠看见陈屹从外面走了进来，他偏好靠墙边或者靠窗户的位置，在竞赛班也坐在边边角角。

但出众的人坐在哪儿都容易引人注目，也就几周的工夫，班里的同学几乎人人都加了陈屹的 QQ。

不像阮眠，到现在也就加了虞恬和一个竞赛班的大群，对比之下，格外寒碜。

补习课两个半小时，中间只休息十五分钟。下了课，阮眠和虞恬同行，在思政楼外面的花坛边碰见不知道什么时候等在那里的江让和沈渝。

虞恬和沈渝是同班同学，是见了面只会点个头的那种同学关系。

江让和阮眠聊了几句，他当初也参加了竞赛班，但在面试的时候被刷了下来，几分钟的时间，陈屹从楼里走了出来。

阮眠和他们说再见，拉着虞恬先走了。

虞恬和阮眠回家是两个方向，她们在校门口分开，阮眠随着人流往右走，昼夜温差大，晚上的风里卷着微凉。

阮眠走到家门口，还没进去，便听见从里传来的争吵声。

赵应伟之前跟风随大流学投资，被骗去十多万，方如清为这事和他吵了好几回。但当时这事吵了几天就过去了，阮眠不知道这次又是因为什么，在门口犹豫着进不进去的时候，门突然从里被打开了。

阮眠一顿，叫了声："赵叔叔。"

赵应伟脸上的怒气缓和了几分，勉强笑出来："眠眠回来了啊，我有点事要出去一趟，你让你妈早点休息。"说完，不等阮眠接话，人便走了出去，混入夜色中找不见了。

方如清也听见了门口的动静，阮眠进去的时候，看见她抬手抹了抹眼睛，转过身来，眼角还带着红。

阮眠抿了抿唇："妈，您和赵叔叔怎么了？"

"没什么，就是些工作上的事情，我们俩都有些着急了。"方如清笑了笑，"没事，你早点洗洗睡吧。"

一个两个都不愿说，阮眠回了房间，想了想，还是去敲响了赵书棠的房门。隔几秒，里面传出声："门没锁，你进来吧。"

阮眠推门进去，赵书棠坐在桌边，打着石膏的那只腿搭在旁边的椅子上，头也不回地说："我爸想辞职去和人合伙开公司，方阿姨不同意，他们俩就为这事吵起来的。"

阮眠"哦"了声："行，谢谢了。"

"不客气。"

她没久留，折身走了出去。屋里，赵书棠停下笔，回头看了眼，几不可察地叹了口气。

这之后的一段时间，赵应伟基本上都是早出晚归，有时候甚至彻夜不归，段英为这事，偶尔还会说上方如清几句。

有一次说得太过分，方如清和她大吵了一架，也就那天晚上，赵应伟才早了平常很多回了家。

公说公有理婆说婆有理，方如清和段英各执一词，差点又吵起来，赵应伟帮谁都不是，最后干脆就彻底不管了，任由两个人折腾。

那段时间，家里总是乌烟瘴气的，段英瞧不上阮眠，厌恶方如清的强势，气赵书棠在无意间透露出来的妥协。

总而言之，家里除了赵应伟和赵书阳，没一个是让她满意的。

就这么过到了清明节，赵应伟带段英和赵书阳回乡下祭祖，方如清接到娘家那边的电话，抽空回去了趟。

三个大人没提前沟通，都以为对方会留在家里，结果到最后，家里就只剩下阮眠和赵书棠。

恰好那两天又赶上赵书棠去医院复查拆石膏的日子，家里这阵子闹成这样，也没人记得这件事，还是医生把电话打到家，阮眠才知道这回事。

她在电话里和医生约好了时间，去楼上和赵书棠说："我帮你约了明天上午十点去医院复查。"

赵书棠胳膊上的石膏早半个月前就已经拆除，还剩下小腿上的板子。闻言，她问了句："就我们两个去吗？"

阮眠"嗯"了声："应该吧，我妈还不知道什么时候回来，赵叔叔他们什么时候回来？"

"不知道，我没问。"

"那就我陪你去吧。"阮眠问了句，"你中午想吃什么？我点外卖。"

赵书棠说："都可以。"

"那好，你休息吧，等会儿外卖到了我帮你拿上来。"阮眠下了楼，等吃完午饭，在楼下看了一下午的电视。

次日一早，阮眠提前叫了车，扶着赵书棠下了楼，用轮椅推她去巷口坐车。到医院复查结果良好，医生让阮眠扶着赵书棠坐到一旁的台子上。

拆完石膏，阮眠推着赵书棠从医院出来，在路口等车的时候，赵书棠看着马路上的车流，毫无预兆地开口道："对不起。"

谁知恰好这时候有车鸣笛，近乎盖过了赵书棠的声音，她不清楚阮眠是否听见，但也没有再开口。

拦到的出租车司机很好心，上车帮忙下车也帮忙，一路将两人送到家门口才走。

进了家，阮眠没能力把赵书棠送到二楼的房间，只好让她先睡在楼下段英的房间。

帮她收拾好躺下，阮眠走到门口，突然回过头，叫了声："赵书棠。"

赵书棠抬起头："怎么了？"

"我听见了。"阮眠说，"所以是没关系。"

这话没头没脑，要是别人估计也听不明白，但赵书棠很清楚，她愣了几秒，然后发自内心地笑了出来。

阮眠也跟着笑了声。

一笑泯恩仇。

和赵书棠的和解不在阮眠的意料之中，但总归是这段时间难得的好事。假期结束回学校，孟星阑很明显察觉到阮眠和赵书棠的关系变化。

课间休息的时候，她问阮眠："你和赵书棠你们俩？"

"和解了。"阳光有些晒人，阮眠微眯着眼睛，"她跟我说对不起，我说没关系，以后真的就是一家人了。"

孟星阑惊叹了声："这个假放得值。"

阮眠笑起来："是吧。"

那时候风清月朗，一切都很美好。

四月中旬，八中高一高二期中考试，阮眠的考场从最初的四十六挪到三十，又挪到十三，接着是个位数考场，现在甚至能和陈屹同在第一考场。

前三个考场多数是一班二班的学生，前后左右都是熟人，监考也比一般考场要严格很多。

三天后，期中考试成绩出来，阮眠英语发挥超常，头一回跨过了 130 分的线，在年级的排名也因为理综和数学的高分直接挤进了前十名。

为此，教英语的宋老师没少在班里夸她。

这之后没多久，周海按照这次的排名重新调整了座位，阮眠从第三组第三排换到了第二组第三排，和坐在第一组第一排的陈屹不过一个过道的距离。

高二那一年，班里每一次的座位调动对于阮眠来说既是恩赐也是折磨，恩赐是她可以离陈屹越来越近，折磨是这样的恩赐太难得了。

但她始终以为，只要自己追逐的步伐足够快，他总有一天能把这一切看在眼里。

可惜。

那只是她以为。

第七章
没有开始，也没有结局

Mei you kai shang ni

　　竞赛班在期中考试没多久也举行了一次正式的模拟考，试卷难度和赛制流程全都参考往年的全国大赛。

　　阮眠又在考试当天撞上生理期，状态受到影响，下午实验考试操作过程（3+3）全部失分，总排名直接从之前的第一掉到了末尾。

　　但好在事出有因，大家并不是很惊讶，甚至还认为下一次考试她依然能坐回第一位置。

　　哪怕现在坐在上面的是陈屹，那个每次月考都是第一名的陈屹。

　　出成绩的那天正好是周六，傍晚下课早，孟星阑约了阮眠去逛街，平常同行的四个男生只有梁熠然和江让跟了过来。

　　江让若有似无的示好难免让人心生暖昧想法，阮眠做不到心里有人的前提下，还装作什么都不知道的样子去接受另一个人给予的好。

　　她的喜欢已经足够心酸苦涩，她不想让别人背上和自己一样的心情，任凭心上人一句话判定生死。

　　但在谁也没把话说开之前，阮眠只能选择不动声色地疏远江让，将仅存的所有可能掐灭于此。

　　两个人本就不多的交集因为其中一人的退步，所剩无几。

　　高二下学期的日子像风一样过得飞快，炎炎夏日，声嘶力竭的蝉鸣和攀满了整个墙壁的绿叶，那些曾经共同拥有的美好，终将成为所有人记忆里无可代替的青春。

　　六月最重要的那两天，平城全市戒严，八中是考区之一，高一高二给高三腾考场，放了短暂的两天假。

　　阮眠前阵子忙得连轴转，乍一歇下来，整个人彻底懒散，七号那天在家里睡了一整天，到了傍晚才出门。

　　李执是今年的考生，考场正好就分在八中，他没跟学校走，直接住回了家里。

　　阮眠昨天晚上还和他出去轧了半个小时的马路。

　　这会儿她慢悠悠走到他家超市门口，伸头朝里看，没见着李执的人，倒是李执的父亲先看见了她，笑呵呵地招呼道："找李执啊？"

阮眠腼腆地笑了笑："啊，李叔，您在呢，李执他还没回来吗？"

"早回了，在后院呢。"李父放下手里的计算器，神情和善，"你进来啊，自己去院子找他，没事的。"

阮眠点点头："那李叔您忙，我先过去了。"

"去吧。"

阮眠进了店，绕过两排货架，进了李家的院子，正好撞见刚洗完澡出来的李执。

男生裸着上身，白皙精瘦的肩颈搭着一条米色毛巾，一头碎发湿漉漉的，还在滴水，五官干净又好看。

只是——

阮眠前进的脚步倏地停在原地，动作迅速地转过身，耳根和脖颈却已经染上红晕："对不起，对不起。"

李执笑出声，走到晒衣绳那儿随便扯了件黑 T 套在身上，语气带着几分调笑："不至于啊，又不是没穿衣服。"

阮眠还背对着他站在原地，手指绞紧，有些慌张和不好意思。

"好了，我穿衣服了。"李执说完，弯下腰拽着搭在井口边的绳子，将丢在里面的木桶拉了上来。

阮眠揉了揉脸，这才转过身来。

李执将泡在木桶里的西瓜抱出来放在旁边的石桌上，极其自然地支使阮眠干活："去厨房帮我把菜刀拿出来。"

"啊……好。"

晚风习习，李执和阮眠一人捧着一瓣西瓜，并肩蹲在廊檐的台阶上，阮眠咬了两口西瓜，瓜瓤脆甜，带着井水的冰凉，散去了不少热意。

她吐掉嘴里的籽，随口问道："高考感觉怎么样？"

"也就那样吧。"李执笑了声，"没什么感觉，和平常差不多。"

"那你想好考哪所学校了吗？"

"没呢，等成绩出来再说吧。"李执偏头看过来，"你呢？"

阮眠手里西瓜的汁水顺着瓜瓤壁面滑落到虎口处，她伸手甩了一下："我也没想好。"

"你这学期不是去了你们学校的物理竞赛班吗，以后不打算走物理这条路？"

阮眠低头又咬了一口西瓜，嚼了几口才说："再看吧，能不能保送还不一定呢。"

李执笑而不语。

夜幕在晚风中逐渐来袭，阮眠从店里出来，穿过热闹的巷道，一路向西，身影被来往的人群遮掩。

李执在店门口站了会儿，进去的时候瞧见从另一头走来的陈屹，又折身往下走了几步："你怎么过来了？"

陈屹也是刚睡醒从家里出来，整个人睡眼惺忪的，连声音都还带着倦意："来看看你。"

李执扑哧笑了出来："我有什么好看的。"

"你这不是高考嘛。"陈屹把手里的保温桶塞到他怀里，"我奶奶让家里阿姨炖的补汤。"

李执伸手捧着："替我谢谢奶奶。"

"谢过了。"

"得，进来坐会儿吧。"李执和陈屹一前一后进了店里。陈屹和李执父亲打了声招呼，跟着进了院子。周围电线拉扯盘旋，灯光明亮，院中间的桌子上还放着没来得及收的西瓜。

陈屹在旁边水池洗了手，坐下来的时候拿起一瓣西瓜吃了起来："今天感觉怎么样？"

这一连被两个人问同样的问题，李执脑袋都大了："你能让我安心吃点东西吗？"

陈屹觑了他一眼，倒也没再问。

李执慢条斯理喝完一碗汤，手指挨着碗沿敲了两下："我记得你之前是不是和我说过要去国外读书？"

陈屹"嗯"了声："怎么，你也有这个打算？"

"没，就问问。"李执拇指按着唇，咬了下嘴角，"那你还去竞赛班做什么，你又不走保送这条路。"

"我需要奖项加分。"陈屹容易招蚊子，坐了这么一会儿小腿就被叮了几个包，他起身站了起来，"我申请的那个学校，物理专业要求在国内拥有某一类国家级奖项，如果能拿到保送名额，成绩审核这块会卡得松一点。"

"这样啊。"

陈屹站到亮处，四周蚊虫少了许多。他问："你想好报哪个学校了吗？"

"没。"李执往前敞着腿，姿态放松，"考完再说吧，看成绩报学校，我跟你们这种有目标的学霸不一样，我这个人啊，走哪儿算哪儿。"

陈屹别开头笑了声，没反驳他的话。

最后一天高考时间几乎没怎么用力过就已经翻了篇，余下的日子仍然按部就班，整个学期最后一场考试也在夏天的炎热躁动中如期而至。

六月的最后两天是八中高一高二的期末考试。

考完英语的当天傍晚，所有高二学生搬进了早就人去楼空的高三教学楼，还没来得及迎接暑假的到来，就已经提前步入了高三生活。

补了半个月的课，在平城气温高达40℃之时，学校才宣布停课放假。放假那天，班里闹哄哄吵成一团，因为马上就要离校，教室里只开了风扇，微凉的风混着窗外吹来的热气，暑气难消。

阮眠收拾完书包，拿着孟星阑送的小风扇朝着脸直吹，视线看向窗外万里无云的天，正大光明地发着呆。

站在讲台上的周海老生常谈安全问题，叮嘱大家不要去野外游泳，外出注意人身安全，最后才祝大家有一个愉快的暑假。

随着耳边突然响起的欢呼声，阮眠回过神，周海已经离开教室，班上全是拖动桌椅的动静。

孟星阑提着书包走过来："眠眠，中午一起吃饭啊，吃完饭我们去电影院看电影。"

阮眠没拒绝："那我先把东西送回家。你的书包要放我家去吗，我帮你一起带回去。"

"嗯。"孟星阑想了几秒，"也行，那我和你一起吧。"

"好啊。"

孟星阑和几个男生打了招呼，抱着一摞书和阮眠一块出了学校。路过李家超市，看见李执，阮眠停下来和他打了声招呼。

李执的高考成绩已经出来了，不怎么理想，远低于他平常在学校的成绩，但他好像也不太难过，拒绝了班主任的复读提议，报了平城的一所普通大学。

阮眠还有事，没和他多聊。

路过超市之后，孟星阑说："哇，你们这巷子卧虎藏龙啊，这么大个帅哥，我怎么以前都没看到，他也是八中的吗？"

"不是，他是十中的。"

"难怪呢。"孟星阑过了好久还对李执那张脸念念不忘，出去的时候非拉着阮眠进去买东西。

阮眠拿她没办法，只好进去买了两瓶水："这是我同学孟星阑。"

李执抬头看了眼："你好。"

"你好。"

最后李执也没收那两瓶水的钱。从店里出来之后，孟星阑攥着矿泉水瓶，眼睛都快成星星了："啊，我死而无憾了。"

阮眠开玩笑道："你这样，不怕被梁熠然知道吗？"

"你不说我不说，他怎么会知道？"孟星阑一脸坦荡，"而且我只不过就是欣赏一下帅哥的皮囊，又没有真的要做什么。"

阮眠无法反驳。

中午吃饭的地方就定在学校附近，她们两个女生过去的时候，包厢里已经有人在了。

但除了平常的那四个男生，还有两个阮眠没想到的人。

齐嘉和盛欢。

阮眠当时站在包厢外就已经先听见了女生极具代表性的笑声，整个人犹如被人兜头泼了盆冰水，浑身发凉。

孟星阑没注意阮眠的异样，拉着阮眠坐到剩下的两个空位，而盛欢恰好就坐在阮眠对面。

在她的右手边是面无表情的陈屹。

阮眠不知道自己当时是什么表情，浑浑噩噩坐下来，听见孟星阑在问梁熠然："盛欢怎么来了？"

梁熠然摇摇头："不知道，我来的时候她们就已经在这儿了，应该是陈屹邀请的吧。"

"不可能，陈屹之前不是还躲着她吗？"

梁熠然轻笑："不然你自己问问陈屹？"

"……"

他们交谈的声音不大，只够身边人听得见，紧挨梁熠然坐着的沈渝倾身靠过来："我邀的，盛欢刚好来找陈屹，我就邀着一起来了。还有，你难道不觉得陈屹现在这个样子很好玩吗？"

孟星阑听着还真就看了眼坐在斜对面的陈屹，难得看到他吃瘪的样子，扑哧笑了声："还是你厉害。"

沈渝格外得意地挑了个眉。

孟星阑坐直身体，回头看了眼发愣的阮眠，碰了碰她的胳膊："眠眠，你怎么了？"

阮眠回过神，勉强笑了下："没事，就是在想一道题目。"

"啊，别了吧，都放假了，让自己放松一下不行吗？"孟星阑端起桌上的饮料给她倒了一杯，"来，降降温。"

"嗯，不想了。"阮眠握着杯子，神经全都绷得很紧。

一顿饭吃得几家欢喜几家愁。

盛欢大方又爽朗，男生的话题也能接得住，和江让、沈渝聊得五花八门，甚至还和沈渝约了下次一起打游戏，可偏偏唯独没有和陈屹讲话，对比起之前她对陈屹的穷追不舍，这样的反差实在太明显。

连一向迟钝的孟星阑都看出了不对劲，凑过来和阮眠咬耳朵："盛欢这是在玩欲擒故纵呢，还是真的对陈屹不感兴趣了？"

阮眠哪里还有思考的能力，早在看见盛欢的那一瞬间，她就已经丢盔弃甲，心绪满盘崩溃。

孟星阑久等不到她的回答，偏头看过来，瞧见她脸色苍白，语气担心："眠眠，你没事吧？怎么脸色这么差？"

"没事。"阮眠轻吸了口气，"应该是刚才凉的喝多了，有点胃疼。"

"那我帮你要杯热饮吧？"

阮眠掐着手指："不用了，我坐一会儿就好了。"

孟星阑没放任她自己忍着，叫来服务员点了杯热饮，又起身给她倒了杯热水："喝一点，暖暖胃。"

"谢谢。"

"跟我还这么客气。"孟星阑还没吃饱，照顾好阮眠又投身到桌上的美食之中。

阮眠低头喝了两口热水，余光瞥见陈屹起身，捏着杯子的手一紧，指腹被烫得发红也没注意。

陈屹依旧是那副谁也不理的表情，语气也听不出什么情绪："我先回去了，你们慢慢吃。"

沈渝叫了他一声："那你还跟不跟我们去网吧了？"

"不去了，我回去补觉。"陈屹挪开椅子往外走，才刚走出去，一顿饭没搭理他的盛欢突然放下筷子起身追了出去。

隔着一道门，坐在包厢里的人还能听见她的声音："陈屹，你等等我！"

阮眠屏息许久，除去一开始奔跑的脚步声，再也听不见其他动静，盛欢没再回来。

反应快的沈渝起身走到窗边，等了一两分钟，他扭头看回来，问大家："你们猜，盛欢追上陈屹没有。"

"肯定追上去了，不然她也不会这么久不回来。"孟星阑夹了一筷子青菜，抬头问齐嘉，"她是直接跟陈屹走了，还是等会儿再回来啊？"

"肯定直接走了吧，这么好的机会，你觉得她会放过？"

孟星阑耸了耸肩："也对。"

阮眠松开紧握着杯子的手，指腹被烫得发红，实在是太疼了，疼到她近乎忍不住要哭出来。

那天吃完饭后，阮眠和孟星阑去电影院看了部上映许久的韩国爱情电影。在看到男主 K 亲手把自己最爱的人交给别的男人时，整个厅里都是压抑的哭声，阮眠却始终毫无反应。

直到结局出现反转，女主 Cream 在对绝症男友 K 所做的一切事情全都了如指掌，但仅仅是为了让男友放心离开，选择了装作什么都不知道时，她的眼圈突然一下子就红了，眼泪吧嗒吧嗒往下掉，怎么也刹不住。

孟星阑被阮眠这种哭起来不出声只不停掉眼泪的哭法吓了一跳，手忙脚乱地从口袋里翻出纸巾，给她擦完眼泪，又拿了张覆在自己眼睛上。

电影的结局对于大众来说也许是悲剧，但对于剧中的男女主角来说却是最好的结局。

不像她和陈屹。

没有开始，也没有结局。

盛欢和陈屹的关系成了横亘在阮眠心中一根消不掉的刺。

尽管第二天她就从孟星阑那里得知盛欢和陈屹到目前为止仍旧停步在朋友关系上，尽管所有人都觉得陈屹可能真的不喜欢盛欢，但尽管如此，阮眠依然无法控制自己的胡思乱想。

现在不代表将来，陈屹现在不喜欢盛欢，可以后总会有别的，别的对于他来说更好更合适的人。

就像电影《重庆森林》里何志武问金发女杀手喜不喜欢吃凤梨的时候，女杀手回答说，人是会变的，他今天喜欢凤梨，明天可以喜欢别的。

就算今天不喜欢，也会有明天，以后每一天都可能会有新的喜欢，但无论他喜欢什么，都不会和她有任何关系。

阮眠每每想到这一点，心里总是会泛起一阵无法言说的酸涩和难过，以至于平常对她来说总是充满怀念的暑假，都变得格外难熬。

七月底，学校竞赛班开始补课，上课时间从上学期的每周一三五晚自习和周六半天调整为每周一至周五下午六点到晚上九点半，上课教室也从多媒体换到了高三教学楼。

阮眠和陈屹的碰面不可避免，她也想过用疏远去代替不在意，但往往只要他随便一个眼神，她的所有努力就又成了无用功。

周五这天班里组织小周考，阮眠这段时间胃口不佳，加之天气炎热，白天没怎么吃东西，原本好好的胃硬是给整出了小毛病。

考试之前，阮眠就觉得有些不舒服，虞恬帮她接了杯热水，她喝了两口又拧紧瓶盖捂在胃上。

温热隔着一层衣服贴着胃，缓解了几分尖锐刺痛。

盛夏时节，晚间的气温也居高不下，教室里开着空调又吹着风扇，冷气到处直窜。

阮眠只穿了件单薄的短袖，考试考了一半，露在外面的胳膊既因为冷又因为疼泛起一层鸡皮疙瘩。

监考的罗老师瞧见她脸色不对，快步走过来，低声关心了句："怎么了，不舒服吗？"

阮眠不想太引人注目，只是说："老师，我没事，就是觉得有点冷。"

"这样啊。"罗老师直起身，原本想叫坐在那里的陈屹关一下风扇，但又怕打扰人的思路，想了想还是自己走过去关。

老旧的风扇伴随着迟缓的"吱呀"声，停止了转动。

罗老师关了风扇，从两排座椅间的过道走过，停笔整理思路的陈屹抬头看了眼，没太大反应。

小周考不怎么正式，考试时间只有一个半小时，结束后，作为竞赛班班长的陈屹起身帮老师收卷子。

他从第一排开始收起，收到阮眠那里，她趴在桌上，卷子是虞恬帮忙交的。

陈屹扫了眼卷面，又递了回去："姓名没写。"

阮眠没睡着，听声音又抬起头，拿笔补了名字。

陈屹拿着卷子继续往后走，阮眠重新趴在桌上，许是难受又或者别的，总之有些莫名的难过。

不知过了多久，就在阮眠昏昏沉沉快要睡着的时候，脑袋上忽然罩下来一件外套，上面带着熟悉的味道和气息。

冰凉的拉链触碰到她的脸颊，她倏地清醒过来，拽着外套抬起头，看见从前面走过的身影。

一旁的虞恬以为她不知道是谁给的外套，随口提了一句："这外套是陈屹给你的。"

阮眠垂眸"嗯"了声。

虞恬边收拾课本，边感慨道："没想到他这人看上去冷冰冰的，对班上同学还挺好的。"

是。

他是很好，可阮眠却更加难过了。

这不过是他从指缝间无意漏出的一点好，却已经足够她抛掉之前所有的不快乐，重新扎进这段无人可知的喜欢。

这太不公平。

但感情从来都不是用"公平"两字就能衡量的，只不过是自古以来先喜欢上的人，总是会离输到一败涂地更近一步。

阮眠深陷其中无法自拔，注定是输家。

那天放学之后，阮眠准备把外套还给陈屹，可他已经和其他同学先一步离开教室，她只好把外套带回家。

晚上洗完澡，阮眠坐在桌边擦头发，方如清敲门进来送衣服，却不想正好看见她放在床上的黑色外套。

外套宽大，显然不是女生的衣服。

方如清伸手将衣服拿起来，阮眠回头瞧见她的动作，心里咯噔了下，虽然没什么，但总归还是有些心虚，主动解释道："这是我班里同学的衣服，我晚上胃不太舒服又忘记带外套，就找他们借了衣服。"

比起衣服方如清当然还是更关心女儿的身体，收起那点胡思乱想，问道："胃不舒服？那现在好点了吗？"

"已经好多了，可能就是有点着凉。"

方如清还是忍不住数落："你这肯定就是这段时间不好好吃饭造成的，从明天早上开始，我喊你起来吃早饭。"

阮眠笑着叹了口气："好吧。"

方如清手里还拿着那件外套："那这衣服我帮你拿下去洗干净，你下周一再带给同学？"

阮眠抬手拿毛巾擦了两下头发，神情自然："好，谢谢妈妈。"

临走前，方如清还不忘叮嘱一句："记得把头发吹干再睡觉。"

"知道了。"

房间很快安静下来，阮眠的卧室对面就是平江公馆。黑夜里，远处亮起的一盏盏路灯宛如白昼。

在之前很多个失眠的夜晚，她就是这样坐在这里，数着那一盏一盏灯，从左至右，一遍又一遍，直至破晓将近。

翌日清晨，大概是顾及阮眠的休息时间，方如清特地将吃早饭的时间推迟了半个小时，快八点才叫阮眠起床。

这个暑假，段英带着赵书阳回了老家，赵应伟在和方如清心平气和地商量过一次之后，依旧选择从经营不善的外贸公司辞职，转而和朋友合伙开公司，整个假期都在南边城市考察市场。

赵书棠报了辅导班，早上不到七点半就出了门，早餐的桌上就只有阮眠和方如清两个人。

阮眠吃了个半饱，停下筷子擦了擦嘴，随口问了句："赵叔叔什么时候回来？"

"还要一段时间，估计得到中秋。"方如清夹了筷腌黄瓜，"你们竞赛班是不是这学期就要安排考试了？"

"差不多，十二月份左右吧。"

方如清笑了声，也停下筷子："有信心拿到保送吗？"

阮眠抿唇想了几秒："不太确定，但我会尽力的。"

"嗯，凡事尽力而为，自己不后悔就行。"方如清站起来收拾碗筷，边往厨房走边说，"我和你爸从来就没想过要你多优秀多出人头地，你现在这么优秀，其实有些出乎我们的意料。"

阮眠小时候比起同龄人，发育要迟缓很多，方如清和阮明科曾经一度以为她在智力方面也会比旁人差一些，但自从上了学之后，阮眠就跟开了窍似的，一路顶着好学生的名号考进了六中。

哪怕现在转来八中，也丝毫不逊色。

阮眠端着没吃完的腌黄瓜小碟跟着往厨房走，将菜蒙了保鲜膜放进冰箱，靠在门边看方如清收拾。

"当初让你转学的时候，我还很担心你跟不上八中的进度，担心你因为换了新环境，各方面都适应不好。"方如清开了水龙头，水声盖住几分她的声音，"结果没想到你来了八中之后，成绩比在六中时还要好，妈妈每次想起来心里都会觉得很骄傲。"

阮眠笑着挠了下脸："估计是八中老师的教学方式跟六中不一样，也更适合我一点。"

"这是一方面，你的努力也是一方面。"早餐碗筷不多，方如清很快收拾完，擦干手搂着她往外走，"书棠今天只补半天课，我们中午去找她吃饭，下午我们一起逛逛街怎么样？"

这个搭配和安排显然不在阮眠的计划之中，但她又不想拂了方如清的好意，只能应了下来："行，都听您的。"

上午仅剩不多的时间转瞬即逝，中午阮眠陪着方如清去接赵书棠一起吃了午饭，又去附近商场逛了一下午。

阮眠和赵书棠和解之后没多久，赵书棠就回了学校上课，阮眠帮她补习的事情自然也就停了下来。

两个人大概是觉得别扭，平常也还是和之前一样，不怎么来往也没太多的交集。

今天突然这么走在一起逛街，阮眠是哪儿哪儿都觉得怪异，多说话也不是少说话也不是，到最后干脆就彻底没了话。

中途路过洗手间，方如清进去上厕所，两个女生拎着东西站在外面，中间隔着能站下三个人的距离。

赵书棠注意到阮眠的沉默，忍不住朝她这里看了几次，最后一次正巧撞上她的视线。

两个人都是一愣，阮眠先别开头，过了几秒，又扭头看过来："那个，你补习班要上到几号啊？"

赵书棠抿了抿唇："开学之前吧。"

阮眠"哦"了声，又没了话。

赵书棠看了眼两个人之间的距离，装作漫不经心地往阮眠那里靠近了两步。

阮眠注意到这个细节，索性扭头看着她："赵书棠，我能问你个问题吗？"

"什么？"

"你之前说，我妈和赵叔叔结婚是贪图你家的房产，所以你家是要拆迁了吗？"

这问题猝不及防又有些好笑，赵书棠没忍住笑了出来，但很快又止住了，像是不太好意思似的抓了两下脖子："也不是，我就是无意间听邻居聊天提到了这个。"

其实这话是赵书棠听段英提起来的，当初赵应伟回来说要和方如清领证结婚，段英就一直在家里和她念叨这事。

本来他们一家四口在这巷子里过得好好的，现在突然冒出来一个女人还带着个和自己差不多大的女儿要住进来，赵书棠当然不能接受，再加上还有段英的偏见，她自然就被带歪了。

"我妈去世之后，我爸身边就一直没有过人，我也以为他这辈子不会再娶，所以当他那时候说要和方阿姨结婚的时候，我觉得他背叛了我妈，也背叛了我们这个家，所以……"

余下的话赵书棠没有再说，阮眠理解地点了点头："我爸和我妈离婚的时候，我也是这个想法。"

"……"

说起来，两个人也算"同病相怜"，就着这个话题聊了几句，方如清从洗手间出来，三个人下楼回了家。

晚上吃过饭，阮眠去了趟李执那儿，陈屹每周六都会在他家店里待到很晚，她去还了衣服。

陈屹接过洗干净的衣服，说了句谢谢。

阮眠愣了两秒才反应过来他说的是洗衣服这件事，微微笑了笑："该道谢的是我，昨天谢谢你了。"

他挠着右眼角那一片，不怎么在意："没事。"

阮眠抿着唇晃了两下脑袋，无话找话地问了句："李执不在吗？"

"他在后面洗澡。"陈屹看着她，"你找他有事吗？"

"没事，我就问问。"阮眠说，"那我先回去了。"

"嗯。"

阮眠从店里出来，走下台阶时，没忍住回头朝店里看了眼。男生低着头，正站在柜台边上数硬币。

店里光线明亮，她一时晃了眼，半天才收回视线，莫名叹了口气。

回到家里，阮眠在房间看书，赵书棠拿着卷子来敲门："阮眠，我有几道题想问问你。"

她过去开了门："进来吧。"

赵书棠每次月考在班里的排名都很靠后，主科没什么问题，主要就是差在理综。

阮眠给她讲完题，她给了阮眠一个笔记本："这是我之前整理的语文材料，你看看对你有没有用。"

说完，人就站起来往外走。阮眠扭头叫住她："赵书棠。"

女生在门边停住脚步，回过头来："怎么了？"

阮眠晃了晃手里的笔记本，笑着说："谢谢。"

她也跟着笑了起来："不客气。"

那天之后，阮眠和赵书棠的交集就多了起来，虽然大多时候都是在讲题目，但之前萦绕在两人之间的那点别扭感在无形之中消失了。

新学期很快来临，开学之后，学校里又多了一批陌生面孔，今年的新生军训会演和开学典礼放在一起。

去年开学典礼，阮眠站在台下，是丢在人群里一眼都找不见的普通学生，今年她作为高三理科班优秀学生代表之一站在台上演讲，是很多人眼里遥不可及的尖子生、学霸。

盛夏的炎热延续到了九月，女生温柔但坚定的声音通过操场四周的喇叭回荡在整片天空。

"我的发言完毕，谢谢大家。"阮眠微微颔首着向后退了一小步，台下随即响起一阵雷鸣般的掌声。

下一个要演讲的是文科班的学生，阮眠下来的时候，周海正在和下下一个演讲的陈屹聊天，瞧见阮眠，把她也叫了过去。

周海说："学校打算把你们这一批学生的演讲稿登在下一期校刊上，你回头把你的稿子整理一份电子版发给吴主任。"

阮眠点头："好的，我知道了。"

周海捧着新买的水杯，笑道："我刚才听陈屹说，这次小周考，你又是班上第一，好好干啊，争取年底给我拿个保送回来。"

阮眠点了下头，抬手将垂在耳侧的碎发拢到耳后。

周海又看向陈屹："你小子也是，别以为准备申请国外的学校，就对保送名额不在意了，你不拿到一等奖，别回来见我。"

陈屹漫不经心地笑，音调懒散："拿不拿得到一等奖我说不准，但我去了，就不会空着手回来。"

"你小子。"周海拿手拍了下他的肩膀，感慨道，"难怪你们汪老师喜欢你，就你这个不讲理的傲气啊。"

他摇头"啧"声："整个八中就找不出第二个人来。"

陈屹偏着头乐，用大拇指骨节蹭了下额头。

过了会儿，吴主任喊陈屹去准备下一个演讲，周海又在他肩膀上拍了两下："去吧。"

"那我就先过去了。"陈屹和周海说完，又看向站在一旁的阮眠，想和她打声招呼，但女生似乎在发愣，没注意到他。

他也没在意，收回视线，从旁边的楼梯走了上去。

周海感慨似的连着叹了几声气，回头看到阮眠魂不守舍的模样，叫了声："阮眠？"

阮眠从恍惚中回过神。

周海笑了声："怎么了，站着还能发愣，是不是这段时间压力太大了？"

阮眠摇头："没。"

"别把我的话往心里去，拿不拿奖都没关系，只要尽力就行。"周海怕她真因为自己的话有了压力，开导道，"反正以你现在的成绩，考去首都的学校也不是什么难事。"

"我知道，谢谢周老师。"阮眠小幅度地深呼吸了下，却始终压不住心里的冲动，问了句，"周老师，陈屹是准备出国吗？"

"对，他准备去加州大学伯克利分校读物理，好像从去年就开始准备了吧。"周海看着她，"怎么，你也有想法？"

阮眠眨了下眼睛："没有，我就是好奇。"

周海笑起来："说实话，作为老师我肯定希望你越走越高，但作为长辈来说，一个女孩子背井离乡出国读书，还是挺吃苦的，我个人是不太建议你走陈屹这条路。"

阮眠没吭声，只是点了点头。

旁边一群老师在聊天，叫周海过去，他捧着杯子摸了两下杯壁，和阮眠说："你忙你的去吧，记得把稿子传给吴主任。"

"好，我知道了。"

阮眠绕过人群，快步离开操场，走到无人处时，她突然弯下腰，大口大口地深呼吸。

分明在空气里，她却像是要溺毙的鱼。

陈屹准备出国的消息很快就在小范围内传开了，阮眠这才知道和他走得较近的三个男生原来全是知情人。

一次阮眠陪孟星阑去文科班找梁熠然的时候，孟星阑聊到这件事，还有些诧异："陈屹不是在准备竞赛吗，怎么现在又要出国了？"

"他申请的学校需要这个奖项加分。"梁熠然靠着栏杆，抬手掐了下孟星阑的脸，"你干吗对他这么关心？"

孟星阑搡开他的手，皱着眉拱了拱鼻子："我就是好奇，问问而已嘛。"

梁熠然笑："出国留学的事情他早就开始准备了，我以为你和他一个班应该也会知道的。"

"我和他又不熟，"说完，孟星阑拐了拐阮眠的胳膊，试图为自己证明清白，"不信你问阮眠。"

梁熠然的视线顺势看向站在一旁的女生，他对阮眠了解不多，只限于孟星阑的好朋友和一个比陈屹还厉害的理科学霸。

这会儿，他看着明显刚回过神的人，彼此对上目光时，颔首笑了下，又和孟星阑说："我还有事，晚上等我一起回家。"

孟星阑撇了下嘴角："行吧，那你先去忙。"

他又和阮眠点头示意，擦肩而过的瞬间，抬手揉了下孟星阑的脑袋，将她精心夹了半个小时的刘海拨弄成一团。

孟星阑直接炸毛，朝着他的背影吼了声："梁熠然，你有病啊！"

男生脚步未停，身影笔直修长，很快消失在走廊尽头，晚风拂面，吹不散他眼里的温柔笑意。

……

还站在文一班教室门口的孟星阑边骂边从外套口袋里摸出小镜子，动手理着自己的刘海。

阮眠站在暮色里，在来来往往的人影中终于醒悟，她费尽心思的努力和追逐，是别人永远也看不见的无用功。

没有人会为她停留，将她无处可放的少女心事怀揣，而后再小心翼翼地安置在他的世界里。

她有的只是在满腔暗恋付诸东流之后剩下的心酸和难过。

那段时间，阮眠过得很不好，白天的若无其事到了夜晚会被放大无数倍，像是有密密麻麻的针扎在心上，泛起阵阵叫人难以忍受的酸痛。

第八章
笑是青春哭也是青春

Mei you ren xiang ni

10月底，竞赛班进入加强化训练，阮眠几乎成天泡在试卷堆里，试图用这样的方法去盖过那些不受控制的胡思乱想。

也是因为这样高强度的学习，她在竞赛班的成绩几乎以一骑绝尘的优势稳坐第一。

老师回回都夸，同学拿她当榜样，甚至是陈屹，也会偶尔向她投来几分她曾经努力想要得到的关注。

阮眠觉得老天好像和她开了一个玩笑。

她几乎都要放弃了，却又因为他的只言片语，在心里泛起波澜，那些被她用眼泪掩埋的喜欢又悄无声息地冒了尖。

坚持和放弃。

无论选择哪一个，难过和心酸都是对等的，阮眠陷入纠结当中，在陈屹这座天平上摇摆不定。

那一年对于阮眠来说实在是算不上多好的回忆，甚至连往常她不喜欢的冬天都来得格外早。

翻过十月，平城迎来大降温，阮眠不幸中招于换季带来的病毒性感冒，请了三天假去医院吊水。

病愈之后，学校的事情几乎占掉她大半的时间，忙碌的生活让她挤不出时间想别的事情。

2009年的最后一个月，也就这么悄无声息地来到了眼前。

平城冬冷夏热，漫长的梅雨季节和冬日刺到骨子里的凛冽，实在不是个能好好生活的城市。

周一清晨，阮眠拖着困到不行的身体，伴随着还未散尽的雾气，慢吞吞走进校园。孟星阑从后面跑过来，半个人压在她身上，声音充满了活力："冷死了冷死了冷死了，我大学一定要去个没有冬天的城市。"

阮眠懒洋洋地笑了声："你去海城吧，那里一年四季都是夏天。"

"那不行，太热了也不行。"孟星阑把手收回来，揣进口袋里，呼出的气成团，

"你们是不是下个月就要考试了？"

"嗯，下个月十号。"阮眠低头打了个哈欠，看起来困得不行。

"你最近都几点睡的啊？"

"两点多吧。"

"真拼啊。"孟星阑咂舌，"你跟陈屹这次不拿个奖回来，都对不起现在付出的努力。"

阮眠眼皮一跳，敛了几分笑意。

她和陈屹在竞赛班几乎每次都是第一第二名的成绩，这也让他们俩成了老师的重点培养对象。

无论是心理辅导课还是其他的事情，老师都会把他们俩自动组队，两个人以前不多的交集莫名多了起来。

如果放在以前，放在阮眠不知道陈屹要准备出国之前，这对她来说无疑是一件令人欣喜的事情，但现在更多的是心酸。

阮眠为了陈屹进竞赛班选物理科，想象着有一天能被他看见，可那个时候的阮眠却从未想到，当这一天真的来临时，却是这么让人难过和遗憾。

她是一叶障目，以为他是池中鱼，却不想他原来是翱翔于天地的雄鹰，在她不顾一切横冲猛撞地扎了进来之后，展翅高飞离开了她所能看见的天地，去到了更远的地方。

在距离竞赛还剩下一个月时间的时候，阮眠突然对考试出现了极度严重的抵触情绪。一连三次摸底考，都掉到了班级末尾，这让把她当种子选手培养的老师们吓了一跳。

以前不是没出现过这种情况，老师们紧急开了小会，请了专门的考前心理辅导老师，给她听了以前参加竞赛的学长学姐们的心得。

总而言之，能做的努力都做了，可阮眠的状态始终没能调整过来，为此，周海特意给她放了几天假。

"这几天呢，你随便玩，把学习和竞赛的事情先放到一边。"周海也怕她状态一直这么差下去，开导道，"反正千万别有压力，也别有什么乱七八糟的坏想法。"

阮眠垂着眸，深呼吸了下："我知道了，谢谢周老师。"

安慰的话说再多也是徒劳，这种时候只能靠她自己去缓解。周海没再多说，只让她回去路上注意安全。

阮眠没回教室，空着手就离开了学校，在校门口随便上了辆公交车，坐在车里晃晃悠悠。

别人都以为她是压力大紧张才导致这样，可只有她自己清楚，她不过是不能面对竞赛结束之后陈屹要出国的这件事。

她心里过不了这个坎。

那天下午，阮眠坐的公交车几乎跨越了大半个城市。夜幕来临时，她扭头看向窗外，眼泪掉得无声无息。

放假的那几天，阮眠哪里也没去，关了手机在家里没日没夜地补觉。

最后一天晚上，阮眠将关了几天的手机开机，短暂的停顿后，手机里突然涌出一大拨消息和电话。

她一条条看完，挨个回完又关了手机。

次日清晨，平城气象局发布了大雪预警。

阮眠早上忘记定闹钟，到学校的时候上课铃早就敲响，吴严站在校门口，瞧见她，什么也没说，摆摆手让她快进去。

阮眠快步走了进去，拐弯的时候，她扭头看到吴严拦着几个迟到的学生不让进。

回到教室，座位还是走之前的样子，摊开的物理书，堆成小山的草稿纸和试卷。

傅广思在嘈杂的读书声中凑过来问了句："你怎么进来的？"

阮眠说："走进来的啊。"

"吴严没抓你吗？"

"没，他还让我走快点。"

"……"

没有人在意她这几天的缺席，好像一切都如常，没有过分的关心也没有八卦的打探。

晚上还有竞赛班的课程，阮眠难得和陈屹同行。下楼的时候，陈屹从包里翻出一沓试卷递给她："这几天考试的卷子。"

阮眠接过来，道了声谢谢。

陈屹"嗯"了声，迎面上来几个其他班的同学，楼梯间狭窄，他走快了两步，空出左边的位置让别人通行。

他单肩挂着书包，走在后面的阮眠看见上面的拉链系了一个类似于平安符的挂件。

只是当时的她一心只看得见眼前人，并未在意这个细节，匆匆收回视线，快步跟了上去。

竞赛班的上课时间延长了半个小时，前两个小时考试，剩下的时间用来分析特殊题型。

十点钟下课，阮眠和陈屹被罗老师叫去了办公室。沿途路过一长段走廊，阮眠才发现外面下雪了。

雪花飘落进来。

到了办公室，罗老师重提考前如何调整心态的问题，老生常谈了十几分钟才放人走。

那时候学校里人已经走得差不多，道路两侧的路灯昏黄暗淡，雪花在光影里起伏。

出学校碰见卖烤红薯的摊贩，陈屹停下来买了几个。等打包好，他递了一个给阮眠。阮眠愣了下，心跳在叫嚣。她伸手接了过来，声音带着克制之后的平静："谢谢。"

陈屹说不客气，提着剩下的往前走。

阮眠小跑着跟上他，拿在手里的红薯散发着滚烫的热意，将她惴惴不安的心安抚。

等走到巷口，陈屹瞥见没什么光亮的巷道，收回了原本继续往前走的脚步，转身和女生一起朝里走。

阮眠的视线落在地上，听着两个人此起彼伏的脚步声，像是没话找话："你不紧张吗？"

"什么？"

"考试。"

"还好。"陈屹扭头看过来，光线昏暗，什么都看不清。他想起她之前几次的失利，问了句，"你是因为紧张才没考好的吗？"

阮眠咬了下嘴角："差不多吧。"

陈屹像是笑了声："紧张什么，就算考不好也还有高考，再不济出国也行啊。路很多，就看你怎么走了。"

阮眠点点头，想起他看不见，又"嗯"了声问："那你出国之后，还打算回来吗？"

这时候正好走到光亮处，男生回过头来，笑得肆意明朗，带着意气风发的少年气。

"当然。"

翻过12月，2009年就成了过去，新年的第一天方如清带阮眠去了趟寺里，求了支上上签。

签文说万事顺利，心有所成。

这可把方如清高兴坏了，一口气往功德箱里塞了几张红票子，和阮眠笑道："看样子你这次竞赛应该是好消息了。"

后来从庙里回来之后，阮眠将那张签文夹在了那个写满了她所有少女心事的日记本里。

之后的那段时间，只剩下写不完的卷子和听不完的心理辅导课。竞赛前一天晚上，班里停了课，罗老师给大家放了部电影。

电影的名字叫《幸福来敲门》，那是前年的片子，阮眠早在上映之初就看完了。

班里窗帘紧闭光线暗沉，阮眠趴在桌上睡得一无所知。

120

接近两个小时的放映时间，结束时，竞赛班的几个老师都来了教室，阮眠揉着眼睛坐起来。

罗老师在电影的片尾曲里，笑着道："我也没什么可以说的了，就祝大家明天考试都能取得一个好成绩吧。"

班里随即响起一阵掌声，这一年多来的努力终于要到了收获的时候，结束即意味着分离。

下课后，几位老师站在门口给大家发准考证和考试用具。轮到阮眠时，汪老师把东西递给她："加油。"

阮眠点点头，小幅度地朝他鞠了个躬："谢谢汪老师。"

"早点回去吧，晚上好好休息。"

走出教室，阮眠扭头看见正在和罗老师说话的陈屹，犹豫几秒后，她故意放慢了脚步。

后来，阮眠在很多个为课题奔波的失眠夜晚，都会在想如果当初她没有犹豫那几秒而是选择直接下楼，这之后的很多事情会不会都不一样。

可惜那时候已经是很久以后，她跟很多人都断了联系，独自一人在很远的地方求学。

而陈屹也已经去了加州大学，和她相隔千山万水，成了她永远鲜活而美好的青春。

……

冬天凛冽的风从四面八方涌进来，阮眠一步当三步走，可陈屹好像和罗老师有说不完的话，一直没有出来。

她走到楼梯口，打算再等五分钟，旁边的窗户被风吹得轻颤，玻璃发出细微的动静。

五分钟过去，陈屹还没出来，阮眠裹紧了衣服准备下楼，恰好这时候楼下有人跑上来，擦肩而过的瞬间，走过去的那人叫了她一声。

"阮眠？"

她脚步一停，借着微弱的光亮看清女生的样貌时，眼皮莫名跳了一下："盛欢？"

"啊，是我。"盛欢跺了两脚，上面的声控灯亮了起来，她往下走了两步，"你们是不是明天就要考试了？"

"对，明天上午考。"阮眠抬起头，"你艺考结束了？"

盛欢是美术生，这半学期一直在准备联考和校考的事情，阮眠很少在学校看到她。

"联考前两天刚结束，校考还要等段时间。"盛欢笑了声，"那你明天考试加油啊。"

阮眠也笑了笑："好，你也加油。"

盛欢应了声好，右手抓着书包带子，未施粉黛的脸白净又漂亮："那我先上去了，你回去注意安全。"

阮眠点点头："行。"

女生转过身往楼上走，系在书包侧边的一堆挂件在空中晃了晃，发出碰撞的声音，阮眠下意识地抬头看了眼，呼吸倏地一窒。

在那一堆挂件里，有一个很小的平安符，小到和阮眠这段时间天天见到的那个一模一样。

声控灯长时间没听见动静，又灭了。

阮眠在黑暗里紧握住旁边的扶手，心猛地往下沉。那一段楼梯，她甚至回想不起来自己是怎么走完的。

思政楼很少有学生走动，阮眠走到大厅，形单影只又魂不守舍的模样很快引起了门口值班老师的注意。

"哎，同学，没事吧？"

阮眠反应慢了一下，才抬起头看过去："没事，谢谢老师。"

值班老师手捧着茶杯，走出来看了一圈："没事就早点回去啊，这么冷的天别在学校逗留了。"

"知道了。"

阮眠走下台阶，凛冽的风扑面而来，像是要钻进骨头缝里的冷，冷得人忍不住想哭。

从思政楼一出来有两个大花坛，阮眠走到第二个时，听见身后传来脚步声和说话声。

那声音她太熟悉了。

她下意识地躲进了旁边的阴影处，男生步伐匆匆，没注意到四周有什么异样，蹦跶着走在他身边的女生笑着说个不停。

"陈屹，你等等我嘛，你走这么快干吗！"

"你明天考试有信心吗？能不能拿到保送？"

"我听你们班的同学说，你准备出国是吗？哎，我要是联考成绩不理想，我也出国算了。"

"你打算去哪所大学啊，我看我能不能让我爸花点钱把我也送进去。"

"陈屹……"

"陈屹……"

……

说话声伴随着人影的远去逐渐只剩下个模糊的尾音，阮眠从暗处里走出来，看着他们走远的身影，心口像是被钻了一个洞，冷风往里直灌，满腔热意在瞬间变得荒芜颓败。

那天晚上，阮眠浑浑噩噩地回到家中，赵书棠替方如清给她送牛奶，看她脸色不对劲，关心道："你没事吧？"

阮眠摇摇头，端起牛奶一口气喝完，结果因为喝得太急不小心被呛住，低头猛咳几声，再抬头时，眼眶都红了。

"你真的没事吗？"赵书棠看她只差一点就要哭出来的样子，抿了抿唇问，"你是不是在担心明天的考试啊？周老师说了，凡事尽力就行，你也别太担心了，早点休息吧。"

阮眠揉着眼尾："好，我知道了。"

"那我先出去了。"赵书棠三步一回头，等走出房间，她在门口站了会儿，看着坐在屋里的人，轻轻关上了门。

长夜漫漫，辗转难眠。

阮眠这一夜没怎么睡好，早上起床，眼睛还有些浮肿，她怕方如清看出异样，在卫生间用热毛巾来回敷了十几分钟。

出来时，方如清已经将早餐端上桌，笑着道："快来吃早饭，吃完我和赵叔叔送你去考场。"

这天是星期五，平城突降大雪市区封路，赵应伟的车在去考场的路上意外抛锚了，方如清急匆匆带着阮眠下车，在路边等了半天也没拦到一辆出租车，最后还是找到在附近指挥交通的交警帮忙送到了考场。

那会儿考生已经在入场，阮眠在考场门口看到前来送考的几位老师，没说几句，就忙赶着进去了。

方如清直到开考半个小时后才赶到考场。

周海把她接去了等候区临时搭建的棚子里："您早上没跟阮眠一块来啊？我怎么看她是交警送来的？"

"本来是我爱人开车跟我一起来送考的，结果没想到，我爱人的车路上出了问题。"方如清叹了口气，"正好今天市区那边又封路，打不到车，只能临时麻烦公务人员了。"

周海笑了笑："还好没迟到就行。"

"是啊，幸好。"方如清搓着手，忍住在棚里来回走动的想法，在原地跺了几次脚。等待是焦灼的。

此时的考场内，阮眠低头奋笔疾书，周围全是笔尖划过纸页的动静，写到后半段，她盯着卷面上的数字恍惚了几分钟，直到监考老师从身边走过，才回过神继续写题目。

一场考试三个小时，十二点准时结束，阮眠少有地直到老师说要交卷才写完最后一道题目。

功过是非，到这儿也已经成了定局。

收卷子的动静有些混乱，阮眠坐在教室里，垂眸看着贴在桌角的考生信息条，指腹挨过去，在上面摸了几下。

监考老师收完卷子，最后又清点确认无误后，才说："大家可以离场了。"

教室里紧跟着响起椅子在地面摩擦的动静，阮眠拿上自己的东西，夹在人流里下了楼。

她在八中的集合处看见了虞恬，女生书包前背，在和旁边的男生聊这次的题目。

见到阮眠，她笑着挥了挥手，等人走近了问道："眠眠，我能问一下你的考试答案吗？"

阮眠点头说可以，视线往四周看了一圈，没看到陈屹。

"倒数第二道题目的第二小题，你求出来的正方体做匀速转动所需的外力矩是多少？"虞恬问完，还和她说了两个答案，一个是她自己的，另一个是旁边男生的。

阮眠听完，心里忽然咯噔了下："我好像和你们都不一样。"

"啊，不是吧，这才一道小题，怎么就出来三个答案了。"虞恬摆摆手，"算了算了，我还是不对了，越对越慌。"

阮眠被她的三言两语撩起几分不安，垂眸站在一旁回想着自己关于那道题目的所有印象。

过了会儿，八中的学生集合完毕，带队老师领着大家往外走，陈屹被班里同学包围着。

阮眠落了两步在后面，目光落在男生的书包上，系在拉链上的平安符随着人影走动，轻轻晃了晃。

那天的风很大，她差点哭出来。

之后的日子回归到了正常的高三节奏，竞赛成绩没出来之前，他们还是得安心备战眼前的期末考，甚至是高考。

也就是那一阵子，学校里突然多出来一些陈屹和盛欢的八卦传闻，有人说周末在市中心的电影院看见了陈屹和盛欢，也有人傍晚在学校的篮球场看到盛欢给陈屹送水。

总之有太多捕风捉影的事情。

那天早上阮眠因为昨天夜里忘了定闹钟，比平时起晚了半个小时，到学校正好撞上吴严带着人在抓迟到的学生。

众目睽睽之下，吴严没法对她徇私，皱着眉下巴往旁边一扬，示意阮眠站过去。

阮眠在学校很出名，成绩好性格也好，是很多学弟学妹崇拜的对象。

当时她站过去，还有学妹跟她搭话，结果被吴严抓住，两个人一人挨了一个眼神警告。

"……"

"……"

学妹不死心，等吴严走后，又小声问："学姐，等会儿我能和你加个 QQ 吗？"

阮眠笑："可以。"

他们这一群迟到的学生大概在外面站了有半个小时，快八点的时候，吴严才松口放行。

作为惩罚，他们要负责一周学校公共区域的卫生。

学妹和阮眠交换了联系方式，走到喷泉的位置和她挥挥手，朝着高一那边跑了过去。

阮眠和几个高三同学往前走，等走到教学楼底下，她在靠近楼梯口的文艺班门口看见背着书包捧着书站在走廊的盛欢。

女生无精打采地晃着脑袋，听见周围的脚步声，抬头看见阮眠，偷偷和她打了声招呼："嗨。"

阮眠点了点头，正准备上楼，女生又叫住她："阮眠。"

她脚步一停，抬头看过去："怎么了？"

"你能不能帮我把这个带给陈屹？"女生从包里翻出两张试卷和一个笔记本递给她，"我本来想等自习课结束送过去的，但我等会儿还要去趟老班那里写检讨，所以就拜托你啦，回头我请你喝奶茶。"

阮眠接过来："好，没事。"

站在盛欢旁边的女生碰了碰她的胳膊，小声提醒道："老师出来了。"

盛欢立马站直身体，拿书挡住半张脸，却还是能从眼睛里看出几分真诚笑意："拜拜。"

阮眠"嗯"了声，一口气走到二楼又突然停下来，捏着笔记本的手用力到指尖都发白。

她站在台阶上，低头看着手里的黑色笔记本，像是做了什么重大的决定，抬手缓缓翻开了封皮。

扉页只写了一个名字。

陈屹。

那字迹阮眠比任何人都熟悉，曾经多少个夜里，她在纸上学着他的笔墨走锋，写下一个又一个如同复制般的"陈屹"。

一瞬间，各种复杂情绪像潮水一样朝她涌来，委屈的、难过的、无可奈何的，全都交织在一起。

阮眠往后翻了几页，视线逐渐模糊，她匆匆合上笔记本，抬手抹了抹眼睛，在回教室前去了趟厕所。

一班的早自习是赵老师在看，等阮眠过去的时候，他捧着茶杯站在门口，开玩笑道："被吴老师抓住了吧？"

阮眠脸上还带着未干的湿意，眼角泛着红："嗯，被抓住了，还被罚了一周的卫生。"

赵老师笑得那叫一个幸灾乐祸："行了行了，快进来吧。"

阮眠回到座位，手里的笔记本和卷子引起了傅广思的注意，她歪头问了句："你拿的什么啊？"

"盛欢让我拿给陈屹的东西。"

"盛欢？她怎么不自己送过来？"

阮眠吸了吸鼻子："她好像要去班主任那里写检讨，估计没时间吧，我正好从他们班门口路过，就让我顺便带过来了。"

"这样啊。"傅广思轻"啧"了声，"哎，眠眠你说，她和陈屹的那些八卦到底是真的还是假的啊？"

"我也不知道。"

傅广思摇头叹息，恨不能亲自去找两个当事人问清楚，一颗八卦心根本按捺不住。

下了课，陈屹人不在座位，阮眠把笔记本和卷子放到他桌上。

孟星阑走过来问了句："那是什么？"

阮眠说："盛欢让我转交给陈屹的笔记本和试卷。"

孟星阑顺手翻了下，卷子是盛欢的，笔记本是陈屹的，惊叹了句："陈屹还真在给她补课啊。"

阮眠愣了下："什么？"

"补课啊。盛欢不是艺考生吗，这学期忙着联考和校考，文化课跟不上，就让陈屹帮她补课。"

"这样啊。"阮眠眨了下眼睛，硬生生把快要涌上来的酸涩压了下去。

竞赛成绩要到二月中上旬才公布，在等成绩的这段时间，高三年级组织了几次大型考试。

联考校考模考轮换着来。

最近结束的一次模考，一向稳坐年级第一的陈屹破天荒掉出了前三名之列，和二班的一个女生并列第十。

他的成绩一向稳定且优异，升入高二以来，无论大考小考从来都是第一名，这一次的退步让老师和同学都很惊讶。

当天晚上，陈屹就被周海叫去了办公室，一起的还有去拿试卷的阮眠。到了办公室，周海把卷子拿给阮眠，意有所指地夸奖道："你这次考得还行，语文和英语都能看出来进步了。"

阮眠"嗯"了声："谢谢周老师。"

周海随即把目光落到陈屹身上，抿唇皱眉，语气有些不大好："那我们年级第一这次是怎么回事？别拿失误糊弄我，上高二以来考了那么多次试，怎么就这次失误了？我看你就是因为——"

说到这儿，周海倏地想起来旁边还站着个人，话音戛然而止："那什么，阮眠你先回去吧，把卷子发给大家，让他们自己先把错题整理一下。"

"好的。"阮眠抬头看了眼陈屹，转身走出办公室，还没走远，便听见里面传来周海的声音。

"你跟我说说，你这次没考好是不是因为文艺班那个女孩子？"周海大约是气急了，猛地拍了下桌子，"你知道学校现在都传成什么样了吗？我之前不找你是因为相信你不会在这个时候做出什么出格的事情，可你现在太让我失望了。"

陈屹说："周老师，这事跟盛欢没关系，我没考好是因为我这几天在准备出国的事情，没休息好。"

周海叹气："算了，我也不想说你了，明天我去找盛欢的班主任聊聊，问问她是怎么教的学生，一个女孩子真是……"

他又叹了口气。

办公室里安静了好一会儿，阮眠才重新听见陈屹说："这次没考好是我自己的问题，跟盛欢无关，跟她的人品也没关系，我希望您……"

……

后来再多的话阮眠都没有听进去，她哭着走完那一段路，也终于明白，原来喜不喜欢和优不优秀真的没有关系。

她好不好也跟旁人无关，只要他能看见她的好，就已经赢了。

出成绩那天是 2 月 4 号，立春。

阮眠早上到学校在楼梯口碰见教数学的严老师，两人聊了几句，严老师问她："今天该出成绩了吧？有信心吗？"

她摸了摸耳朵，也说不上有没有信心，没敢把话说得太满："我还是等成绩出来吧。"

严老师笑了笑："对自己多少有点信心，你已经很优秀了。"

阮眠点头："谢谢严老师。"

后来走到二楼，严老师回办公室，阮眠深吸了口气，缓步上了楼，班里参加竞赛的人不少，叽叽喳喳都在聊这事。

孟星阑跑过来，碎碎念道："我不行了我不行了，我怎么这么紧张你怎么一点都不紧张？"

阮眠差点被她绕进去，放下书包起身往教室后排走："紧张也没用啊，是好是坏都已经定了，再紧张也没有用。"

"说的也是。"孟星阑看她拿着扫把往外走，问了句，"你干吗去啊？"

"值日。"上周三阮眠迟到，被吴严抓住罚扫了一周的卫生，今天是最后一天。

罚扫的卫生区域是思政楼前边的那一长条林荫道，阮眠和十六班一个女生负责其中的一小段。

那一段路实在是太长，扫完，已经半节自习过去了，一行人浩浩荡荡往回走，阮眠和几个同楼层的同学一起。

其中一个男生问："哎，阮眠，你们是不是今天就要出成绩了啊？"

阮眠"嗯"了声，说："可能要到中午吧。"

"以你现在这成绩保送应该是板上钉钉的事情了吧？"男生说，"我们班主任每回讲到考试之类的话题，都会把你当成典型代表说给我们听。"

"对对对，我们老班也是。不过你也太厉害了，一个女生能把理科学到这么好，我是真的特别佩服。"

阮眠低头笑了笑。

那时候所有人都觉得阮眠聪明优秀，站在一个别人可望而不可即的高度，可她却因为喜欢一个男孩子，失掉了该有的自信。

回到教室，赵祺和隔壁二班的语文老师站在走廊说话，阮眠喊了声老师好，拿着扫把从教室后门走了进去。

上午两节课结束，阮眠被仍旧紧张到不行的孟星阑拉着一起去了小卖部："我不行了，这成绩再不出来我就要死了。"

阮眠笑叹："应该快了。"

两人从小卖部出来，刚走到教学楼底下，班上的同学从三楼窗口朝底下喊了声："阮眠，老周让你去趟他办公室，竞赛成绩出来了。"

也是在那一刻，阮眠心里才突然有了紧张的感觉，挽在孟星阑胳膊上的手，在无意识间抓紧了她的衣服。

孟星阑问："要不要……我陪你一起去？"

"没事，"阮眠深呼吸了下，"我自己去吧。"

"那好，我等你的好消息。"说完，孟星阑拍了拍她的肩膀，从侧边的楼梯先上了楼。

阮眠绕去大厅的楼梯，等她到老周办公室时，那一间屋子里已经站了好几个人。

成绩是以总排名表的形式展现在竞赛的官网首页。

大约是那一会儿查成绩的人太多，周海连着刷新了十几次页面，浏览器的小圈还一直在转。

阮眠站在靠门边的位置，抬头往外看，阳光落满了整条走廊。

"出来了！"有学生惊呼了声，原先散在旁边的人全围了过去，唯独陈屹靠着窗台，神情与平常无异。

人群里又发出一阵惊呼声："陈屹！一等奖！牛啊！"

"虞恬也是一等奖！"

随着周海将鼠标往下滑的动作，惊呼声和祝贺声愈来愈多。

这时候有人注意到了站在门边的阮眠，也注意到排名表上一直没出现她的名字。众人的目光从最开始的激动慢慢转变到不可置信，但很快大家又都装作若无其事地收回了视线。

阮眠松开紧攥的手，心里已然尘埃落定，讲不出到底是松了一口气更多，还是失望更多。

名次只公布到三等奖，阮眠拿了二等奖，与保送失之交臂，成了这次竞赛当中最大的意外。

成绩很快贴到学校门口的公布栏上，八中在这一次竞赛中收获颇丰，各科竞赛的一等奖加起来有八个，剩下的二等奖和三等奖总数也是在全市能排得上名的。

阮眠的失利既在老师们的意料之中又在意料之外。

周海在事后特地把人叫过去安慰了一番："这次物理竞赛的卷子比往年都要难很多，你能拿到二等奖也已经很不错了，虽然没能保送，但后期还是可以申请一些高校的降分优惠。"

阮眠点了点头："我知道了。"

"没事，反正千万别灰心，还有高考呢。"周海说，"人生的路有很多条，这条走不下去，那我们就换一条，总有一条路是能走到头的。"

阮眠说好。

后来那一段时间，阮眠总是睡不好，家里也是乌烟瘴气的，段英和方如清的矛盾不断，赵应伟的事业接二连三遭遇失败，也和方如清吵得不可开交。

感情再好的两个人一旦吵起架来也是刹不住嘴的，方如清甚至把阮眠竞赛失利的原因也归结到赵应伟身上，怪他不提前检查车子，怪他想一出是一出。

那一年的春节，整个家四分五裂，方如清回了娘家，阮眠陪着奶奶留在南湖，段英带着两个孩子回了老家，赵应伟一直在外面飘着，十天半个月都不着家。

高三的寒假只有短短几天，赵书棠和阮眠都在假期结束前一天住回了平江西巷。晚上一起在外面吃过饭，回来的路上阮眠碰见许久没见的李执，被他叫住留下来在店里待了会儿，而赵书棠则先回了家。

李执去年高考失利，去了平城一所普通大学读计算机专业，刚结束的这半学期都忙着在学校上课。

阮眠在店里的小圆桌旁坐下没一会儿，陈屹突然也过来了，看见她在这儿，神情愣了下，但很快又恢复平常。

他是来给李执送东西的，家里还有事，没在店里久留，和阮眠也没说上几句话。

其实从竞赛结束之后，两个人就一直没怎么说上话。

阮眠失去了保送的机会，成绩出来之后重新投入了高考复习当中，之前因为竞赛落下的部分课程，让她忙得不可开交。而陈屹放弃了国内一所高校的保送名额，一直在为出国的事情做准备。

学校里仍然流传着陈屹和盛欢的绯闻，但因为陈屹现在已经算半只脚踏进高等学府的人，老师们还是像以前一样睁一只眼闭一只眼，甚至是周海也都没再提过这件事。

她和陈屹之间的距离也在不知不觉中变得越来越远。

阮眠从恍惚中回过神，才惊觉李执不知道在什么时候已经坐到她对面的位置。

李执拣着果盘里的葡萄干往嘴里丢，轻声笑道："想什么呢，这么入神？"

"没……"她慢慢地深呼吸，努力藏住自己的心思，"没想什么。"

李执的眼睛一眨不眨地盯着她，像是把利剑直直看入人心："你现在这个样子，要是被我爸看见，准以为我怎么了你。"

阮眠心跳一乱，对上他的目光，像是在恍然间明白了什么，眼睛一下子就红了。

李执把桌上的纸巾盒推过去："陈屹出国的事情我很早就知道了，没告诉你是不想影响你考试。"

"嗯。"

"你也是为他去的竞赛班吧？"

阮眠揉了揉眼睛："也不全是，但也差不多。"

李执叹了口气："其实你没必要的，你那么优秀，只是因为喜欢了陈屹，才会觉得卑微。"

"可陈屹也是普通人，只不过是你的喜欢让他成了你的光。"李执说，"你不要因为他的光，而忽略了自己的优秀。这世上每个人都有自己要走的路，如果你一直追着他跑，他又怎么能看见你呢？"

阮眠扭过头捂住眼睛，她原以为自己会哭，可是没有，心口那些难过和酸涩是切实的，但可能是习惯了，她竟然觉得也没那么扛不住。

那个夜晚，有人欢喜有人忧，但黎明破晓，新的一天也来了。

新学期开始之后，距离高考也只有短短几月，高三的课程越发紧张，漫天的试卷和沉重的氛围压得人喘不过气来。

理科一班和二班上学期参加各类竞赛和各大高校自主招生的学生加起来有三十多个。

落榜的也有拿到保送名额和加分政策的也有，阮眠放弃了当初竞赛拿到的加分学校，选择了报考难度更高的首都某学校的临床医学（八年制）。

三月中旬，八中组织高考体检，这是整个高三难得的轻松时间，从医院体检完出来之后，阮眠和孟星阑翘掉了晚上的自习课，去附近的小电影作坊要了个包间，看了一晚上的电影。

她们为爱情电影哭，为高三学习感到励志，为爱国题材感到热血澎湃，又哭又笑地度过了那一晚。

结果第二天两个人去学校就被吴严抓到办公室训了一个早读，领了五百字检讨才算作罢。

从办公室出来，两个人走出很远，还是没忍住，趴在栏杆上笑了很久。

那时候风清月朗，笑也是青春哭也是青春。

高考就在这样的生活中进入了两位数倒计时，保送的那批人在四月下旬陆陆续续离校。

教室里空出来那几个座位很快就有了新的人，阮眠偶尔会在下意识间抬头看向前排某个座位。

陈屹收到了加州大学伯克利分校拟录取的通知，正式的录取通知会在七月底发布。他没了留在学校的理由，以前的座位成了周围同学用来堆试卷和复习资料的收纳地。

不过阮眠还是经常能在学校的篮球场见到他，有时候是一个人，有时候是很多人，但更多时候都是两个人。

再后来，阮眠就不常从篮球场那边路过，也就再也没见过陈屹，直到高考前学校组织拍毕业照。

周海把离校的那些同学都叫了回来。

那天整个高三年级都乱成了一团，所有人都像是被放出牢笼透气的猛兽，压抑不住地激动。

理一班是第一个拍照的班级。

周海换了身讲究的灰衬衫和西装裤，头发抹了发蜡，在阳光下锃亮锃亮的，放下捧了两年的茶杯，领着他们去了图书馆楼前。

好像学生时代都是这样，之前没觉得什么，直到拍毕业照那天才有了将要离别的不舍。

蓝天白云下，一群十七八岁的男生女生，稚嫩青涩的笑容，那是很多人再也回不去的青春。

拍完集体大合照，剩下的全都是拉帮结派的小合照，孟星阑给梁熠然发消息，让他从班上过来。

沈渝也从他们班跑了出来。

他们六个人站在高三的走廊上拍了张合照，后来那张照片被阮眠收在钱包里，却在某一次外出时，意外被人偷了钱包，也遗失了那张照片。

而那时候，她和陈屹也已经有五年未见，她在陌生城市丢掉了和他有关的为数不多的一样东西。

第九章
是告白，也是告别

Mei you ren xiang ni

学校直到高考前一个星期才放假。

收拾东西回家那天，班里气氛格外伤感，阮眠收到了很多同学递来的同学录。

认识的、不认识的，都想从她那里讨两句祝福。

教室外有人在发泄，嘶吼声呐喊声，好像要把这一年所有的压力都吼出来，有同学把无用的草稿纸试卷撕碎了从楼上丢下去，没一会儿便有人哭喊着把准考证也扔了。

阮眠当时坐在教室给同学写同学录，听见这声音，低头笑了笑，笔下的祝福未停。

祝你高考顺利，金榜题名。

阮眠

2010/5/30

放假那一个星期，阮眠白天留在房间看书，偶尔给赵书棠讲几道题，到了晚上就独自一人去外面轧马路。

夏日晚风清凉，耳机里的音乐换了一首又一首。

高考前两天正好是周末，李执从学校回来，加入了阮眠的轧马路队伍中，两个人从东边走到西边，然后在路上买了两根冰棍，上了回家的公交车。

那时候已经很晚，车上没什么人，两人坐在后排，风从敞开的窗户吹进来，阮眠嘴里含着碎冰，哼着不成调的歌。

李执笑："我看你怎么一点都不紧张？"

"还好吧，紧张又没有用。"阮眠吃完那根冰棍，扭头看向窗外。

"想好考哪儿了吗？"

阮眠"嗯"了声，然后说了个耳熟能详的学校名字。

李执感慨了句："学医啊。"

"我也没什么远大抱负。"阮眠笑，"就希望将来能做一个对社会有用的人吧。"

"行，阮医生说的都对。"

"……"

没有人像你

132

高考那两天，平城天气阴沉沉的，空气有些闷，阮眠被分在以前的学校六中考试，在南湖家园住了两天。

赵书棠被分在较远的五中，她父亲赵应伟忙着公司的事情回不来，只能由方如清负责接送。

考完语文和数学的那天晚上，阮眠接到了阮明科的电话，聊了没几句，阮明科就又去开会了。

她放下手机去外面接了杯水，站在阳台吹了会儿风。那天晚上天很暗，没有月亮连星星也很少。

第二天最后一场英语考试结束，天气预报预告的暴风雨没有来，反而是阴转晴天，阮眠从考场出来，阳光也从乌云后露了影。

周围全是各种激动的欢呼声。

阮眠倒是觉得平常，步行回家洗了个澡钻进卧室睡到六点半，起床洗了把脸就出了门。

一班和二班有一半老师都是共同的，老师去哪边都不合适，最后索性就把散伙饭定在了一起，在学校附近的大酒店要了两个可以合并在一起的大包间。

散伙饭人来得不齐，吃到一半，阮眠才看见陈屹扶着已经有些醉意的周海从外面进来。

周海这一年教出来不少好学生，保送的走了两三个，拿到自主招生的也有几个，剩下阮眠和另外几个都是有希望冲击今年理科状元的种子选手。

他拉着陈屹又把阮眠和孟星阑几个叫了过去，语重心长地说了好些话，有叮嘱有期盼。

酒意催人伤，说着说着，他眼眶就红了。

阮眠扭头看向窗外，也是在这时候她才意识到他们真的要毕业了，现在在这里的很多人，也许以后可能就很难再见着了。

想到这儿，她忍不住去看站在周海身边的男生，一想到从今往后，她和他的距离再也不能用数字来衡量，还是偷偷红了眼睛。

那天的散伙饭吃到最后大家都哭成了一团，班上几个男生把老师送回去再回来，听见包厢里的哭声，站在门口没有进去。

几个人站在走廊尽头聊了很久。

后来里面散场，陆陆续续有人出来，陈屹准备进去拿外套，江让突然叫住他："陈屹。"

男生停住脚步，回过头："怎么了？"

"你知不知道……"江让喝了好几瓶酒，眼睛被酒精染上几分红意，他想了很久，最终还是没有说出口，"算了，没什么。"

陈屹轻笑一声："你喝多了吧。"

　　江让搓了搓脸，也跟着笑："你就当我喝多了吧。"

　　散伙饭吃后不久，阮明科突然从西北回来了，具体原因他没说，阮眠只记得在南湖家园住的那段日子里，父亲成日成日把自己关在书房。

　　有一次，她夜里因为屋外的大雨翻来覆去睡不着，起来去客厅喝水，却发现书房的门微敞，阮明科站在窗前，背影寂寥沧桑，桌上燃着一堆未灭的烟头，四周烟雾缭绕，带着呛人的烟熏味。

　　兴许是听见门外的动静，阮明科扭头看过来，瞧见阮眠，他摁灭了手里的烟头，信步朝她走来："怎么这么晚了还没睡啊？"

　　"睡不着。"阮眠看着父亲两鬓染上的白发，眨了下眼睛，问道，"爸爸，您是不是……"

　　是什么呢。

　　她也说不上来。

　　"爸爸没事，别担心。"阮明科抬手带上书房的门，揽着阮眠的肩膀走到客厅，"既然睡不着，就陪爸爸聊会儿天吧。"

　　阮眠和父亲在客厅坐下，茶几上摆着阮明科往常在家时爱摆弄的茶具，他开了灯，在深夜拾掇起这些。

　　茶香很快伴随着滚烫的开水在空气里氤氲开。

　　阮眠拽了张软垫盘腿坐在地板上，她没有阮明科的闲情雅致，以往几次阮明科让她评价茶感如何，她都只有干瘪的"好喝"两字，偶尔从词汇储备里扯出几个听起来还挺像回事的评价，阮明科会笑着摇摇头，也不多说。

　　阮眠抿了口热茶，听阮明科聊起在西北的风土人情，他们的项目组建在沙漠附近，成日风沙弥漫，到了夜间气温骤降，漫天星河低垂，好似触手可及。

　　阮明科说了大半小时，停下话茬时，他问起了阮眠这两年的近况。

　　"也没发生什么特别的事情。"阮眠放下茶杯，"就是学习考试，高二下学期参加了学校的物理竞赛班，拿了二等奖，接着就是高考了。"

　　阮明科笑了笑："总不能每天都只有学习吧，难道就没有认识新的朋友？我们眠眠这么优秀，身边应该有不少朋友吧？"

　　阮眠抱着膝盖，不太好意思地摸了摸鼻尖："我认识的人不多，但好像有挺多人认识我的。"

　　她想起高考离校那天写的同学录，一张又一张。

　　窗外雨滴拍打着玻璃，屋里茶香氤氲，沙发旁的小桌上还摆着他们一家三口三年前在六中门口拍的一张照片。

　　阮明科顺着阮眠的视线拿起那张照片，笑着问了句："那这么说我们眠眠在学

134

校还挺受欢迎的，那有喜欢你的人吗？"

阮眠显然没想到父亲会问到这个，脸一下子就红了，支支吾吾不知道怎么回答。

阮明科也是从她这个年纪走过来的，心里了然，温和地笑了笑："那就是有了？"

阮眠下巴搭在膝盖上，小声说："是我喜欢别人。"

阮明科放下手里的照片，抬头看过去："那能和爸爸说说，他是个什么样的男生吗？"

阮眠沉默了会儿，才说："他是个很优秀的男孩子，我喜欢他，但他一直都不知道。"

阮明科右边眉毛微挑了一下，这是他表示惊讶时惯用的表情动作："原来是暗恋啊。"

深夜是情绪的催化剂，它将晦涩的少女心事撕开了一道小口，然后慢慢地掀开，展露在旁人眼中。

阮眠和阮明科说了很多。

从遇见到心动，难过和心酸，想要被他看见付出的努力，为了他进竞赛班的抉择，又阴错阳差因为他失掉了可能有的机会。

再到如今的分别。

这其中七百多个日夜，诉说起来也不过短短几十分钟，与之相比，显得格外单薄而渺小，就像这漫漫人生长路，她可能也只是他生命里不足挂齿的过客之一，会被时间的长河所掩埋所遗忘。

父女俩聊到半宿。

阮明科并没有对阮眠这段暗恋做太多评价，他只是和阮眠说，时间会消磨掉一些东西，但也会改变一些事情，也许将来的某一天，你们会重逢会有新的故事。

也许你可能会遇见新的人，有新的人生，但以后的事情，现在谁也说不准。

这之后没几天，阮明科开始频繁地早出晚归，家里也不时有人来走动，阮眠每每问起，阮明科却总说没什么事，让她不要担心。

就这样，阮眠怀揣着对父亲的担忧等来了自己的高考成绩。

那一年高考，平城所在的省份理科试题总体上偏简单，但语文作文又稳坐全国最难省份称号，很多人都在语文这科上吃了亏。

八中今年文理都没出状元，学校看好的那一批学生，发挥都不如平时好。

阮眠总分 683，高出一本线一百多分，省排名三十九，但这个分数比她预期低了十几分，比她要报考的学校也只高了两分。

不过这个成绩已经算得上很好了，周末阮眠去学校领取报考指南，周海还另外给了她几个参考学校。

"谢谢周老师。"那时候已经是盛夏，阮眠在周海办公室聊了会儿天，走的时候在楼下碰见班上三个同学，四个人站在楼下的阴凉处聊了起来。

　　夏天的风总是带着散不尽的热意，过了会儿，阮眠和他们分开，回去路过人潮涌动的篮球场，她站在路边看了很久。

　　后来那几天，阮眠收到了很多人发来的消息，亲人的朋友的同学的，太多太多了。填志愿的前一天晚上，阮眠和父母在外面吃了顿饭。

　　阮明科和方如清自从离婚之后，关系反而比之前融洽许多，对于女儿的志愿填报都秉持着不插手的意思。

　　阮眠想去的只有那一个，之后填志愿第一志愿和第二志愿都填的一个学校，再后面的几个志愿，都是空着的。

　　等录取结果的那段时间，阮眠回了溪平老家。

　　那几天阮眠关了手机，每天睡到自然醒，中午吃了饭教阮峻功课，晚上偶尔出去遛弯，但更多时候都是留在院子里吃西瓜看月亮，过了一段对她来说轻松又舒适的生活。

　　直到查结果那天，家里的电话被方如清打通，阮眠才回过神想起这件事，她挂了电话，从包里翻出准考证，跑去阮峻家，在电脑上登录了高考录取官网。

　　方如清十分钟打一个电话，打到第四个的时候，阮眠和她说滑档了，没被Q大生科院录取。

　　听筒里静了几秒，方如清才说："那没事，不是还有第二志愿吗？"

　　阮眠关掉了录取页面，起身往外走，轻轻吸了口气才说："妈妈，对不起，我第一志愿和第二志愿填的是一个学校。"

　　方如清直接把电话挂了。

　　等到了晚上，阮眠又接到了阮明科的电话。阮明科从方如清的怒火中得知女儿以683的高分落榜，虽有惊讶，但也并非完全不能理解。

　　"你妈妈一向比较在意这些，你落榜的事情对她来说可能打击比较大，过阵子就好了。"阮明科问，"那你现在有什么打算？"

　　"复读。"

　　"是早就想好的吗？"

　　阮眠"嗯"了声，抬头看着天上的月亮："对不起爸爸，我让你们失望了，但我还是不想让自己留遗憾。"

　　"没关系，这是你的人生该怎么走是你自己说了算，我们做父母的不可能陪你走一辈子，你妈妈那边的工作我会来做。"阮明科说，"不管怎么样，爸爸也希望你能够不留遗憾地去奔赴更好的人生。"

　　"嗯。"

　　阮眠落榜的事情很快就被周海和几个熟悉的朋友得知，而她也陆陆续续收到了

没有像你

些朋友的好消息。

梁熠然去了F大，孟星阑和江让去了和他同个城市的J大，沈渝报考了军校，而陈屹也在不久前收到了加州大学正式的录取通知。

他们对于阮眠的落榜遗憾又理解。

八月的一天，阮眠从孟星阑那里得知三天后是陈屹的谢师宴，孟星阑在QQ上问阮眠来不来。

那时候阮眠已经去了六中的复读班，她和孟星阑说那一天要上课，估计没有时间。

孟星阑也没再多说，很快聊起了别的话题。

周末的时候，阮眠回了趟平江西巷，打算将放在那里的一些东西搬回南湖家园。

李执暑假拿了驾照，开车帮她搬了一趟，她请他在小区楼下烧烤摊吃了晚餐。

盛夏晚风，带着模糊的凉意。

李执抬手拍死第三只蚊子后，端起桌上的饮料喝了口："你怎么不留在八中复读？"

阮眠笑问了句："六中难道不好吗？"

李执跟着笑了声："你知道我不是这个意思。"

阮眠垂着眸想了会儿，说："八中对我来说，是一段很美好的回忆，我在那里度过了我人生里最值得被记住的两年，我希望它就停在那里。"

她抬头看向远方霓虹，喃喃道："停在最好的那一时刻。"

李执微耸了下肩膀："明白。"

阮眠收回视线，落在他这里看了几秒，随即朝他举起杯子："过去的这两年，你真的帮了我很多，我也不知道该怎么说，也不知道你过去发生了什么，就祝你在平平安安的前提下，能过得快乐一点吧。"

李执神情微怔，但很快他就扭头笑了一声，端起杯子和她碰了一下，玻璃碰撞在空气中发出清脆的叮当声。

他说："那就希望我们都能够过得快乐一点。"

那是2010年的8月17日，十七岁的阮眠开始了只属于"阮眠"的新人生。

复读那一年对于阮眠来说其实算不上多么难熬，日复一日的考试和看了无数次的月亮陪伴着她度过了很多个漫漫长夜。

而那一年也发生了很多事情，阮眠也是在那会儿才知道她高考之后阮明科待在家里的那段时间，其实是他的项目组出了问题，他作为主要负责人之一，被上面勒令暂停一切职务，只差一点就要面临牢狱之灾。

尽管后来事情调查清楚，阮明科也重新回到项目组，但阮眠在之后每每回想起来仍然觉得心有余悸。

2011 年的春节，赵应伟的事业终于有所起色，在平城开了个小公司，方如清所在的外贸公司起死回生，留下来的一批老员工得到嘉奖，方如清也由此晋升为本部门的主管。

赵书棠高考发挥正常，去了南方的 Z 大，一年只有寒暑假才能回来一趟，段英和方如清之间的矛盾依旧没有缓和，阮眠有时周末回去都能碰见她们不可开交的争吵。

而每当这个时候，她都会带着赵书阳出去走街串巷，一个人如果从小一直活在父母长辈们争吵的阴影下，会对他的性格和心理造成很大的影响。

也许是自卑，也许是叛逆，但总归不会是好的事情。

后来的后来，大约是赵应伟也觉得自己母亲太过无理取闹，在平城购置了一套面积不大的二手房，带着方如清和赵书阳住了过去。

段英为此几天几夜不吃不喝，在家里哭喊着养了个白眼狼不孝子，那阵子他们三个人谁的日子都不好过。

阮眠有心无力，方如清也让她不要多管。

就这样一晃又是一年立夏。

六中去年只开了六个复读班——五个理科班一个文科班，班里的学生全都是各中学去年高考超一本线或离一本线不远，最终却因为各种原因落榜的尖子生，竞争压力也不小。

阮眠记得当时分数最高的是一个叫何泽川的男生，考了 693 分，都已经被 Z 大录取了，去上了一个月的学，不知道因为什么原因突然就从学校退学跑来六中复读了。

当时退学的事情闹得沸沸扬扬，他父母还追来六中又打又骂非拉着他回去复学，但他说什么也不肯走，最后是通过以死相逼换来了父母的妥协。

不过当时他和阮眠并不在一个班，是高考之后才认识的。

复读生是走过一次高考流程的人，第二遍走仿佛还有些恍如隔世的感觉。高考体检那天，阮眠班上有个女生晕针，抽血的时候差点晕过去，把老师同学都吓了一跳。

之后又是兵荒马乱的一段时间，高考前十天，六中放假，高三的学生乱七八糟发泄了一通，最后自发开始了大合唱。

阮眠家就住在学校对面，她抱着一摞书，踩过被撕得粉碎的纸页，在"今天只有残留的躯壳／迎接光辉岁月／一生经过彷徨的挣扎／自信可改变未来"的歌声中离开了学校。

后来，她再回想起这一天的记忆，只记得那天的夕阳很漂亮。

高考那两天，方如清特地请了假，过来南湖家园这边陪考，阮眠这次又被分在六中考试。

之前一次的考试仿佛还在眼前，方如清总觉得阮眠被分在六中考试这件事不大吉利，在家里烧了两天香。

阮眠倒是平常，甚至比上一次还觉得轻松许多，结束最后一门英语，她觉得自己这一次应该考得还不错。

当晚班里并没有组织散伙饭，阮眠回到家里洗完澡倒头就睡，却在半夜突然惊醒。

她起床从抽屉里翻出那本已经快一年没有写过新内容的日记本，坐在桌边翻看。

2008/8/16

耳东陈，屹立浮图可摘星的屹。

2008/8/31

怎么了。

2008/10/8

丢脸了。

……

2008/11/15

跑了第一名。

2008/11/26

合照。

……

2009/1/10

新年快乐。

2009/1/20

我与他岁岁长相见。

2009/2/19

和他进了一个竞赛班。

……

2009/9/1

他要出国了。

2010/1/20

我不要再喜欢他了。

……

窗外夜色弥漫，这一年平城又新建了好几栋商业大楼，在夏天的时候拥进了一大批陌生面孔，层层高楼灯光不熄，成了黑夜的点缀。

而在这一年，阮眠好像到目前为止都没什么太大的收获，和陈屹有关的事情也只剩下了这么一件。

她提笔在新的一页写下了这唯一的一件事。

2011/6/8

我又瞒着所有人偷偷喜欢了他一年。

阮眠比那一年的其他考生要提前几天知道自己的高考成绩，因为她是那一年的省理科状元，总分714。

清北上交招生办的电话紧随其后，阮眠想去的B市医学院八年制临床医学专业是与Q大合作招生和培养，去年她遗憾落榜，今年却是走的提前批次录取，成了当时家喻户晓的女状元。

志愿报考结束之后，阮眠拒绝了各大媒体的采访，跑去西北沙漠玩了大半个月。

阮明科的项目组在那段期间结束了最后的收尾工作，他是和阮眠一起回的平城，在飞机上父女俩聊起去年的事情。

阮眠开玩笑道："如果不是去年竞赛失利，也许将来我会和爸爸在做同样事情。"

阮明科笑："那为什么后来不坚持继续学物理？"

阮眠扭头看了看窗外的蓝天白云，有些羞愧地说："我其实不怎么喜欢物理。"

阮明科想到去年和女儿的那次夜谈，心中了然。他合上手里的书说："当人陷在某个情境里的时候，要做到理性选择是难的一件事，或许有时候可以理性分析，但思想和行动并不能完全一致，爸爸能理解你当时的选择，所以你不必自责。"

阮眠说："那如果我说去年高考，我可能也在潜意识里受到了少部分影响，爸爸你会不会觉得我太过情绪化了？"

阮明科好像并不惊讶，语气温和地说："以爸爸目前遇到的人来说，我还没有见过有谁能做到绝对理智，也许在这个世界上会有这样一类人，但不可能每个人都能做到这点，不然这个就谈不上是人性的弱点之一了。不管怎么样，现在那都已经是过去的事情了，你不是也开始学着往前看了吗？"

阮眠释然地笑了笑："嗯，谢谢爸爸。"

阮明科摸了摸她的脑袋，随口问了句："你和妈妈说过这些事情吗？"

"没有。"

阮明科点点头，却没再说什么，只是偏过头在女儿看不见的地方，长长地叹了口气。

回到平城后，阮眠在家里养了大半个月。这一年暑假，孟星阑和江让参加了学校的一个比赛，他们俩留在学校为比赛做准备。

阮眠没能和她见上面。

暑假一晃过了大半，盛夏的一天，阮眠收到了Q大的录取通知书，她在傍晚的时候回了趟八中。

那时候高三已经开学，周海今年又带毕业班，阮眠过去的时候，他正在办公室批改卷子。

阮眠在办公室和他聊了一个多小时。

临走前，周海突然想起什么，叫住她之后，又从抽屉里拿出一个红包，数了一把零钱放了进去："之前答应你们的，高考考多少发多少红包，原本去年就想给你的，没想到你选择了复读，今年可好，考了个状元。"

阮眠愣了下，眼眶微热。

周海起身把红包塞到她手里："你是个好学生，老师相信你将来肯定大有所成。"

阮眠攥着那红包："谢谢周老师。"

"行了，没什么事就早点回去吧，我也要去上课了。"周海说，"有时间可要多回来看看老师啊。"

阮眠点头："一定会的。"

周海挥挥手："回去吧。"

阮眠从办公室出来，下到一楼大厅时，迎面走过来一个男生，剃着很短的头发，穿着黑色的篮球服。

和记忆里的男生很像，擦肩而过的瞬间，她追了几步又突然停下来。

她忘了，他已经毕业了。

那天是 2011 年的 8 月 23 日，距离她和陈屹上一次见面，已经隔了一年零七十六天。

九月份 Q 大开学，阮眠所在的专业每年招生总数不超过 90 人，分为临床一二班。刚入学那段时间，她忙得焦头烂额，整日穿梭于教室、图书馆和宿舍三点一线，还没缓过神，新学期已经过半。

圣诞节前夕，阮眠所在的手语社，准备在圣诞节时去市郊的一所社会福利院为那里面的孩子筹办一场圣诞晚会。

阮眠花了一个周末的时间，被"争取"到《白雪公主》里一棵树的角色。开演那天，她跟另外几棵树举着块合成树皮，蹲在后面闲聊。

大家聊到怎么入社的，阮眠说自己是在食堂吃饭，碰见个环境学院的师姐拜托填一张调研表，之后没几天就有人给她打电话让她来一趟手语社的教室。

当时阮眠稀里糊涂过去又稀里糊涂面了个试，结果就稀里糊涂地入了社，现在大家一聊，发现都是同个套路。

聊了大半小时，表演也结束，他们几个从旁边下了台。晚上社里和隔壁心理协会联谊，阮眠想走来着，被当初那个环境学院的师姐辛玫给拉着不松："你可不能走，我们社单身的就你们新来的几个，人生大事可得早点解决。"

"……"

阮眠无奈，只好跟着去了吃饭的地方，结果没想到还在那里碰见了六中的熟人。

何泽川。

当初那个考了 693 分去六中复读的男生，今年高考考进了 Q 大计算机专业。

他显然还记得阮眠，加上几个师兄师姐听说他们俩都是平城六中的，更是想方设法要把他俩凑对儿。

那一年寒假回家，阮眠是和何泽川一起回的平城。

不过两人的关系却仅仅只停留在朋友这一层，何泽川没有更进一步的意思，阮眠更没有。

甚至在联谊结束后的那天晚上，阮眠就和他坦白地说，自己有喜欢的人，暂时没有接纳新关系的想法。

结果何泽川听了，直接抬手跟她击了个掌，说："巧了，我也是。"

"……"那还真是巧了。

后来熟悉了，阮眠好奇何泽川当初为什么要从 Z 大退学，在闲聊时无意问了句。

何泽川从电脑前抬起头，摸着下巴一本正经道："因为我喜欢的人在我那个系找了个男朋友，我不能接受。"

"……"

他看着阮眠跟吃了什么一样的表情，笑得肩膀直抖："开玩笑开玩笑，我当时其实是滑档去的 Z 大，在那儿上了一个月学，总觉得哪儿哪儿都不舒服。后来一想，还是觉得不甘心，然后就回去复读了，本来还想考个状元玩玩，结果没想到被你给抢了去。"

那会儿已经是寒假，他陪阮眠出来选电脑，听完这句话，阮眠晃了晃手里的银行卡："行，这件事是我做得不对，中午我请你吃大餐。"

"……"

这之后的两年时间，阮眠和何泽川一直维系着并不频繁的来往，两个人谁也没有想过要跨过那道警戒线。

尽管很多人都和阮眠说，何泽川长得帅人又好，是个绝世无敌好男友，可她仍旧没有那个想法。

本科第三年的冬季学期末，阮眠所在的专业结束了在 Q 大的医学预科培养，转而搬去了市中心东单校区继续后面五年半的临床医学专业学习。

而那一年冬天，孟星阑和江让所在的 J 大参加了由 Q 大领头举办的全国大学生机器人大赛。

复赛场地定在 Q 大。

孟星阑和江让是他们学校大一参赛团副队长，这种比赛对现在的他们来说已经是小儿科。

而何泽川同样也是 Q 大代表团的副队，同样也是负责接待各大高校的学生代表。

接机那天，何泽川还没提，阮眠就主动去给他当了苦力。

一伙人举着"欢迎 ×× 大学"的牌子站在 T1 的出口，何泽川穿着队里发的羽绒服，低头打着哈欠："你今天怎么这么勤快？"

阮眠看着他："我哪天不勤快？"

何泽川双手插兜，呵笑了声："我还是比较怀恋我们刚认识那会儿的拘谨和真诚。"

阮眠笑着没搭理他。

后来其他学校陆陆续续到达，孟星阑比阮眠先看见她，松开行李就朝她奔了过来。

何泽川不了解情况，还以为是什么，下意识地拎着阮眠的帽子把人往后扯了下，孟星阑扑了个空。

"……"

"……"

"……"

孟星阑率先反应过来，把阮眠拽到自己身边："这是谁啊？"

"我们学校参赛团的副队，何泽川，也是我朋友。"阮眠扭头看着男生，"这是我以前在八中的好朋友，孟星阑，也是这次 J 大参赛团的副队之一。"

何泽川不咸不淡地"哦"了声，主动朝她伸出手："你好，何泽川。"

"你好。"孟星阑和他简短地握了一下，江让也在这时候走了过来，几个人认识了下，阮眠带他们出去坐车。

在车上，孟星阑问："这人长得还挺帅的，该不会是你男朋友吧？"

阮眠说："不是，就只是朋友，我在六中复读时的同学。"

"嗯，还好不是，不然万一明天比赛输给我们，我还不能太开心。"

阮眠抿着唇，欲言又止。

结果第二天比赛的时候，Q 大这边还真输给了 J 大，之后整个复赛结束，Q 大这边办了欢送宴，孟星阑在席上跟何泽川拼酒，喝了个大醉。散场后，阮眠和江让一起送她回房间。

孟星阑酒品好，醉了之后也不闹腾，倒床就睡。阮眠给她盖了被子，又托同房间的女生晚上多照看着点。

从房间出来，阮眠看见等在外面的江让，眼皮猝不及防地跳了下。

毕业之后，她换了手机号码，以前的 QQ 也在复读那年因为长时间没登录被人盗号，再找回来里面联系人已经被删得一干二净。

阮眠索性没有再用那个号，和班里的很多人都断了联系，江让也是其中一个，如果没有孟星阑，他们可能很难再见面。

这会儿，江让穿着黑色长款羽绒服，敞着怀，露出里面的 J 大队服，清俊的面容染上几分红晕："下去走走？"

阮眠没法拒绝，在心里叹了口气："好。"

两个人也没走远，绕着酒店附近的人工湖一直往前走。冬天的 B 市不同于平城的湿冷，这里的冷是干冷。

晚上湖边没什么人，只偶尔路过几个夜跑的年轻人。

一开始谁也没想着先开口，后来阮眠大约是觉得再这么走下去也不是办法，就问了句："你们什么时候回学校？"

江让看一眼地上的影子又看一眼她："明天下午的机票。"

"哦，那注意安全。"阮眠轻叹了口气，实在不知道该说些什么。

走了快半个小时，江让突然停住脚步，低声问："这几年……你和陈屹有联系吗？"

阮眠先是愣了一下，但很快又明白了什么，摇摇头说："没有。"

散伙饭那一别，她就再也没见过他，除了出国前的那两条短信，她和他也没有其他的联系。

好像这个人不存在了一样。

但阮眠自己清楚，有些人不联系不见面也不代表被遗忘，两年前她从孟星阑那儿得知盛欢也申请了陈屹同个城市的大学，那一个月她都在失眠。

江让笑着叹了口气，有大团白气在空气中散开："其实过了这么久，我有句话还是想问。"

闻言，阮眠放在口袋里的手一紧，没有吭声也没有阻拦，有些事情该有个结局了。

"高中那会儿，你是不是故意在疏远我？"

"是。"

"因为陈屹？"

"嗯。"

江让笑了声，眼尾泛红："你还记得吗？高二那个寒假我说要给你补习英语。"

阮眠抬头看着他。

"其实我给你讲课的笔记是我之前从陈屹那儿补课整理出来的，那些考点技巧全都是陈屹以前教给我的，所以从一开始，就都是陈屹，跟我没有任何关系。"他笑得让人难过，"可明明是我先认识你的。"

阮眠抿了抿唇，抬头看着湖对面的高塔："江让，我在去八中之前，就已经先认识了陈屹。"

一招将军。

江让笑叹："难怪。"

"但是感情真的分先来后到吗？"阮眠这次终于不再回避江让了，"就算没有提前遇见，在八中，在平江西巷，我和陈屹迟早是要见面的。遇见什么人，又会喜欢上什么人，说起来更像是每个人的命数，运气好些的得偿所愿，运气不好就是所谓的劫。"

"江让，人都是要往前看的。"阮眠说，"我已经在学着放下了，我希望你也可以。"

次日，各大校区代表团陆陆续续开始返校回程，阮眠没有去送机，那天她忙着搬宿舍到新校区，等收到消息时，他们已经登机了。

后来过了不久，阮眠听孟星阑说江让在准备出国留学的事情，她不知道那天晚上的话到底有没有用，只是希望他真的在往前看。

而那时候，她整日奔波在教室和实验室之间，每天都有写不完的课题和交不完的数据报告，整个人忙得不可开交，跟何泽川都有好几个星期没联系。

2015 年到 2017 年那几年，阮眠忙完见习忙实习，在医院实习转科的那段时间，她更是日夜颠倒地忙，见过人生百态，旁观过医患矛盾，整个人都被抽打了一遍。

2018 年夏天，阮明科卖掉了南湖家园的房子，在市二环购买了一套更大面积的平层精装修住房，打算把周秀君接过来养老。

阮眠在暑假回了趟平城，家里的大件行李都已经打包搬去了新家，只剩下阮明科留在书房的重要资料和阮眠卧室的东西。

到家之后，阮明科正在书房收拾，这几年阮眠和父亲各自忙于自己的事情，很少见面。

"爸。"阮眠站在书房门口，像小时候很多次放学回家，连书包都来不及放，就往书房直钻。

听见女儿的声音，阮明科从书架前转过头来。

他今年已经五十多了，鬓角和发顶全都掺了白，大概是经常待在西北那边，人看着沧老了不少，连老花镜都戴上了。

"怎么回来也不跟我说一声，我好去机场接你。"阮明科合上书，跨过一地的废纸，朝门边走过去，"吃饭了吗？"

阮眠抬手拍掉他肩上的灰尘："还没呢。"

"那走，爸带你去下馆子。"阮明科进卫生间洗手，出来往房间钻，"我换个衣服，马上就好。"

阮眠笑："爸，哪有这么着急，我这趟回来能待半个月。"

他的声音从卧室里传出来："那可好。"

阮眠"嗯"了声，在屋里转了一圈。这地方承载了她的童年和少年时代所有的回忆，一想到以后再也看不到了，莫名有些伤感。

阮明科换完衣服从卧室出来，看她这样，问了句："舍不得啊？"

"有一点。"

"爸也舍不得，但这地方太小了，你奶奶住过来，再请个阿姨，就住不下了。"阮明科笑叹，"还是有钱好啊。"

阮眠笑出声来："好了走吧，去吃饭，我都饿了。"

"行。"

阮眠过了今年生日就二十六岁了，阮明科没催过她的终身大事，方如清却急得不行，见到阮明科一次就提一次，让他也多跟阮眠提提这事。

次数多了，阮明科也就把这事记在了心里，吃饭时旁敲侧击问了句："找没找对象啊？"

"爸，你怎么现在跟我妈一样？"阮眠夹了一小筷子青菜，"我现在这么忙，哪有时间谈恋爱啊。"

"那总得有个苗头吧。"阮明科说，"我有个同事他——"

"爸，你再说我明天就回去了。"

"好好好，我不说了。"阮明科看着她吃了会儿东西，突然问，"你是不是还记着以前那男生呢？"

阮眠夹菜的动作顿了下，随即否认道："没有。"

这话没撒谎。

她和陈屹已经太久没见，久到她甚至快要想不起来他的模样，年少时那段刻骨铭心的暗恋也在时间的长河中被蒙上了一层轻纱。

读书这几年，阮眠也有尝试着去接触新的人。大前年，她跟何泽川的师兄谈了三个月，对方因为她太忙，在Q大又谈了一个新的，结果被何泽川撞见，给打了个鼻青脸肿。

后来这事被何泽川笑了大半年，阮眠也对找男朋友这事有了阴影，加上确实忙，感情这事就一直耽搁到现在。

她没有刻意记着他，只是一直没遇上合适的人而已。

吃过饭，阮眠和阮明科回家收拾剩下的东西，她房间的衣服大件都装好了，只剩下一个书架和书桌里的东西。

但真要收拾起来也花了不少时间，阮明科约好的搬家公司六点钟过来运了趟行李。

阮眠还剩下书桌抽屉里的东西没装。

她在书桌上的笔筒里找到抽屉的钥匙，大概是因为太久没使用，钥匙戳了半天才对上孔。

打开里面也没什么贵重的东西，只有一个笔记本和一部手机。

笔记本的封皮已经有些褪色，纸张旧黄，上面的字迹笔锋也已经有些模糊，阮眠随便翻了几页，恍惚中，好像又回到了高中那两年。

外面突然传来的动静让她回过神，阮眠合上笔记本，拿起手机，充电线捆在手机外面，她找到插头插上，充了会儿电，抱着试试看的心态摁下开机键。

没想到还真开机了，要知道现在市面上这个品牌的手机不仅没有发扬光大，甚至连公司都没了。

手机开机之后有几分钟的缓冲期，紧接着竟然还有信息冒出来，阮眠点进去看，原来是几年前的欠费短信。

她准备退出去，却不想在无意间点进了发件箱，老式手机的反应太过离谱，在她连着按了两次返回键后，页面直接跳转进了最近发送的一条短信页面里。

……

暗恋很苦，像夏季的风，听着很好，吹起来却满是燥热。于是夏天结束了，我也不喜欢你了。

陈屹，祝你一路平安，前程似锦。

时间是 2010 年 8 月 29 日 18 点 01 分。

那是很久之前，阮眠得知陈屹在第二天将要飞往加州大学，给他发的一条短信。

是告白，也是告别。

是她给自己晦涩难言的暗恋生涯画上的一个句号。

……

阮眠在房间里站了太久，阮明科在外面忙完后，站在门口叫她："眠眠，该走了。"

"哦，好。"她回过神，将手机和笔记本一同收进纸箱里，贴上了胶布，封得严严实实。

窗外阳光大好，阮眠抱起箱子，走出了房间。

下卷.

日日黄粱

mei you ren

xiang ni ♥

第十章
好久不见
Hǎo jiǔ bù jiàn

    2018 年的秋天阮眠提前通过了学校的毕业答辩，成了 B 市协和医院胸外科的一员。刚入医院的那两个月，她忙得连轴转，带她的老师又是胸外以严格出名的副主任孟甫平，挨骂不在少数，通宵加班更是常事，一瞬间就像是回到了几年前在这里轮科实习的时候，简直心力交瘁到崩溃。

    春节前夕，医院上上下下都忙得不可开交，酒驾车祸发热高烧，急诊门诊几乎彻夜通明。

    夜里十点，阮眠参加完一台钢筋贯穿伤的观摩手术，跟作为手术一助和手术指导的孟甫平一同回到办公室。

    那时急诊大楼外面是一阵接一阵的鸣笛声，伴随着窗外的狂风暴雨，莫名令人心慌。

    办公室里，孟甫平走到饮水机前接了杯热茶，才刚喝了一口，科室同事从外面跑进来，声音带着几分急促："孟主任，市郊那边发生紧急事故了，周院长叫您过去开会！"

    孟甫平应了声，连杯盖都来不及放好，直接把水杯往桌上一放，跟着人跑了出去。

    窗外雨滴敲打窗户，办公室电话铃声乍响，阮眠起身接通，听完电话那边的描述，急声道："好，我马上来。"

    电话里没详细说，只提到市郊一栋刚交房不久的居民楼发生了坍塌，一梯两户，共十二层，伤亡惨重。

    院里紧急制订了救援计划，一部分医生去往现场参与救援，一部分医生留在医院做好接收危重病人的准备。

    阮眠跟着出了现场。

    这不是她第一次出现场，但等真到了地方，看着四周哭天抢地的哀号声，以及被消防人员从废墟里扒出来已经没有呼吸的人员，仍旧觉得心里像是塞了一团棉花，喘不过气来。

    大雨加上过低的温度，增加了救援难度，也让很多人失去了可能存在的生存机会，阮眠很快收起那些不必要的情绪，投入到抢救伤员当中。

救援任务持续了半个月，那段时间漫天的电视报道，整座城市甚至是全国人民都在关注这件事，但最终的结果却并不如人愿，一栋楼上百名住户，最后活下来的却只有十几个人，有的是没了父母孩子，有的没了兄弟姐妹，但更多是整个家庭都没了。

楼塌了，背后牵扯到的利益关系错综复杂，上到某个大人物，下到一个小小的水泥供货商，全都成了罪人。

阮眠在春节休假回平城的路上，看到了某些部门关于这件事情的处理情况。

那些该罚的一个都没逃掉，但这个结果也只能勉强算得上对得起那些还活着的人，至于那些无辜逝去的人，无论如何，终究都是无法弥补的遗憾。

她关掉手机，扭头看向窗外，轻轻叹了口气。

出租车在小区门口停下，阮眠隔着窗户看见等在门口的父亲，笑着从车里走了下去，朝着不远处的人喊了声："爸。"

阮明科正在看小区里那些老年人下象棋，听见声音，抬头看过来，也很快迎了上去，笑着问道："这次回来待几天啊？"

"一周左右。"阮眠提着行李，"下个月要和孟老师去洛林乡参加一个培训会，估计得忙一阵子。"

阮明科叹口气："怎么现在你比我还忙了。"

阮眠笑了声："奶奶最近还好吗？"

"挺好的。"阮明科扭头看她，"今天还说要亲自下厨给你烧好吃的，比阿姨还能折腾。"

"是吗？"

父女俩一路说说笑笑，到家里，周秀君已经在厨房和阿姨忙着准备午饭，香味顺着飘到门口。

阮眠换了鞋走过去："奶奶，烧什么呢，这么香？"

周秀君从厨房探出头来，格外显摆地说："还能有什么，不都是你爱吃的那些。"

"那我有口福了。"阮眠捶了捶老太太的肩颈，然后伸手拣了块拌黄瓜丢进嘴里。

周秀君往她胳膊上一拍，叫唤道："洗手了没，就这么吃。还医生呢，一点都不讲究。"

阮眠哼笑，拧开旁边的水龙头洗了手，走出去陪阮明科在客厅看电视。新闻上正好在回顾 B 市居民楼坍塌一事，镜头一晃，阮明科竟然还在右下角看到了阮眠的身影。

他暂停了下，问阮眠："那是你吗？"

阮眠盯着电视屏幕想了会儿，挠了下额头说："是吧。"

那应该是救援的第二天，当地电视台派记者连线报道现场情况，阮眠当时负责护送一个伤员回医院，镜头大概是往这里扫过一下，拍到了她一个不怎么清楚的侧影，但熟悉的人还是能一眼认出来。

阮明科摁了继续，电视声音重新在屋里响起来，报道内容也转接到了今早上才公布出来的调查结果，其中一个集团老总涉案严重被判了死刑。

阮明科又开了话茬："这个唐伟据说还投资了不少科研项目，他这次被抓，那些项目估计也要受到牵连了。"

阮眠多了个心眼，问："你那个项目组没事吧？"

"跟我们没关系，我们这是上头批的经费。"阮明科皱眉想了会儿，"不过我一个同事好像是……"

他话说了一半，又想起什么别的，和阮眠说："对了，我这个同事他有个儿子，你要不要考虑一下？"

"……"

阮明科笑了声："行，我不说了，但是你妈那边你得做好准备，她可不像我这么好说话。"

"……"

结果还没等阮眠做好准备，第二天一早方如清就直接杀上门来了，还给她带了一批优质单身男青年的资料。

方如清说："这些都是妈妈单位阿姨家，还有你赵叔叔认识的一些人，我全都仔细查过了，家世清白，工作也很好，你看看有没有哪个是和你心意的。"

阮眠看着手上这些跟简历差不多的东西，有些哭笑不得："妈，您这也太正式了吧。"

"那我还不是为了你。"方如清苦口婆心，"你这虚岁马上都快二十七了，再拖下去，好的都给别人挑走了。"

阮眠微微睁大眼，轻轻叹了口气："妈，我现在真没时间谈恋爱，更何况我近几年都会留在 B 市发展，人家会乐意谈个这么远的女朋友吗？"

"那总不能一直这么单着吧，好歹处一个，万一合适呢？"方如清絮絮叨叨又说了一大堆。

阮眠听得耳朵起茧，最后妥协道："那这样，等我去洛林那边培训完回来，我再听您安排行吗？"

"真的？"

"真的，但您得等我忙完这阵。"

"也行吧。那你今年是在你爸这儿过年，还是去我那边？"她没给阮眠思考的时间，自己做了决定，"还是去我那边吧，书棠今年也回来了，书阳也很想你。"

阮眠去年春节留在 B 市，后来回来也没住上几天，这次也就没拒绝："行，那我明天早上过去。"

等到第二天，阮眠去赵家那边过完年，又住了两三天，原本想和李执约顿饭，但他回了溪平老家，一时半会儿回不来，只能约了下次。

之后短暂的假期结束，阮眠又回了 B 市，在去洛林培训之前，跟何泽川在国贸吃了顿饭。

何泽川大学之后放弃了学校的保研名额，跟几个朋友在外面捣鼓了一个游戏公司，这几年浪里淘沙沙里淘金，到如今也能在业内排得上名了。

阮眠之前去他公司，都还要提前预约来着，就连这顿饭也是半个月前就约好的。

点过餐，阮眠喝了口桌上的柠檬水，打趣道："我现在见你一面比我休假还难。"

何泽川轻笑："说反了吧，你要找我随时可以见，你能随时休假吗？"

他这几年变化不多，除了必要时刻穿着正装，其余时间都是一身运动裤加 T 恤，加上长得显小，看起来像个还没出校园的大学生。

阮眠懒得跟他打嘴仗，毕竟一次都没赢过。

"对了，你上次说你妈要给你介绍对象，你后来是怎么回绝掉的？"

"这个啊——"何泽川看着阮眠，笑得有些莫名其妙。

阮眠猜了下："你该不会跟你妈说我是你女朋友吧？"

"那倒没有。"

"那你怎么说的？"阮眠放下玻璃杯，"让我也学一下。"

何泽川看着她："你真要听？"

"嗯。"

他点点头，语气平和："我跟我妈说我喜欢和我一样的。"

阮眠没反应过来，一脸疑惑地看着他。

何泽川一字一句道："和我一样性别的。"

"……"

大概过了几分钟，阮眠格外认真地问了句："你现在是不是已经被你妈逐出家门了？"

"没啊，她就是放弃了给我介绍女朋友的想法。"何泽川笑了声，"准备给我介绍其他的了。"

阮眠抿了抿唇，正巧服务员上餐，她放弃了这个话题："行，我们还是先吃饭吧。"

后来吃完饭，何泽川送阮眠回医院，到地方时，他问阮眠："你妈催你找男朋友啊？"

"嗯，而且还催得很急。"阮眠解开安全带，"我估计我快扛不住了。"

何泽川动了动手指，漫不经心道："那不然下次你妈再催你，你拿我当挡箭牌呗。"

"那不行。"阮眠下了车，站在外面说，"一个谎得用无数个谎才能维系住，如果我真拿你当挡箭牌，我妈下一步就该催婚了。"

"好吧。"

阮眠关上车门，从窗口和他说再见："那我先回去了，你路上注意安全。"

何泽川半趴在方向盘上，和她挥了挥手，看着她进了医院大门，才驱车离开。

之后几天，阮眠依旧忙得晕头转向，直到去洛林前一天晚上才交了个早班，回去收拾完行李，又在线上跟孟甫平还有其他几个要去参加培训的同事开了半个小时的会。

次日一早，大巴车从医院出发到机场转机，下午一点才抵达洛林，到地方孟甫平让他们回房间休息，晚点再去当地医院参观学习。

阮眠和隔壁普外科的师姐林嘉卉住一间房，从她们房间的窗户可以看见对面连绵起伏的山峦。舟车劳顿，阮眠先去浴室冲了个澡，出来时，听见林嘉卉在跟男朋友打电话形容这里的山清水秀，绘声绘色的。

阮眠笑了声，擦着头发去找自己的手机，解锁后看见上面有好几个孟星阑的未接来电。

她给回了过去。

接通后，孟星阑问："你刚才干吗呢，给你打了好几个电话都没人接。"

阮眠笑了声："在洗澡。"

这时候，林嘉卉那边不知道跟男朋友聊到了什么，突然开始吵了起来。

阮眠看了她一眼，拿着手机去了房间外面。

孟星阑问："你刚交班啊？"

"不是，在外面出差。"

"你怎么突然出差了，我还想找你陪我试婚纱呢。"孟星阑和梁熠然在大三那年正式成了男女朋友，去年圣诞节梁熠然求婚成功，两家长辈把婚期定到了今年六月。

"临时有个培训会。"阮眠笑，"你什么时候试婚纱？"

"这个月底，你能赶得回来吗？"

"不确定。"这次光培训就有十天，还不保证之后有没有其他乱七八糟的事情，阮眠没敢把话说得太肯定。

孟星阑叹了口气："那好吧，我到时候发照片给你。"

"行。"

"你在外面多注意身体啊。"孟星阑也是工作间隙抽空给她打的电话，没能多聊。

挂了电话，阮眠拽下搭在颈间的毛巾，也不知道想了些什么，在外面站了几分钟才回房间。

十天的培训时间一晃而过，要走的那天，这次培训会的承办方在酒店安排送别宴。

考虑到职业原因，席上并没有安排酒水，后来在场的所有人再想起这天，都对这个安排感到格外庆幸。

阮眠记得那天是2019年的3月6日，惊蛰，洛林前几日还是阴雨绵绵，那天却是格外闷热，人也莫名焦灼烦躁。

到了酒店，阮眠没吃几口，觉得心里堵得慌，起身准备去大厅透气，听见路过的服务员在讨论摆在前厅的观赏鱼缸发生了怪事，说是养在里面的鱼都跟吃了兴奋剂似的乱蹦跶，把水缸里的水溅得满地都是。

当时谁也没注意，只以为是酒店里的人乱投喂了什么。

大中午，酒店对外营业，来往的客人众多，送别宴安排在二楼的竹苑厅，旁边三个厅也全都是人，楼外的马路车来车往，正是热闹的时候。

阮眠透完气回来，平底鞋踩着地面铺着的柔软地毯，恍惚中觉得地面好像是晃动了下，但很快又恢复了平静。

她以为是自己的错觉并没有在意，但等走到竹苑厅门口时，之前那阵晃动越发明显，并且越来越强，挂在墙壁上的吊灯也跟着开始晃动，眼前可见的一切都在摇晃。

地震了！

阮眠心里涌上这个念头的下一秒，整栋建筑楼都陷入剧烈的晃动之中，天花板开始掉碎灰。

那几乎是一瞬间的事情，六层楼高的酒楼从地基开始坍塌，整个走廊楼道挤得全是人。

有人在哀号有人在尖叫也有人在哭泣，整片天地像是末日来临，恐惧和慌乱几乎要压垮每个人。

竹苑厅靠近安全通道口，但阮眠和整个厅的医护人员却是最后才撤离的，前脚人刚跑出去，后脚楼就塌了。

阮眠甚至看见有人从六楼跳下来，然后在瞬间被废墟掩埋，生死未明。

猛烈的地震只持续了十几秒，带来的却是毁天灭地的惨况，街道上不断有哭声传出来。

灰蒙蒙的天，不时传来的余震，四周全是生命逝去的气息，阮眠倏地想起什么，从口袋里摸出手机，在备忘录里分别写下给阮明科和方如清的话。

在这种境况下，思绪都是杂乱的，她甚至有些不知道从何说起才好，最后只能仓促简短地留下那么一两句。

万一回不去了，这些只言片语哪怕不足以慰藉生离死别，但至少要给他们一点能扛过伤痛的念想。

阮眠确认备忘录保存好，在关掉手机那一瞬间，她听见林嘉卉哭着在给男朋友留语音。

之前那么激烈的争吵，好像只是剧目里短暂的一幕前情，她语无伦次地说着"我

没有你像

爱你"，才是真心彰显的重头戏。

在这个不合时宜的时刻，阮眠突然想起了陈屹。

陈屹是 3 月 4 日那天回的平城，他和沈渝刚结束外派任务，回部队述完职，从 B 市开了七个小时的车，在深夜到家。

平城这几年发展迅速，平江公馆附近的老城建筑被上头圈改，四周高楼大厦林立，高架桥遍地通，可偏偏唯独和公馆一墙之隔的平江西巷却始终屹立在这四周的繁华当中，成为这一片现代化区域里独一无二的老城记忆。

夜里十一点多，陈屹一身黑衣黑裤从车里下来，衬衫下摆塞得整齐，皮带是部队统一配发的 07 式，长身玉立，眉骨硬挺。

同样打扮的沈渝坐在驾驶位，胳膊压着窗沿，利落干净的短发压不住眉眼间的锋利："这么晚了，我就不进去了啊。"

陈屹解了袖口两粒扣子，单手卷起衣袖，抬手晃了两下手指，漫不经心道："回见。"

"德行。"沈渝笑骂了句，随即驱车离开，黑色的大吉普在路口晃了两下车尾灯，消失得无影无踪。

深夜里，脚步碾过地面的动静格外清晰，陈屹走到公馆门口，岗亭值班的保安眼熟他，招呼了声亲自给开了门。

陈家住在东南角，三层小洋房，内外中西合璧，夜里门口也点着灯，大门新换了密码锁。

陈屹这几年不常着家，试了好几个密码都不正确，最后一次机会用完，旁边的警报器跟着响了起来，在一片寂静中显得尤为响亮。

"……"

这小破门大概受不住他一脚踢，陈屹看了眼四周，信步走到南边的墙角，往后退了几步，紧接着一个猛冲，手脚利落地翻了过去。

落地的瞬间，正巧家里阿姨听见警报器的动静，披着衣服从屋里出来，瞧见墙角下一个黑乎乎的影子，吓得正要尖叫。

"张姨，是我。"陈屹三步并作两步从暗处走出来，拍掉手上蹭到的灰，朝着老人家笑了声，"我回来了。"

张姨"哦哟"着长舒了口气，又惊又喜："你这孩子，回来好好的正门不走，偏要翻墙进来，万一摔着怎么办。"

陈屹笑笑没多说，扶着老人的肩膀往屋里走："爷爷他们都歇着了？"

"老爷子早睡下了，老太太这几天在隔壁市开会，你爸妈出去办事还没回来。"

陈屹的父亲陈书逾最近遇到点麻烦事，他手底下有一个项目的投资人前阵子犯了事，被判了死刑，牵连到很多人，他这个项目之前已经进展到一半，但因为这事只能被迫停下来接受调查。

这事陈屹回来之前从外公那儿听了一嘴，但具体的事情经过并不是太清楚，只知道是 B 市市郊塌了一栋居民楼，闹得沸沸扬扬。

至于背后的利益牵扯，他可能还没有那些看八卦的群众了解得多。

这会儿，陈屹上楼冲了个澡，换了身衣服，湿着头发从楼上下来，张姨给他热了碗鸡汤。

"趁热喝，喝完早点休息。"

陈屹走到餐桌旁坐下："这么晚了，您先去休息吧，我这喝完自己收拾就行了。"

"好。"

张姨回了房间，陈屹匆匆喝完汤，去客厅开了电视，把声音开到最低，找到前段时间的 B 市居民楼坍塌新闻。

B 市地方台在事故彻底结束后做过一个综合回顾记录报道，从事故最前线到后续的相关人员审判。

大概看了有十分钟，陈屹听见门口有车开进来的动静，没一会儿，陈书逾和妻子宋景便从外面走了进来。

夫妻俩瞧见坐在客厅的儿子，都愣了下。

宋景先换好拖鞋，边往里走边问："你怎么回来了？"

陈屹暂停了电视，回头看他俩："休假。"

陈书逾也跟过来："这次休几天啊？"

"差不多一周。"

宋景走到餐厅倒了杯水："你这趟休假去外公那里了吗？"

陈屹的外公是退休老将军，常年定居 B 市某军区大院，陈屹目前在 B 市某军分区就职，平常休假都过去大院那边。

"去了，待了一天。"

陈书逾问："外公外婆怎么样？"

"都挺好的。"陈屹看了他俩一眼，揉了揉耳根，"吵起架来不比你们俩差多少。"

宋景说："胡扯，我跟你爸什么时候吵过架，那都是他做错了事，我在有理有据地陈述事实。"

陈屹笑了声："行，您说的都对。"

客厅电视还亮着，陈书逾看了眼，陈屹顺着看过去，电话画面停留在一个医生的侧影上，但他当时没注意，问了句："爸，您项目上的事情严重吗？"

"严重什么，我们一没受贿二没私下交易，都是白纸黑字签的合同。"陈书逾对调查结果不担心，只是比较愁耽误了项目进度，"现在只能盼着他们那边动作能快一点。"

陈屹也稍稍松了口气。

宋景坐在他旁边："既然你这趟回来能待这么久，不如抽一天去见见我之前跟你提过的赵伯母家的女儿？"

陈屹心想我这一口气还没松完，另一口气又提了上来，和母亲打着太极："再说吧，我这几天在平城还有其他事情。"

"你能有什么事，一天到晚都待在队里满世界出任务，身边连个母蚊子我都没见到。"宋景对于当初儿子突然放弃大好前途去当兵这事一直耿耿于怀，"我就想不明白，你高二那会儿，你舅舅让你毕业去读军校，你说不要去搞物理。好，你参加竞赛班出国，我们都没意见。结果呢，大三那年你又一声不吭地跑回国当了兵。陈屹，你到底在想些什么啊？"

陈屹对上母亲责问的目光，眼神一如既往的坚定："我只是在做我想做的事情，做正确的选择。"

……

陈屹从小应该算是在军人世家长大的，外公那边的亲戚大多都是走着老一辈的路。

他虽然对那身军装有崇拜有过热血男儿梦，但始终没能理解他们穿上那身军装到底代表着什么意义，为什么外公和舅舅还有那些叔叔一直说要和这身军装共荣辱。

高二那年，他和母亲去西北看望在那里做项目的父亲，陈书逾所在的天文组和隔壁物理组的研究人员住在同栋宿舍楼。在西北的那段时间，陈屹有幸听到一位老教授对于国内核物理发展的讲座，从而对物理产生了兴趣。

回来之后，陈屹搜集了相关物理资料，拒绝了舅舅让他读军校的建议，自个选学校进竞赛班，之后一切都很顺利，他也如愿以偿去到了想去的学校。

在加州大学的那两年，陈屹始终都是主课教授心中的得意门生，让他进项目组，跟前辈学习研究难题。

但日复一日的数据记录和项目组内各种乱七八糟的关系，让陈屹时常在怀疑自己当初这个决定是否正确，而这一切真的是他现在想要的吗？

所有的变故都发生在大二下学期那年。

陈屹和教授去往建在拉塔基亚市郊的物理科研所做报告会演，回来的路上遇上当地反动派挑起的暴动，一行十几个人被困在路边一栋破烂的小旅馆里向大使馆求救，外面到处是哭声和枪声。

陈屹替被误伤的教授包扎伤口，手上衣服上全是殷红的血迹，周围的动静让人人心惶惶。

夜幕来袭，寂静深夜放大了恐惧也放大了四周的动静，墙边窸窸窣窣的脚步声让大家全都自发拿起现有的桌椅花瓶当作武器傍身。

风从窗户的漏洞中钻进来，陈屹和几个年轻力壮的男生分别站在大门两侧，汗水从额角滑落。

这时候有中国同胞接到大使馆的电话，听完几乎要哭出来："外面是中国军人！他们来救我们了！"

陈屹松了口气，用英语重复了一遍，现场传来小声的欢呼，大约是外面的人听见动静，敲门用中文示意，确定了安全，才从外面冲进来。

一行人很快撤离出去，大巴车开往远处，陈屹隔着窗户看见车外那群逆行者的身影。

在那一瞬间，他突然明白了那身军装的意义何在。

陈屹为了躲避宋景安排的相亲，只在家里住了两天，第三天和沈渝去了趟平城的军区分部开大会，之后就回了 B 市。

洛林地震那天，他去大院看望外公外婆，深夜收到紧急集合命令，匆忙回了队里。一万官兵在凌晨五点前全部完成远程救援任务准备，从 B 市出发，前往洛林参与救援任务。

与此同时，远在千里之外的洛林早已成为一片废墟。当地省份东南西北四条交通线路全断，高大山峦成了救援队进入重灾区最艰难的一环。

灾区内，阮眠和那一批前来参加培训的医务人员在震感结束之后，自发组建成为当时最早的一批医疗队，由孟甫平和齐鲁普外科主任江津海做指挥，但因为医疗用品的短缺，一些危重病人还来不及得到救治就已经没了呼吸。

洛林离重灾区洛森有一百多公里，最早一批武警官兵是在下午四点抵达洛林外围，用了将近五个小时，打通了一条救援通道。

那时候是晚上九点，在场医疗队记录的死亡人员已经超过两百人。

武警医疗组很快参与到救援工作中，官兵走上废墟开始抢救被压在底下的伤员。

阮眠给孟甫平做一助，接连做了两场大手术，历时十几个小时，最后缝合孟甫平交给了阮眠。

她是孟甫平带着上手术台的，在刀口缝合这块孟甫平没操过心。

手术彻底结束已经是第二天早上五点，当时在场的救援队已经不止之前那一批。

到了中午，又来了两小批，下午和军队医疗组换班休息，阮眠从林嘉卉那里得知这两批其中一批是从 B 市赶过来的。

那会儿洛林停了雨开始放晴，空气里的灰霾被净化了许多。

阮眠匆匆吃完手里发下来的压缩饼干，灌了两口矿泉水，又投入到救援工作当中。

晚上七点多，救援队在洛林北区一所坍塌的残障福利院救出来一批儿童，紧急送往了临时搭建的医疗中心。

经过检查，这十几个孩子伤势不重，只有部分软骨组织挫伤和擦伤。

当晚，这些孩子被安排在同一个大帐篷内休息。考虑到他们的特殊性，医疗组安排了两个会手语的医生陪在里面。

阮眠是其中一个。

这些孩子本就因为身体的缺陷而十分敏感，再加上这突如其来的灾难，一时半会儿都很难睡着，甚至还有些偷偷藏在被窝里哭，一直等到后半夜，扛不住睡意才逐渐安稳下来。

另外一个女医生坐在矮凳上靠在床边睡着了，阮眠也有些困意，准备出去洗把冷水脸，一个先天性失语的小女孩拽住阮眠的衣服，大眼睛眨了两下。

阮眠停下来，用手语和她交流，才知道她是要去上厕所。

阮眠给小女孩穿好衣服，抱着人去了外面临时搭建的厕所，再回来时，小女孩从枕头下拽出一本故事书，想让阮眠给她讲故事。

阮眠搬了张矮凳坐在床边，怕影响别的小朋友，声音放得很轻。

夜里，帐篷外不时有人走动奔跑，今天福利院的救助工作陈屹是总指挥，孩子送到医疗中心之后他就去了别处，这会儿忙完才想起来过来看一眼。

走到帐篷外，他听见从里面传来的声音："'你这傻胖猪呀！'小猴拍拍小胖猪摔得青一块紫一块的脸，调皮地说：'这就是最好的礼物！'……"

陈屹听得好笑，伸手将帐篷帘撩开一道缝，从这个角度，只能看见说话人的半边侧脸。

他莫名觉得有些熟悉，但又不好贸然进去，松开手，转头看见今天去其他地方救援的队友回来，抬脚朝那边走了过去。

没一会儿，阮眠从帐篷里出来，揉着酸胀的脖颈去水池边洗脸，冷水浇到脸上的那一瞬间，她听见背后有人喊了一声。

"Chen yi！"

阮眠顿了一下，关上水龙头往后看，却只看见个穿着军装的男人朝那边走了过去，背影高大而陌生。

她没怎么在意地收回了视线。

次日傍晚，孟甫平临时召集协和医院的人员去医疗中心外面的空地开会。开过会，一行人各自回到各自的岗位，检查伤员、准备手术、清点药品，一切都进行得有条不紊。

夜里一点，医疗中心外突然传来一阵急促的脚步声，紧接着抬进来好几个受伤的士兵，个个都是头破血流。

附院的周主任作为当晚的值班领导，为其中四个伤势较重的士兵紧急安排了手术。

"这几个送到处理室，交给那里的医生处理。"周主任跟车往手术室跑，语气急促，"去叫江主任和孟主任过来！"

"好的。"护士又急匆匆往外去叫人。

阮眠和林嘉卉还有其他医院的几个医生在处理室听见外面的动静，还没来得及出去，那几个伤势较轻的士兵就被抬了进来。

阮眠接收的这个除了额头的皮外伤，右小腿上还有一道很深的口子，大概有一寸长，皮肉往外翻着，看起来有些触目惊心。

护士年纪稍长，给他挂好点滴，关心了句："怎么弄的？"

大概是失血过多，男人的声音有些虚弱："在南区那边的民房救援时，碰上了二次坍塌，当时大家都在里面救人，没来得及跑。我算幸运，在入口负责接应，墙倒下来的时候，我们队长拉了我一把，就是我那几个队友……"

说到这里，他的声音里已经带了几分哽咽，眼眶也红了起来。

"别担心，他们会没事的。"阮眠戴好手套，拽了张椅子坐过去，低头开始处理伤口，温声问，"你叫什么？"

"于舟。"

"多大了？"

"二十岁。"他是这一批中年龄最小的，救援的时候大家都在刻意地照顾他。

"年纪挺小的。"阮眠先给他清洗腿上的伤口，"可能会有点疼。"

"没事，我不怕疼，医生你弄吧。"于舟紧咬着腮帮，整个右腿都在不自觉地颤抖着。

阮眠让护士过去摁着他肩膀，和他聊天分散注意力，手下的动作不停，那一会儿整个处理室都是各种咬牙吸气声。

处理室外，送这些士兵过来的另外几个人站在走廊，一会儿去手术室那边看两眼，一会儿又跑回来探头往处理室里看，着急得不行。

其中一个个高的，叫林隋，眼尖看见大厅走过来的人影，快步迎了上去："队长，那几个小孩救出来了吗？"

那一栋民房底下压了四个小孩，上面全都是厚重的水泥板，根本用不了机器，只能人进到底下。

陈屹当时是准备最后一个进去的，才刚戴好装备，楼就开始塌了，整个救援节奏都被打断了。

后来还是沈渝带人过来把埋在里面的这些士兵给拖了出来，陈屹和剩下的则继续留在现场救援。

"救出来了。"陈屹拍掉身上的灰尘，沉声问，"他们几个怎么样？"

"小周他们四个埋得比较深还在手术室，剩下的都在处理室处理伤口。"林隋扭头看向旁边，声音有些哽咽。

陈屹抬手拍了下他肩膀："我进去看看。"

说是处理室，其实就是用几个医用屏风临时围出来的一小片区域，在里面放了几张床。

陈屹走到屏风旁，借着身高优势直接看向里面，离得近的于舟偏头看到他，咧嘴笑了笑。

他跟着笑，目光顺势落到一旁低垂着头在给于舟处理伤口的医生，只看了一眼便收回了视线，正准备走，突然感觉脚下一晃。

几乎是瞬间的事情，他们在外面的这几个人全都冲了进来，而处理室在场的所有医生也都下意识倾身扑过去护着自己的病人，阮眠也不例外。

但于舟的首要身份是军人，几乎是察觉到异动的下一秒就要站起来，却因为腿上有伤口，还没站稳就被扑过来的阮眠摁了回去。

"别动！"阮眠右手摁着于舟的肩膀，左手扶着旁边的桌子，最先冲进来的陈屹站在床尾用脚抵着底下轮子，侧着身另一只手稳着对面一张床。

几秒之后，余震又过去了，四周慢慢趋于平静。

于舟刚才被阮眠那一声喝给吓到了，好半天才开口："阮医生，我是军人，第一任务就是保护你们，下次再有这种情况你不用挡在我前面的，太危险了。"

"在外面你的任务是保护我们，"阮眠松开手，直起身看着他，"但在这里，你是我的病人，我作为医生，第一任务就是保护我的病人，没有什么危险不危险的，难道你们救人的时候会因为危险就不救了吗？"

于舟卡了壳，但又为阮眠这番话而撼动。站在床尾的陈屹听见这话，也松开手往回看了眼，说话的人戴着口罩，看不清样貌，长发随便扎了个马尾披在脑后，身形纤瘦高挑。

大概是察觉到视线，阮眠下意识抬头往四周看，恰好在这时候，外面有人跑进来："陈队，沈队那边叫您过去一趟。"

陈屹收回了视线抬脚往外走，身后一窝蜂跟了好几个人。隔了那么近的距离，阮眠也只能看见个背影，她没怎么在意地收回了视线。

一旁的护士捡起掉在地上的器具扔进垃圾桶，重新拆了一套新的，阮眠继续给于舟处理伤口。

整个处理下来，花了一个多小时，阮眠摘下手套，让护士给他擦擦汗，叮嘱道："这几天你暂时就不要出去了，在这里如果伤口感染的话是很严重的事情。"

于舟轻轻嘶了口气，说："好，谢谢阮医生。"

阮眠"嗯"了声，低头在他床头的病历板上写了几句医嘱后，收起笔走了出去。

另外送来的几个都还在手术当中，走廊上空无一人，阮眠垂着肩膀走到大厅就诊台，没找到多余的椅子，索性就站在旁边填写病历。

过了会儿，林嘉卉也从处理室出来，倒了两杯热水，给她一杯。

"谢谢。"阮眠笔没停，另一只手摸过去端起来喝了口，"周主任他们还在手术室吗？"

"嗯，听护士说情况挺严重的。"林嘉卉喝了口热水，叹了口气。

那会儿已经是夜里三点多，救援节奏暂缓，大厅靠东边是睡得东倒西歪的病人家属和一些情况不严重的伤员。

寂静深夜，有什么动静都会显得格外清晰。

笔尖从纸页上划过，阮眠听见身后传来一阵凌乱而急促的脚步声，以为是又来了伤员，停下笔扭回头，看见几个军人从外面跑了进来。

不知道是不是大厅里的灯光有些晃眼，阮眠竟然觉得走在最前面的那个人有些眼熟，心跳莫名抖了下，又觉得不太可能。

人影愈来愈近。

男人的轮廓逐渐清晰，风尘仆仆的脸，一双眼睛格外深邃凛冽，一如初见时的刻骨铭心："您好，请问刚才——"

他的话因为落在某一处的视线倏地停了下来，目光从阮眠别在白大褂左侧口袋上方的名字挪到她脸上。

两个人都在彼此的眼里看见了惊讶和不可置信。

高中刚毕业那两年，阮眠偶尔能从孟星阑那里得知一些和陈屹有关的只言片语，好的坏的，她照单全收。

再后来，各自都有了忙碌的生活，阮眠和孟星阑也不常联系，陈屹这个人就像是在她的生活里消失了，没有一点消息。

他在往前走，她也在慢慢学着忘记，祝他前程似锦是真，不再喜欢也是真。

可每当夜深人静时，阮眠还是想象过很多次和陈屹重逢的场景，但从未想到会是如今这般，她惨白着脸白大褂脏乱不堪，他风尘仆仆带着同样的不体面。

她看到他朝自己跑过来，除了熟悉竟然还有陌生，他不再是记忆里那个清风明月般的少年，也不是想象中的温润儒雅，现在站在眼前的这个男人，穿着军装，剃着利落的短寸，五官分明。

九年。

真的太久了。

久到除了那双眼睛，阮眠在他身上再也找不出一处和记忆里那个少年有任何相同的地方。

明明只有十几秒的时间，却好像经历了沧海桑田。

阮眠压下心里短暂翻滚片刻的波涛汹涌，像是对待一个许久未见的老朋友，客套而疏离："好久不见。"

她不再是当年那个追逐在他背后，用尽努力想让他能看见自己的少女，这几年，她磕磕碰碰学着忘记，一路跌跌撞撞，虽然偶尔会想起他，但也早就过了为他一句话判定生死的年纪。

没有像你

第十一章
如九年前一样烫人

Mei you ren xiang ni

　　陈屹也在这声"好久不见"当中回过神来，收起眼里的惊讶，其实这九年里他并非对阮眠毫无所知。

　　李执每年春节的朋友圈偶尔会出现她的影子，关于她的去向，他也知道个一星半点。

　　知道她回了以前的学校复读。

　　知道她是第二年的理科状元。

　　知道她去了北方的城市学医。

　　……

　　断断续续的消息不足以拼凑出一个对她的完整印象，但也不是全然不知的陌生。

　　陈屹舍掉那些礼尚往来的寒暄，重提之前断掉的话题："刚才送过来手术的那一批士兵，现在怎么样了？"

　　阮眠摁了下笔帽："都还在手术室抢救，具体情况要等医生出来才知道。"

　　陈屹眉头微蹙，还没来得及说话，被领导叫过去说话来晚了一步的沈渝从外面急匆匆跑了进来："陈屹，小周他们怎么样了？余指导那边——"

　　他说这话时也看到了站在陈屹对面的女医生，一开始没认出来，几秒之后，他睁大了眼睛，语气惊讶："阮眠？"

　　阮眠愣了下，似是没想到缘分会这么奇妙，轻笑着道："是我。这么巧，你也在这儿。"

　　沈渝看看她白大褂上的名字，又看看她人，摇头叹道："你怎么当医生了啊，我记得你以前好像是走物理竞赛的啊？"

　　阮眠已经很久没听人提起过去的事情，乍一揭开那些尘封的过往，记忆像是开了闸，如潮水般涌出来。她心跳抖了一下，手指无意识地抠着病历板边缘，语气却是平常："那会儿对物理是一时兴起，后来竞赛没拿奖，就不想走这条路了。"

　　沈渝以前就是插科打诨的性格，年纪渐长性格却不见稳重，言语里依旧带着过去的影子："果然学霸讲话就是有底气，我当初就特别纳闷，你一个女孩子怎么能把理科学得那么好，要知道在你来八中之前，我可是把陈屹当神一样供着的，可惜后来你来了，他就被我从神坛上拉下来压箱底了。"

"……"

阮眠下意识地看了眼陈屹，大厅内明亮的光线笼着他挺拔的身影，那张脸在光亮下格外英俊，三庭五眼端正到叫人挑不出一丝差错，哪怕风尘仆仆也压不住那一身的气度不凡。

他的脸部轮廓比起高中时期的清瘦，线条变得凌厉许多，棱角被岁月打磨，也变得更加清晰和成熟，多了些以前没有的男人味。

只有那双眼睛，和记忆里如出一辙。

她悄无声息地收回视线，抬手往旁边指了下："手术室在那边，你们可以去那边等着，有什么需要也可以跟我们说。"

"行嘞。"沈渝勾着陈屹的肩膀往前走，手往下摸到他胳膊上的黏腻，拿过来一看，都是血。

他忍不住说了句脏话："你受伤了怎么不说啊？这么挺着算怎么回事？"

陈屹也像是刚反应过来，偏头看到左边胳膊的袖子破了一道口子，布料已经被血浸透。

他笑沈渝的大惊小怪："这么点小伤，你至于吗？"

"放狗屁！废话那么多。"沈渝骂骂咧咧，又走回就诊台这边，"阮眠，能帮一下忙吗？陈屹胳膊受伤了。"

阮眠从病历本上抬起头，对上陈屹往这里看过来的视线，压下心里的慌乱，将笔放回口袋里夹着病历本往前走："好，跟我来吧。"

处理室只留了两个值班护士，整个医疗中心都是消防那边临时搭建的，除了几间手术室，剩下的房间不多病床也少，只有一些伤情稍严重点的会留在里面休息，等到隔天再被移送至灾区外的医院。

陈屹和沈渝跟着阮眠进去的时候，原先躺在病床上的于舟还要起身给他俩敬礼，被阮眠一句话给怼了回去："要想伤口裂开，你就继续动。"

于舟躺回去也不是站起来也不是，只好求助地看着陈屹："队长……"

陈屹走到床边撩起他被剪碎的裤脚看了眼，纱布上还有血渗来，他伸手拍了拍于舟的肩膀，安抚道："没事，听医生的吧。"

"是！"

另一边，阮眠已经让护士准备好清理工具，等陈屹走过来，她让他坐在桌边的椅子上，垂眸看了眼他两边胳膊，问了句："左边右边？"

"左边。"陈屹脱了外面的外套，里面是件军绿色短袖 T 恤，露出一截结实修长的手臂，靠近上臂外侧那里有一大片擦伤和瘀青，擦痕很深，上面还残余着各种砂石灰尘，血迹斑斓的。

没有像你

164

阮眠戴好口罩和手套，先用镊子帮他把伤口处的砂石拣出来，四周环境设备都很局限，光线不够强。

她只能挨得很近，温热呼吸隔着一层口罩轻轻落在伤口附近，陈屹盯着她的侧影看了会儿，想起刚才余震时她朝着于舟扑过去的那一幕，脑海里像是有一团乱麻。

片刻后，他挪开了视线。

这种伤口处理起来比缝合还要麻烦，有些砂石嵌得比较深，镊子触碰过去，带起一阵阵尖锐刺痛。

半个小时过去，阮眠额角沁出些汗意，漆黑明亮的眼眸一眨不眨地盯着伤口，手下动作有条不紊。

处理完砂石，准备清洗伤口的时候，阮眠直起腰看了眼陈屹，才想起来问了句："疼吗？"

这种程度的痛感对于陈屹来说就像是被蚂蚁咬了一下，没什么太大的感觉，他对上阮眠的目光，摇了摇头："没事，不疼。"

阮眠抬眸瞥见他额头上一层薄汗，觉得他这话实在没什么说服力，但她也说不出什么安慰的话，只像平常对待其他病人那样，温声道："就好了。"

陈屹"嗯"了声，别开了视线。

整个过程，沈渝都抱着胳膊，站在旁边和阮眠闲聊，期间随口问了句她是什么时候来这里的。

阮眠头也不抬地说："我们是半个月前来这里培训的，地震发生的时候我们就在这里，之后就一直没走。"

沈渝挑眉："那你们不就是他们说的在这里组建起来的第一批医疗队？"

"应该是。"阮眠回头拿酒精棉，"当时情况比较危急，外面的人进不来，我们也出不去，留下来是唯一的选择。"

沈渝点点头，没再多说。

剩下的收尾工作处理起来快很多，阮眠十指飞快地翻转着打出来的结漂亮又平整。

她还没来得及交代医嘱，林嘉卉急匆匆从外面跑进来："阮眠，小乎不知道怎么回事一直哭闹个不停，你快去看看吧。"

小乎是昨晚拉着阮眠让她讲故事的那个小女孩，从昨天被救出来到现在，这是头一回出现这么激烈的情绪波动。今晚负责值班的两个医生都只是临时学了几个常用的生活手语，没法和她交流，这才让协和的人来找阮眠。

"我过去看看小乎是什么情况，这个病人交给你，你替他检查一下还有没有别的伤口。"阮眠把陈屹交托给林嘉卉，来不及和他多说，起身摘下手套丢进靠门边的垃圾桶，着急忙慌地跑了出去。

"好。"林嘉卉和阮眠擦肩走进来，刚把口罩戴上，陈屹却伸手捞起外套站了起来。

他拎着衣服，身形高大而挺拔，外套已经脏了破了，他没往身上套，拿在手里和人说："不麻烦了，没其他伤。"

林嘉卉把口罩往下扯："真没了？不行，我还是给你做个检查吧，要不然回头阮医生问起来我没得说啊。"

陈屹站得笔直，话语里带着几分客气："真没事。我们还有任务，先谢谢您了。"

林嘉卉笑："客气了。"

于舟刚才还有精神，这会儿却已经累得睡着了，连陈屹走过来都没听见，鼾声大响。

陈屹替他把腿边的被子掀到旁边，沈渝也走过来，看着他睡着的样子，笑着摇了摇头："走吧，去手术室那边看看。"

"嗯。"

两个人一前一后走出去。

手术室那边林隋他们几个等在那里，见陈屹和沈渝过来，立马迎了上去："陈队，沈队。"

陈屹开口问道："他们怎么样了？"

林隋红着眼，声音哽咽："小周刚刚被推出来了，医生说他的左腿可能会落下永久残疾，其他人还在抢救。"

话落，走廊这块沉默了片刻，陈屹站在窗前，对面是跟坡堆似的绿色帐篷，各种各样的人影披着茫茫夜色穿梭在其中。

他双手撑在窗边站了很久，直至天边泛起鱼肚白，才抬手穿上那件破损的外套，回头说："先归队，其他的事情等救援结束后再说。"

"是！"

沈渝快步跟上陈屹的步伐，语气有些担忧："小周来这里之前已经过了队里的综合考查，进一队的审核表已经交到余指导那里了，现在这……"

"回去再说吧。"陈屹沉着脸，步伐带风，走得很快，在外面平地撞见忙完回来的阮眠，脚步停了下来。

沈渝见他俩有话要说，先走了一步。

阮眠抬头看陈屹，眼睛里是熬夜和劳累过度造成的血丝："林医生替你检查完了？"

陈屹摇摇头："没检查，我没事。"

"那好吧，你胳膊上的伤记得来换药。"阮眠说，"我不在的时候你找协和的其他医生也可以，我会提前跟医疗队里的人说。"

"行，麻烦了。"陈屹多问了句，"那个小孩怎么样了？"

阮眠一板一眼，跟汇报工作似的："已经睡着了，可能是受到了惊吓有点低烧，所以才导致情绪不怎么稳定。"

陈屹大概是觉得她太正儿八经，但这个时候也没心情说笑，只道："那行，我先过去了。"

阮眠点点头，习惯性地双手放在白大褂口袋里，看着他走远。夜色拖着人影，她没忍住喊了声："陈屹。"

已经走出几米远的男人回过头，动作还带着以前的影子，有那么一瞬间，阮眠好像看见了高中时候的他。

时隔九年，彼此间都有了变化，陈屹也不再是那个站在原地等她开口的人，他又往回走了两步："怎么了？"

阮眠的视线落在他脸上，露出笑："注意安全。"

他愣了几秒，应了声好。

等人走远了，阮眠长舒了口气，抬脚往医疗中心里走，进去继续在就诊台那边写病历。

过了会儿，林嘉卉从处理室出来，走到她旁边，八卦道："你和那当兵的以前认识啊？"

"高中同学，"阮眠说，"好几年没见了。"

"不只是同学吧？"林嘉卉凑近了，"哪有和老同学说好久不见的，这个词太暧昧了。"

林嘉卉识人认人，比起阮眠的通透又多了几分圆滑，尤其是在医院这地方待得久了，看人是人看鬼是鬼，心思多着呢。

阮眠停下笔，手压在板子上，笑道："这怎么暧昧了？"

"怎么不暧昧了。"林嘉卉挂着胳膊瞧她，"一般人和以前同学在这种地方碰面，都会说好巧啊，你怎么在这里？那如果是前任，尤其是那种当初分手分得不体面的，见面了，哦可能见面了都会当作不认识，更严重说不定都会打起来。但要是还有旧情的，对视一眼都能有噼里啪啦的火花，然后再隔着人群深深地说一句，好久不见。"

阮眠重新提笔："懒得听你胡扯。"

"我可没有胡扯，就后来的那个，也是你同学吧，你俩说的第一句话，可不就是我说的第一种情况。"

林嘉卉和阮眠是同个学校出来的，算起来还是阮眠的师姐，不过她是后来考进去的，阮眠是直博的八年，性质上不太一样。读博的时候她就听临床有个学生，是所有老师心里最看重的得意门生，长得漂亮性格好成绩也好。

后来两个人的导师在同一个饭局上出席，她们俩自然而然地就成了朋友，毕业之后又先后入了协和，加上两个人家都不在本地，一块在医院附近租了套两居室，关系就又更深了一层，平时虽然不在同个科室，但医院的圈子就那么点大，有什么事传得都很快。

阮眠在孟甫平手下实习，虽然被骂得很惨，但整个胸外都知道，她是孟甫平亲自培养的接班人，说不定将来还会成为第二个"孟甫平"，或者更甚，前途无量。

林嘉卉有时候还挺羡慕阮眠的，不过嘛，每个人都有每个人的活法，有得必有失，阮眠事业有成，但感情上的空白却一直都是院里人讨论的重点。

现在好不容易有了点苗头，林嘉卉当然不想她错过："所以，他是你前男友？"

阮眠实在是没心思再写下去，心中一团乱，抬头朝她看过来，又垂眸想了很久，才低声说："不是。"

"那就是没在一起的互相喜欢？"阮眠在林嘉卉眼中一直都属于做什么都很优秀的那种人，所以她压根儿没往其他地方想。

"也不是互相喜欢。"阮眠像是想到什么，抬眸看着远方很轻地笑了下，"是我单方面喜欢他。"

林嘉卉愣了好一会儿才找回自己的声音："你这么优秀的人，也玩暗恋这一套啊？"

阮眠单手转着笔，指尖摩挲着纸页："我以前高中的时候，性格可能比较内敛吧，除了学习也没什么出众的地方，朋友也不多，我跟他就像是两个世界的人，是不该有交集的。"

林嘉卉没有想到自己这个看似平静淡然的师妹，还有这么一段晦涩心酸的感情史，忍不住轻轻叹了口气，但又忽然想起什么，惊道："那你这么多年都不找对象，不会是还记着人家吧？"

"没有，早忘了。"阮眠垂头，"都过去这么久了，再深刻的喜欢也会被岁月消磨掉的。"

四年前，阮眠和大学室友去邻市旅游，她在那里丢了毕业时和陈屹拍的一张合照。

当时的她以为自己会很难过，因为那是她仅有的和陈屹有关的为数不多的一样东西。

可是后来，室友陪着她在热闹的街头找了很久，等到要去附近派出所报案时，她突然不想找了。

也许是那时候吧，她才真正意识到，有些人一旦错过，也许就是一辈子的事情。

她有想过重逢，却没想过会在这里以这样的方式重逢。

窗外夜色彻底散尽，初升的太阳浮在东边的云层后，金色的光芒慢慢洒向大地。

阮眠只睡了两个多小时，六点多醒了给阮明科和方如清分别发了条消息。她除了那天地震通信刚恢复时，给父母打了通断断续续的电话，之后就一直靠着这样的方式给他们报平安。

简单洗漱完，阮眠往帐篷区那边走。小乎昨天有点不舒服，她昨晚答应小乎今天早上会去陪对方吃早餐。

看护的两个医生已经把小朋友都叫醒，领着在水池边洗漱，小乎拿着自己的洗漱用品蹲在一旁刷牙。

阮眠走过去帮她洗了脸，之后后勤那边过来送早餐，一人两块面包和一瓶牛奶。

后勤人员问："医生吃早餐了吗？要不要拿一份？"

"不用了，给他们吧，医院那边有早餐。"阮眠给小乎拿了一份，坐在旁边空地上看她吃。

七点是救援队交接班的时间，那些熬了一夜的人从其他地方陆陆续续回来，脸上都带着疲惫。

陈屹也在其中，穿着部队发的短袖T恤，灰头土脸的，胳膊上绑着的纱布也从白的变成了黑的。

领导叫他和沈渝过去说话。说了几句话，领导拍了下他的肩膀，刚想说辛苦了，结果拍出来一层浮灰，又心疼又嫌弃："快去洗洗，歇会儿吧。"

"是。"陈屹原地敬礼，等领导走了，拍拍身上的灰尘走到水池边洗了把脸，露出原本清俊白皙的脸庞，歪头瞧见一旁的沈渝把脑袋伸到水龙头底下冲洗，他装作不经意踢了一脚过去。

沈渝脚下不稳，整个人往前滑，及时用手撑了一把才没让自己摔着，他猛地直起身，怒气冲冲地吼了声："你有病啊？"

陈屹抖着肩笑了声，这几天连转不休的救援任务压得人喘不过气来，加上还有队里的事，这是难得的轻松惬意。

沈渝抹了把脸，冲着他吼了一通，骂骂咧咧也笑了出来，两个人并肩靠在水池边，盯着远处的太阳闲扯。

林隋给他俩拿了早餐过来，陈屹问了句："小周和另外几个怎么样了？"

"小周那边政委今早过去慰问了，情绪还算稳定。"林隋说，"另外几个也在后半夜转去隔壁市的医院了，刚才传消息回来，都醒了，问题不是很严重，但估计应该不能参加接下来的救援任务了。"

沈渝松了口气："没什么大问题就好。至于小周，等回去之后看看上面怎么说吧。"

其实能怎么说，大家都清楚，这种情况最差也就是提前退伍了。怕影响大家情绪，陈屹拍拍林隋的肩膀，安抚道："没事，告诉大家，接下来的救援任务多注意安全，回去我请他们喝酒。"

"是！"林隋抬手敬礼，"谢谢陈队。"

"去歇着吧。"

陈屹和沈渝看着林隋往回走，收回视线时听见那边有人在喊"阮医生"，两个人同时看了过去。

阮眠陪小乎吃完早餐，正准备回去，带队老师手语不精和小朋友交流有障碍，只好请她去帮忙。

沈渝看着正用手语和小朋友交流的阮眠，仰头喝了口水说："你觉没觉得，阮眠跟以前比起来好像变化特别大，我记得她高中时还挺害羞的，跟我们出去玩也不太爱说话。"

陈屹"嗯"了声，收回视线。

他想起那天晚上在帐篷外看见的那张侧脸，脑海里紧跟着又浮现出之前余震发生时，她不顾一切朝着于舟扑过去的样子。

以及后来她说的那番话。

这些重逢后的阮眠和高中时期的阮眠比起来，现在的她的确像是换了个人，落落大方的，也没了少年时期的温暾含蓄。

过了会儿，他想到昨晚她和自己说话时的正经模样，低头莫名笑了一下。

夜幕来袭，阮眠和同事对完药品清单回来，被林嘉卉拉到了一旁："我都帮你打听好了。"

阮眠低头整理白大褂："打听好什么？"

"你那个高中同学啊。"林嘉卉笑，"他不是有个队友住在这儿吗，我昨晚就和人聊了会儿，这位陈队还是单身哦。"

"单不单身跟我有什么关系？"阮眠拿起旁边的查房表在今天的日期下边签下自己的名字，"我先去忙了。"

"哎——"林嘉卉眼疾手快地拉住她，以过来人的语气说，"别啊，男未婚女未嫁，现在好不容易重逢了，多合适啊。再说了，你以前不是喜欢人家吗，现在有这机会，还不好好把握？"

"你也说了是以前了。"阮眠双手合着讨饶，"师姐，我求求你了，别给我乱点鸳鸯谱，我好不容易远离了我妈，你又来这套，能让我消停会儿吗？"

"你就嘴硬吧，将来有你后悔的时候。"林嘉卉松开手，"今晚我值班，你查完房就回去吧。"

阮眠晃了晃手里的病历本，示意自己知道了。

查完房，阮眠过去跟林嘉卉打了声招呼，离开了医疗中心。回去休息之前，她过去给小乎量了下体温，哄完小乎睡觉，其中一个叫小原的小男孩打手语说要去上厕所，她过去给人穿好衣服，牵着人出去。

等到了厕所门口，阮眠蹲下来和他用手语交流，让他自己进去，她在外面等他。

小原大概是在陌生环境有些害怕，挨着她腿不敢自己进去。

阮眠无奈地站起身，正纠结着要不要带他随便找个地方先解决，身后冷不丁传来一声。

"怎么了？"

阮眠心里咯噔一下，扭回头，看见站在近处的陈屹，语气却是温和："能不能麻烦你带他进去上个厕所？他有点害怕，不敢一个人进去。"

"行。"陈屹往前走了几步，低头和小朋友说，"走吧，我带你进去。"

小原却没有动作，眨巴着大眼睛看着他，一脸的无措。

"他听不见也不会说话。"阮眠揉了揉小原的脑袋，蹲下身用手语和他解释，他才把手递给了陈屹。

陈屹顺势牵住，往前走了几步，他突然回头问："你刚才和他说了什么？"

阮眠愣了下，才解释道："叔叔是军人，让他带你进去好不好。"

闻言，陈屹却没有再多说，抱着小原走了进去。

阮眠在原地站了会儿，碰见几个来上厕所的士兵，视线对上的瞬间莫名觉得有些尴尬，只好往旁边走了几步。

她站在草地旁，夜空弥漫着灰尘。

过了几分钟，阮眠看见陈屹牵着小原从里出来，又走了回去，小原挣开他的手朝她跑过来。

阮眠被小原撞得往后退了一小步，站稳后，朝他比画了两下。小原又看着陈屹，动了动手。

这次没等陈屹问，阮眠先说道："他在和你说谢谢。"

陈屹看了眼小原，又抬头看着她，猝不及防地问了句："不用谢，用手语怎么说？"

"啊？"她一愣。

陈屹笑了声，又重复了一遍。

阮眠只好给他比画了一遍，三个字比画起来很简单，他学得也快，看一遍就会了，拎着裤脚蹲在小原面前，照葫芦画瓢给比画了一遍，唇边挂着抹笑意。

那会儿，月夜如水，黑黢黢的夜空布满了灿星，清冷月亮向大地洒下朦胧的光芒。

阮眠借着这光看清男人清晰利落的轮廓，忽然回想起记忆里那个少年，不同于如今的沉稳，总是带着蓬勃肆意的少年气。重逢至今，好像只有刚才那个瞬间，她才从他的眉眼里看出过去的一星影子。

一恍神的工夫，陈屹已经从地上站起来，视线自然而然地落到眼前人的身上："走吧。"

阮眠回过神，牵着小原去洗手。

洗完手往回走的路上，陈屹问了句："你怎么会手语？"

"我大学入了手语社的社团，中间去孤儿院福利院搞过几次活动。"阮眠说，"社长组织我们学了一段时间。"

"那挺好的。"

171

阮眠"嗯"了声，看着地上的影子，还是像以前一样少话，却没了当初的紧张和局促。

陈屹顺路送他们到帐篷区，也没多说什么："早点休息吧。"

"好。"阮眠牵着小原进了帐篷，隔着一道帘子，她听见外面离开的脚步声，垂眸轻叹。

次日一早，阮眠和晚上值班的同事交接班，之后去了处理大厅那边，今天是于舟换药的时间，护士已把人扶了过去。

他腿上的伤口还不能拆线，只有额头上的口子需要定期换药，阮眠走过去先弯腰掀开他裤脚看了眼："这几天还是尽量要少走动。"

"明白。"

"没什么不舒服的地方吧？"阮眠走过去戴上护士准备好的口罩和手套，"有什么需要及时和中心的人说。"

于舟憨憨地笑了声："没有。"

阮眠"嗯"了声，开了旁边的照明灯，揭开他额头上的纱布："还好，恢复得还行，再换两次药就可以了。"

"哦，好，谢谢阮医生。"

"没事。"阮眠低头整理手上的东西。

于舟又问："阮医生，我听林医生说你跟我们队长是高中同学？"

"嗯。"

"那我们队长以前是什么样的人啊？"

"天之骄子那一类的吧。"阮眠语气平常，"成绩很好，老师、同学都挺喜欢他的。"

于舟继续八卦道："那他交过女朋友吗？"

"不清楚。"阮眠手里动作不停，不想他再继续问下去，随口胡诌道，"我们其实不太熟。"

她才说完这句，头顶冷不丁掉下来一声笑："不太熟吗？我怎么觉得你们还挺熟的？"

阮眠和于舟同时抬头看过去，刚才说话的沈渝抱着胳膊站在门边，一旁是没什么表情的陈屹。

于舟顿时有种在背后讨论领导八卦结果被领导当众抓包的慌张，有些局促地挠了挠脸，没敢再开口。

阮眠庆幸脸上戴了一层口罩，收回视线，不再继续这个话题，加快了手里的动作："好了，让护士送你回去吧。"

说完这句，她起身走到一旁开始收拾东西。

沈渝拍了下于舟的肩膀，开玩笑道："你这么想知道你们陈队以前的事情，怎么不过来问问我啊，我和陈队不也是同学吗？"

于舟几乎要哭出来："沈队……"

陈屹看了眼那道身影，收回视线，把人架过来："走吧，先送你回病房。"

于舟有点怕陈屹，一路心都提着，等到了病房看陈屹走了，才有了松口气的感觉。

从病房出来，沈渝追上陈屹："我记得你高中那会儿对阮眠还行啊，起码跟对梁熠然他家那位差不多，她现在怎么跟别人说和你不太熟了？"

"我怎么知道。"陈屹语气漫不经心像是不在意，等再回到处理大厅，已经不见阮眠，沈渝帮他叫了其他医生过来换药。

陈屹的伤口不严重，但恢复得实在算不上多好，隐隐还有些发炎。

医生打好结，说了句："你们什么时候休息，过来挂两瓶水吧，伤口有点发炎，我怕再拖下去会引起感染。"

"现在还不确定休息时间。"陈屹穿上外套，"到时候再说吧，等休息了我再过来，麻烦您了。"

医生笑了笑："没事，反正要多注意。"

"好。"

陈屹和沈渝并肩往外走，还没走到门口，听见大本营那边发出的紧急集合声，两个人心中一紧，拔腿就跑。

跑到大厅，迎面送进来几个伤员，脚步匆匆的阮眠推着移动病床和他们擦肩而过。

陈屹和沈渝在收到紧急集合命令之后，得到继续往洛林更深处挺进的命令，带队去了洛林北区，直到天黑才回。

回来之后，陈屹过去和领导汇报搜救结果，出来去附近随便冲了个冷水澡，湿着衣服回了帐篷。

他脱掉衣服，打着赤膊，腰间码着整齐的八块腹肌，沈渝从外面掀开帘子走进来，瞧见他胳膊上的伤，想起早上医生说的话，提醒道："今晚我带队值班，你去医疗中心换药顺便再挂个水吧，别人还没救出来先把自己搞垮了。"

陈屹套上短袖 T 恤，捞起旁边的脏衣服丢进一旁的桶子，抬头觑沈渝："能盼我点好吗？"

"我这不是关心你吗？"沈渝把手里的外套往他那儿一丢，嘴里叨咕个不停，"我就烦你这个劲。"

陈屹懒散笑着，眉眼间是散不尽的疲惫。他拿下外套丢到桶里，提起桶去外边水池洗衣服。

那会儿月朗星稀，阮眠和同事疾步匆匆地从水池前边走过，说话声却是温温柔柔的，像风一样飘过来。

"孟主任今天做了三场大手术，十几个小时没休息，下了手术台人就晕了，现在估计还在中心那边躺着。"

"那怎么办，伤员还在手术室躺着等着救命呢。"

"这样吧，我还是先去找孟主任，你去联系一下其他医院胸外科的医生，看看有谁现在是没进手术室的。"

"好的。"

……

两人交谈的动静伴随着人影远去逐渐消失，陈屹重新开了水龙头，三两下洗完衣服，拧干拎去旁边空地搭在晾绳上。

忙完这些琐碎的事情，陈屹又去和队里的人开了会，快十一点才去医疗中心，给他换药的还是早上那个医生，姓宋，她帮着换完药顺便给他挂上了水。

宋扬灵看陈屹是军人，本想着给他行个方便，给他在处理大厅找张床躺会儿，但他拒绝了她的好意，自己拿着输液瓶去了外面的大厅。

她跟着跑出来，给他倒了杯热水放在一旁："那你有什么需要的话，就叫我们。"

"好。"陈屹略一颔首，态度始终客客气气，"麻烦了。"

宋扬灵一笑："没事。"

陈屹要挂三瓶水，一瓶小的空瓶后换上了大瓶，他看着点滴的速度，估摸出大概时间，靠着椅背闭上了眼睛。

大概是作为军人的习惯，在陌生抑或是这样的环境里，他并没有睡熟，依旧能听见四周的动静。

脚步声、说话声、偶尔的啜泣声，纷纷扰扰，人间百态。

快十一点半，阮眠和林嘉卉从外面回来，之前那场手术安排在军区那边的急救中心，她回来叫了孟甫平，但手术主刀是其他医院的医生，孟甫平是一助。之后，她和林嘉卉留在那边帮忙接诊了其他伤员，一直到现在才空下来。

"唉，累死了。"林嘉卉走过去接了杯凉水，一口气灌完，"我真的，这趟回去我绝对要和主任申请休一个星期的假，起码得在家里睡个三天三夜才行。"

阮眠轻笑，也是一身的疲惫："那也得给你批才行啊。"

林嘉卉长叹了口气，整个人转过来趴在桌上，视线顺势落在对面的输液大厅，惊疑道："哎。"

"怎么了？"阮眠偏过头来看她。

"那是你高中同学吧？"她下巴往前一抬。

阮眠头跟着又扭了九十度，看见坐在那儿输液的陈屹，靠着椅背，看样子像是睡着了。

她收回视线，指腹搭着杯子叩了两下，不知道在想些什么。

林嘉卉直起身，撞了下她肩膀："好歹也是同学，不过去关心一下是什么情况？"

"等会儿吧。"阮眠说，"人家睡觉呢，我总不能把他叫醒吧。"

林嘉卉哼笑，一脸看透你了的表情："德行。"

阮眠却不理她，放下纸杯："我出去洗把脸。"

"行，去吧。"

阮眠走出去，迎面的风里全是灰尘和浅淡的血腥味，她在门口站了会儿，去外边水龙头底下抄了捧凉水浇在脸上，这么一刺激，人也清醒了不少。

等再回到里面，她从陈屹面前走过，没隔几分钟又回来，手里拿了床医用毛毯。

男人睡着的样子有些漫不经心，小习惯和高中时候几乎是如出一辙，两只手交叉着搭在腰腹间，长腿微敞。没了灰尘掩饰的脸庞清俊白皙，浓密的睫毛微颤，呼吸低沉。

阮眠停在原地看了几秒，往前倾身正准备把毯子给他盖上，原先闭着眼睛的男人却突然睁开眼，抬手抓住她的手腕，拦住了她的动作。

阮眠吓了一跳，手一抖，毯子掉在他腿上。

视线清明的瞬间，陈屹眼神闪了下，松开手，声音有些哑："抱歉，我以为是……"

"是什么？"他刚才用了点力，尽管松手很快，但阮眠皮肤软又白，还是留下了一圈淡红的指痕，她把手放进了白大褂的口袋。

陈屹顺着她的动作看过去，什么也没看见，抬头笑了下说："没什么。"

阮眠也没在意，走过去看了眼他正在输液的吊瓶，是伤口发炎时用的消炎药水，底下医生签字栏写的是宋扬灵的名字。

她抬手替他调节了下输液速度，交代了句："夜里大厅凉，你把毯子盖着吧。"

陈屹"嗯"了声，把掉在腿上的毛毯往上提了提，搭到了腰间的位置，像是没话找话："早上送过来的那几个伤员救回来了吗？"

"只救回来一个。"阮眠顺口接着这个话题问了句，"你们今天怎么样，有找到幸存者吗？"

陈屹抿唇摇了摇头："没，北区那边是洛林的重灾区，现场情况很严重，估计……"

人在天灾面前总是显得渺小，阮眠这段时间已经见到太多生死，温声安慰道："你们已经尽力了，尽人事，听天命，有些时候很多事情我们也无能为力。"

陈屹又"嗯"了声。

阮眠又说："好了，你休息吧，今晚我在这里值班，你有什么需要帮忙的可以找我。"

"好。"陈屹看着她走远，等快要看不见时，看见她把手从口袋里拿出来，从背影看过去，那个动作有点像是在揉手腕。

他想到自己刚才那个动作，动了动握过去的那只手，仰头合眸沉思。

后半夜医疗中心又送进来几个伤员，等到阮眠忙完出去时，陈屹人已经不在输液大厅，毛毯也叠好放在椅子上。

阮眠揉着肩膀走过去，给陈屹挂水的宋扬灵从旁边神出鬼没似的走了过来："阮医生，能问你个事吗？"

"什么？"阮眠弯腰拿起毛毯，搭在胳膊上。

"你和陈屹以前是不是认识啊？"宋扬灵说，"我刚才从里面看你俩在那儿说话，看着还挺熟的样子。"

宋扬灵是B市医科大附属医院的医生，这次是跟随医院那边来灾区支援的，人长得水灵，讲话也细声细气的，很温柔。

阮眠一时摸不准她是什么意思，但也没隐瞒自己和陈屹的关系："我们以前是高中同学。"

"这么巧啊。"宋扬灵也没再多问，从口袋里摸出手机，"你微信多少啊，我加你个微信呗。"

阮眠给她报了自己的手机号码，又说："我手机没带，等回头我拿到手机再同意你。"

"好，没事，那你先忙吧，我交班了。"宋扬灵和阮眠挥挥手，转身往外走，很快就看不见了。

阮眠回头看了眼又收回视线，往里走的时候，突然想到陈屹刚才说的那句"我以为是……"。

她脑洞开了下。

难道他刚才以为是宋扬灵吗？不过很快阮眠又笑自己多想，是谁和她又有什么关系。

一夜过去，又是大晴天。

陈屹一大早就醒了，去了趟军区的医疗组找人要了样东西。

他昨天夜里快两点才回到队里，大概是挂了水，人有些昏沉，找到休息的卡车车厢，坐了进去。

睡在旁边的沈渝嘀嘀咕咕给他甩过来一件干净外套。

他笑了声，拿过来搭在肚子上，双手交叠垫在脑后，闭上眼睛却没了困意，满脑子胡思乱想。

想到最近马不停蹄地救援，想到早上醒来后要给大家下派的任务，也想到过去的很多人很多事情。

想到高中时期和他说句话都紧张的人现在也能坦然地站在面前安慰他，总归是变了。

九年的时间，到底还是改变了很多，不仅仅是他，别人也是。

这会儿，陈屹从外面回来，沈渝已经在带一队二队的人集合，准备继续前往下一个救援点。

他抬手戴上帽子，帽檐底下下颌轮廓凌厉分明，声音低沉："出发。"

"是！"

一行人浩浩荡荡小跑着向着更深更远处挺进，隔着不远的医疗中心甚至还能听见那一阵阵脚步声。

阮眠又只睡了两三个小时，早上洗漱完回来，碰见其他医院的同事，叫了她一声："阮医生，大厅就诊台有你的东西。"

她应了声："好，谢谢。"

"客气。"

阮眠疑惑着这个地方这个时候还有谁给她送东西，下意识之下连脚步都快了许多。

东西就放在就诊台旁。

是一瓶云南白药喷雾，底下压着张字条，上面写了一句话，没有落款，但那字迹对阮眠来说，几乎是刻在骨子里的熟悉。

协和阮眠医生收。

林嘉卉从旁边路过，见阮眠盯着张字条发呆，凑了过来："看什么呢，这么入迷？"

"没看什么。"阮眠眼疾手快地将手一握，把字条塞进了口袋，拿着那瓶喷雾往外走。

"怎么神神秘秘的？"林嘉卉嘀咕了句，但也没在意，拿着病历板朝里面房间走。

阮眠从大厅出来，暮春七点多钟的阳光还没有太多暖意，手心里的东西却仿佛格外烫人。

高中那两年，她和陈屹私下的接触算不上多，和他有关的东西也是寥寥无几，更别提是他主动给的。

印象里最深刻的一次，是在高三上学期快要竞赛那会儿，她和陈屹晚上结束竞赛班的课程从学校出来，在校门口碰见卖红薯的。

他买了几个红薯，给了她一个。

阮眠到现在都还记得那个红薯拿在手心里的温度，还有当初收到红薯的那份惊喜和雀跃。

那时候，她把喜欢藏得很深，几乎叫旁人无法察觉，那是不顾一切的没有丝毫怨言的喜欢。

现在时过境迁，他们彼此都有了变化，阮眠看着手里的东西，有些说不出来的感觉。

她站在原地出神，直到孟甫平叫了声才回过神来，抬手拍了拍脸，快步跑了过去。

灾区的医疗团队分两批，一批是军区那边的，另一批则是他们这些各大省市医院的医生。两批当中又分 A、B、C 组，轮流替换着跟救援队去现场，阮眠所在的 B 组今天跟着去现场。

这已经是救援的第八天，其实大家都很清楚，在这样的情况下，这么长时间过去几乎很难再找到幸存者，可是在场没有一个人说放弃，救援节奏也在无形之中被拉快。

不远处的山坡上，陈屹和队里的人依旧手脚不停地在废墟当中找寻着可能存在的希望。下午一点左右，从那边传来一声惊呼："这里有人！"

救援队的其他人几乎是飞奔过去，医疗小队紧随其后。

那是一座建在山脚的公共厕所，地震发生之后山上爆发了泥石流，几乎将这处掩埋，救援队从几块大石头的缝隙之中探寻到生命信号，尝试着向里喊了几声，隐约听见有回应但并不怎么清楚，接下来再往里喊却没了回应。

陈屹和沈渝紧急制订了救援计划，孟甫平则联系医疗中心做好接收和移送伤员出灾区的准备。

大概花了半个多小时，压在上面的石块被挪开，露出底下的情形。那应该是一对母子，母亲坐在地上，孩子坐在她怀里，侧边有一块突出碎裂的水泥板，钢筋从右胸位置穿过，扎进了孩子的肩膀位置，非贯穿伤，由于光线原因，孟甫平也无法判断具体情况，但看样子两个人都已经陷入昏迷，任凭救援人员呼喊也没有任何回应。

附近不确定有无支撑点，加上建筑崩塌堆叠的结构复杂，陈屹怕会造成二次坍塌，只好带人徒手扒掉周围石块。

周围全是灰霾，阮眠看见男人的手指从灰黑慢慢被染成鲜红，紧接着又被灰土覆盖。

他们只用了十几分钟的时间，徒手扒出了一个可供一人进出的洞口，陈屹趴在洞口边，探进半截身子往四周看了眼，里面是被各种水泥板架空出来的一个空间，很窄。

他站起身，回头和沈渝说："我先下去看一下母子俩的情况，你带人继续扩大洞口。"

"行，你注意安全。"沈渝叫队里的人拿绳索装备来。

"不用，太麻烦，里面空间很小。"陈屹收回视线，看到站在一旁眼睛微红的阮眠，目光顿了下但没有停留，身影很快消失在众人视线当中。

阮眠的心随着他跳下去的动作颤了一下，手指在无意间被掐红。

洞口与地面相距不高，底下很快传来陈屹的声音："大人已经没有呼吸和心跳，孩子还活着，呼吸很微弱。"

孟甫平踩着碎石靠近洞口，光听描述太片面，他准备也下到里面，但因为这段时间过度的劳累让他身体早已是透支状态，实在不适合下到这么危险的地方，沈渝拿着绳索有些犹豫。

阮眠看出他的担忧，走上前说："我来吧，我是孟老师的学生，他想知道什么情况我比其他人会清楚一点。"

这个时候时间就是生命，废墟外的沈渝没有再犹豫，把绳索套到她腰间，温声说："别怕，陈屹会在下面接着你，有什么情况我们也会拉你上来。"

"好。"阮眠走到洞口，站在废墟底下的陈屹抬头往上看，两个人的视线在微弱的光线中触碰在一起。

陈屹眼眸微动，上前了一步，在她落地时扶了一把，下巴蹭着她的额头，温热的触感一闪即逝。

第十二章
低估了这份喜欢的分量
Mee you ven veang ne

　　阮眠没有注意到这个细节，很快蹲地检查母子情况，陈屹边揉着下巴边起身去接沈渝递进来的医疗箱。

　　外面的人也没有停下动作，洞口在不停扩大，有阳光慢慢漏进来。

　　陈屹替阮眠打着手电筒，彼此都沉默着。几分钟后，阮眠停下动作，抿了下嘴角才说："母亲已经不行了，先救孩子吧。"

　　陈屹对上阮眠的视线，看见她眼尾泛着红，抬手关了手电筒，站起身说了声好。

　　"沈渝，拉阮眠上去。"说完这句，他蹲下去，让阮眠踩着他肩膀往上，他掌心握上她脚踝的瞬间，两个人心跳都乱了一下，只是谁也不知。

　　阮眠回到废墟之外，和孟甫平汇报情况："母亲是贯穿伤，失血过多已经没有呼吸。钢筋插在孩子右肩，未贯穿胸腔，胸口有大片瘀青，失血量不多，无其他外伤，生命体征有些微弱，处于昏迷状态。"

　　"好，辛苦了。"孟甫平拍了下阮眠的肩膀，紧接着又投入到接下来的救援当中。

　　十分钟后，孩子被救了出来，医疗队将他紧急送往医疗中心，孟甫平跟队回去，阮眠和另外三名医生继续留在现场营救。

　　废墟底下，陈屹和队友刚剪断母亲和水泥板之间的钢筋，却突然感觉头顶有一阵接一阵的灰往下掉，周围有崩断声传出。

　　陈屹反应迅速，抬手把最靠外的队友给推了出去，紧接着这一片空隙就被承受不住重量而塌下来的碎石给掩埋。

　　当时阮眠正在附近替一个受伤的士兵包扎伤口，突然听见后面传来一阵惊慌的大喊声。

　　"陈屹！"

　　"队长！"

　　"陈队！"

　　她还没反应过来，坐在地上的士兵却倏地站了起来，拔腿朝着废墟处跑了过去。胳膊上还没有绑好的白色绷带在风中飞舞着。

　　那应该有好几秒的时间，阮眠才从地上站起来，往回看，沈渝和队友近乎疯狂地徒手扒着上边的石块。

都说人死前才会把这一生走马观花似的放一遍，可阮眠却在往废墟那里跑去的短短十几秒内把过去的那些事情全都回望了一遍。

脑袋一瞬间被那些飞影似的片段塞满，等她跑到废墟处时，整个人像是不堪重负一样弯下腰大口地呼吸着，放在膝盖上的手紧紧抓着裤脚，犹如在大海中抓住一块救生浮木一般用力。

重逢至今，她以为自己已经足够坦然，可在生死面前，那些坦然不过都是虚张声势罢了。

沈渝他们很快把上边的碎石扒干净，原先的洞口重新露出一点，他近乎撕心裂肺地朝里喊："陈屹！陈屹！听得见吗？"

周围都安静了，只听得见风声。

阮眠站在人群当中，屏息着生怕错过任何一丝可能存在的动静，一分一秒过去了。

废墟里隐约传出石块敲击的动静。

沈渝还趴在洞口处，手上脸上都是脏乱不堪的血污痕迹，汗水顺着额角鬓角滑落。

角落里，陈屹费力地从断裂的水泥板缝隙中挪出来，坐在地上靠着石块应了声："听见了……"

听见陈屹声音的那一瞬间，阮眠的心像是被人用手掐了一把又酸又疼，眼泪立马就涌了出来，她抬手飞快地抹了下。

沈渝还趴在洞口，声音已经有些沙哑："你能不能行啊？受伤没，报个方位给我。"

陈屹轻咳着笑了声："没受伤，我在你东南角45度方向。"

"待那儿别动。"沈渝站起来，眼角也红着，"一队留四个人下来跟我救陈队，其他人继续去别的地方搜救。"

"是！"

一行人又散开，阮眠从废墟上走下来，手脚发软，后背出了一层汗。她低头深呼吸了几次，又提上医药箱跟着救援队往前走去。

再见到已经是晚上。

陈屹当时把队友推出去之后，及时往旁边一滚，躲进了两块水泥板之间重叠压出的空隙里。

那里已经是承重死角，是很稳固的结构，虽然躲得及时没受到什么大伤，但领导那边知道他差点遇险，下了死命令让他留在大本营好好休息一晚。

阮眠回来时，陈屹正在输液大厅挂水，还是坐在昨晚那个位置，只不过旁边多了个人。

是宋扬灵。

昨天给他换药挂水的就是宋扬灵，今天还是，这会儿两个人一站一坐，都是样貌出众的人，看着还挺赏心悦目的。

阮眠回来放了东西，又步伐匆匆地出了中心，林嘉卉跟着追了出去。坐在一旁的陈屹扭头往门边看了眼，又收回视线看着眼前说话的人，语气淡淡："不好意思宋医生，我想休息一会儿。"

宋扬灵到嘴边的话一顿，她才刚站过来不到两分钟，重点还没说到呢，但看人确实神情疲惫，也就没好再多留，只细声道："那你有事叫我。"

"嗯，谢谢。"陈屹等人走了，又扭头看了眼中心门口，那里人来人往，夜色茫茫。

他抬手揉了揉太阳穴，靠着椅背合上了眼眸，偶尔听见脚步声，又抬眸看一眼。

中心外，阮眠用冷水洗了把脸，刚要走，被追出来的林嘉卉一把拉住胳膊："你去哪儿啊？"

"去趟小乎那儿。"洛林当地政府已经在邻市找到合适的福利院，明天一早这批孩子就要撤离灾区，阮眠这两天忙得晕头转向，每次过去小乎都睡着了，今天难得回来早，她打算过去看一眼。

林嘉卉收回手，下巴往后一撇："你就这么不管了？"

阮眠抹掉脸上的水珠问："什么？"

"你是真傻还是装傻啊？"林嘉卉两手插兜，"宋扬灵这么明显的目的你没看出来吗？"

阮眠挑挑眉，应得不走心："看出来了。"

"你就这反应啊？"林嘉卉沉默了好一会儿才说，"师姐呢，以过来人的身份最后再劝你一句，有些人光遇见就已经是很大的幸运了，更别提还能有重逢再见的机会，你不把握，总有人会取而代之的。"

阮眠垂着眸没说话。

林嘉卉叹声气，恨铁不成钢地说："算了，我先帮你握着吧，等你想好了再说。"

"……"

林嘉卉不给阮眠反驳的机会，转身朝着里面走去。

阮眠抬手揉了揉脸，今天加上过去的很多事情让她心里像是有团解不开的乱麻，一口气堵在那里上不来下不去，整个人都有些头昏脑涨的。

她站在那儿想了很久，最终还是朝着和中心相反的方向走去。

看望完小乎，阮眠从帐篷区出来，还没走几步，突然弯腰吐了起来，白天没怎么吃东西，吐出来的也只有一摊清水。

跟着阮眠一起出来的罗医生忙跑过来扶住她："怎么了，哪儿不舒服？"

"没事，就是有点头晕恶心。"阮眠去一旁的水龙头接了捧凉水漱口，仍然觉得头重脚轻地难受。

"我看你这几天都没有怎么休息吧，脸色不大好。"罗医生说，"我先扶你去中心歇一会儿。"

阮眠揉了揉太阳穴，脸颊有些苍白："不麻烦了，你忙你的吧，我自己过去就行了。"

"你自己可以吗？"

阮眠"嗯"了声，看着人走远，低头又捧了凉水浇在脸上，缓了好一会儿才继续往前走。

那会儿已经是晚上十一点，中心门口没什么人，陈屹挂完水和沈渝边说边走从里出来。

三个人打了个照面，沈渝才开口说个阮字，却见眼前站着的人身形一晃，直接向后倒了下去，他还没反应过来，身旁的陈屹已经快步冲了过去。

沈渝愣了两拍才回过神，看着陈屹把人抱起来，他忙转身往里跑叫医生，站在就诊台前的几个医生匆匆赶了过来。

阮眠很快被抱进了临时急救室，护士把帘子一拉，站在外面的人看不见只能听见里面在说这说那。

沈渝坐在一旁的塑料凳子上，看了眼站在窗前的人影，又往里看了看，心里慢慢冒出个大胆的念头。

过了好一会儿，林嘉卉掀开帘子从里出来，沈渝站起来问了句："阮眠怎么样了？没事吧？"

"不是什么大事，就是劳累过度。"林嘉卉刚才看到陈屹抱进来的人是阮眠，也被吓了一大跳，这会儿缓过神来，才想起什么似的看了眼站在一旁默不作声的陈屹。

两人目光对了一下，她颔首轻笑，收回视线说："阮眠现在已经没什么大问题了，你们不用都等在这儿。"

沈渝说："那好，辛苦你们了。"

"分内的事。"林嘉卉最后又看了眼陈屹，转身走了进去，帘子一掀一落间，陈屹只看见垂落在床边的白大褂一角。

沈渝搭着陈屹的肩膀往外走，心中有话但没问，只是偶尔若有所思地看两眼陈屹，笑得意味深长。

陈屹心里也乱着呢，被他笑得烦，肩膀往后一掀把人胳膊甩开，说了句"你有毛病啊"后，快步走到水池边洗了把脸。

沈渝慢悠悠跟过来："我没毛病啊，我有什么毛病，我就是突然知道了件不得了的事情，有点不敢相信。"

陈屹直起身，湿漉漉的一张脸有棱有角，眉眼深邃，神情有些漫不经心："你知道什么了？"

沈渝笑眯眯的，看着很欠打："那不能说，我这还没确定呢。"

陈屹盯着他看了两眼，出其不意地往他脚底一扫，他反应不及，人晃了下，手碰到别人放在水池台子上的水盆，一盆水浇在脚上。

他甩了甩脚，抬头朝着陈屹远去的背影吼了声："你才有毛病吧！"

陈屹听着这声音，笑得懒散，头也不回地继续往前走，他先去了趟领导那儿，几分钟后沈渝也过来了。

他坐在桌边，往沈渝脚上看了眼，还是湿的。

沈渝黑着脸走过来，看某人手半遮着脸笑，气就不打一处来，抬脚就想偷袭，结果大领导一抬头，动作停得着急人还跟跄了下。

领导还以为沈渝累着了，关心了两句才开始提这次会议的主题。救援到这一阶段，他们这一批先遣部队要开始着手准备撤离，剩下的事情就全交给后方队伍处理。

会开了一个多小时，结束后，陈屹从篷里出来，没跟着大部队的队伍，而是朝着医疗中心走了过去。

走在后边的三队队长武牧撞了下沈渝的肩膀问："陈队这么晚了还去哪儿，不休息吗？"

沈渝挑眉，笑："休息哪比得上人重要啊。"

他说得没头没脑，武牧什么也没听懂，但也没再多问，拍拍手打了几个哈欠感慨了句："终于要结束了。"

陈屹到了医疗中心，在门口站了会儿才进去，早就眼尖看见他的林嘉卉停下和同事的话茬迎了过去。

"来看阮眠？"她问。

陈屹"嗯"了声："她醒了吗？"

"还没呢，估计这一觉有得睡。"林嘉卉抬手往后一指，"她在处理室靠门边第一张床，你自己去吧。"

"好，谢谢了。"

"不客气。"

林嘉卉看着他走了几步，又喊："陈队长。"

陈屹停住脚步回过头。

"处理室还有别的病人在休息，麻烦动静不要太大。"林嘉卉笑，"您多担待。"

他点头应声，收回视线往前走。

处理室晚上有医生值班，今天恰好是宋扬灵在，看见陈屹进来，她刚要起身，却见男人抬手在唇边比了一下，而后掀开旁边的帘子走了进去。

那里面是阮眠，人送进来的时候还是她给安排的床铺。

宋扬灵拿起水杯佯装往外走，在门口站了一两分钟，除了最开始挪动凳子的声音，之后什么也没听见。

门外有医生过来，她没好在那儿多站，走出去接了杯水。

屋里，阮眠睡得昏沉一无所知，陈屹坐在床边，手肘抵着椅子扶手托腮歪头，视线落在她脸上看了很长时间。

他想起高中那会儿，她第一次月考因为偏科严重被教语文的赵老师叫去办公室，后来他从那里路过，被赵祺叫进去。

女生大约是觉得尴尬，低着头不作声，只有在赵老师说让他看看她写的作文时，才有了点反应，余光一直盯着他的动作。

那篇作文写的是什么陈屹已经没有印象了，只是记得那会儿他答应教她写作文时，她那诧异的表现。

后来他从办公室出来，回想起那一幕，还觉得有些莫名，他有那么不乐于助人吗？

之后慢慢接触下来，他发觉阮眠好像还真的是有点怕他，不过当时的他心不在此也没有在意这种细节，现在回想起来却是觉得奇怪。

他那会儿又没做什么十恶不赦的事情，在班上也算平易近人，她到底为什么那么怕自己。

而且，陈屹想起之前她和于舟说的那句不熟，指腹刮了下眉尾，蓦地哼笑了声。

还真是没良心啊。

阮眠做了一个梦。

她梦到自己回到了八中，和陈屹重新成了同桌，往事一幕幕在梦里回放，那曾经的心酸和难过也如同复制一般，让梦里的她也久久不能释怀。

那个梦很长也很乱，有很多走马观花似的片段，她以一个旁边者的身份看见那个在运动会上一往无前的阮眠，因为喜欢的人一句话而难过好久的阮眠，在无数个深夜辗转反侧偷偷哭泣的阮眠。

梦里的她总是在追逐着一个永远也追不上的影子。

忽然间，那道影子消失不见，那些在八中的景象也开始变化，高楼成了废墟，四周茫茫一片，整片天空灰霾暗沉。

阮眠远远听见有人在哭泣，循着声音找过去，她看见很多人站在一堆废墟旁边。

她慢慢靠近，那些人像是看见了她，眼神欲言又止。

她在这个时候看到了半跪在地上的沈渝，以及躺在他面前浑身是血毫无声息的男人。

沈渝站起来走到她面前。

她听见自己在问他，这是谁。

沈渝的神情有些于心不忍，她上前一步揪着他的衣服，几乎要站不住，哭喊着问他这是谁。

"陈屹。"梦里的沈渝说，"阮眠，这是陈屹，他死了。"

他死了。

那三个字像是魔咒一般不停在阮眠耳边回放，她整个人崩溃了，忍不住号啕大哭，视线逐渐模糊。

四周的天空突然暗了下来，阮眠看见一旁站着两个人，从陈屹的身体里带走了另外一个"陈屹"。

她拽着沈渝的衣服说有人带走了陈屹，可是沈渝说他没有看见其他人，陈屹也还躺在那里。

周围沉默着的人看她的眼神像是在看什么怪物一般，没有人相信她的话，她崩溃地大哭着，惊慌失措地朝着那三个影子追过去，用尽全身力气喊了一声："陈屹！"

"陈屹！"天光大亮，阮眠陡然从梦中惊醒，整个人因为这场噩梦出了一身冷汗。

在梦里的那种绝望和无助，让她在现实世界里也仍然心有余悸，甚至都不敢再闭上眼睛。

"你醒了？"

旁边突如其来的声音让阮眠回过神，她扭头朝左边看过来，神情又惊又喜："你怎么来了？"

"出差，刚好路过这里，就顺便过来了。"何泽川端起桌上的水杯递过去，"喝点水吧。"

阮眠揉了揉脸，从病床上坐起来，接过水喝了大半杯，缓了会儿才问："你什么时候到的啊？"

"今天早上五点多。"

阮眠靠着床头，带着暖意的阳光从外面晒了进来，这才让她有了些在这人世间存活着的踏实感。

何泽川盯着她有些苍白的脸色看了几秒，想起刚刚那句满是绝望的"陈屹"，垂眸撇开了视线。

四周依旧是熙熙攘攘的动静，阮眠放下水杯，掀开被子低头穿鞋："那你什么时候回去？"

"今天就回。"何泽川问，"你们呢，什么时候回 B 市？"

"估计也就这两天。"这里的救援任务已经进入后续阶段，前来接替的新一批医护人员也在昨天抵达洛林，陆陆续续地开始接手这里的工作。

何泽川看着她穿好鞋站起来，才跟着站起来，高大的身影借着光映在白色病床上："走吧，我给你带了点吃的，去车上吃还是给你拿过来吃？"

"去你车上吧，我先去洗漱。"这里人来人往，也不大方便，阮眠这一觉睡得久，浑身都有些酸。

她边揉着肩膀边往外走，何泽川见状，抬手帮她捶了两下，还不忘吐槽："你这瘦得都硌手了。"

阮眠回头觑他一眼，无语失笑："你来这地方待一个星期试试，我看你瘦不瘦。"

何泽川不反驳，只是捶下去的手用了点力。

"哇，你是猪啊，何泽川。"阮眠叫嚷了句，揉着肩膀往旁边站，却不想这一幕恰好被前来找她的陈屹看见。

三个人在那儿站成了个三角形，何泽川最先反应过来。他其实对陈屹并不陌生，早前和阮眠熟悉之后，两个人有敞开心扉聊过一次感情上的事情，他也是那时候见过一张阮眠和陈屹的合照。

少年站在万里无云的蓝天背景下，模样生得英俊非凡，笑起来眼角眉梢都藏着惊艳。

也难怪阮眠会喜欢上他，这样的男孩子真的很难不被人记住。

何泽川虽然没见过陈屹，但这会儿他好像福至心灵，一眼就认出眼前这个人是谁。

他歪着头靠近阮眠，小声说："这不是你那个暗恋对象吗？"

"闭嘴吧你。"阮眠放下手，想起不久前的那个梦，往前走了几步，"你们今天没去现场吗？"

"没，下午过去。"陈屹抬手挠眉，"你好点了吗？"

"好多了。"阮眠对于昨天昏倒前的场景还有些印象，笑了声，"昨天吓到你和沈渝了吧？"

陈屹"嗯"了声，抬眸看了眼站在后边的何泽川，没什么语气地说："那你先忙，我还有事先走了。"

"好。"阮眠想了下，还是说，"你们多注意安全。"

他点点头，大步离开了。

何泽川缓步靠近阮眠："你之前不是说你这个暗恋对象出国读物理了吗，怎么现在又来当兵了？"

阮眠摇头："不知道。"

"你没问过啊？"

"没。"重逢至今，阮眠其实有很多问题想问，却都无从问起，更不知道该怎么问。

何泽川也没再继续问下去："算了算了，不聊这个了，走吧，吃饭去。"

两个人并肩往外走，阮眠去休息区洗漱，何泽川站在一旁和她说着这段时间外面发生的事情。

四周人来人往，不远处的平地上，好几个军人坐在那儿休息，沈渝正在那儿和武牧说话，眼神随意往旁边一瞥。

嚯，这一瞥，他眼睛都亮了下。

沈渝收回视线，扭头看向站在一旁的陈屹，笑得幸灾乐祸，难怪呢，这人刚才从中心回来就不大对劲，原来是碰上这茬了啊。

他从地上站起来，拍掉裤子上的枯草，朝着陈屹走过去："哎，你看那是不是阮眠啊？"

陈屹扭回头看了眼，没接话。

沈渝摸着下巴，继续说："旁边那个男的是谁，不会是她男朋友吧，看着还挺配的哦。"

陈屹觑着他："你很闲吗？"

沈渝乐得不行，胳膊搭上陈屹的肩膀："我闲，我当然闲，我闲得现在还要帮老同学做月老呢。"

"……"

沈渝却不跟陈屹多说，抬手戴上帽子大步往前走，武牧问他去哪儿，他回了句："给我们陈队侦察敌情去。"

武牧听得没头没脑，又去问陈屹。

陈屹垂眸捋着帽子，不咸不淡丢来一句："你也很闲吗？"

"……"

武牧报着唇慢慢转了过去。

另一边，沈渝还没走过去，眼瞅着阮眠就要跟人走了，几步箭步一跨，跑了过去。

"哎，这么巧？"他缓了口气说，"你好点没啊，昨天你晕倒可把我吓坏了。陈屹也是，直接冲出去抱着你就跑。"

阮眠虽然对昏倒之前的事情有印象，但对昏倒之后发生的事情却一无所知，这会儿听了沈渝的话，她明显愣了下，才想起来说："好多了，已经没什么大事了，昨天谢谢你们。"

"谢陈屹就行了，他抱你进去的。"他手卡着腰，看向旁边的何泽川，"这是你朋友啊？"

"对。"阮眠被他重复提起的几个字眼弄得心乱，但还是故作平静地给他俩介绍，"这是我高中隔壁班的同学，沈渝；这位是我大学的朋友，何泽川。"

两个男人简短地握了下手，两声你好说得客套又疏离。

其实何泽川一眼就认出了沈渝，因为他也在当初的那张合照上，而何泽川对于和阮眠有关的一切人和事物的记忆总是印象深刻。

他有时候也会惊叹自己的这项技能。

 is decorative — it contains the handwritten characters 没有像你

188

三个人没聊几句，军区那边发了紧急集合的信号，沈渝又急匆匆往回跑。

何泽川顺着他的身影看到同样在往一个方向奔跑的陈屹。

他心里忽然有些不太舒服的感觉，就跟很久之前他得知阮眠和自己的师兄在一起时是一样的。

心里有事的阮眠并没有察觉到他的异样，甩了甩手上的水说："走吧。"

"好。"

一顿早餐两个人都吃得心不在焉，阮眠捧着一小碗鸡汤，坐在敞开的后备厢里，却很长时间不见有动作。

何泽川抬手在她眼前晃了下："想什么呢？"

她回过神，轻笑："没什么。"

"在想你那个暗恋对象？"何泽川也跟着坐过来，长腿踩着地，"你就差没把'陈屹'这两个字写在脸上了。"

"有那么明显吗？"阮眠几口喝完最后一点汤，放下碗沉默了会儿才说，"我之前一直以为我已经没那么喜欢他了，可我好像高估了自己也低估了这份喜欢存在的分量，但我真的不想再做回以前那个阮眠了。"

那么卑微盲目，却又深陷其中无法自拔，任凭别人一句话恍惚了心神。

"那你有后悔喜欢他吗？"

阮眠几乎没有思考，摇摇头说："没有。"

喜欢陈屹这件事，阮眠从来都不后悔。但如果有再来一次的机会，她希望十六七岁的阮眠能够更勇敢些，把心底的那份喜欢在最合适的年纪说出来，哪怕是失望也好过现在的欲盖弥彰。

何泽川看着她，也许是想到了自己也许是出于私心，沉默了一会儿才说："那就继续往前看吧，反正这几年你已经做得很好了。虽然说主动才有故事，但谁又能保证这个故事的结局是好是坏。既然这样，不如不主动，就让它停在最好的地方，也许到老了想起来也还是件幸事。"

"也许吧。"阮眠笑叹，不再继续这个话题，"好了，我得去忙了，你接下来怎么安排？"

"看吧，差不多等事情结束就走了。"何泽川这趟过来不仅仅是为了看阮眠，他还带了批物资过来，估计一会儿还要去见一下洛林当地的领导。

"那你回去路上注意安全。"阮眠拿起一旁的白大褂往身上套，"回去再聚了。"

"行，你在这儿也注意安全。"

阮眠"嗯"了声，转身往回走。何泽川站在那儿盯着她的背影看了很长时间，末了，他低头叹了口气。

接下来的一天，阮眠都没再碰见陈屹。晚一点的时候，孟甫平和江津海召集医疗队开会，安排接下来的撤离工作。

后天一早，他们就要返程了，需要在这两天把手上的工作全部交接完毕。散会后，阮眠和林嘉卉一同往回走。

两个人又不可避免地聊起陈屹，林嘉卉问："你怎么打算啊？"

"什么？"

"跟我还装？"

阮眠低下了头："还能怎么打算，走一步看一步吧。"

何泽川说得对，不是每个主动的故事都会有一个好结局。她已经不再是当初那个十六七岁的阮眠，对于陈屹的那份喜欢也早就被时间蹉跎，也许内心深处还留有当初的那份悸动，可那又能怎样，现在的阮眠早就过了不顾一切的年纪，顺其自然对她来说也许才是最好的。

感情的事情林嘉卉可以劝可以帮，却不能替她做决定，到这里也就不好再说些什么，只能作罢。

而军区那边，陈屹也在准备撤离的事情，他们属于第一批到这儿的救援队，也是后天返程。

交代完该交代的事情，一声解散大家全都小跑着回各自的帐篷。陈屹在原地站了会儿，沈渝走过来问他："不去和阮眠说一声？"

陈屹看了他一眼说："等会儿吧。"

重逢至今，陈屹一直沉浸在阮眠这些年的变化当中，却忽略了导致这些变化的原因，以及一些很重要的事情。

以至于今天早上他在中心看见阮眠和何泽川说笑的时候，有那么一瞬间的不知所措。

阮眠跟何泽川的相处模式跟沈渝跟他都有所不同，陈屹可以感觉到她在何泽川面前整个人都很放松，就像高中那会儿她在李执面前和在他面前也是不一样的。

他觉得自己好像忽略了什么，可仔细一想，又毫无头绪。

夜里又下了雨，洛林接连几日的燥热被这场雨浇得一干二净，到了半夜还有几分凉意。

阮眠忙完手头上的工作已经过了十一点，今晚是她最后一次值夜班，明天一过，这里的一切就都成了过去。

她夹着病历板从临时病房出来，路过就诊台。宋扬灵在那儿写单子，抬头看见人，喊了声："阮医生。"

阮眠脚步一停，下一秒，脚尖换了方向，朝着就诊台走过去，随口问了句："你怎么还没交班？"

"等会儿，把这点整理完就走了。"宋扬灵停笔看她，"哎，我上次加你微信，你怎么没通过我呀？"

阮眠眼皮一跳，这段时间太忙，她几乎没什么空儿碰手机，也就是每天早上给父母发消息报个平安，也因为这样微信里积攒了一大堆未读消息，一时半会儿也就没注意到其他。

她抿了抿唇，歉意道："不好意思，我这几天太忙了，没顾得上看手机上的消息。"

"没关系，没关系。"宋扬灵拿起旁边的手机，"那我现在再加你一下好了，你这次回去记得通过我喔。"

"好，我等下就去拿手机。"阮眠其实猜出一点宋扬灵加自己微信的原因，只不过两个人都没点破罢了。

"没事，不着急。"宋扬灵笑，"你们是后天一早就要回去了吧？"

宋扬灵所在的医疗队是附院那边派来的第二批增援，估计要到月底才能从这里撤离。

"对，后天一早的飞机。"

"真羡慕你们啊。不过我也挺佩服你们的，当时那么危险的情况，还扛了下来。"

阮眠笑了笑："时势造人，换了是你们也一样的。"

"也许吧。"宋扬灵的视线正好对着中心大门，陈屹收伞进来的时候，她一眼就看见了。

当时阮眠心里正想着怎么结束这段没什么意思的客套，抬眸瞧见她盯着自己后边不松，下意识地顺着看了过去。

陈屹收了伞进来，直至走到阮眠跟前才发现她后面还坐了个人，对方先跟他打了声招呼，细声细气的："陈队长，晚上好啊。"

他点头应了声，挠了下眉看着阮眠："你现在忙吗，我需要换一下药。"

"不忙，走吧。"阮眠拿起放在台子上的病历板，回头和宋扬灵说，"我先过去了。"

"好。"宋扬灵盯着两人的背影，神情若有所思。

这会儿已经是深夜，处理室里没什么人，窗外是滴滴答答的雨声，陈屹坐在桌旁，护士在整理等会儿要用到的器具。

阮眠钩了张椅子坐下来，解开他胳膊上的绷带，声音隔着一层口罩掺上两分模糊："恢复得挺好的，估计再换一两次药就行了。"

陈屹看着她的侧脸，轻轻"嗯"了声，问："你们什么时候回去？"

"后天一早。"阮眠顺口问，"你们呢？"

"也是后天一早。"陈屹别开头，视线落到一旁，看到地上挨在一起的两道影子，随着动作一抬一落，两道影子像是阴错阳差地接了个吻。

陈屹轻轻咳了声，摸着脖颈不太自在地挪开了视线。

而阮眠却没注意到这些，她只是在想，等到从这里回去，她和陈屹各自回到各自的生活里，或许又将成为两道没什么交集的平行线。

就像之前一样，只有短暂的相交汇合，然后在将来的日子里背道而驰越走越远。

沉默来得悄无声息。

两个人都没有再开口说话，唯有偶尔的器具碰撞声。一旁的护士有些纳闷，不明白怎么突然间气氛就冷了下来，一双眼睛不停地在他们身上看来看去。

等处理完伤口，阮眠也收起那些胡思乱想，摘下手套和口罩，温声交代道："好了，这几天还是要多注意，尽量少碰水。"

"好，知道了。"陈屹穿上外套，挨个将扣子扣好，身形修长挺拔，"那我先走了。"

阮眠抬头看他，眼眸漆黑明亮："好。"

陈屹也没再多说，点点头往前走。阮眠没了动作只盯着他的背影发愣，却不想他突然停下脚步扭回头看过来。

她被抓了个现行，忍着慌乱和心跳，眨了下眼睛，故作平静地问了句："怎么了？"

陈屹却是什么也没说，轻笑了下："没事，等回 B 市再说吧。"

他说完这句就走了，阮眠却是愣了好久，直到护士收拾完，叫了声"阮医生"才回过神。

她低头轻叹了口气，没把陈屹这句话太放在心上。

撤离的那天早上，军区那边派了车送医护人员到各大机场车站，阮眠是上了车才知道送他们去机场的那一批带队的是陈屹。

不过两个人一个在后车厢一个在驾驶车厢，除了上车时陈屹扶了她一把，说了句小心之外，再无其他交流。

洛林属山区，往外走要经过一段崎岖陡峭的山路，路程不算短，但陈屹一直没找到合适的机会和阮眠说话。等到了地方，机场的工作人员已经提前拉好了欢送横幅。

医护人员陆陆续续从车里下来，陈屹和其他跟车的队友在车前列队，阮眠提着自己的包站在人群当中。

周围全是掌声和欢呼声，陈屹正好衣冠，站在队伍前列，身形挺拔颀长，声音沉稳有力："全体都有！"

"敬礼！"

他们的动作整齐划一，举手投足间都带着庄重，气质沉着而内敛，配上那一身衣服，显得格外干净利索。

整个场面安静下来，有些人忍不住红了眼，阮眠隔着人影看见那道站得笔直的身影，胸腔里的那颗看似平静的心却有了起伏。

她默默收回视线，低头深深呼吸，压下心里的那些失控，让一切又回归到原点。

一行人提着行李走进机场大厅，回头看，他们仍旧站在原地，如松柏般笔挺。

阮眠走得很快，迎面不小心撞上一个男人，两个人都停下来道歉，然后又擦肩

没有像你

而过。

这本来只是个小插曲，可等到阮眠登机后听到空姐提醒将手机关机，却怎么也找不到手机时，她突然反应过来："刚才那个撞我的男人不会是扒手吧？"

林嘉卉放下挡板看她："你手机丢了？"

"不知道，你打我电话试试。"因为工作习惯，她们的手机基本上都是常年开着声音。

林嘉卉一连打了几个，全都是关机。她关了手机说："也不一定丢了呀，说不准是你放在包里还是塞哪儿了没注意，等下飞机再找吧，现在也不能下去了。"

阮眠叹气："也只能这样了。"

从洛林飞 B 市要好几个小时，他们这一趟航班全都是抗震救灾的医护人员，上了飞机没一会儿就全都睡着了。

阮眠原本还有些困意，却因为在想手机的事情，半天没睡着，想来想去又不可避免地想到了别的。

就这么干耗了几个小时，等到快下飞机前才睡着，还没怎么睡熟就被林嘉卉叫起来准备下飞机了。

等从机场出来，在回医院的大巴上，阮眠把自己不多的行李翻来覆去找了五六遍，也没找到手机。

林嘉卉还翻了下自己的包，也是没有。

"算了，别找了，应该是丢了。"阮眠在脑海里回想着之前撞自己的那个人，浓眉小眼，戴着口罩也看不清样貌，就算要找也来不及了，更何况她也没有证据能证明手机是他顺走的，只能自认倒霉。

等到了医院，院领导大手一挥直接放了他们三天假。阮眠和林嘉卉住在一起，到家林嘉卉先去洗澡，阮眠从抽屉里翻出自己另外一部旧手机，充上电开机之后尝试着又打了一次自己的手机。

这回不是关机了，而是长时间无人接听的自动挂断。

阮眠心里莫名冒出点希望，接着又打了几个，但都是无人接听状态。打最后一遍的时候，林嘉卉洗完澡出来，看她坐在那儿不动，问了句："你干吗呢？"

阮眠握着手机回头："给我那个手机——"

话音未落，听筒里重复了很多遍的嘟声却突然停下，换成了一道低沉悦耳的男声："您好？"

听见那声音的瞬间，阮眠隐约觉得有些熟悉，但细想又觉得不可能，愣神的那几秒，对面又问了句："能听见吗？"

阮眠忙不迭应道："能，能听见，请问这部手机——"

一句话还未说完，那头却倏地笑了声，懒懒的，带着点漫不经心，和她记忆里的那道声音慢慢重叠。

阮眠猝不及防被打断，心跳却怦然，抓着手机的手在无意识间收紧，心头冒出来的那个想法在下一秒被证实。

"是阮眠吗？"他说，"我是陈屹，这是你的手机？"

她有片刻的愣神，还是林嘉卉看她状态不对劲走过来坐下，她才回过神说："是我，我的手机怎么在你这里？"

"你落在车上了。"

陈屹他们送完人到机场之后，又折返回到灾区，重新整装准备大部队返程，手机当时卡在车厢座位边缘的缝隙里，被陈屹队里的人捡到，上交到他那里。

他们出任务手机是不在自己身上的，那辆车除了那批医护人员没坐过其他人，陈屹拿到手机的时候已经是关机状态，开机也开不了，那会儿他们已经在路上，一时半会儿也联系不上人。

直到现在，陈屹把从服务站借来的充电宝还回去，拿着手机往外走："我们今天夜里才能到 B 市，你要是不着急的话，我明天下午把手机给你送过去。"

"我不着急。"阮眠挠了下额头，"那你们路上注意安全。"

"好。"他笑了声，"那你记一下我的手机号码给我发条短信，明天我再联系你。"

"哦，行，你等下。"阮眠弯腰从茶几抽屉里翻出纸和笔，"好了，你说吧。"

听筒里，陈屹按照三四四的顺序报了串数字，阮眠挨个记下，又重复了遍，问："对吗？"

他"嗯"了声，大约是在外面，听筒里风声灌耳。

阮眠摁着笔帽，彼此沉默了会儿，陈屹说："你手机快没电了，我先挂了，回去联系。"

她屏息了一瞬，说："好。"

挂了电话，坐在一旁憋了半天的林嘉卉忍不住出声："找到你手机了？在哪儿啊？"

"掉在送我们来的车上了。"阮眠放下手里这部旧手机，手心里握了点汗，"现在在陈屹那儿。"

"哇喔，我该说一声这就是缘分吗？"林嘉卉擦了几下头发，"那他打算怎么把手机还给你啊？"

"他说明天送过来。"阮眠原本是想着让他直接寄过来省得来回跑，但转念又想到毕竟是人家捡到的手机，于情于理都得感谢一下，不能因为旁的而忽略了这些人情往来。

这不合适也不礼貌。

林嘉卉看她那满腹心事的模样也不多说："行了，别想那么多了，早点洗洗睡吧，别明天顶着两个大黑眼圈去见人。"

"……"

林嘉卉起身回了卧室，阮眠在客厅坐了会儿，想到明天的见面总有些说不上来的紧张，很像高中那年寒假她得知第二天要和陈屹一起去爬山那会儿的心情。

紧张却又带着点莫名的期待。

阳台的推拉门没关，风卷着晒在外面的衣服哐当响，阮眠起身走出去收了衣服，进来拿着那个写着陈屹电话号码的本子回了房间。

主卧带卫生间，她洗完澡出来，坐在桌前给那个号码发消息，手指按着键盘在输入栏删删改改。

好半天才将消息发出去，发完等了会儿才想起来他现在看不到，她松了口气，放下手机，起身关灯睡觉。

陈屹他们是后半夜才到的 B 市，到了之后又开了半个小时会，收拾好躺床上已经凌晨三点。

沈渝倒床就睡，陈屹听着鼾声，没一会儿困意也涌了上来。

这一觉睡到次日天亮，部队里的起床哨永远不迟到，他们今天没什么事，上午在军区针对这次救援任务做了总结和汇报，大领导特批了两天假。

中午吃过饭，陈屹去找宋淮要手机，还报备说下午要出去。

宋淮瞧着自己这个外甥，慢悠悠端起杯子喝了口热茶，笑道："怎么，有事啊？"

"有点事。"陈屹站得笔直，眉眼里有两分像宋淮，"您就别问了，不是什么坏事。"

宋淮侧身从抽屉里找出陈屹的手机放在桌上："忙完晚上有空来家里吃饭，外公和外婆都在念着你。"

陈屹先拿了手机才说："晚上不一定有空，等明天吧。"

宋淮一脸嫌弃："走走走，快滚吧。"

"是！"陈屹走到门口，又回头字正腔圆的一声，"舅舅再见。"

宋淮被他吓一跳，等人走了才撇着茶沫，摇头笑叹道："这小子。"

从办公室出来后，陈屹直接回了宿舍，换了身衣服拿上阮眠的手机，边往外走边给手机开机。

将近大半个月没开机，一开机全是各种广告推销消息。

他怕误删其他消息，只能一条条删除，删到最后，信息栏里只剩下一条昨天发来的短信。

号码没有备注，信息内容看着特别正式。

"陈屹你好，我是阮眠，这是我的手机号码。"

他轻轻笑了声，点开那串数字拨了过去。

等嘟声的间隙陈屹站在宿舍楼底下的林荫道上。远处是人头攒动的训练场，暮春的风温柔解意。

片刻后，嘟声停下，听筒里传来的说话声隐约比这春风还要柔和几分："陈屹？"

"嗯，是我。"他下了台阶往前走，阳光的影子落在地面上，"你今天在医院吗？"

"不在，我休息，你到B市了？"

"对，现在准备过来。"陈屹走到门口，站岗的哨兵例行检查，他对电话那头说，"等我一下。"

"哦，好。"

大约也就几十秒的时间，检查完敬礼放行，陈屹重新拿起手机说："你把你现在的地址发给我，我去医院换完药过来找你。"

"不用麻烦了。"阮眠说，"我们直接医院见吧，我在外科门诊换药室那边等你。"

陈屹："行，那等会儿见。"

"嗯。"

那会儿阳光大好，城市南边车停车走，北边一栋小区里，有人翻箱倒柜却找不着一身合适衣服。

林嘉卉出来客厅倒水，见阮眠敞着门，端着水杯走过去，看到散了一床的衣服，笑道："干吗呢你？"

"收拾东西。"阮眠将头发拢到耳后，把找出来的几件衣服重新挂回衣柜里，"你今天不出去找你男朋友吗？"

"他上班呢，晚上才有空。"林嘉卉在门口站了会儿，要走的时候才说，"别纠结了，穿你刚才挂回去的第二套吧。"

"……"

阮眠大窘，坐在床边揉了揉略微有些发烫的脸，好半天才起身进浴室洗脸，收拾完出门已经下午两点。

B市的三月末还没有那么热，满大街都是车，午后错过高峰期，到医院也才不到两点半。

阮眠在一楼大厅坐了会儿，中途收到陈屹发来的一条短信，说还有十分钟的车程。

她回了个"好的"。

下午门诊楼没什么人，陈屹一进来的时候，阮眠就看见了，他今天没穿军装，一身黑衣黑裤，身形颀长挺拔，衣领开了两粒扣，露了一半的锁骨线条清晰流畅，往上是锋利的喉结。

再往上一点，唇瓣饱满唇珠稍显，鼻梁高挺，眼眸深邃，眼尾那道褶子深刻明显。比起在灾区的灰头土脸，今天的他格外干净利索。

阮眠从一旁站起来，陈屹也在下一秒看见了她，收起手机快步迎了过来："等很久了吗？"

没有像你

"没有，也就一会儿。"阮眠攥着包带，抬头看他。

陈屹拿出手机递过去："已经自动关机了，昨天没充上什么电。"

"没事，我拿回去充也一样的。"阮眠说，"走吧，先去换药。"

他点点头："好。"

换药室在三楼，电梯停在五楼，两个人并肩站在电梯口前，光洁干净的电梯镜面映着两个人的身影。

阮眠今天穿了条灰蓝色的绸缎裙，外面配了件墨蓝色的开衫，脚上是双浅色的平底鞋。

她站在那儿，隐约只到陈屹下巴的位置。

她微抿了抿唇，往旁边挪了一丁点的距离，几乎察觉不到，好像这样才不觉得自己比他矮很多。

电梯里还有其他人，两个人一前一后走进去，陈屹站到阮眠斜后方，胳膊挨着电梯轿厢壁面。

阮眠摁了三楼，电梯门快要关闭的时候，听见外面有人喊："等一下！等一下！"

她下意识地去摁开门键，站在身后的陈屹反应比她快些，胳膊从一旁穿过来摁住开门键，下巴蹭过她的头顶，距离一下子被拉近。

阮眠反应不及，手和他的手碰在一起，温热挨着温凉，像是过电似的，两个人都猛地收回了手。

第十三章
可能就是命中注定吧
Mei you cen xiang ni

那个触碰极为短暂，却因为两个人过于反常的表现而显得格外不对劲儿，那一会儿的气氛都有些莫名的微妙。

阮眠今天穿的衣服没有口袋，收回手之后有一瞬间甚至不知道手该往哪里放，到最后只好紧攥着包带。

那个喊着要上电梯的男人，最后还是挤了进来，本就狭窄的空间因为他和他怀里抱着的轮椅显得更加拥挤。

男人回头和阮眠道谢，阮眠点头笑笑说不客气。他抬手摁了五楼的按钮，电梯在二楼停下，又上来三个人，男人抱着轮椅往后退，眼瞅着就要刮到阮眠，她下意识往后退了一小步。

像是"自投罗网"的行为。

她脑袋撞到陈屹的下巴，脚下也没踩稳，陈屹抬手握着她的胳膊扶了一下，胸膛贴着后背，那个动作从后面看过去就像是他把她搂在怀里。

阮眠浑身一僵，几乎不敢回头。

她不免有些庆幸，陈屹是站在后面的位置，看不到她微红的脸和紧张到不行的神情。

陈屹将人扶稳，收回手站在那儿，视线自然而然地落到阮眠身上，过近的距离，他甚至能看见她有一个耳洞，而且是只有一个。

莹白的耳垂小巧精致，此刻却泛着微红，他只看了几秒，低头摸了下自己的耳朵，别开了视线。

电梯很快到了三楼，这一楼层下了好几个人，阮眠跟着人群从电梯里出来，像是欲盖弥彰："今天好像有点热。"

陈屹看她脸颊微红，点头附和道："确实。"

两个人谁也不提刚才的那一茬，就好像什么也没发生。

换药室在走廊尽头，阮眠因为林嘉卉在普外的缘故，和这里的医护人员都很熟。

陈屹进去换药，她和另外的当班护士虞雾在外面聊天，不可避免地被人八卦道："阮医生，这是你男朋友吗？"

没有像你

阮眠恨不得把头摇成拨浪鼓："不是，只是朋友。"

虞雾笑："朋友就朋友嘛，你这么紧张干吗啊？"

阮眠笑不出来，从桌上抽了张纸擦手："不和你说了，我去下洗手间。"

"去吧。"

她从换药室出来，站在走廊那儿平复了下呼吸，末了，也没再进去，直到陈屹从里出来。

陈屹今天穿的单件，换药的时候大概是把上衣脱了，出来的时候黑衬衫的衣摆散在外面，扣子也扣得凌乱，脖子连着锁骨那一片都白得晃眼。

阮眠刚才做好的心理建设差点崩塌，只看了一眼就立马错开了视线，装作镇定自若地问："我们现在去哪儿？"

"洗手间。"

"嗯？"她一愣。

陈屹垂眸笑了声："我先去整理下衣服。"

他单手整着扣子，黑衬衫显得手指格外修长白皙，也莫名给他这个人平添了几分性感。

阮眠不太自在地眨了两下眼睛，给他指了下洗手间的位置，又说："我到电梯那边等你。"

"行。"

陈屹只去了不到三分钟的时间，下楼的电梯没什么人，阮眠和他站得比刚才远很多。

从医院出来已经过了三点半，陈屹在来的路上让车行的朋友把自己的车开了过来，等拿到车之后，两个人才发现这个时间点上不下的。

车停在路边临时车位上，道路一旁是成排的杨树，这个点的阳光没有那么强，阮眠坐在副驾驶，风从窗户吹进来。

陈屹系上安全带，手挨着方向盘敲了两下："这个时间吃饭有点早了，你有什么安排吗？"

阮眠嘴唇动了动，还没想好说什么，又听到他说："要是没有的话，我们去看场电影吧，这样结束时间也差不多。"说完，他又扭头看她，"你看行吗？"

阮眠眼皮一跳，点点头："也行。"

周边最近的电影院在银泰城，去的路上阮眠在购票软件上看了下最近上映的电影。

近一点有昨天刚上映的，远一点的半个月前上映的也都有排片，只不过场次比较少，时间也不太合适。

她随便往下翻着，银泰那家影城排片量很多，一时也没找到什么合适的，打算等到了地方再选。

从医院过去有二十多分钟的车程，阮眠本来想着说些什么，但想了半天也没找到什么可以说的，坐在那儿发了十几分钟的愣，倒也没觉得有以前那么尴尬和紧张了。

窗外树影高楼一闪而过。

到地方，陈屹把车停进负二层。下车后，他锁了车和阮眠朝电梯口走，顺口问了句："你平时上班开车吗？"

"很少开。"阮眠看着前边，"我跟同事在医院附近合租，搭地铁比开车方便一点。"

"也是，B市的交通状况一向很差。"

影院在五楼，两个人从电梯出来，正好碰上上一场散场，大厅全是人，陈屹和阮眠去了自助购票机那边。

他点开最近排片，问："想看什么？"

"都可以，你挑吧。"本来就是为了来打发时间的，看什么阮眠其实没太所谓。

"行。"

陈屹站在那儿选片子，阮眠有点口渴，问他："我去买水，你想喝什么？"

"纯净水就行。"陈屹选了个最近场次的片子，还有十九分钟开场，付完款取到票，那边就已经开始检票了。

他回头看了眼，阮眠在贩卖机那边排队，队伍里全是个高腿长的男生，她站在那儿很小一只，显得有些突兀。

陈屹莫名觉得有些好笑，快步走了过去："我来买吧，你先去那边排队检票。"

阮眠前几年学业课程重，过得很忙碌也很紧绷，中途偶尔的休息时间全用来放空脑袋，这也导致她现在养成一个特别不好的习惯，空闲的时候总喜欢发愣出神，想一些有的没的。

陈屹过来的时候，她正在想晚上吃什么，耳边猝不及防响起的声音让她心跳都抖了下。

她缓过神，接过陈屹递过来的电影票，视线往票上一扫，却是一顿，陈屹选的这部电影对她来说并不陌生。

甚至可以说是记忆深刻。

高二那年暑假，她在电影院看过这部电影的另外一版，那个时候，她羡慕剧中人无论好坏至少还有结局，不像她和陈屹连结局都没有。

年少时的独角戏，她一个人从头演到尾，难过和酸涩无人可知，他是占据她世界的主角，而她不过是他生活里可有可无的路人甲。

她以为，阮眠和陈屹的故事在很久之前就已经谢幕了，可如今的种种，却又好像并不是这样。

陈屹察觉出阮眠的不对劲，微抿了下唇问："怎么了，是不喜欢看这部电影吗？"

阮眠被他的话打断了思绪，回过神，微不可察地笑了下："没有，我就是没想到你会挑这部片子。"

　　"我随便挑的最近场次，你要是不喜欢还来得及换。"陈屹垂眼看她，心里却是想到了别的，"你以前看过这部电影？"

　　"嗯，看过韩版的，结局不太好——"说完这句，阮眠顿了下，心想着自己这算不算直接剧透了。

　　陈屹没多在意这些细节："那还看吗？"

　　"看吧，票都买了，又不能退。"阮眠捏着票，"我先过去排队检票，你帮我也拿瓶水吧。"

　　"好。"陈屹看着她走远，神情若有所思。

　　电影总时长不到两个小时，内容和结局都跟韩版大同小异，第二遍再看，阮眠已经没了当初那种悲伤。

　　也许是已经知道结局，又或是其他，整场电影结束，她也只是为剧中人的无可奈何叹了几声气。

　　而陈屹更是一点都不知道电影放了什么，从开始到结束，他想的都是别的事情。

　　两个人心思各异，从电影院出来已经接近六点，周末商场的人比较多，阮眠选了家中规中矩的餐厅。

　　到店点完餐，她在去洗手间回来的路上在店里吧台借了个充电宝，给手机充上电。

　　座位是陈屹选的，靠窗，从里面能看见外面的人来人往。

　　阮眠喝完半杯柠檬水，手机已经充了百分之三的电，有电源连接着，开机不是问题。

　　陈屹收回落在窗外的视线，落到她这里，像是想起什么，拿起手机点了几下，又递到她面前："加下微信吧。"

　　他的手机和阮眠是一个牌子，去年冬天才出的款。

　　阮眠点开微信扫了下他屏幕上的二维码，页面跳转到他的资料页，他的头像和高中那会儿QQ用的头像很像，也是只橘猫。

　　昵称是他名字首字母缩写，CY。

　　两人很快成为微信好友，各自拿回手机在那儿捣鼓。阮眠点进陈屹的朋友圈，他是全开放，但内容不多。

　　最近的一条是三个月前发的，是头像里的那张照片，她准备点赞来着，想一想又觉得不太合适，退出微信把手机放在一旁充电。

　　见状，陈屹也放下了手机。

　　阮眠端着茶杯，主动打破了沉默："你们这次休几天？"

"两天，你们呢？"

"比你们多一天。"阮眠说着说着还是想去摸手机，手指摩挲着手机边缘，"你们平常有休息时间吗？"

"有。"陈屹想了下说，"不出任务的时候，一个月休一次，出任务另算，其他的看情况，有事也可以请假。"

阮眠点点头，没聊几句，菜品陆陆续续上来，两个人也就停了话茬，专注吃东西。

吃完差不多八点半，阮眠去结账时才被告知陈屹已经提前结过账了，她把卡收回包里："你什么时候买单的？"

"你去洗手间那会儿。"陈屹走在她左手边，前边有小孩跑过来，他不动声色地挪到了右边。

阮眠没注意到这些，犹犹豫豫地说："你捡了我手机，应该我请你吃饭的。"

听到这话，陈屹轻笑了声："下次吧，等下次有机会让你请。"

阮眠抬眸对上他看过来的视线，心跳怦然，莫名对他说的这个下次有了新的期待，点点头说了声好。

从商场出来，陈屹开车送阮眠回去，以往四十多分钟的车程因为堵车花了将近一个多小时。

十点多，车子在小区门口停下，阮眠没有和陈屹多说，依旧是客套地告别，回到家里，林嘉卉和男朋友约会还没回来。

她稍微收拾了下，坐在客厅给父母回电话，各自聊了大半个小时，后来又接到何泽川的电话。

两个人聊了几句，挂了电话，阮眠回屋准备休息，躺床上的时候收到了宋扬灵发来的微信。

[宋扬灵]：阮医生，在吗？

她有些意外宋扬灵这个时候找自己做什么，但既然看到了又不能不回，敲了几个字。

[阮眠]：在，有事吗？

[宋扬灵]：我想问问你，能不能把陈屹的微信推给我呀？你和他是同学，应该有他微信的吧。/ 拜托 // 拜托 /

阮眠看着这条消息，莫名觉得好笑，她也是今天才加上的微信，怎么这么巧就给对方赶上了。

她认真斟酌之后，敲了几个字回过去。

[阮眠]：不好意思，这事我得先问过本人才行，你看可以吗？

[宋扬灵]：……

[宋扬灵]：那好吧，麻烦你了。

阮眠没有再回她的消息，点开和陈屹的聊天框，犹豫半天才发了个问号过去。

陈屹隔了有十分钟才回。

[CY]：怎么了，刚才在开车。

[阮眠]：就是我有一个同行，她刚刚找我要你的微信，我可以给吗？

[CY]：？

[阮眠]：……

[阮眠]：这个人你也认识，是宋扬灵宋医生。

这条发过去之后如石沉大海，时间长得宋扬灵都给阮眠发了好几条消息，阮眠只好跟她说陈屹还没回复。

阮眠拿着手机坐在桌边，一个头两个大。

过了会儿，孟甫平打电话找阮眠要这次科室课题论文资料，她只好放下这茬事，去忙课题的事。

快十二点，她结束跟孟甫平的语音电话，拿起手机才发现陈屹十分钟前回了消息。

[CY]：微信比较私人，我不想随便给其他人。

阮眠盯着这条消息看了十几秒，才回了个"好的"，之后又把陈屹的意思转达给宋扬灵。

忙完这些，她放下手机去浴室刷牙，偶然间抬头从镜子里看见自己的模样，愣了一下。

脸上笑容随着这个动作僵在唇边。

阮眠低头吐掉泡沫，洗干净脸再抬头，浴室里光线明亮，照得什么都清清楚楚。

甚至是她眼里散不掉的笑意。

……

2009年1月4日，阮眠从盛欢那里得知陈屹通过了她的QQ。

2009年7月16日，阮眠在电影院看了《比悲伤更悲伤的故事》。

2019年3月23日，阮眠和陈屹一起看了《比悲伤更悲伤的故事》，陈屹主动加了她的微信，拒绝了别人的好友申请。

那些她曾经的难过和遗憾，都在今日一一弥补。

陈屹快十一点半才到家，他在B市城东有套房，十八岁那年外公外婆合资给买的，现在也就平时休假才回来住两天。

下了车拿到手机看见阮眠发的消息，他以为有什么要紧事，走路还在回消息，结果没想到是别人想来挖墙脚，她在这儿给搭线呢。

陈屹觉得好笑，但一想又觉得正常，毕竟他俩现在还只是普通朋友的关系，她能来问一句已经算得上好了。

他正要回，又接到外婆的电话，陪老人家聊了会儿天，说明天过去这才把电话挂了。

那会儿已经快十二点，陈屹站在被月色铺满的客厅，认真敲下那几个字，既是回绝也是暗示。

阮眠回了个客套的"好的"。

他不清楚她有没有看懂那条消息的话外之意，等了会儿没再收到回复，放下手机进了浴室。

出来已经是第二天，凌晨的 B 市依旧灯火通明彻夜不息，路上跑的豪车马达声轰鸣。

陈屹关了阳台的门，屋里一下子安静下来，突然乍响的手机铃声在深夜里显得格外突兀。

是沈渝的电话。

沈家父母这半年在 B 市短住，今天把人叫回家，猝不及防给安排了一次相亲，沈渝为了给父母留面子，硬是忍到晚上回去才爆发，吵吵闹闹到现在，他直接摔门而出。

这个点回部队也不方便，他想到陈屹，这才有了这个电话。

"给我留个门，半个小时到。"沈渝说，"喝点酒吗？喝吧，你给我去买几罐啤酒，最好再配点烧烤，我晚上气得都没怎么吃。"

"我惯得你。"陈屹笑了句，"还是以前我们常去的那家烧烤摊，我在那儿等你。"

"也行吧，不说了，我先打车。"

"嗯。"挂了电话，陈屹回房间套了件黑色短袖 T 恤。他偏好深色衣服，日常衣服大多都以黑色为主。

从小区里出来，外面街道热闹非凡，马路两侧五花八门的商铺接壤，那家烧烤摊就在路对面，几百米的距离。

陈屹在 B 市这两年和沈渝常去，偶尔队里聚餐也在这边，老板认识他，见他一个人来，笑着问了句："今天还是老样子吗？"

陈屹点头应声："老样子，两人份。"

"得嘞！"

陈屹在外面支起的棚里找了张空桌子坐在那儿看手机，老板娘开了两瓶啤酒送上来，他抬头说了声谢谢，然后放下了手机。

他刚才在朋友圈刷到李执最新发的一张照片，定位在撒哈拉，顺着这条动态，他又点进李执的朋友圈。

李执每个月都会更新一次动态，每次定位都不一样，他往下滑着，很快滑到前年冬天的一条。

李执和阮眠在火锅店的一张合照。陈屹和李执没有共同好友，底下只有一条李执的回复，大概是有人问照片上的人是不是他女朋友。

李执统一回复：别问了，不是女朋友，只是很好的朋友，再问拉黑警告。/微笑//微笑//微笑/

那张照片里阮眠随意扎着头发，露出光洁的额头，微抿着唇笑得有些含蓄，眼睛却是亮堂堂的。

那是在没重逢之前，陈屹对于阮眠最近的印象，比起这段时间的阮眠，好像还是有了些不一样。

这会儿，陈屹从李执朋友圈出去，点进阮眠的，页面显示"朋友仅展示最近一个月的朋友圈"。

"……"

沈渝来得比想象中要快很多，陈屹看着他从出租车上下来，拿起酒瓶给他倒了一杯酒。

他步伐匆匆，神情看着不怎么畅快，坐下来一口气喝完，叹道："我完了，我长这么大，就没见我爸妈这么生气过。"

陈屹也不接话，由着他把苦水倒完。

沈渝叽里咕噜说了一大通，有些烦躁地抓了把短寸："我怎么没见你爸妈催过这事儿？他们不着急吗？"

"也催。"陈屹说，"但离得远，没你爸妈那么着急。"

沈渝了然地长叹了口气。聊了几句，他想起什么，又八卦道："哎，你今天不是去找阮眠了吗，怎么样啊？"

陈屹倒酒的动作一顿，瓶口和玻璃杯碰在一起，发出叮当的动静。他垂眸，神色自然："没怎么样。"

沈渝"喊"了声，坐姿懒散，喝了口酒说："不过我还挺纳闷的，你怎么突然就对阮眠起了心思啊？"

这话让陈屹没了动作也沉默起来，那会儿桌上忽然就静了下来，只剩下沈渝喝酒吃串的动静。

沈渝吃完最后的羊肉串，手指搭着桌沿敲了两下，就在他以为等不到陈屹回答的时候，坐在对面的人突然又有了动作。

"我也说不清楚，如果非要问是什么原因——"陈屹扭头看向别处，轻笑了下，"可能就是命中注定吧。"

命中注定地震发生那天，他没有在外出任务，那么多需要救援的地方，他正好就去了洛林。

又恰好余震发生时，他就在那儿，看见了阮眠不顾一切的行为，听到了她那番大义为先的话。

后来陈屹想了很久，如果那个人不是阮眠，他其实并不会对那个素未谋面的医生有太多关注。

可有时候命运就是这样奇妙。

那个他以为不会有太多交集的人，却是意想不到的故人，猝不及防的重逢让他惊喜也让他意外。

他惊讶于阮眠这些年的变化，甚至沉浸当中，在还未意识到的时候，就已经把目光过多地放在她那里。

而往往对一个人心动就是起源于最初过多的关注和在意，等到他回过神的时候，一切都已经来不及了。

但新的故事却才刚刚开始。

那天晚上，陈屹和沈渝聊到了后半夜。两个人酒量都不差，但也架不住那么喝，到家门口差点还因为钥匙对不上孔打起来。

推推拉拉进了门，陈屹先去浴室洗了把脸，清醒了几分，出来见沈渝大剌剌地睡在客厅沙发上也没把人叫醒，去客房抱了床被子盖在他身上。

等到重新洗完澡躺下来，已经是凌晨四点，陈屹懒得再折腾，湿着头发倒床就睡。

一觉到天亮，他是被沈渝在外面发出的动静给吵醒的，伸手拿过旁边的手机，才八点。

陈屹揉着宿醉之后胀痛的太阳穴坐起来，捞过旁边的长裤和短袖 T 恤穿好，走过去开了门，沈渝正好揉着胳膊从地上站起来。

"你家这茶几也太硬了吧。"他刚才翻身不小心摔下来，半个身体砸到了茶几上。

陈屹懒得和他说，转身回了房间浴室洗漱，收拾好拿上车钥匙准备出门："我今天要去趟大院那边，你晚点自己回吧。"

沈渝还躺在客厅那儿，闻声也不见起来，声音懒洋洋："我手机没电了，你给我点个早餐吧。"

回应他的是陈屹毫不留情的关门声。

"……"

陈屹的外公外婆住在城西的军区大院，他出门那会儿正好赶上早高峰，堵在路上的时候给沈渝点了份外卖。

到地方已经过了十点，外婆柳文清正拿着水管在院子里浇花，瞧见他进来，把水管递给阿姨，笑着迎了过去："这个点路上堵吧？"

"还行。"他任由老太太拉着，"外公呢？"

"客厅坐着呢，一大早就起来等你了，谁知道你来这么晚。"柳文清在门口给他拿了拖鞋，又朝里说，"老头子，小屹来了。"

陈屹走进去,老爷子正坐在棋盘旁研究,他顺势坐到对面,就着那残局下了起来。

祖孙俩一来一往,柳文清站在一旁问东问西,最后又绕到陈屹的终身大事上:"你妈前两天还给你舅舅打电话,让他给你盯几个。你和外婆说说,喜欢什么样的啊,我也好帮你把把关。"

陈屹手里捡着黑子,答得漫不经心:"好看的。"

老爷子吃了他一子,抬眸看过来:"做人可不能这么肤浅。"

他摸着鼻尖笑,下了两个子才开口:"跟舅舅说一声吧,我这事就不劳他费心了,我自己心里有数。"

柳文清和老伴互看了眼,心里有了数,搬了椅子在旁边坐下。

"你这是有情况啦?哪家的姑娘啊,怎么之前没听你提过,不然你哪天有空把人带到家里吃顿饭?"

陈屹被老太太这种恨不得今天知道明天就结婚的架势整得哭笑不得,推托道:"八字还没一撇的事情,等定下来再说吧。"

两个老人见状也不再多问,等晚上宋淮回来听说这事,在饭桌上问了句:"哪家的姑娘,你这小子该不会是为了躲避相亲随便胡诌的吧?"

陈屹差点被呛住,放下筷子喝了口汤:"舅舅,我还没您想的那么胡来吧?"

"那可说不准。"

"……"

吃过饭,陈屹跟着宋淮的车回军区,在路上他有些无聊地刷着手机,等到回过神的时候又已经点进了阮眠的朋友圈。

但这一次不再是空白页面,阮眠在两个小时之前分享了条新的动态,一张美食照片。

陈屹点开那张照片看了眼,是一桌日料,摆得满满当当,桌上只放了两套餐具。

除此之外,照片的右上角还入镜了一只手。

一只戴着男士腕表的手。

阮眠昨晚睡得迟,加上又还在休假期间,就放任自己一觉睡到了下午。

醒来看到何泽川发来的微信,问她晚上有空没,他请客吃饭。

阮眠想着晚上也没什么事,就和他约了七点的饭,之后困意上涌,定好五点的闹钟,就又睡着了。

何泽川晚上请吃饭的地是他公司附近的一家日料店,阮眠六点钟出门,怕堵车直接搭的地铁。

在路上,她跟何泽川在微信上聊天,不过他今天加班开会,回消息没那么及时。

等回复的时候,阮眠退到微信聊天页面,看到其中一个没备注的聊天框,点了进去。

聊天记录从昨晚开始也停留在昨晚，一个页面都没聊满，很像高中那时候，她鼓了好大勇气加上他的 QQ，结果到头来还是说不上几句话，寥寥几页的聊天记录，却横贯了她整个青春。

不过这一次，阮眠看到陈屹昨晚发的那句话，心里像是平静的湖面突然被丢进了一块小石头，泛起了微小的波澜。

地铁很快到站，阮眠跟着人群弯弯绕绕，从地铁站出来时外面的天空已经被暮色笼罩。

何泽川提前预约了位置，阮眠到店等了他半个小时。

"请吃饭还迟到，要换了别人，你现在已经失去我这个朋友了。"

何泽川刚从会上下来，难得穿了身黑西装，个高腿长，领带袖扣腕表应有尽有，看着还挺像回事的。

他脱了外套搭在一旁，拿起菜单递给阮眠："作为补偿，今晚你随便点。"

话是这么说，但两个人也吃不了多少，阮眠按着菜单推荐点了几个，后来何泽川又加了五六样东西，等菜品端上来，小桌都快放不下了。

日料讲究食材最原始的鲜味，色泽艳丽，看着很有食欲，阮眠拿手机拍了张照片。

没修没 P，直接就分享到了朋友圈。

一顿饭吃完也快九点，晚风习习，何泽川开车送阮眠回家："你这次休息多长时间？"

"三天，明天最后一天。"阮眠支着手肘，视线看向窗外的高楼大厦，像是随意提起的一个话题，"何泽川，我问你个事。"

"什么？"

"就是我有一个朋友——"

她话还未说完就被何泽川笑着打断了："我们俩这关系，还用得上'无中生友'这套吗？"

"……"

前面是个红灯，何泽川缓缓停下车，指尖搭着方向盘敲了两下："行了，什么事你就直接说吧。"

阮眠咂舌，想了会儿还是不知道该怎么说，放下胳膊揉了揉太阳穴："算了，也不是什么大事，下次有机会再说吧。"

何泽川扭头看了她一眼，没再多问。

剩下一段路，两个人有一搭没一搭地聊着最近发生的事情，何泽川明天还要去外地出差，把人送到地方就走了。

林嘉卉晚上又不在家，阮眠洗完澡和孟星阑打了会儿视频电话，暂时定下来月底如果有空就回去陪她试婚纱。

"对了眠眠，我听梁熠然说，你在灾区碰到沈渝和陈屹啦？"视频里孟星阑素着一张脸。她这几年变化不大，只是眉眼里多了些少女时不曾有的妩媚，看着更漂亮了些。

"嗯，没想到会那么巧。"

"他现在好像也在 B 市吧。"孟星阑扭头看向画面外，"梁熠然，你回头问问沈渝他们什么时候休息，我们去 B 市找他们聚聚。"

孟星阑和梁熠然毕业之后都回了平城，现在一个在做人工智能，一个在平大教书。

小城不比大城市，生活节奏和工作压力都比较轻松，时间也宽裕。

阮眠和孟星阑没聊太久，挂了电话，她看到微信发现那儿多了个数字，是朋友圈动态。

点开都是别人的点赞和评论。

阮眠随意往下滑着，看到了陈屹在十分钟之前点赞了她最新发的那条朋友圈。

她愣了下，没想到他这么忙也还有刷朋友圈的时间。

阮眠回复了几个朋友的评论，退出去之前想了会儿又点进了陈屹的朋友圈，她没想到他不仅有时间刷朋友圈也还有时间发。

他新发的那条动态内容很简单。

休假结束。

配图是一张照片，看样子像是从正在行驶的车里往外拍的街道，画面有些糊，灯光斑驳。

阮眠也礼尚往来地给他点了个赞，然后从他的朋友圈退出来，起身去浴室吹头发。

剩下最后一天假也很快结束。

回到医院上班的第一天，阮眠像是得了周一综合征，哪儿哪儿都不舒服，到了傍晚交班，她跟林嘉卉在医院马路对面的面馆解决晚饭。

阮眠吃得快，吃完坐在那儿刷手机，看见陈屹中午那会儿又发了条朋友圈。

——。

配图是蓝天白云。

她想了会儿，还是给他点了赞。

之后的几天，阮眠总是能刷到陈屹不同时间发的朋友圈，每天一条，形式都是一样的。

一个句号加一张照片，拍的内容有时候是蓝天白云，有时候是夜晚星空，很少重样。

阮眠基本上看到了都会点赞，但从来都不评论。

月底的时候，科室调不了班，阮眠没能回去陪孟星阑试婚纱，不过她和梁熠然决定下下个周末来趟 B 市，让阮眠一定要把那两天的时间空出来。

也因为这样，清明节那三天，阮眠放弃了仅有的一天休息特地和同事换了两天班，又和孟甫平提前打了招呼，这才空出了一个完整的周末。

孟星阑和梁熠然是十三号一早的机票，前一天下午，阮眠在办公室写病历的时候收到了陈屹发来的微信消息。

他和沈渝明天休息，晚一点从军区那边出来，问她晚上有没有时间大家一起吃顿饭。

阮眠摁着笔帽，敲了几个字。

[阮眠]：我晚上值夜班，走不开，你们去吃吧。

[CY]：好。

[CY]：知道了。

[阮眠]：嗯。

[CY]：。

阮眠盯着那个句号，想到他最近发的朋友圈，莫名笑了下。

晚上七点多，急诊那边送来一个病人，叫孟甫平过去会诊，阮眠被他一块带了过去。

忙完已经是深夜，孟甫平和急诊的周主任还有事要商量，阮眠独自一人回了科室，路过护士站，被值班护士叫住："阮医生。"

"嗯？"她抬头看过去，"怎么了？"

"这儿有你的东西，"护士从旁边拿出两个包装精美的食盒，"一个帅哥送来的。"

阮眠的眼神微微闪了下，走过去说了声："谢谢啊。"

护士笑了笑："没事，顺手的事情。"

她分了一半给护士站的人，拎着剩下的回了办公室，也没着急吃，而是从抽屉里翻出手机。

三通未接来电，还有两条未读微信，全都来自同一个人。

[CY]：给你买了夜宵放在护士站，你记得去拿。

[CY]：我回去了。

翌日一早，阮眠被闹钟吵醒，揉着泛酸的肩膀从值班室出来，回到办公室跟着孟甫平查完房，才去更衣室换衣服准备下班。

换完衣服，阮眠和科室同事一块从楼上搭电梯下来，对方打算去食堂凑合着垫点东西，她没什么胃口，和人在大楼底下分开。

北方入夏晚，四月还不见热，早晨七点多的阳光薄薄一层暖意。

她朝着医院门口走去，心里盘算着等会儿是打车还是去坐地铁，一时半会儿想得有些入神，也没注意到四周。

出了医院大门就是车如流水的马路，两侧的林荫道上人来人往，阮眠实在是困得不行，站在路边拦车的工夫眼皮就开始打架。

恍惚间，她感觉一片阴影挡在眼前。

"这么困？"

这声音惊得她心跳重重地抖了一下，她抬眸，看到站在眼前的人还有些茫然。

陈屹昨晚来医院送夜宵，走之前在墙上看到医生早晚班的上班时间，特意起早赶了过来。

车子停在路边临时车位上，正对着医院大门，阮眠一出来他就看见了，朝这里走过来的时候，他看见她站在那儿微合着眸像是睡着了一样，连他的靠近都没注意到。

风里带了几分温凉，马路上汽笛声骤响。

阮眠这才回过神，察觉到两人的距离已经跨过正常的社交安全距离，下意识往后退了一小步，周身围绕着的男性气息稍稍淡了几分。

她微不可察地舔了下嘴角，眨眼问："你怎么在这儿？"

陈屹微垂着眸，眼里有笑，模样在光亮里格外英俊。他没有回答这个问题，反而问她："你早上吃了吗？"

"啊？"阮眠摇头说还没吃，上涌的困意让她丝毫没意识到他还没回答自己的问题。

"那走吧，先去吃早餐。"

医院附近就有好几家早餐铺，阮眠也不知道陈屹喜欢吃什么，就带着人去了自己常去的一家店。

"这里有馄饨、面条，还有粥和包子，你看看你想吃什么。"说完，阮眠抬头看着老板，"我要一碗鸡汤小馄饨。"

陈屹抬眸："我和她一样。"

"好嘞。"老板拿笔记下，又问，"还要点别的吗？两碗馄饨怕是不太够吃吧？"

阮眠看了眼陈屹："那就再加一笼汤包。"

"行，马上来。"

这会儿是早高峰，店里人正多，阮眠其实困比饿多得多，低头坐在那儿打了几个哈欠，眼尾泛着湿润的红。

陈屹放下杯子："很困吗？"

"有一点。"阮眠揉了揉眼睛，"回去洗个澡就好了。"

陈屹"嗯"了声，突然有些后悔叫人来吃早餐了："要不然我们打包吧，你在车上睡一会儿，到家再吃。"

"没事，正好我也有点饿了。"阮眠握着水杯，两个人都没再说话，偶尔眼神不小心碰在一起，又很快躲开。

气氛沉默却不尴尬，带着莫名的和谐。

吃完早餐，陈屹开车送阮眠回去，孟星阑和梁熠然是今天一早的航班，再有两个小时就要下飞机了。

阮眠实在困得不行，上车没一会儿就靠着椅背睡着了。陈屹在等红灯的间隙瞥了眼，侧身从后排拿了自己的外套搭在她身上。

因着这个动作，两个人距离挨得很近，陈屹几乎能听见到她平稳起伏的呼吸声。

一瞬间，他心里像是被什么东西挠了一下，不轻不重的，却格外明显。

前方红灯跳转，他收回动作，关了导航的声音，重新启动车子速度平缓地朝前开。

车厢里是重复了很多次的沉默。

陈屹却头一回不觉得沉闷，风从窗缝间呼啸而过，在某个瞬间，他隐约听见自己心跳的动静。

一下又一下，是藏不住的心动。

上午十一点多，在车里坐了快三个小时的陈屹接到了沈渝打来的第八个电话，他扭头看了眼还在睡觉的人，推开车门走了下去。

关门声很轻，但还是惊到了在睡梦中的阮眠，她迷迷糊糊地睁开眼，搭在肩上的外套滑了下去。

她有些茫然，还未清明的目光在四周找寻了一遍，看见站在车外接电话的男人。

陈屹今天还是穿了身黑色衬衫和黑色长裤，背影挺拔而颀长，斑驳的光影落在他的肩头。

离得远，阮眠听不见他在说什么，抬手揉了揉太阳穴，看见掉在腿上的外套。

就那么一瞬间，她突然想起早上那个没有回答的问题，心里慢慢冒出个十分大胆的念头。

像是不可置信，又像是格外匪夷所思。

阮眠竟然会觉得陈屹这么一大早来医院，就只是为了来找她，可究其原因，她又说不出缘由。

短暂的沉默里，陈屹也接完电话，开车门的动静将阮眠从胡思乱想中拉出来，两个人的视线在狭窄的车厢里对了一下。

陈屹上车的动作一顿，坐下来才说："梁熠然和孟星阑他们已经到了，现在在我那里。"

阮眠"哦"了声，沉默几秒才问："我睡了多久？"

"快三个小时吧。"陈屹手指搭着方向盘敲了两下，偏头看着她，"你还要不要回去一趟？"

"不回了吧。"她早上从医院出来已经洗漱过，加上时间也不早了，再回去收拾还不知道什么时候才能过去。

陈屹点点头，没再说什么。

这个点路上没什么车，马路稍显空旷，阮眠盯着窗外的高楼大厦微微有些出神。

有些话她想问，却又怕是自己自作多情，兜兜转转到最后全都成了不可说和难以启齿。

陈屹住在城东，离阮眠住的地方有一个小时左右的车程，等到地方时已经过了十二点。

沈渝他们在家里叫了海底捞外卖，两个人进门的时候，锅底刚好烧开，香味顺着水雾在空中氤氲开。

"眠眠！"

孟星阑从沙发上跳下来，冲过来一把抱住阮眠，冲劲有些猛，两个人都没站稳，眼看着就要倒了，陈屹眼疾手快地伸手在阮眠背后托了一把，她几乎整个人都靠在他怀里。

陈屹把人扶稳，又抓着她胳膊不动声色地往旁边扯了下，擦肩而过的瞬间说了句："小心点。"

阮眠"哦"了声，声音很小，也不知道他听见没。

孟星阑没注意到两个人之间那点小暧昧，抱着阮眠的胳膊开始撒娇："眠眠，我好想你啊。"

阮眠笑了笑，捏了捏她的手指。

沈渝抱着碗筷从厨房出来，叫嚷了句："你们可算是回来了，我都要饿死了。"

五个人在桌边逐一落座，阮眠被陈屹和孟星阑夹在中间，沈渝给每个人都开了瓶啤酒放在他们手边："我们这情况特殊，每个人就喝一瓶意思一下，不多喝，行吧？"

孟星阑应和："行，没问题。"

阮眠也拿起酒瓶往玻璃杯里倒了一杯，她酒量很差而且一喝酒脸就容易红，但这时候也不好拂了沈渝的意，就没说什么。

勉强喝了两杯，瓶里还剩下大半，她没再往杯子里倒，低头吃了几口菜，边吃边和孟星阑聊起了天。

她的婚礼安排在六月，具体哪天要到这个月底才能定下来，阮眠是她的伴娘之一，另外还有傅广思，她们高中时期的班长。

"伴郎暂时定的是沈渝和陈屹。"孟星阑夹了一筷子青菜，"也不知道江让能不能赶回来。"

江让。

听到这个名字的时候，阮眠手里筷子一顿，不由得想起很多年前的那个夜晚。

少年红着眼，无可奈何的神情。

她微抿了下唇，收起那些思绪："江让现在还在国外吗？"

"对啊，他大四那年去了美国之后就一直留在那边，好几年都没回来了，我跟梁熠然上次见他还是在三年前。"

阮眠咬着肉丸若有所思。

过了会儿，沈渝说大家一起再喝一杯，她放下筷子去拿酒瓶，却不想原本还剩一半的酒，现在只剩个瓶底了。

阮眠的动作微微顿住，把酒倒完，也才刚过杯子的三分之一。

她看了眼桌上的另外一瓶酒，瓶里还有大半，以为是陈屹没注意拿错了，就准备伸手去拿他的酒给自己杯子补满。

谁知陈屹见状，抬手拦了下："你拿错了。"

"？"

他偏头看过来，眼里带着几分笑意："这是我的酒。"

阮眠收回手，只好端着那点杯底和他们碰了一杯。放下杯子的时候，她没忍住问了句："你之前是不是拿错酒瓶了？"

"有吗？"陈屹往后靠着椅背，坐姿慵懒，"我也不记得了。"

"好吧。"阮眠也没再多问，重新拿起筷子开始吃东西，兴许是因为辣又或是因为那两杯酒，脸颊泛着浅浅的粉。

陈屹端起酒杯微仰着头一饮而尽，喉结上下滑动着，嘴角在同一时刻微不可察地弯了一下。

吃过饭，五个人也懒得动，就留在家里看电影准备到傍晚再出门，客厅的窗帘被拉上，唯一的光源被遮住，屋里瞬间暗了下来。

孟星阑和阮眠坐在沙发上选片子和调试投影，陈屹在厨房洗水果，沈渝和梁熠然则去了楼下买零食。

"眠眠你想看什么啊？"

"都可以，你选吧。"阮眠其实有些困了，坐在柔软的沙发上整个人都陷了进去，更是觉得好睡。

"那不如我们看个恐怖片吧。"孟星阑拿手机搜了下片子，等弄好投放到电视上，梁熠然他们也回来了，手里提着两包零食。

沈渝走过来，在旁边的单人沙发上瘫着："你们找的什么片子？"

孟星阑放下手机，电影的前奏已经在屋里响起："国外超火的那个《恐怖游轮》，你们看过没？"

"恐怖片啊？"沈渝正准备说什么，见陈屹端着水果从厨房出来，又忘了这茬儿。

陈屹把水果放在茶几上，随后自然而然地坐在阮眠旁边的位置，原本昏昏欲睡的阮眠被身旁突然陷下去的重量惊醒，扭头猝不及防对上陈屹的视线。

恰好这时候，电影进入片头，屋里一下子变得更暗了些，衬得他那双眼格外的深邃明亮。

阮眠犹如被扼住喉咙，心跳莫名在加快，一时间都忘了做出反应。

忽然间耳边的音乐声陡然变大，两个人都像是被这声音吓了一跳，匆忙又不知所措地挪开了视线。

暧昧悄无声息地在周身漫开。

阮眠僵直着身体，手放在膝盖上，耳根和脸颊都在发烫，视线落在屏幕上心思却早已神游。

早前那个大胆的念头这会儿又在蠢蠢欲动。

她觉得自己现在就像个跃跃欲试的赌徒，明明是概率很小的事情，可隐约还是抱了几分期待，总觉得下一把能赢个盆满钵满。

第十四章
她以前是不是喜欢过我？

Mei you xiang ni

　　昏暗的客厅里光影闪动，恐怖惊悚的背景音乐让坐在沙发上的几个人都绷紧了神经，尖叫声憋在喉咙里，只差一秒就要脱口而出。

　　电影逐渐进入高潮部分，其他人看得起劲，阮眠却是有些昏昏欲睡，低头打了好几个哈欠。

　　她刚开始还能靠理智撑着，好好地坐在那儿，但越看到最后越提不起来精神，整个人也慢慢陷进沙发里，脑袋磕着后边的低枕，眼皮耷拉着，似睡非睡的。

　　很快，更多的困意涌了上来，阮眠眼皮挣扎了两下，最后却还是扛不住睡了过去。

　　也不知道过了多久，一直没怎么看电影的陈屹准备起身去倒杯水，结果指尖刚碰到桌上的杯子，原先好好睡在那里的人，就像是失去了依靠，整个人都往他刚才坐的方向倒过来。

　　他大脑还没反应过来，身体就先一步做出了反应，手托着她脑袋自个儿轻轻靠了回去，然后把手换成了自己的肩膀。

　　沙发柔软，阮眠睡得沉人也陷得深，这样靠着姿势不太舒服。见状，陈屹又往下坐了点，把肩膀停留在一个适合她的高度。

　　剩下半个多小时的电影，陈屹更加没什么心思看了，肩膀上那一点重量沉甸甸的，把他心里也塞得满满当当。

　　电影很快结束，放片尾曲的时候一直瘫在单人沙发上的沈渝坐起来伸了个懒腰，目光无意间看到坐在长条沙发的四个人，没忍住骂了句脏话。

　　他低声骂骂咧咧踩上拖鞋，起身去喝了杯水，怀着坏心思走到阳台那边，手拉窗帘猛地一掀。

　　客厅骤然变亮，大好的阳光晒进来。

　　孟星阑被他吓了一跳，揉着眼睛叫嚷了句："沈渝，你有病吧！都这么大个人了你幼不幼稚啊！"

　　沈渝笑了声，挥手将窗帘彻底拉开，慢悠悠地哼着不成调的曲。

　　一旁睡着的阮眠也被这动静惊醒，下意识抬手去揉眼睛，却冷不丁抓着了什么。

　　温凉的，还有点软。

没有像你

她一下子就醒了，睁开眼最先入目的却是男人手心里极为清晰的纹路，还有缀在中指第一个骨节处的淡色小痣。

阮眠愣住了，像是没回过神又像是不知所措，指腹下的触感尤为清晰，两个人都无意识地动了动指尖。

陈屹动了下胳膊，把手抽了回去，指腹从她指尖擦过，带起一阵细小的酥麻。

他好像并未把这一茬放在心上，极为自然地站起身，手往兜里一放，朝着厨房那边走去。

阮眠顺着那个姿势摸了下额头，又放下手，视线盯着某一处，微微出神。

她不想胡思乱想，可偏偏又忍不住去想，他的那些行为动作，到底是无意的关心还是其他。

那个其他，是她曾经想过很多次却又不敢想的意思吗？

阮眠有些说不上来的感觉，就好像那个被她藏在内心深处的人，突然有一天，他伸手敲了敲她的那扇门。

可阮眠却不敢开门。

她不知道他到底是走累了路过这处想进来歇歇脚，还是真的想住进来，成为这里的永久住民。

她是个赌徒，但也是个胆小的赌徒，跃跃欲试却又犹豫不决。

晚上一行人是在外面吃的饭，去的路上沈渝提到昨晚吃的那顿日料，吐槽道："要不是陈屹非要去，我宁愿在小区楼下买点凉菜吃。"

坐在后排的阮眠眼皮一跳，顺口问了句："你们吃的哪家日料？"

"就和坐，亮元桥那家。"沈渝开了车窗，凉风阵阵，包裹着这座繁华的不夜城。

陈屹昨晚送来的食盒没有标记，阮眠只是觉得味道熟悉，却没想到正好就是之前她跟何泽川吃的那家店。

她抬眸从后视镜看了眼开车的人，男人神情如常，手肘搭着窗沿，单手控着方向盘。

下一秒，他像是察觉到什么，视线往镜子这边看，阮眠忙不迭收回视线，扭头看向窗外。

陈屹捕捉到她那一秒的慌乱，嘴角勾出一抹极浅的弧度。

窗外高楼大厦鳞次栉比，树影一闪而过，茫茫夜色也搅不乱这座城的灯红酒绿。

吃过饭，一行人又回到陈屹的住处，他住的房子除了书房和主卧还有两间客房。

孟星阑和梁熠然没在外面订酒店，阮眠原本想着回自己的住处，但架不住孟星阑的软磨硬泡，只好又跟着回来了。

五个人坐在客厅玩了会儿扑克牌，快十点多的时候，陈屹和沈渝突然接到队里的电话，得紧急返回军区。

牌局散了伙，孟星阑回房间找充电器，沈渝匆匆站起来钻进了卫生间，梁熠然和陈屹说了几句，也跟着回了房间。

客厅一时间只剩下阮眠和陈屹两个人，气氛忽地静了不少。

陈屹站在那儿倒了杯水喝了两口，然后走去门口，在鞋柜抽屉里翻出串钥匙，从里取了一把下来。

他走回客厅，把钥匙递给阮眠："这是家里大门的备用钥匙，回头你们走的时候，记得帮我锁下门。"

阮眠"哦"了声，又想起什么："那这钥匙？"

"就先放在你那儿吧。"陈屹不怎么在意地说，"等下次休假回来，我再找你拿。"

他这安排合理，阮眠也找不出什么拒绝的理由，点点头说好。

另一边，沈渝从卫生间里出来，湿着一张脸，看了眼两人，面无表情地问："走吗？"

陈屹"嗯"了声，弯腰拿起桌上的车钥匙，交代道："房间都是干净的，你们随便睡，卫生间也有没拆的洗漱用品。"

阮眠点点头："知道了。"

他像是不放心，欲言又止的样子，沈渝受不了了："行了啊，有什么话不能路上说吗？"

"……"

"……"

阮眠一顿，手里攥着钥匙，不太自然地挪开了视线。陈屹低不可闻地叹了口气："那我走了。"

"好。"

孟星阑和梁熠然也从房间出来："你们路上注意安全啊，回头等六月份再聚了。"

沈渝一摆手："行，你们玩吧。"

两个人一前一后出了门，门一关，就什么动静都听不见了。阮眠莫名有了些失落的情绪，但看到手里的钥匙，心里那点失落感好像又散了不少。

次日，孟星阑和梁熠然周一还有工作，订了周日晚上的机票回平城，晚上吃过饭，阮眠送他们去机场，回去之后在朋友圈刷到了陈屹不久前更新的一条新动态。

出任务，月底回。

没有配图，就好像是特意交代给某个人的一句话。

不知道是不是最近一些事情导致的心理作用，阮眠莫名觉得自己和这句话有着些联系。

她一如既往地点了赞，又顺着点进陈屹的朋友圈，闲来无事地翻看着。

一连看了五条之后，阮眠发现了不对劲，陈屹从 3 月 24 号发的那条"休假结束"

到今天的这条，一共有七条动态。

没有评论，赞也只有一个，都是她点的。

阮眠往下滑了滑，翻看了下 3 月 24 号之前的几条，几乎每一条都有沈渝的点赞和评论，偶尔有一两条还会有孟星阑的点赞。

可独独这七条没有。

阮眠像是想到了什么，心跳得很快，翻来覆去地看着那七条动态，心里那个念头越发强烈。

她还是有些不可置信，退出去点开和孟星阑的聊天框，打字的时候甚至因为太紧张，指尖都有些微微颤抖，一句话来回输入了好几遍才没有一个错字。

准备摁下发送键的时候，阮眠却又有些犹豫，不敢确定这百分之五十的机会会不会是她的自作多情。

也是在这个时候，她看到放在桌角的钥匙，那是陈屹昨天临走之前拿给她的。

他家的钥匙。

莫名其妙地，好像一瞬间就有了勇气，阮眠摁了下去，消息很快发送成功，但孟星阑这个时间已经在回平城的飞机上。

那几个小时对于阮眠来说是漫长的，她从来没有一刻像这样在期待着什么。

她想，如果结局是好的，那么等待也会是一件很有意义的事情。

凌晨两点，城市万籁寂静，所有的动静在深夜里都会被放大，显得格外突兀。

暗无光线的房间里，因为振动突然亮起的手机屏幕惊醒了原本就没怎么睡熟的人。

阮眠开了床头的灯，拿过手机，看到微信里孟星阑刚刚回了消息。

这个时候就好像买了一张刮刮乐，已经刮到了倒数第二位，只差刮开最后一位数字就能知道有没有中奖。

那种感觉是激动也是格外紧张的。

阮眠握着手机解锁熄屏，这样的动作重复了五六次，直到她又收到孟星阑发来的一条消息。

结局的好与坏，只差那么一瞬。

她微微屏息，点开了聊天框。

[孟星阑]：等会儿，我刚下飞机，晚点给你截图。

[孟星阑]：图片

阮眠点开那张图片，页面显示陈屹最新的一条朋友圈是一月份发的那只橘猫照片。

至此，好像一切都明了，即使这也并不能完全代表什么，可她依然有一种中了大奖的感觉，心里那些蠢蠢欲动，那些大胆的猜测，好像都在这一时刻成了确切的念头。

她看似的自作多情实则却是情投意合的暗示。

过了会儿，阮眠给孟星阑回了消息，又点进陈屹的朋友圈，仔细把那七条状态重新看了一遍。

那一个个句号，看着都像是结局圆满的意思。

她忍不住弯了弯唇，又看了好久才退出去。

余下的日子依旧是按部就班的忙碌，孟星阑的婚期是四月中下旬定下来的，定在六月六，恰好在端午节前一天。

医院是轮班调休机制，阮眠想着把端午节三天也给空出来，和同事换了几个班，连五一都没休。

从洛林回来之后，孟甫平给她加了不少任务，明面上是压榨实则是历练，估计等到下半年，要放手让她独立主刀。

孟甫平一向看重阮眠，阮眠也不想辜负他的期望，所以只能是加倍地忙，以至于5月3号那天陈屹打过来的好几个电话，她都没有接到。

后来回过去，却已经是无人接听，阮眠从他的朋友圈看到他接下来一段时间要去西南军区那边参加演练，五月中下旬才能回来。

那时候，两个人都忙得不可开交，加上陈屹不同于常人的职业性质，联系更是匮乏。

又是一夜忙碌过去，阮眠早上从孟甫平那里得知，这个月底B市红十字会那边要召开洛省地震抗震救灾表彰大会，让她把手头上的工作提前安排一下，另外还把写演讲稿的任务也交给了她。

孟甫平作为当时第一批医疗组的领导之一，表彰会那天要上台讲话，他平时忙得不行，根本没有时间写这些。

交代完琐事，孟甫平温声道："好了，你交班回去休息吧，工作是工作，也别太累着自己。"

"好，我知道了。"

地震表彰会那天，阮眠一早来到医院，和同事坐医院的大巴车到了会场，门口已经停了好几辆其他医院的大巴车，还有军区那边的车。

穿着各色衣服的人影穿梭在其中，她往穿着军装的人堆里看了好几眼，还没看到熟悉的人影，就被同事催着往会场里走。

在她进去后不久，外面又接连停下数辆车，陈屹从车里下来，沈渝从旁边一辆车下来。

一行人整装列队走进会场，鞋底踏过地面的声音整齐划一，惹得不少人都频频回头往门口看。

阮眠第三次回头的时候，看到了走在前边的陈屹，男人一身笔挺军装，眉眼周正英俊，正向领导在汇报什么，一脸的严肃认真。

但不过一会儿，他汇报完事情，转头和旁边队友说话，又是那副漫不经心的模样，好似什么都不在意。

他也像是在寻找着什么，不时扭头往这处看，阮眠呼吸一屏，稍稍坐正了身体。

表彰会的流程是一早就定下来的，也发放到各单位那里，第二环节就是颁奖，阮眠跟着同事从左侧上台。

主持人在讲述着他们这一批医护人员当时在现场做出的努力和贡献，阮眠站在台上，往下看一览无余。

她看到坐在第三排陈屹，隔着稍远的距离，她也不确定陈屹是否看到了自己。

但很快她就知道了。

陈屹在底下正襟危坐，军帽放在手侧，在阮眠又一次无意间看过去的时候，突然弯唇笑了下。

阮眠眸光一顿，脸颊微微发热，故作平静地挪开了视线，假装在听主持人说话。

台下的掌声阵阵，台上的人也换了一拨又一拨，整个颁奖流程走完已经是三个小时后的事情。

之后还有些其他环节，等到彻底结束也已经过了中午。

医护人员和其他社会人员先一步离场，会场外阳光晴好，认识的人围成小群叽叽喳喳地聊着天。

阮眠和林嘉卉站在树荫下，等着大巴车过来接她们去酒店吃饭。过了好一会儿，军区那边的人才从会场出来。

阮眠看到宋扬灵在台阶下拦住陈屹。

两个人也没说太久，可能一分钟都不到，陈屹抬头往四周看了一圈，然后又收回视线，也不知道跟宋扬灵说了什么，她转身就走了。

没过一会儿，沈渝找了过来，手叉着腰站在那儿："梁熠然他们六号结婚，你应该是五号回去吧？"

"对，五号晚上走。"阮眠之前连着上了几个班，把六号那天连着端午一块给空了出来。

"那你别订机票了。"沈渝笑了下，"我跟陈屹五号晚上开车回去，你跟我们一起呗。"

阮眠想了想："也行。"

"那就这么说定了，我先回去了，回头联系你啊。"

"好。"

他走了没一会儿，医院那边的大巴车也开了过来，阮眠跟着林嘉卉上了车，窗外，

221

军区的卡车和大巴车擦肩而过，驶向了相反的方向。

那时候，万里晴空微风和煦，正是好时节。

到了五号那天，阮眠一早就醒了，兴许是想到晚上的行程安排，整个一天状态看着都不太一样。

同科室的杨星蕊下班和她同路去地铁口，笑问了句："今天遇上什么好事了，这么开心呢？"

"有吗？"阮眠下意识摸了摸嘴角，搪塞道，"可能是因为明天就休息了，有点激动。"

"好吧，真羡慕你哦。"

阮眠笑笑没多说，后来进了地铁站，两个人不同方向，在扶梯口说了再见，她跟着人群朝里走。

到家刚过七点，阮眠先洗了澡，出来的时候拿手机看到陈屹十分钟前给她发了微信。

[CY]：我们大概八点钟左右到你家楼下。

她一边擦着头发，一边回了个"好的"。

阮眠吹干头发换了身衣服，摸摸索索时间就过去了，接到陈屹电话的时候，她正在琢磨着穿什么鞋。

她也不犹豫了，选了双平底鞋，对着电话那头说："好，我马上下来。"

他轻笑："不着急，你慢慢来。"

那声音低沉，即使隔着遥远的距离，阮眠也依然觉得耳朵像是被烫了一下，带着点酥麻。

她抿唇"嗯"了声，匆忙挂了电话。

小区外，陈屹站在车外，收了手机丢进车里。坐在后排的沈渝降下车窗，趴在窗边："刚听梁熠然说他接到江让了。这小子，去了国外就跟忘了我们一样。"

陈屹懒散笑着："估计忙吧。"

他刚到国外那会儿其实也这样，专业的严谨性和特殊性，让他成天到晚地忙，基本上没什么空闲时间。

沈渝耸肩，其实高中那会儿他们四个人，要说起来，江让和陈屹走得要更近一些。

也不知道这些年是怎么了，他叹了声，没再多说。

已经是六月，B市入夏的季节，晚上的风掺了几分闷热，小区门口支起了摊，烤串的香味格外馋人。

沈渝没抵抗住这诱惑，从车里下来，站在那儿伸了个懒腰："不如我们去吃点东西再走吧，反正早点晚点到家也凌晨了，没区别啊。"

陈屹："行。"

他转身拿了手机，给阮眠发了条消息，和沈渝一块去了靠近小区门口的一个烧烤摊。

这个点人正多，陈屹找了位置坐下，沈渝去货架前挑串，一样三串，篮子很快就装满了。

他往烤架那儿送了一趟，又折回来选了第二篮，来来回回整了三大篮，老板招呼他好坐。

沈渝听出他说话带有平城口音，聊了两句发现还真是平城那地方的，索性站在那儿和人聊了起来。

老板顺手就把他那三篮东西给插了队。

两人聊得兴起，陈屹坐在不远处，时不时抬头往小区门口看两眼，周围人声喧闹，夜色笼罩着整座城市。

片刻后，一道熟悉的身影从小区门口走了出来，阮眠穿着很简单的水洗牛仔裤和白色 T 恤，长发扎得松散，目光在四处打量着，像是在找什么。

陈屹拿起手机，敲了几个字过去。

几乎是同一时刻，她低头看了眼手机，然后很快抬头把目光锁定在这里，快步走了过来。

视角问题，陈屹坐的那个位置只能单向地看见她。

阮眠的步伐有些快，身形纤瘦，穿着打扮让她看起来就像个还没出校园的学生。她在朝这里靠近，昏黄的路灯笼着她的身影。

不知怎么，陈屹莫名觉得这个场景隐约有些熟悉，脑海里一时间闪过很多个细碎的片段。

闷热的夏天，喧嚣的烧烤摊，奔跑的少女。

这些琐碎的片段在某一个瞬间毫无预兆地衔接在一起，成为一整幅连续的画面。

陈屹脑海里一闪，忽地记了起来。

——那是他和阮眠的初遇，是比起在八中那个书声琅琅的教室更早一点的遇见。

那应该是 2008 年的夏天，陈屹在一个闲来无事的晚上，去了平江西巷的那个小网吧。

八月的平城燥热而沉闷，晚间的风里也带着挥之不去的热意。

他打完几局游戏，从烟味混杂的空调房里出来，站在台阶上和朋友说话，忽然间从远处传来一阵急促的脚步声。

一群男生全扭头看了过去，陈屹把目光从手机上挪开，隔着不远不近的距离看见一个女生跑过来停在李执面前。

李执在这片是出了名的好看，经常有女生问他要联系方式，他没怎么在意地收回了视线。

再后来，他和李执回店里拿东西，听见李执和她搭话，之后又好心地给她带路。

记忆里那些片段细碎仓促，陈屹其实已经没有太多印象，那个夜晚对于他来说也再寻常不过。

就像之前的很多个，转头就忘了。

如今再想起当初那些被忽略掉的细枝末节，陈屹也终于明白为什么那时候阮眠在教室看见他时，会是那样惊讶的反应。

她分明还记得他，记得那个晚上的遇见，是他的不在意，让自己蹉跎了十多年才和这段记忆接轨。

时过经年，陈屹坐在同样热闹喧嚣的街头，他看着阮眠逐渐靠近，四周的人声好像在这一时刻都远去消散，记忆里那个奔跑的少女逐渐和眼前的人影一一重合上。

就像时光回溯，又回到了十一年前的那个夏天，明暗交错的巷子，少女向着光而来。

一如此时，向着他而来。

阮眠出门的时候走得着急，等电梯下到一楼，她总觉得自己没有锁门，出了单元楼没走几步又折返回去。

重新等电梯上楼下楼，耽误了好一会儿，收到陈屹消息的时候，她才再次走出单元楼。

等走到小区门口，她站在那儿找位置的工夫又收到陈屹的消息，抬头往前看，很快找到那家烧烤摊。

阮眠先看到的沈渝，走过去靠近了才看见坐在后面的陈屹。他穿着简单干净的白衬衫，眉眼一如既往的俊朗非凡，旁边不同色调的光灯在他周身拉出几道不同的光影。

两个人就像老电影里的男女主角，视线在某个瞬间对上，还未来得及布景，镜头外的沈渝一句话把整幅画面撕开："来了啊，你看看还有没有什么想吃的，自己去拿。"

阮眠摇摇头："没事，我都可以。"

"那能吃辣吗？"

"能。"

"那行，走吧，先过去坐。"沈渝从旁边冰柜又拿了几瓶冰汽水，三个人一人坐了一边。

灯火通明的繁华城市，晚风肆意，附近街道发廊门口的音响，歌声若隐若现，带着舒缓的旋律。

阮眠晚上没什么胃口，吃了几串羊肉就停了下来。等吃得差不多时，陈屹站

224

起身："我去结账，顺便去买点东西，你们吃好先回车上等我。"

"行，你去吧。"说话间，沈渝也吃完最后一根串，拿纸擦了擦嘴，"走吧，我们先过去。"

阮眠拎着包跟着沈渝回了车上，沈渝霸占了后排，笑道："你坐副驾驶吧，我路上得补个觉，你坐那儿也好跟陈屹说说话提神。"

"……"

阮眠顺着沈渝的安排坐了进去，降下车窗看见陈屹进了马路对面的一家便利店，透明的玻璃门遮不住他的身影。

大概过了几分钟，他拎着包东西从里走了出来，快靠近车子的时候停下来接了通电话，然后边说边往这里走。

阮眠低头收回了视线。

陈屹径直朝着这边走来，身影停在车外不远处，偶尔对电话那头应两句，视线落到副驾驶这里，像是在出神时随意看着的地方。

阮眠没敢抬头和他对视，故作镇定地从包里翻出手机，随便打开了一个软件翻着。

陈屹目光注意到她的动作，笑着挪开了视线。

通话没持续太久，两三分钟的事情，他挂了电话回到车里，把手里的东西递给了阮眠。

她下意识地接了过去，便利袋被挤压发出窸窸窣窣的动静，里面装着的都是些零食。

陈屹扣好安全带，调了下导航，这才想起什么，抬头看了眼阮眠："你没带行李吗？"

"没。"阮眠之前为了方便，在这儿的东西家里也差不多都备一点，衣服鞋子也是一样。

他点点头，没再说什么。

黑色的越野车很快从这处驶离，灯红酒绿的城市，马路上车如流水，车灯交相辉映，连成一片灯影。

阮眠头挨着椅背，看向窗外的高楼大厦。

沈渝差不多是躺在后排，平常多话的人这时候像是吃了哑巴药，一句话也不说。车厢里格外沉默，只余下风灌进来的动静，呼呼作响，散去了闷热带着几分温凉。

上高速之后，远离了喧嚣，路上的车明显少了不少，阮眠在微信上和方如清说了声今晚回来。

谁知下一秒，她突然打了视频电话过来。声音有些响，阮眠吓了一跳，匆匆按断扭头往后排看了眼。

陈屹注意到她的动作，语气温和道："没事，你接你的，不用管他。"

阮眠"嗯"了声，在微信上和方如清解释了情况。方如清很快打了语音电话过来，接通的时候，阮眠调低了音量。

方如清的声音一下子变得很小："你晚上几点到啊，我跟你赵叔叔去机场接你。"

"不用，我和朋友开车回来的。"阮眠往车外看，"你们早点休息，我到地方还是回爸爸那里吧。"

方如清和赵应伟早些年因为段英的缘故从平江西巷搬了出来，直到前几年段英意外中风瘫痪，一家人为了方便照顾才重新搬了回去。

母女俩没聊几句，方如清又把话题扯到找男朋友上："你上次答应我的，等你培训结束就回来相亲，清明和五一你没回来就算了，这次说什么你都不能推了啊。"

阮眠还没坦然到能在陈屹面前讨论这种问题，随口搪塞道："妈，我有点晕车，等我回来再说吧。"

"那你睡一会儿，让你朋友开车注意点。"方如清又想到什么，"你哪个朋友啊，男的女的？"

阮眠这回是真头疼，没说几句就把电话挂了。

车厢里安静了一小会儿，陈屹把她那边的车窗往上升了些。阮眠听着动静，朝他看了过去。

"不是晕车吗？"陈屹没看她，"睡一会儿吧。"

"没有，我骗我妈的，我不晕车。"阮眠在微信上跟方如清说了晚安，收起手机放进包里。

闻言，陈屹笑了下："为什么要骗伯母？"

阮眠磕巴了下，目视前方，一板一眼地说："我其实是有一点晕车的。"

陈屹漫不经心地笑着，也不多问。

高速上车辆行驶很快，阮眠支着手肘，歪头靠过去，一两个小时过去，慢慢有了些困意。

但她又想到沈渝之前的交代，硬是撑着没睡，哈欠打了好几个，眼睛又红又湿。

陈屹摸了下眉角，问："困了吗？"

"还好，不太困。"阮眠轻吸了下鼻子，声音里带了些倦怠，"你们每次回平城都是开车回去吗？"

"差不多，有时间就自己开车，没时间就不回去了。"

阮眠揉了揉额角，随口问道："你们是什么时候来的B市，还是一直就在B市？"

陈屹："两年前调过来的，之前一直在西南那边。"

两年前。

阮眠在心里默念着这三个字，一时竟有些说不上来的遗憾，原来他们很早之前就已经离得这么近了。

226

高中毕业之后，阮眠因为复读和八中那些同学基本上都断了联系，早几年还能从孟星阑那里听到一点关于陈屹的事情。后来随着时间的渐长，他们都变得忙碌起来，偶尔的联系也都是向对方诉说一些关于自己的近况，很少提到别人。

而唯一知道所有内情的李执，也许是不想她过久地停留在过去的回忆里，几乎从来没有和她提起过陈屹。

印象里只有一次。

阮眠记得那是2013年的冬天，她寒假回平江西巷过年，除夕吃完年夜饭，她闲着没什么事，和李执一块去了市中心的步行街跨年。

零点倒计时前几分钟，李执接了个电话，聊了没几句，大约是四周环境太吵闹，他对着电话那头说："回去找你。"说罢，就挂了电话。

他没有说是谁打来的电话，阮眠也没有问，两个人站在人群里看着城市高塔等待着零点到来。

倒计时十秒，最后五秒的时候，李执突然开了口。

他的那句"陈屹回来了"夹杂在周围整齐的"五四三二一"的倒计时中并不是很清楚。

可她还是听见了，她装作没听见，在倒计时"一"的尾声中，扭头笑着和他说了句："新年快乐。"

李执看着她，几秒后，蓦地笑了出来，语调温和平缓："新年快乐。"

后来回去的路上，两个人谁也没有提起零点前的那一茬，就好像一切都没发生过一样。

可只有阮眠自己知道，她在听见那句"陈屹回来了"时，心跳得有多快，那些强装的镇定几乎快要露出破绽。

她在人山人海中将隐晦爱意深藏，在心里向他道了一句新年快乐，只盼他岁岁年年，万事顺意。

凌晨两点，途经一个高速服务区，陈屹把车开了过去，停好车后，沈渝从后排坐了起来。

"剩下的我开吧，你歇会儿，明天还要折腾一天呢。"他揉着泛酸的肩膀，声音放得很低，"我去趟洗手间。"

"行。"陈屹解了安全带，扭头看了眼坐在副驾驶的阮眠。

她微偏着头，脸朝着窗户的方向，昏暗光影里，看不清模样。

陈屹轻敲了两下方向盘，等沈渝回来，下车换到了后排的位置，还不忘叮嘱道："开慢点，别放音乐。"

沈渝撇嘴："德行。"

等到平城时天已经快亮了，车子在小区门口停下，沈渝叫醒了阮眠，她见陈屹在睡觉，压着声音道："那我先回去了。"

沈渝："好，晚点再见。"

她从车里走了下来，沈渝看着她进了小区才驱车离开，陈屹是在他等第二个红灯时醒的。

他抬手搓着后脖颈，声音带着浓浓的倦意："什么时候到的？"

"十分钟前。"沈渝从后视镜看了他一眼，"看你睡得太熟，就没叫你了，反正白天还要见的。"

他"嗯"了声，没再多问。

沈渝降下车窗，凉风钻了进来："你打算什么时候和阮眠讲开啊？"

闻言，陈屹抬眸看向窗外，高楼大厦隐于破晓前的雾气当中，露出模糊的轮廓。

过了几秒，他喃喃道："再等等吧。"

婚礼当天，除了新郎新娘，所有人都是手忙脚乱的，整个场面热闹又喜庆。阮眠从孟星阑那里得知梁熠然最后敲定的伴郎团除了陈屹和沈渝，还有临时回国的江让。

"他也是昨晚才到的。"孟星阑坐在那儿，化妆师在给她盘发，"还好之前给他留了套伴郎服。"说罢，她又感慨了句，"我们六个人这次总算凑齐了一回，真是不容易。"

阮眠笑了笑："是啊。"

后来时间差不多，梁熠然带着人过来接亲，大家好像都约好了似的没有怎么为难他和伴郎，只有在找婚鞋的时候让他们多费了点心思。

周围笑着闹着，阮眠转头看见了站在不远处的陈屹，他今天是很少见的西装革履，眉眼周正，神情里带着几分笑意，看起来沉稳而持重。

他大概是注意到什么，偏头看了过来，阮眠及时收回了视线，一转眼又看到了站在一旁的江让。

他和陈屹是同样的穿着打扮，几年的时间已然将当初那个肆意潇洒的少年棱角磨平，成了如今这般的温润沉着。

阮眠想到过去的很多事情，垂眸叹了口气。

没一会儿，沈渝在天花板的夹层里找到了婚鞋，新郎抱得美人归，一行人拥着往外走。

婚宴定在临川阁，按照习俗得先去新郎家给公婆敬完茶再过去，梁熠然抱着孟星阑走在前头，伴郎伴娘和亲朋好友跟在后面。

阮眠和傅广思走在人群里，猝不及防被沈渝拍了下肩膀："阮眠，等会儿到楼下，你跟班长坐我们的车走吧。"

她回过头说好，恰好这时候，陈屹和江让从屋里出来，见状，两个男人全都收了话茬抬眸看了过来。

视线无可避免地碰撞，一时间心思各异谁也没说话，不明就里的傅广思率先打破沉默，问起他们的近况。

气氛瞬间回到了老友相逢时的融洽与和谐，等电梯上来，沈渝催着他们走了进去。

后来一直到婚宴现场阮眠都没和江让说上话，直到婚礼正式开始之后，她被上来抢捧花的人挤到了江让旁边。

周围闹哄哄的都是声音，两个人沉默地站了会儿，江让低头看着脚边的气球，轻声道："你这几年过得怎么样？"

"挺好的。"阮眠笑了笑，"你呢，在国外怎么样？"

"我也差不多，就是忙了点。"台上大约是有人抢到了捧花，欢呼雀跃，江让看着眼前的热闹，过了好半天才重新开口，"你和陈屹……现在怎么样了？"

阮眠顿了下，一时没想好怎么说。

江让抬头看她："我昨晚和梁熠然他们吃饭，听孟星阑提到了一点你们的事情。"

阮眠对上他的目光，心里这么多年对于他的亏欠越发让她觉得愧疚和难以开口。

然而，江让像是看穿了她内心所想，笑得有些感慨："这样也好，我和你之间总该有一个人要得偿所愿。如果可以，我希望那个人是你。"

婚礼仪式到晚上七点才结束，新人和两家父母在门口送宾客，三个伴郎都喝醉了，趴在桌上不省人事。

后来等把宾客全部送走，孟星阑安排司机送阮眠和傅广思回去，她顺便一起去了楼下。

梁熠然找了几个服务员把陈屹他们三个送到了楼上的房间，他开的是总统套间，一间屋子能睡好几个人。

把人送到之后，他送服务员出去，在门口给他们塞了小费，这么一会儿的工夫，屋里就传来东西落地的声音。

梁熠然顿觉头疼，关了门进来，看到客厅的落地灯倒在茶几上，一旁的浴室里传来淅沥的水声。

梁熠然顺着走过去，看到陈屹弯腰撑着胳膊站在洗手台边，顶上的光亮将一切都照得很清楚。

包括他泛红的眼睛和若有所思的神情。

梁熠然走过去洗了把手，顺便关上了水龙头，从一旁抽了张纸巾擦手："怎么了，不舒服啊？"

"没事。"陈屹直起身，额角的水珠顺着脸侧滑落，抬头看着梁熠然，"行了，你回去吧，这儿我看着。"

梁熠然有点不太放心："真没事？"

他笑："能有什么事，就是喝多了有点难受。"

"那行，我等会儿让前台给你们送点蜂蜜水。"梁熠然抬手把纸巾丢进垃圾桶，"我先回去了，有事给我打电话。"

陈屹"嗯"了声。

梁熠然很快离开了房间，陈屹从浴室里出来，旁边两个房间敞着门，江让睡在左边一间。

他在客厅站了会儿，像是在思考又像是在发愣，过了好一会儿，才抬脚朝着左边那间屋子走过去。

从客厅到客卧不过十几米的距离，陈屹恍惚间又回到了婚礼现场，他在人群当中看见站在一起的阮眠和江让，从一旁绕了过去，却在快要靠近时，听见了两人的对话。

他本来没想着偷听，却在转身的刹那，听见江让提起了自己的名字。他也不知道心里为什么会在那一瞬间涌上来不要走继续听下去的念头，只是等到回过神的时候，耳边只剩下江让的声音——

"这样也好，我和你之间总该有一个人要得偿所愿的。如果可以，我希望那个人是你。"

得偿所愿。

陈屹自诩文字方面不输很多人，却在听见这四个字的时候，突然失去了理解的能力。

他甚至想不通江让为什么会对阮眠说出这样一句话，是什么样的情况会用到"得偿所愿"这四个字。

心里那个想也不敢想的念头几乎要将他击溃。

……

陈屹走到江让的房门前，在沉默的那几秒里，他忽然想起高三毕业那年吃散伙饭那次，江让对他的欲言又止。

他停住脚步，心里像是塞了一团棉花，有些喘不过气来。他站在那儿想了很久，最终只是轻轻带上了门，重新回到了客厅。

屋里静得不像话。

陈屹走到落地窗前，在光洁干净的玻璃上看见自己的倒影。过了会儿，他像是想起什么，摸出手机打了通电话。

对面接通得很快，屋里传来他说话的声音。

"你在平城吗？"

"行，我过来找你。"

"有点事想弄清楚。"说完，他便挂了电话，离开了房间。

城市的另一边，李执挂了这通莫名其妙的电话，继续进了暗房处理照片。

他大学毕业之后没有从事本专业的工作，而是转行做了摄影师，这几年以独特的小众风格成功在圈里占有一席之地。

处理完欠的一批照片，李执从暗房里出来，拿起放在窗台的烟和打火机，站在台阶那儿抽烟。

一根烟还没抽完，外面传来敲门声。

李执走过去开了门，扑面而来的风里带着浓厚的酒气，他掐灭烟头丢进院子里的花坛中，转头轻笑："没酒驾吧？"

"打车来的。"

他侧身让人进来，跟着走过去坐在院子里的小桌旁，语调闲散："找我干吗啊？"

陈屹沉默地站在那儿，眼前的院子十年如一日，墙角堆积的破碎瓦砾，拉扯的晒衣绳，一旁东倒西歪的西瓜藤。

这个院子的一切几乎见证了他和李执年少时的所有，他想到那个每次碰见他都会紧张的女生。

那些当时未曾在意的事情，在这一时刻都如抽丝剥茧般一点一点地展现在他眼前。

陈屹闭了闭眼睛，心里各种复杂情绪翻涌着，像是有无数根针扎了下去，密不透风地疼。

他轻滚着喉结，声音有些低和哑："李执。"

"嗯？"

"阮眠以前——"陈屹有些开不了口，停了好一会儿才说，"她以前是不是喜欢过我？"

"……"

身后没了动静，陈屹转头看过来。李执坐在那儿，神情还留有几分诧异，不过几秒的时间又被笑意掩藏："为什么突然这么问？"

陈屹动了动，走到桌边坐下，抬眸一眨不眨地看着他："我想得没错，对吗？"

对视了片刻，李执像是妥协了："陈屹，我不知道该说你太迟钝，还是不够在意。"

他抿着唇，没有说话。

"阮眠以前确实喜欢过你，但那也是很久之前的事情了。"李执看着他，"你是怎么知道的？"

"无意间听到的。"

"所以呢？你这么着急过来找我证实，是为了什么？"李执了解陈屹，眼眸微闪，正声道，"陈屹，阮眠过去喜欢你是她的事情，我不希望你现在因为愧疚而想去弥补她什么，这对她来说不是补偿是伤害。"

陈屹"嗯"了声，像是想到了什么，格外正经地叫了声他的名字："李执。"

"干吗？"

"谢谢你。"陈屹心里酸酸痛痛的，轻吐了口气才说，"谢谢你那个时候陪在她身边。"

"……"

李执不太想和陈屹说阮眠过去的事情，两个人说了会儿无关紧要的事情，他接了电话要出去一趟。

陈屹跟着站起身："你忙吧，我先回去了。"

"行。"李执送陈屹到巷子口，临分开前，他突然和陈屹说，"能再次遇见的人一定要好好珍惜，这世界上很多人都没有你们这份好运气。"

他分明是在叮嘱，陈屹却觉得他好像也是在说他自己，沉默片刻才点了点头说："我知道。"

那天晚上陈屹没有再回酒店，他一个人沿着平江西巷那条街道走了很久，夏天的夜晚天空犹如一张偌大的棋盘，繁星密布。

街道走到头就是八中，这个时间校园里只剩下高三那几栋楼还亮着灯，陈屹没带身份证，以前他们翘课翻墙的老地方也都被学校拉上了铁刺电网，他没能进去里面。

后来差不多快十一点，高三下课，穿着蓝白校服的学生从里走了出来，陈屹站在街道对面看了很久。

他试图去回想记忆里和阮眠有关的事情，他和阮眠的每一次对话每一次碰面，甚至是阮眠当时的神情反应。

可时间是残酷的，无论陈屹怎么努力，还是有很多事情被岁月的洪流所涂抹和遗忘。

没一会儿，校园空了，陈屹顺着来时的路往回走，身旁是骑着自行车呼啸而过的少年。

他走到巷口。

这么多年过去了，年久失修的路灯早就换上了新的照明灯，青石瓦砾的路面也被修补得平整，巷子里的很多人都搬走了，那些杂货铺、水果摊的铝合金框、塑料招牌也早就换了一批又一批。

陈屹走进去，循着记忆左拐右拐，很快走到那间小网吧门口，恍惚中好像又回到了那个闷热的夏夜。

他站在阮眠当初停留过的位置，后知后觉地意识到，也许那个时候并不是错觉。

——她是真的有在看他，只不过和后来的很多次一样，把看他的目光藏得很好。

从网吧到平江公馆也有一条直通的巷子，陈屹到家的时候已经是深夜，家里静悄悄的。

他回了自己房间，洗完澡出来在书架那儿翻找东西，那里放的都是他高中时期的一些书本。

陈屹在英语和语文书的中间找到了那本同学录，那是当初在高考放假之前，他和沈渝他们几个出去吃饭时，沈渝非吵着要买，说是要比比谁最后收到的表白最多。

他当时已经收到了加州大学的录取通知书，很少再回学校，同学录买之后是江让带回去的，后来也是他给拿回来的。

陈屹一向对这些不太上心，拿到之后也没怎么认真看过，时隔这么久，里面的纸页也已经有些泛黄，有些字迹甚至变得模糊。

他往后翻着，很快找到阮眠的那一页，她只写了姓名和祝福语，字迹一如既往的龙飞凤舞。

祝你高考顺利，金榜题名。

阮眠

2010/5/30

陈屹把多年前阮眠写的那张同学录从夹板中摘了下来，捏在手里盯着看了许久。

他有些遗憾当初分别时没有和她好好说再见，甚至连最后一面也见得格外仓促。

陈屹捏紧了手里的纸页，低头轻滚着喉结，有些难过地想，他真的错过了好多。

窗外朗月星空，长夜漫漫，有人欢喜有人忧。

第十五章
要考虑一下我这个相亲对象吗？

Mei you ren xiang ni

翌日清晨，也是将近一夜未睡的阮眠被母亲接连几个电话吵醒，外面已是天亮，阳光从缝隙间挤进来。

方如清也没说什么，只问她什么时候过去。

阮眠揉着眼睛坐起来，声音沙哑："晚一点吧，我还没起床呢。"

"那行，我们就不等你吃早饭了。"方如清说，"书棠也回来了，还带了朋友回来，你收拾好快点过来。"

"嗯。"挂了电话，阮眠坐着缓了会儿，起床去洗漱的时候在那儿琢磨"带了朋友回去"这几个字，估摸着应该不只是朋友那么简单。

她想到方如清之前的话，有些头疼地叹了口气。

在家里吃过早饭，阮眠陪着周秀君在小区里溜达了两圈，出门打车去了平江西巷。

平城这几年发展很快，但平江西巷却被政府圈画保留，除了日常的修葺，上边并不打算拆建新地盘。

阮眠到了之后，被方如清推着去跟段英打了招呼，段英自从中风之后对家里人的态度都好了很多。

打完招呼出来，阮眠被方如清拉着去了楼下客厅，不可避免地提到了相亲的事情。

方如清说："书棠都带男朋友回来了，你到现在连个对象都没有，给你安排相亲你也不去。"

阮眠抿了抿唇，没有说话。

"就去年我给你说你刘阿姨家的儿子，你不想去，人家今年都有孩子了，十月份就出生。"

阮眠："他速度还挺快。"

方如清哭笑不得："你这孩子，我说了这么多是想听你说这个吗？"

阮眠摸了摸鼻子，恰好这时候家里来了电话，她像是抓住救命稻草，见空跑了出去。

巷子里的天地狭窄又复杂，阮眠这么多年只走错过一次，也就是那一次，她在那儿遇见了陈屹。

他就像是她贫瘠生活里开出的一朵玫瑰，哪怕带着刺也想要靠近，即便被扎得遍体鳞伤，也不曾后悔过。

阮眠又像刚来到这里时一样，无所事事地在巷子里转悠着，阳光从头顶交织的天线落下一道道光影。

她很快又走到那间网吧附近，门口人来人往，台阶上站着几个穿着T恤的男生，视线往下，手里全都夹着烟。

和记忆里的那个男生差别很大。

她记得，陈屹是不抽烟的。

阮眠没再继续往前走，正准备回去，一转身却愣住。

巷子的另一头，陈屹一手提着个白色便利袋，一手拿着手机低头在看，正往这里走。

阳光大好的天，两个人在一条狭窄的巷子里不期而遇，视线对上的瞬间，阮眠在他脸上看见了惊讶。

"好巧。"她笑着说。

陈屹收了手机，往前走几步："你一个人？"

"啊，是。"阮眠说，"家里有点闷，出来走走，你干吗呢？"

"给李执送东西。"陈屹走过来，挡住她面前的太阳，"一起过去吗？"

"行，他什么时候回来的，我记得前几天看他朋友圈他还在云南那边。"阮眠这些年虽然和李执一直保持着联系，却不频繁。

"前天回来的。"

"哦。"

陈屹偏头看她，像是有话要说。

"怎么了？"阮眠注意到他的目光，还以为自己脸上有东西，下意识地抬手摸了下。

"没事。"陈屹看了眼落在脚边的影子，抬头长舒了口气。

李执爷爷前几年去世了，家里的店铺都靠李执父亲一个人撑着，他们过去的时候李执正在门口卸货。

他还像高中那会儿，穿着宽大的T恤和黑色中裤，留着不长不短的头发，看起来一点变化都没有。

他卷起衣摆擦汗，一抬头看见阮眠和陈屹，笑道："你们俩怎么一起过来了？"

陈屹："恰好碰到了。"

李执挑眉："这么巧啊，那进来坐会儿吧。"

三个人一前一后走了进去，李执叫了父亲出来清点，他拎着茶壶带着人去了后面的院子。

"你这趟回来多久？"李执给阮眠倒了杯茶问。

"四天，昨天到的，大后天就回去了。"

"那正好，我过几天要去趟B市，到时候联系你。"李执放下茶壶，"你这是打算一直留在B市发展了？"

"目前是这样。"阮眠喝了口茶，沁甜，"算起来也才刚毕业，还是想留在大城市多学一点。"

"也是。"

两个人有一搭没一搭地聊着，陈屹始终坐在一旁没出声。过了会儿，阮眠接到方如清的电话，说是赵书棠回去了。

"好，我知道了，我现在回来。"挂了电话，她说，"家里来人，我得先回去了。"

李执："行，你回吧，有空联系。"

陈屹也跟着起身："我也回去了，那粽子你记得放冰箱。"

"知道了，帮我谢谢奶奶。"

"谢过了。"

"……"

陈屹和阮眠一块从店里出来，两人算不上顺路，但谁也没说要先走，索性就顺着来时的路往回走。

等走到之前碰见的岔道，陈屹问："你今天什么时候回去？"

"估计要等吃了晚饭吧。"

他点点头："走之前和我说一声，我送你。"

她愣住。

陈屹笑："怎么？"

阮眠有些慌神，避开他的视线："我先回去了。"

她的背影看起来像落荒而逃，陈屹觉得好笑，起了坏心思，又叫住她："阮眠。"

眼前人又停住脚步，转过身来，神情有些说不出来的可爱。

他站在那儿，笑得越发明显："回头见。"

阮眠"哦"了声，抬脚往前走，等走出好远了，往回看，他的身影在拐弯处一闪而过。

她收回视线，也笑了出来。

中午吃饭，赵家坐了满满一桌人，方如清借着赵书棠说了好几句阮眠的感情问题。

赵书棠笑："阿姨，这种事情急不来的。"

阮眠附和着点头，但方如清这次怎么也不肯妥协，吃过午饭就在联系自己的老朋友。

"……"

赵书棠的男朋友也是平城本地人，吃过午饭就回去了。阮眠在楼上房间休息的时候，今年正在准备中考的赵书阳拿着试卷走了进来。

解决完难题，赵书阳坐在阮眠的书桌那儿，边写边说："姐，你真的太厉害了。"

她站在窗边吹风，闻言笑了笑。

"姐，你那时候在八中读书是不是都是年级第一的那种？"

"没有。"阮眠说，"不过我和年级第一是同班同学。"

"哇哦。"赵书阳停笔，眼眸冒光，"那他现在在做什么，是不是在做很酷的工作？"

"他现在是军人。"

赵书阳更来劲了，拉着她问东问西。

阮眠被问得头疼，搪塞道："等以后有机会，我介绍你们认识，你自己问行吗？"

"真的可以吗？"

阮眠顿了下，抬头看向对面的平江公馆，低声道："应该吧。"

后来赵书棠回来，他们三个玩了会儿扑克牌，阮眠有些困，回去补个觉，再醒来发现手机里有条未读微信。

[CY]：临时有点事，估计要晚点才能送你回去。

消息是一个小时前发的，阮眠摸摸索索半天只回了个"好"，之后他一直没回，阮眠放下手机去了楼下客厅。

方如清和赵应伟在厨房准备晚饭，三个孩子在客厅看电视，屋外日影西斜，晚高峰来临前的前奏。

通往市中心的马路上车如流水，一辆黑色的奥迪被夹在其中动弹不得，驾驶位的车窗落下来，露出一张英俊非凡的脸。

周围此起彼伏的鸣笛声听得人头疼，陈屹又把车窗关了，他这趟是被母亲宋景差使出来接父亲陈书逾的。陈书逾今天中午和老友在外小聚，吃完饭又去了茶楼，就让司机先回去了。

这会儿正好是晚高峰，陈屹在路上堵了有四十多分钟才到茶楼，下了车拿到手机才看见阮眠回了消息。

陈屹问她什么时候吃饭，发完收起手机，进了茶楼。

陈书逾和好友就等在大厅的休息区，两个人在那儿有说有笑。

陈屹走过去："爸。"

陈书逾"哎"了声，起身拉着他介绍："陈屹，这位是你阮伯父，做核物理研究的前辈。"

陈屹得体地向他问好："伯父好。"

阮明科点头应声。

陈书逾："你当初要是坚持走物理这条路，说不定现在和你阮伯父就是同事了。"

阮明科笑笑："年轻人，多尝试些东西也是好的，现在不也一样年轻有为吗。"

陈书逾和阮明科聊着，后来上了车，又让陈屹先送阮明科回去，一路上陈屹都没怎么开口。

等把人送到地方，外面天已经黑了。

陈书逾没和儿子多说，等到了家，一家人坐在一起吃晚饭时，宋景提了这茬："你爸这个朋友有个女儿和你差不多大，也还是单身，我看了照片，长得也挺好看的，回头让你爸安排一下，你俩见一面怎么样？"

闻言，陈屹停下筷子，轻笑："敢情今天您叫我去接我爸，就是为了让人先看看我合不合适是吧？"

宋景夹了一筷子青菜，淡淡道："你这工作性质，一般人家都不愿意把女儿说给你。"

陈屹抬手挠了下眉，"相亲就算了，还有我现在已经有发展对象了，这事就不劳您二老操心了。"

"哪家姑娘？"宋景说，"我看你舅舅说得对，你就是不想结婚，随便找了个人糊弄我们。"

陈屹这么大个人了还被父母一句话噎得哭笑不得，想了想也没什么好说的，低头扒了两口饭，放下筷子说："随你们怎么想，反正我不相亲，我还有事要出去一趟，晚点回来，不用给我留门。"

说完，他径直走了出去，留下陈书逾和宋景无奈地对视。

另一边，阮眠怕方如清又拉着自己说什么，刚吃完饭就给陈屹发了消息，说等会儿回去。

他回得很快。

[CY]：我在李执这儿。

[阮眠]：那我等下来找你。

[CY]：好。

阮眠低头看着手机笑，赵书棠从旁边坐过来："嘿，看什么呢你，笑得这么开心？"

她忙不迭关了手机："没什么，你什么时候回去？"

"过两天吧。"

"你打算一直留在那边工作吗？"

赵书棠大学是在 Z 市读的，毕业之后也一直留在那里，和阮眠一样只有节假日或是春节才能回来一趟。

"不一定。"赵书棠笑，"看我男朋友吧，他家里想让他回平城，我自己也想回来，毕竟离家近一点。"

"那也好。"

聊了几句，阮眠看时间差不多了，就准备回去了，方如清忍不住又提相亲的事："你躲着我也没用，我和你爸也说了。"

"……"

"行了，你怎么回去，开车来了吗？"方如清擦擦手，"没开车我和你赵叔叔送你回去。"

"不用，我叫了车，就快到了。"阮眠没让他们送，提了两包粽子去了李执那儿。

陈屹和李执站在超市门口说话，他俩不知道是说到了什么，陈屹偏头笑了下，恰好看到正朝着这里走来的阮眠。

他收回搭在李执肩膀上的胳膊，抬脚迎了过去，动作自然地接过她手里的东西："这什么？"

"粽子。"阮眠拿了其中一包给了李执。

陈屹"哦"了声："那这包是给我的？"

阮眠显然没想到他会这么说，愣了下，否认道："不是。"

他微挑了下眉，像是在透露着不满。

阮眠试探道："那不然这包给你？"

他抬眸："算了，走吧。"

阮眠抿了抿唇，跟上他的脚步。

等上了车，陈屹问她地址。

"华邦世贸城。"阮眠在扣安全带，没有注意到陈屹在听见这个地址时，那一瞬间的停顿。

他问："在南二环那里？"

"对。"

陈屹点了导航，历史记录里排在第一个的就是这个位置，他点了进去，驱车离开了这处。

晚上路上车少了很多，晚风凉爽。

陈屹开了一半就关了导航，剩下那段路对傍晚才走过一遍的他来说不算陌生。

很快到了地方。

陈屹停稳车，看着她解了安全带，声音不轻不重："你高中那时候是参加了物理竞赛班对吗？"

阮眠心里有一瞬间的慌乱，扭头看他："是啊，怎么了？"

陈屹戳着方向盘："我记得周老师说你比较适合数学组，怎么后来你又去了物理组？"

阮眠呼吸一窒，无意识地捏紧了手里的袋子，唇瓣动了动却没出声，只好吞咽了下，才说："因为我爸爸是做物理这方面研究的。"

"你跟你爸姓对吧？"

这话题转得太快了，阮眠愣了下："对。"

陈屹像是得到了什么好消息，自顾自笑了出来："我知道了，你上去吧，不早了，早点休息。"

阮眠不明所以地"哦"了声，从车里下来走了几步，想到他今天的莫名其妙，忍不住回头，却不想他还坐在车里看着她。

她又匆忙收回视线，很快走进了小区。

陈屹看着她进去，以最快的速度往家赶，却在一个红灯路口时，忽地想起了她在回答他问题时的反应。

之前他只注意了别的，现在想起来却觉得她的答案和她的反应有点不像是一回事。

红灯跳转，陈屹继续往前开，在某个瞬间，他隐约觉得阮眠当初选物理的一大半原因可能是因为他。

陈屹不敢再往下想，他深呼吸了下，加快了速度，就这样到家也是半个小时后的事情。

宋景和陈书逾还在客厅，在和出去旅游的两个老人打视频电话。陈屹坐到一旁的沙发上，支着肘托腮发愣。

过了会儿，宋景起身去洗漱，陈书逾踢了下儿子的小腿，温声问："怎么了？出去一趟就蔫掉了？"

陈屹回过神，右手捏着左手大拇指，垂着眸问："爸，我问您一个事。"

"什么？"

"阮伯父的女儿——"他抿了下唇，一口气问了三个问题，"叫什么？在哪儿工作？有照片吗？"

陈书逾给他整蒙了。

陈屹摸摸嘴角："不是安排相亲吗，起码得先让我了解一下对方的情况吧。"

陈书逾觉得好笑："了解情况做什么？你走之前不是硬气得很吗？"

陈屹笑叹："之前都是我不懂事行了吧，您就别为难我了。"

"你说你早这样，闹什么小孩子脾气。"陈书逾拿到手机，"你阮伯父的女儿呢是个医生，在 B 市协和医院工作，叫阮眠，照片我找找啊。"他翻了下聊天记录，找到一张，"给。"

陈屹其实已经百分百能确定是一个人了，但还是接过手机看了眼，那应该是阮眠的一张工作照。

她穿着白大褂，白皙干净的一张脸，眼眸清澈明亮，唇边笑意轻浅，但仔细看还是能看出几分职业假笑的痕迹。

陈屹笑了声，把手机还回去："什么时候能安排见面？"

陈书逾这会儿得到准话反而开始担心他有什么坏心思，语气有些怀疑："你这样，不会是准备胡来吧？"

"既然这样，那就算了。"陈屹快刀斩乱麻，"反正我以后都不会再相亲了。"

"好好好，我给你安排。"陈书逾说着就给老朋友发了条语音。陈屹坐在一旁听着他聊天给阮眠发了一条微信。

[CY]：明天有空吗？

阮眠却始终没回，直到半个小时后，陈书逾和阮明科定下了明天见面的时间和地点。

他才收到条新微信，点开。

[阮眠]：明天可能没空，我家里有点事。

陈屹盯着那几个字看了会儿，然后弯唇笑了下。

行。

家里有事。

他倒要看看明天到底有什么事。

阮眠到家的时候阮明科还没休息，她把粽子拿进厨房，走了过去："怎么这么晚还没睡？"

"白天喝了茶不太困。"阮明科折上报纸放在茶几上，等她坐下来，提了句，"你妈刚才给我打了个电话。"

阮眠不用猜都知道是为了什么，装听不明白"哦"了声，拿到遥控器随便找了个电影在放。

阮明科跟着抬头看过去，温声道："你妈这个人一辈子都在操心，你是她唯一的女儿，着急你的终身大事也是在所难免的。"

她调低了电视音量："我明白。"

"所以你是怎么想的？"阮明科笑了声，"你这么多年都不找朋友，说实话，爸爸看着也有点着急。"

"……"

"我知道你的工作忙，也不想催你这事，但你妈这次是铁了心要给你安排相亲。"阮明科一脸无奈的样子。

阮眠抓脸挠腮的，一时没想好怎么说。

阮明科提议道："那不如这样，你听你妈妈的安排，去见一两个，面试也有不通过的，更何况是相亲。你先去见着到时候再说不合适也行，总好过一个不见让你妈妈一直念叨。"

"好吧，我再想想。"阮眠打着太极，"我先去洗个澡。"

她跟躲什么似的钻回了房间，阮明科摇头笑叹，朝着房间那边说："早点休息。"

"知道了。"阮眠抱着睡衣从屋里出来，"您也早点休息。"

阮明科说好，重新拿起桌上的报纸，等阮眠洗完澡出来，他人又去了书房。

阮眠从书房门口路过，看他在那儿找东西，问了句："爸，您找什么呢？"

"找份以前的资料。"阮明科开了书架顶上的灯，回头看她，"你忙你的去吧，早点休息。"

"行，您也早点休息。"阮眠擦着头发去了厨房，把冰箱里的莲子羹拿出来，坐在餐厅那儿边刷手机边吃。

孟星阑昨晚拉了个微信群，把他们几个都邀了进来，打算趁着这次放假大家一起聚一下。

群里这会儿正聊得热火朝天，她随便翻了翻就放下了，起身把碗收进厨房。

收拾干净出来时，阮眠见阮明科拿着手机在跟人发语音聊天，也没在意，擦干手上的水回了房间。

只是没一会儿，阮明科忽然来敲她房间的门："眠眠，你来一下客厅，爸爸有事和你说。"

"哦，好，来了。"阮眠趿拉着拖鞋走出去。

阮明科花了两分钟把事情原委和她说了一遍，怕她拒绝又提了句："这个是爸爸朋友的儿子，和你妈妈给你安排的那些不一样，你去见了就算不合适也没什么问题，而且这样也算是给你妈妈交了差。回头她要是再跟我催你这事，我也能帮你挡两句。"

"……"

"你看行吗？"

"……"

沉默的时间里，阮明科又收到条语音，他点开，是陈书逾发来的时间和地点："明科啊，就明天中午吧，还在我们今天吃饭那地方，包厢我都订好了，你跟眠眠好好说一下。"

阮明科没急着回消息，而是看着阮眠，像是在询问她的意见。

阮眠犹如被赶鸭子上架，有些哭笑不得，最后只好妥协道："那行吧，就去见一面。"

之后的事情阮眠没有再多关心，甚至都没有多问一句相亲对象的姓名。回到房间后，她看到手机里有陈屹发来的微信，问她明天有没有空。

阮眠拿着手机坐在床边，回消息的时候还莫名有些心虚，就好像背着他做了什

242

么不好的事情。

她叹了口气，没再多想，只想着赶快把明天那一茬翻过去。

次日一早，大概是心里装着事，阮眠不到八点就醒了，陪周秀君出去买了菜，回来收拾一下快十点钟的时候跟阮明科一块出了门。

吃饭的地方离华邦世贸有一段距离，开车过去得四十分钟，阮明科在路上接到陈书逾的电话，说是他们已经到了。

阮明科笑："我们也快到了，十分钟左右，你们先去包厢吧。"

"好，那你们路上注意安全。"

挂了电话，阮明科看阮眠兴致恹恹的，也没好多提陈屹的事情，只想着等到了地方再说。

父女俩差不多十一点左右下的车，进了酒店直接上的九楼，那一层都是包厢配置，长廊铺着地毯，踩上去软塌塌的。

迎宾领着两人过去，包厢门还敞着，阮眠隔着镂空的屏风只看到一人坐在那儿。

大约是听到了门口的动静，陈书逾抬起头，是很英俊的长相，气质被岁月雕琢，成熟而儒雅。

他笑着起身迎过来，离近了看，阮眠觉得他的眼睛长得有点像一个人。

"眠眠。"阮明科叫了她一声，介绍道，"这位是你陈伯伯。"

阮眠收起那些胡思乱想，朝他礼貌地笑了笑："陈伯伯好。"

陈书逾笑着"哎"了声，眼角和阮明科一样有了明显的细纹，他招呼着两人落座，包厢里却不见第四个人。

服务员上来斟茶，阮眠看着杯口氤氲的热气，猜测对方会不会是临阵脱逃了。

正顺着想得远了，旁边忽地传来一声开门的动静，阮眠下意识地扭头看了过去，这一看，人就愣住了。

包厢洗手间那边，一个清瘦而高大的男人正慢条斯理地擦着手从里出来，他穿着质地良好的黑色衬衫和熨得找不出一丝褶皱的黑色西裤，皮带将他精瘦有力的腰线勾勒得清晰无比。

视线对上的瞬间，阮眠看到陈屹朝自己轻挑了下眉，嘴角一抹痞坏的笑意稍纵即逝。

"……"

原来弄了半天，不是陈书逾的眼睛长得像什么人，是他儿子和他的眼睛长得比较像才对。

阮眠显然被眼前这个情况打了个措手不及，正愣神间，陈屹已经走了过来，陈书逾拉着他介绍："陈屹，这是你阮伯伯的女儿阮眠。"

陈屹顺着父亲的话茬朝坐在一旁的女人看过去，眼眸里有光含笑，朝她伸过去的手白皙修长，手背青筋脉络清晰明了，食指靠近虎口处那一侧的一颗小痣在灯光下一览无余。

他笑得不像刚才那么散漫，就像是真的第一次和她见面一样，看起来温和有礼："你好，陈屹。"

阮眠也不知道现在是什么情况，只好硬着头皮和他握了一下手："你好。"

两个人手上的温度相差很大，陈屹不动声色地收拢了下手指，在松手的刹那不知是有意还是无意地挠了下她的手心。

阮眠呼吸一顿，下意识地抬眼看过去，可他却格外自然地收回了手，又得体地跟阮明科问好。

阮明科和陈书逾看起来都格外喜悦和激动，就差没把民政局搬过来了，全然没有注意到两个孩子不同寻常的反应。

他们聊得热火朝天，阮眠却是如坐针毡，尤其是坐下来没一会儿还收到了陈屹发来的一张聊天记录截图。

——明天有空吗？

——明天可能没空，我家里有点事。

阮眠简直无语到崩溃，也不知道怎么回，来之前她从来都没有想过阮明科提到了那么多次的同事家儿子会跟陈屹扯上关系。

在她的认知里，相亲对象可以等于任何人，但绝不会是陈屹，可偏偏就那么巧，来的人就是他。

阮眠有些出神地盯着桌布上的暗纹，在回想起陈屹刚才从洗手间出来看见她之后反应时，她像是想起什么，抬头往对面看了眼。

陈屹正在听阮明科说话，注意到她的视线，抬眸看了过来，微挑着眉，像是在问怎么了。

阮眠却没给回应，只是觉得奇怪。陈屹似乎对于她的出现一点都不惊讶，就好像一早就知道来的人是她。

这个念头一旦冒出来，就如春风吹又生的野草，哗啦一下铺满了整个荒原，怎么也割不尽。

她低头喝了口茶，听见陈书逾在问她："眠眠以前在哪个中学读书啊？"

阮眠放下杯子，答得一板一眼："我高一在六中，后来高二转学去了八中，毕业之后又回了六中复读。"

闻言，陈书逾有些惊讶："你也在八中读过书？那跟我们家陈屹是校友啊，你是哪一届毕业的？"

阮眠磕巴了下，不着痕迹地看了眼陈屹，他一副气定神闲的模样，像是不着急她的回答。

她抿抿唇，如实道："我是 2010 那一届的。"

陈书逾脸上的惊讶和惊喜几乎是肉眼可见地变多："哎哟，那可巧了，陈屹也是那一届毕业的，这么说你俩还是同学啊，不会还在一个班吧。"

阮眠给问住了，一时不知道是坦白还是怎么，好在陈屹及时把话茬接了过去："没有，不是一个班的。"

陈书逾："那也算缘分了，兜兜转转这么多年还能遇上以前的同学。"

这话说者无意，听者有心，阮眠和陈屹几乎是同一时刻朝着对方看了过去，眼神交错间，彼此都有种地老天荒的感觉。

吃过饭，陈书逾和阮明科就说要去茶楼坐会儿，让两个小辈自己安排，该怎么就怎么不用管他们。

阮眠跟着陈屹从酒店出来，等坐上车，两个人都没说接下来去哪儿，风从敞开的车窗里吹进来。

气氛一时间有些沉默。

陈屹偏过头来看看她："你想去哪儿？"

阮眠以前也没相亲的经验，更没有跟熟人相亲的经验，随口道："我都行，看你想去哪儿。"

陈屹"哦"了声，拖着腔说："你这看着，还挺——"

他刻意停了下来，阮眠偏头看过去，没忍住问："挺什么？"

"挺熟练的。"他笑着说。

阮眠反驳道："我这是第一次相亲。"

陈屹眉梢微扬，唇线也跟着一扬，语调闲闲的："所以，相亲就是你说的家里有事？"

阮眠自知躲不过这一茬儿，尴尬到了一定地步反而变得坦然了："我被我爸拉过来的，为了阻止我妈给我安排别的相亲，而且陈伯伯是我爸的朋友，有什么问题交涉起来会方便很多。"

陈屹笑了声："能有什么问题？"

"就比如——"阮眠挑了个最常见的问题，"两个人不合适。"

"这样啊。"陈屹点点头，指腹搭着方向盘敲了两下，忽地问，"那你觉得我合适吗？"

这问题像是一把利剑，猝不及防地就把两人面前的那层暧昧不清给劈开了，阮眠对上他的视线。

在这样安静的环境里，她似乎都能听见自己心跳的动静，快得有些吓人，就好像站在悬崖边，再退一步就是万丈深渊。

她眼睫轻颤了下，仿佛失去了说话的能力。

陈屹几乎一瞬不错地看着她，他笑、眨眼、呼吸、喉结滚动，每一个小动作都在这个狭窄的空间里被放大。

良久，车外汽笛声响，阮眠回过神，把问题抛了回去："那你呢？"

两个人仍旧保持着不远不近的距离对视着，逼仄的空间里，好像能听到彼此的心跳。

陈屹看着她的眼睛，喉结小幅度地上下滑动着："知道我今天为什么会来相亲吗？"

其实阮眠凭着他之前的反应和这个问题已经能猜得出来，但她仍旧顺着问道："为什么？"

"因为我知道是你。"陈屹看着她笑了一下，"其实昨天知道是你的时候，我就在赌你今天会不会来，结果你真的来了。"

"那要是……"阮眠意识到自己的声音低得快听不清了，吞咽了下才说，"那要是我今天没有来呢？"

"可能我的人生里就会留下一个阴影，第一次相亲就被人放了鸽子。"陈屹收回搭在方向盘上的胳膊，格外认真地叫了声她的名字，"阮眠。"

听见这一声的瞬间，阮眠的心跳倏地漏了一拍，气氛变得有些异常的静谧和紧张。

陈屹收回来的胳膊好似无处可放，他又搭了回去，转过脸来看她："我以前没相过亲，也不知道相亲有什么流程，但我想我们都来了，我觉得还是要正式说一下。"

阮眠紧张到声音都在发抖："说什么？"

"我的个人情况。"陈屹笑了声，看着她的目光直白又暧昧，"我这个人家世清白，工作稳定，不抽烟偶尔喝酒，没有不良习惯，在 B 市有一套房和一辆车，所以——"

他停了下来，像是在揣摩着一句很重要的话，又像是在等着她的反应。

总而言之，那十几秒的时间，对于阮眠来说好像被拉长了无数倍，每一毫秒都走得格外谨慎细微。

那些她所期待的，曾经想也不敢想的事情，似乎都将在下一秒成为确切的事情。

短短十几秒，陈屹收敛了笑，神情变得认真，眼眸里是藏不住的紧张，看上去似乎也有点没底："所以，你要不要考虑一下我这个相亲对象？"

平城的夏天很热，连风都是滚烫的，下午两点钟的阳光炽烈而沉闷，风从车厢两侧敞开的窗户灌进来。

在那样紧张到近乎每一次呼吸都要深思熟虑的重要关头上，阮眠却好像失去了说话的本能。

她在过去那场晦涩难明的暗恋里孤注一掷，曾经以为会输得一败涂地，可真正到了揭晓答案的那一刻，陈屹却先向她露了底牌。

那些对于十六岁的阮眠来说，曾经奢望过甚至为之努力过，最后却不得不放弃的喜欢，在她几乎已经不再抱有希望能得到的时候却又成了突然降临的惊喜。

就好像这么多年，她一路跌跌撞撞往前走，自以为这一生与他再无瓜葛，却不想原来兜兜转转，他早已站在了她的终点。

　　逼仄的车厢里，两个人仍旧保持着对视的姿势。

　　阮眠也像陈屹看她那样认真，但又比他看得更仔细，他的每一声呼吸每一次眨眼，在意识到这些都是真切的存在之后，她鼻子倏地一酸，眼泪瞬间就止不住了。

　　那是陈屹从未见过的哭法。

　　眼泪无声无息地，从眼眶溢出来，顺着脸颊下颌滴到看不见的地方。

　　陈屹自诩这前半生比旁人经历得多也见得多，可在这一时刻，他却好像束手无策，只能笨拙地伸出手，用拇指将她眼角更多的泪水抹掉，指腹间沾染上温热湿度。

　　就好像也能感受到她此时此刻的情绪。

　　陈屹心里像是被人用手捏了一把，不是突兀明显的刺痛而是缓缓漫开的酸痛。他微低着头，欲要开口说什么，却被乍然作响的电话打断。

　　两个人都像是从梦中惊醒，稍稍拉了些距离，陈屹收回手去拿手机，阮眠抹着脸，轻轻吸了吸鼻子，扭头看向窗外。

　　之前悄无声息漫开的暧昧气氛被风一吹，散了不少。

　　一通电话的时间，阮眠整理好了自己的情绪，陈屹也不再急于问题的答案，而是放低声音道："沈渝他们在八中附近玩，你想不想过去？"

　　阮眠刚才哭过，看着他的时候眼角还是红的："去吧，我也好久没回去了。"

　　"那现在过去吗？"陈屹抬头看她，把话说开了之后，他的目光从最初的试探，变成如今的直白坦荡，像是要将她吞没。

　　阮眠耳根发烫，微微偏过脸，看向车前："那就过去吧，反正等会儿也没什么事。"

　　"行。"说完这句，陈屹停了下，目光长久地停留在她这里，而后忽地朝她伸出手。

　　阮眠余光注意到，身体的第一反应是往后躲，可空间就那么点大，根本无处可躲，只好强撑着问："怎么了？"

　　陈屹收回手提醒道："安全带。"

　　阮眠脸颊一红，有些慌乱地去扯安全带，动作太猛，手指还被勒了一下。

　　陈屹伸手帮她捋了一下，等到车开出去之后，收回视线不再看她，她却觉得四周好像全是他的气息，密不透风地将她包裹在其中。

　　就像他这个人，从那个夏夜的惊鸿一瞥到如今的两情相悦，十多年的时间里，即使曾经相隔千山万水，却又好像从未离开过。

　　下午三点多，太阳正晒着，八中附近一家奶茶店门口缓缓停下一辆越野，兴许是因为高考的缘故，路上没什么车，人也少，显得静悄悄的。

　　坐在奶茶店里的四个人几乎是同一时间看向了窗外，唯一知道这两人今天干吗去了的孟星阑就差没把玻璃抠个洞听听他们在车里说些什么。

但其实阮眠和陈屹在车里真的没说什么，那几分钟的时间里，他们先后接了通电话。

连话都没说上一句就从车里下来，陈屹步伐稍快，同色系的衣服将他的身形勾勒得匀称修长。

他一手拿着手机，听对方说话的同时还能分出心来给阮眠开门，奶茶店门口响起一声电子的"欢迎光临"。

陈屹拿手指挡住手机听筒，对阮眠说："你先进去，我接完电话再过来。"

阮眠："好。"

她走进去，店里就孟星阑他们四个人，江让坐在靠里的沙发上，两天前在婚礼上，他说的那些话恍若还在耳畔。

阮眠低不可闻地叹了口气，快步走了过去。

坐下来没一会儿，陈屹接完电话从外面进来，径直朝阮眠旁边的空位走过去。

六个人没有在奶茶店久留，从里出来后去了建在平江公馆里的篮球场。

沈渝、江让还有梁熠然来之前就穿着球服，只有陈屹还穿着皮鞋西裤，他把车钥匙和手机交给阮眠，边解着领口的扣子，边回头跟他们说："等会儿，我先回去换身衣服。"

动作间，已然露出半边锁骨线条，领口停留在一个令人遐想的角度，黑色的暗纹布料格外显白，阮眠握着手机挪开了视线。

他的好皮囊，十年如一日的勾人摄魂。

陈屹不着痕迹地笑了声，抬脚往球场外走。

阮眠拿着他东西和孟星阑坐到球场角落的凳子上。场内还有其他人在打球，沈渝过去沟通了下，邀他们等会儿同打一场。

几个看起来只有十几岁的少年欣然答应。

陈屹回来得很快。他偏好黑色系的衣服，球服也是黑白款，同色系的球鞋，戴着黑色的护腕，剑眉星目，肩宽腿长。

那时候还不到四点，阳光从林荫大道旁的梧桐树间穿透而落，他逆着光而来，一如既往的耀眼。

阮眠看着他不急不缓地走过来，有那么一瞬间将他的身影和记忆里的少年慢慢重叠在一起。

她在片刻的愣怔后，扭头别开了视线，眼圈却慢慢红了起来，可能不是因为难过，也就只到红了这一步，并没有掉眼泪。

陈屹不知道什么时候走近了，站在她面前，挡住了身后猛烈的日头，微皱着眉看她："怎么了？"

球场里灰尘起伏，阮眠揉了揉眼角："没事，进灰了。"

她仰着脸和他对视，那目光就好像即将要和他分开八辈子那么久，是那么眷恋

没有像你

和沉溺。

陈屹心头一动，想和她更亲近些，可时间、地点都不适合，更何况还有别人，到最后他也只是克制地滚了滚喉结，语气像是遗憾："这好像还是你第一次看我打球。"

"其实不是。"阮眠心里是这么想着，也就这么说了出来。

陈屹显然一愣，但很快又想起什么，眸光微闪，转而道："我们打个商量怎么样？"

"什么？"

"等会儿应该有比赛，我要是赢了——"他往后退了一小步，笑得意气风发，"你就答应我一件事。"

阮眠微抿了下嘴角，做了最坏的打算："那要是输了呢？"

陈屹像是早就想好了回答："那换我答应你一件事。"

有来有往，好像也不算太亏，更何况阮眠在"陈屹"这两个字上向来偏袒，没有犹豫地点点头："行。"

分组的时候，沈渝还是按照以前来的，把陈屹和江让分在了一起："这没问题吧，你俩可是老搭档了。"

江让看了眼陈屹，笑得温和："做了这么多年搭档，不如今天就做一回对手吧？"

陈屹捋着护腕，一口应下："行啊。"

分完组，一场不怎么正式的球赛就开始了，陈屹和江让的势头都很猛，彼此又是搭档，对对方的防守和进攻都很熟悉，一时间场上打得难舍难分。

欢呼声并着喝彩声。

坐在场外的阮眠有一瞬间好像被拉回了高中时代，少年在人潮涌动的球场肆意潇洒，她从球场外路过，目光和脚步都不止一次地为他停留。

他在人群里赢得满堂喝彩，在她漫长岁月里的所有心动中，仍然拔得头筹。

尽管他们之间有时隔九年多的鸿沟不可跨越，阮眠却不得不承认，她好像比当年还要喜欢他。

尤其是，在他每一次得分时，向她看来的目光里。

那天他们十个人打了差不多四十分钟，最后的总比分 20：23，江让用一个漂亮的三分球赢得了比赛。

结束后，已经是傍晚，沈渝请那几个小男生一块去附近吃烧烤，一行人浩浩荡荡地从平江公馆里出来。

陈屹和江让一前一后走在人群里，慢慢地落后了几步。

阮眠无意间察觉到什么，回头看了眼，他们俩被人群落在了后面，和当初一样的形影不离。

本该是很正常的画面，阮眠却有些说不出来的感觉，脚步下意识停了下，走在一旁的梁熠然看见了，低声说了句："走吧，不用担心。"

梁熠然是四个男人当中相对而言最早熟也是最成熟的一个，阮眠想他大概是知道了什么。

可陈屹又是什么时候知道的，她却不得而知。

陈屹认识江让十多年了，过了这么久，他始终记得他们第一次见面时的场景。

那是高一刚入学那天，他因为通宵一早到学校找到教室随便坐了个角落在那补觉。

他睡得不沉，后来察觉到旁边有人坐下，下意识醒了过来，一抬头却见一张恐怖的鬼脸近在眼前。

他下意识骂了句脏话，整个人直接从座位上站了起来，动作大到将椅子都带倒了。

这时候鬼脸面具被揭开，露出张俊俏的脸，笑得有些抱歉："不好意思，不好意思。"

男生起身将他的椅子扶起来，又自我介绍说自己叫江让，还问他叫什么。

"陈屹。"他沉着脸从抽屉里拽出书包，原本想换个位置，结果那时候班里的人已经来得差不多，只好又坐了回去。

那是个挺不愉快的第一印象，以至于后来他们四个熟悉了之后，陈屹格外"针对"江让，但也和对方关系最好。

他从未想过会有这样一天。

两个人沉默着走了一段路，在一个红灯路口的时候，陈屹打破了沉默："你什么时候回去？"

江让怀里抱着球，却不像高中时边走边转："还要过一阵子，等我爸妈在溪城安定好。"

"溪城？"陈屹抬头看过去。

"对。"江让笑了笑，"一直忘了和你们说，我爸的公司在前不久迁到了溪城，他准备在那儿定居，这几天在忙搬家的事情。"

陈屹点点头，没有再开口。

这时候红灯变绿，他抬脚往马路对面走，走了没几步，身后忽地传来一阵急促的脚步声。

陈屹当兵多年，反应比起当年要快很多，可这时候他依旧不急不缓地走着，没几秒，原先落在后边的人追了上来，带起一阵温热的风，胳膊往他脖颈间一搭，大半个身体的重量直接压了下来。

陈屹脚步趔趄了下，直起身后笑骂了句："你是猪吗江让。"

江让也笑着，抱着篮球往前先跑到马路对面，站在那儿，手指顶着球飞快地转着，笑得嚣张而肆意。

一如十多年前，那个穿着红色球衣的少年，站在人来人往的街角，朝他轻扬下巴，格外嘚瑟地说："这次我赢了，晚上你请客啊。"

第十六章
我会想亲你

烧烤摊在露天，初夏燥热的空气沉闷黏腻，风扇开到了最大，也还是出了一层薄汗。

一行十二个人，坐了张圆桌，阮眠依旧被孟星阑和陈屹夹在中间。傍晚时的天空被斑驳瑰丽的晚霞撕裂成一片一片，夕阳要沉未沉，正不遗余力地发散着最后一分热度。

沈渝把菜单上的菜品选了一大半，而后又挨个传给他们，看看有没有什么要添的："你们点，我去拿酒。"

菜单传了一圈，最后只剩下烤青椒和烤猪脑被排除在外，服务员过来拿走菜单，看沈渝搬了箱酒，又提笔在上面加了几个字。

沈渝一次性撬开了几瓶酒，瓶盖掉了一个在地上，他捡起来问："这桌上的都成年了吧？"

结果一个两个都应声，我十六岁我十七岁我没成年，最大的一个，也差一周才成年。

还真都是小孩。

陈屹笑了笑，抬手招来服务员，加了几瓶饮料。沈渝把酒拿给江让他们几个，递到陈屹这里，陈屹挡了下："我不喝。"

沈渝笑骂："你别跟我装嫩啊。"

陈屹往后靠着椅背，不动声色地把手搭到阮眠的椅背上："我等会儿要开车。"

言下之意再清楚不过。

沈渝早习惯他那副德行，就把酒拿给了阮眠，酒瓶放在她和陈屹左右手中间的位置。

阮眠还记得上一次跟他们一块吃饭时的事情，沈渝刚把手收回去，她就把酒放到了自己右手边。

陈屹看到她这个动作，蓦地笑了出来，用搭在她椅子上的那只手轻轻戳了戳她的肩膀，等人看过来了，才淡淡地问："做什么？"

阮眠那就是下意识的动作，这时候反应过来也有些不自在："我放这边顺手一点。"

他挑眉，拖着腔："哦，这样啊。"

"嗯。"说完，她还点点头用来增加信服力。

陈屹笑得松散，眉眼舒展着，懒懒地说："行了，拿过来放着吧，这次不喝你的酒。"

"……"

考虑到等会儿还要回学校看望周海，他们几个也没怎么喝，一箱酒只空了一半，陈屹见吃得差不多，起身去结账。

十几个人吃了几百块，付完钱，陈屹又从桌上拿了两颗酸梅糖揣在口袋里，等回到位子上，那几个小男生都吃好先走了。

他坐下来，动作自然地拿走阮眠面前还没喝完的酒瓶，放了两颗糖在原来的位置，低声道："少喝点。"

阮眠咽下嘴里的东西，没说什么，只是伸手把两颗糖收了起来。

吃过饭，几个人又去了学校里逛了一圈。

刚高考完的校园空荡而寂静，一行人在校门口站了会儿，感怀一去不返的学生时代。

江让是最先要走的，他接个电话，然后笑着说："家里有点事，得先回去了。"

沈渝和他顺路，搭着他肩膀一起去路边打车，而孟星阑和梁熠然的新房在平大附近，离这里还有段路，随后也就走了。

剩下阮眠和陈屹站在那儿，两个人隔着一点距离，路灯下两道影子被拉至很长。

吹了会儿风，陈屹提出送她回去，阮眠跟着他穿过马路，去之前的奶茶店门口取车。

沿路都是人。

两人没有走得很近，直到迎面跑过来一个小孩，直接从他们俩中间的空隙擦肩而过。

陈屹像是才察觉过来，脚步不动声色地朝她靠拢，侧头瞧她："你明天回 B市吗？"

"回。"她定了中午的机票，"你们什么时候回去？"

"明天晚上。"陈屹问，"要一起吗？"

阮眠是后天一早的早班，而且晚上还要替同事值班，她在跟陈屹一起回去和早点回去能多睡一会儿之间抉择了下，摇摇头说："不了，我后天一整天的班，晚上得早点休息。"

他也没说什么："行。"

等到了小区门口，阮眠解开安全带准备下车的时候，耳边却突然传来车门落锁

没有像你

的动静。

她愣了下，尝试着去开车门，推不动，回头不解地看着他："怎么了？"

"七个小时零二十四分钟。"陈屹为了确保无误，说完这句话后又看了眼手机，阮眠这才发现他在备忘录上记了时间。

14:18。

往前推算，正是下午他把话说开的时候，在七个小时零二十四分钟后，他又一次提起："距离我那个问题已经过去了这么久，可你还没有告诉我答案。"

阮眠原以为陈屹早就忘了这回事，可没想到他不仅记着，还记得这么精确仔细，一时间好像又回到下午那个氛围里。

她手还搭在车门把手上，保持着那个姿势看他，和下午在球场看他的那个眼神差不了多少。

那会儿不像现在天时地利，可陈屹依旧没有动作，看着她的时候，眼睛里有些笑："你不要这样看着我。"

他视线意有所指地往下一瞥，又很快收回，低声道："不然我会想亲你。"

阮眠回过神，唇瓣动了动，却没出声，脸颊渐渐染上害羞的红晕，气氛逐渐被暧昧侵袭。

她扭头看向窗外，心跳快得无以复加。

那几十秒过得有些漫长，让一向胸有成竹的陈屹也隐约觉得有些底气不足，看着她的目光里全是紧张。

车外人来人往，阮眠看见一对吵架的情侣、手拉手散步的一家三口，还有推着老伴遛弯的老爷爷。

人间百态，亦是所有人殊途同归的一生。

她收回视线，轻声问："你下午说如果你赢了球赛，就让我答应你一件事，你想让我答应你什么事？"

陈屹眼也不眨地看着她，喉结轻滚："我现在说了，你会答应吗？"

"你先说是什么事。"阮眠并不上当。

他唇边漾开一抹笑，很缓很慢地说："我想让阮眠成为我的女朋友，行吗？"

阮眠抬头看着他，像是不好意思，很快又转头看着窗外。几秒的沉默后，她低声说："应该行吧。"

——应该行吧。

在阮眠说完这句话后，车里忽地陷入了沉默，她有些说不出来的紧张，甚至不敢回头看他。

陈屹盯着她羞红的耳朵，心里如同灌了蜜般沁甜柔软："你不转过来看看我吗？"

阮眠顺势往他这边看，却不想才刚一转过来，原先还离着一段距离的人，忽地近在咫尺，漆黑的眉眼和温热的唇瓣，全都是实实在在的存在。

她心跳都停了下，眼睫轻颤。

几秒后，陈屹稍稍往后退了些，指腹碰了碰他刚才亲过的地方，软绵绵的，如同她的名字。

车里光影暗淡，他低着眸，直勾勾地看着她，眉眼间深情不减，声音低沉缱绻："我喜欢你。"

听到这四个字的刹那，阮眠的眼泪猝不及防地掉了下来，就好像这么多年的遗憾和难过都是为了这一时刻的圆满。

她走过的二十多年，比平常人经历得多，但也比许多人幸运，尽管父母离婚，可她仍旧享有双倍的爱，甚至更多。

学业有成，朋友不多但胜在质，到如今，曾经喜欢的少年也在兜兜转转的九年后，和她的人生重新接轨。

命运到底还是没有亏待她。

陈屹看着她泪眼蒙眬的模样，心像是被人狠掐了一把，泛着酸胀的疼意。

他抬手抹掉阮眠眼角的泪珠，看她红着的眼眶、湿润明亮的眼眸、小巧精致的鼻梁、一张一合的唇瓣。

明明她就在眼前，可他仍然试图在脑海里拼凑出一个十几岁的她，关于她当初的暗恋，李执那天晚上没有说得太明确，甚至把时间也归限在曾经喜欢过。

他无从得知准确的时间。

高中时的陈屹，少年意气，靠着一身好皮囊和令人艳羡的家世背景，在整个同龄圈以一骑绝尘的风姿稳坐当年，甚至是往后很多年的八中风云人物榜首之位。

几乎是一个前无古人后无来者的存在。

可那个年纪的陈屹同样也有着超乎同龄人的清醒，家庭背景和成长环境造就他对于自己人生的选择永远都是坚定且明确，想要什么就为之付出努力，以至于在别人还在高考这座独木桥上挣扎时，他已经走上了属于自己的康庄大道。

也同样是基于此，他在追寻人生的道路上，忽略了很多对于那个年纪的陈屹来说，只是身外物的东西。

比如阮眠的喜欢和每一次看向他的目光。

毕业之后，陈屹因为课业的缘故很少回国，和阮眠的联系也止步于拍毕业照那一次。

灾区的重逢对于他来说更像是计划外的事情，他在阮眠不同寻常的变化中，循着蛛丝马迹察觉到年少时两个人相处间的一些细枝末节。

九年的时间，她跟高中那会儿的差别不仅仅是性格上，外在也有潜移默化的改变。

比那时候更高瘦一些，眉目像是长开了，褪去了稚嫩，出落得越发落落大方。

陈屹不可否认有被惊艳到，但惊艳的前提却是因为她是阮眠，是那个在余震发生时挡在于舟面前的人，而不是其他人。

后来的心动比起重逢更在意料之外但好像也在情理之中，他无从考究从何时起，只知道在回过神的时候，她已经住进来了。

那次救援出现意外，他在生死之际毫无预兆地想起她，末了也庆幸一切都还停留在起点。

那样就算他出了事，她难过也不过一时。

可是后来，越相处越觉得放不下，他自私地把她扯进自己的生活里，却不想原来在很久之前，她就把他放进了心里。

那是陈屹人生里第一次感觉到无以复加的后悔和遗憾。

可这世上没有后悔药也没有时光机，如今已经二十六岁的陈屹不能回到十六岁，他也注定会错过十六岁的阮眠。

但好在冥冥之中自有注定，时隔九年的重逢，对于阮眠来说或许是对过去的一种弥补，可对于陈屹来说，却是无比珍贵且仅有一次的馈赠，他愿意用一生去回馈。

阮眠到家的时候阮明科还没睡，这会儿听见开门的动静，阮明科装作不在意的样子，等着阮眠走过来才问："怎么这么晚？"

阮眠那时候是顺着陈屹才没说实话，这会儿面对父亲，她想了想还是坦言道："我们回学校见了以前的同学。"

对上阮明科疑惑的目光，她继续道："我跟陈屹以前是同班同学。"

阮明科右边眉毛微挑了下，神情惊讶："那怎么见面的时候，你们都说不认识？"

"就有点突然。"阮眠到现在坐在这里和阮明科重提这件事，仍旧觉得突然和不可思议。

她想起去年搬家回来那次，阮明科第一次提到同事家的儿子，那个时候的她根本没有想过陈屹就是这个人。

阮明科在难以置信之间敏锐地察觉到阮眠有些微红的眼眶，心思一敛："同学好啊，知根知底的。"

阮眠心虚地应着。

阮明科又问："那你跟陈屹今天相处得怎么样？如果不合适不要勉强，毕竟是同学，也不要把关系闹得太僵。"

饶是从小到大都跟父亲无话不说的阮眠，这会儿也说不出"我们已经在一起了"这样大逆不道的话，只能故作平静地搪塞道："还行吧，可能因为是同学，相处起来会比陌生人好一些。"

阮明科盯着她的眼睛，父女俩长相如出一辙，如果盖住下半张脸，眉眼几乎是一个模子刻出来的。

他没有多问，叮嘱道："时间不早了，早点休息吧。"

"好。"阮眠伸手去拿包。

阮明科："你明天几点的飞机，我送你去机场。"

阮眠拿包的动作一顿，站起来说："中午十二点的，不用送了，我自己打个车过去就行了。"

说完这句，她丢下句"爸爸晚安"，就急匆匆回了房间。

关上门后，阮眠长舒了口气，把包挂起来，收拾了睡衣去浴室洗澡。

护肤的时候，她从包里翻出手机，看见陈屹在十五分钟和十分钟前给她发了消息。

[CY]：我到家了。

[CY]：我爸问了我们的事情，我坦白了。

阮眠："……"

阮眠这下是真觉得自己有点大逆不道了，她胡乱拍了两下精华，手忙脚乱地打下几个字。

[阮眠]：你真的坦白了？

[CY]：嗯？家规摆在那儿，总不能知法犯法。

[阮眠]：……

[CY]：伯父没问你吗？

[阮眠]：问了，我撒谎了。

[CY]：嗯，没事。

[CY]：我爸这会儿正在给你爸打电话。

这句话把阮眠惊得够呛，她几乎是立马就从房间走了出来，可阮明科已经不在客厅，书房和他的卧室门都紧关着，听不见一丝动静。

倒是一早睡下的周秀君半夜起床来倒水，碰见阮眠站在那儿，吓了一跳："怎么这么晚了还不睡？"

"就睡了。"阮眠接过她手里的水杯，去客厅给她接了杯温水送回房间，手机里又进了消息。

[CY]：骗你的，没说。

[CY]：早点休息，晚安。

她松了口气，放下手机在床边坐下。

周秀君本就少觉，刚才被那么一吓也没了困意，问阮眠："听你爸爸说，你今天去相亲了？"

阮眠点点头。周秀君拉着她的手，略有些粗糙的指腹一下一下摸着她的手背，轻声问："感觉怎么样啊？"

"挺好的。"阮眠笑了笑，像是撒娇般地在周秀君身旁躺下，"奶奶，你相信

256

缘分吗？"

"当然信，人与人之间都是一个缘字，萍水相逢也好，念念不忘纠缠一辈子也好，这不都是两个人的缘吗？"周秀君笑叹，"不过是缘深缘浅罢了。"

阮眠"嗯"了声，往她怀里靠了靠："奶奶，我今天晚上跟你睡吧。"

"好哦。"周秀君关了灯，祖孙俩念念叨叨聊到后半夜，窗外月明星稀，破晓将近。

次日一早，阮眠是被自己提前定好的闹铃声吵醒的，房间里窗帘拉了一半，大好的阳光晒了进来。

她摸到手机关了闹钟，点开微信全是群消息，沈渝把他们昨天的几张合照发在了群里。

阮眠挨个点了原图保存，一连好几张照片六个人都是同样的姿势，连表情都没什么变化，直至翻到最后一张。

那一张里，和前面几张一样站在她身后的陈屹，视线却没有看着镜头，而是落在她这里。

漫无边际的天空，日暮西沉的晚霞铺满了整个云层，男人的神情却是说不出来的温柔。

她笑着存下这张照片。

后来吃早餐的时候，阮眠看到陈屹一早就把那张照片发了朋友圈，并非仅她可见，是所有人都可以看到的状态。

他给了她明目张胆的偏爱，就像照片里，他也只看得见她。

回到 B 市之后的生活对于阮眠来说没什么太大的变化，要说唯一的不同，那就是她在离开 B 市之前还是单身，然后仅仅过了四天的时间，就成了有对象的人。

关于她的脱单，除了身边亲近的好友之外，最先知道的便是同住一间屋子的林嘉卉。

林嘉卉先是用了五分钟的沉默表示自己的震惊，而后便是理所当然的一通盘问，简直事无巨细，不肯放过任何一个环节。

阮眠自然不会每个细节都说，只是挑了重点回答，比如相亲比如两家人的因缘际会。

林嘉卉连说了三个"我的天啊"，紧接着便用过来人的语气感叹道："我早就说了，从你们重逢那一刻起，命运就已经把你们两个人绑在一起了，也不知道当初是谁嫌我咸吃萝卜淡操心，结果呢——"

她偏头觑着阮眠，调侃道："我都没敢想，只是回去过个节的工夫，你就被人拐跑了。"

阮眠不好意思地笑着，正要解释什么，搁在桌上的手机适时地响了起来，两个人顺势看了过去。

来电显示是陈屹。

林嘉卉很体贴地把客厅的空间留给了阮眠，不过阮眠没留在客厅，而是拿着手机回了房间。

其实下午到机场那会儿，两个人已经通过电话，还约了这周末出来吃饭，不过这会儿陈屹却在电话里说要临时出趟任务，归期不定。

"抱歉，下周不能陪你吃饭了。"陈屹不知道在什么地方，听筒里全是呼啸的风声。

"没关系，你先忙你的。"之前断断续续的联系让阮眠对这种情况早有准备，一时也说不上多失望。

陈屹"嗯"了声，旁边有催促的声音，他低声说："我会尽早回来。"

"好。"要挂电话前，阮眠又想起什么，叫住他，"陈屹。"

他一顿，问："怎么了？"

阮眠看着放在桌角的那把钥匙，叮嘱道："注意安全。"

"好，我会的。"

电话挂断，阮眠放下手机，拿起钥匙把玩了几下。窗外夜色茫茫，她垂眸轻轻叹了口气。

短暂的假期结束之后，阮眠的生活又回归到以前的千篇一律，忙碌的工作让她挤不出太多时间去思念陈屹，只是偶尔没什么事的时候会翻出他的朋友圈看一看。

日子就这样一天天地过，一眨眼六月就到了头，在 B 市愈来愈热的天气里，阮眠接到了李执的电话，在休息的时候和他见了一面。

李执对于她和陈屹的事情从一开始就很清楚，在得知两人在一起后，也没发表太多的意见，只是说："你觉得合适就好，毕竟感情的事情旁人说了也不算数，陈屹好不好，也只有你知道。"

"嗯。"阮眠笑了笑，"不说我了，你这趟来 B 市准备待多久啊？"

"看情况吧。"李执端起面前的水杯，"顺利的话短期内估计都不会走，不顺利的话，可能也就是这几天。"

"是工作上的事情吗？"

"不是，"他扭头看向对面高挂的广告牌，"我来找人。"

至于找谁，李执没有细说。两个人吃完饭，他接了个电话要先走，阮眠开了车，顺便送他去了地方。

回来的路上，阮眠路过陈屹的住处，车子在楼下停了会儿，她摸出手机想给陈屹发消息，但一想到他这会儿看不到，又把手机放了回去。

之后的几天，阮眠依旧忙得脚不沾地，连偶尔去翻陈屹朋友圈的时间都没有，往往都是下了班倒头就睡。

接到陈屹电话那天她刚下了个大夜班，迷迷糊糊睡得正香，接通电话也不知道说了什么，手机就从耳边滑了下去，就这样人也还没醒。

这一觉直接睡到了下午，阮眠被林嘉卉在外面的说话声吵醒，手在旁边摸了摸，在两个枕头缝隙间摸到手机，拿到眼前一看，却是吓了一跳。

手机停留在她和陈屹的通话页面，显示的通话时长已超过五个小时。

阮眠有一瞬间还以为在梦里，揉了揉眼睛，什么也没改变，除了那不停增加的通话时长。

她将手机放到耳边，试探着出声："陈屹？"

电话里很快传来他带着笑意的声音："嗯？醒了啊？"

阮眠抬手将头发拨至脑后，嗓音带着刚睡醒时的涩哑："你怎么不叫我？"

"叫了。"陈屹说，"没叫醒。"

阮眠知道自己睡着时的状态，一时无言，过了好半天才问："你回来了？"

"嗯。"陈屹从车里出来，靠着车门看着眼前这一栋高楼，不紧不慢地说，"我在你家楼下。"

阮眠这下才是真的被吓到了，猛地掀开被子从床下跳下来，赤着脚跑到阳台。

十五楼的距离，视线并不会被这个高度模糊，阮眠看见陈屹正在朝楼上看，与此同时，听筒里传来他的声音："看见你了。"

阮眠眼也不眨地盯着那道身影："你一直在这儿？"

"也没有一直。"陈屹往后站到阴影里，"中间出去吃了午饭，又去超市待了会儿。"

"你怎么不回去啊，我要是睡一天呢？"

"来之前没想那么多。"陈屹抬头往楼上看，隔着十几层楼的距离朝她轻轻笑了下，"等会儿有空吗？"

"有的。"

"那下来——"他停了瞬，而后一字一句道，"我们约个会。"

阮眠耳根一烫，收回视线不再往楼下看："我要先收拾一下。"

她早上回来得仓促，整个人又累又困，什么都没弄就睡下了，要不是林嘉卉，估计她真能睡到晚上。

陈屹语气温和："行，不着急。"

外面太阳有些晒，阮眠拿着手机回屋前又往楼下看了眼："你要不要上来坐会儿？"

"不好吧？"陈屹有点不正经地说，"这么快就单独共处一室。"

阮眠就是随口一问，哪里想到这么多，仗着他看不见，肆无忌惮地红着脸，嘀咕道："又不是我一个人在家。"

陈屹："下次吧，现在上来太唐突了。"

"那我尽量快点。"

"嗯。"

挂了电话，阮眠先去洗了澡，以往能磨蹭半个小时，这回却只用了十多分钟，但紧赶慢赶等到彻底收拾好也还是花了将近一个小时。

陈屹不知道是等久了麻木了，还是真的不着急，整个期间都没发消息来催过她。

反倒是阮眠怕他着急，一收拾好就给他发了消息。

[阮眠]：我好了，这就下来。

[CY]：好，慢点。

她收起手机，从衣架上取下随身小包，和林嘉卉打了声招呼就出了门。

等到了楼下，阮眠一眼看见站在车边的人影，莫名地竟还有些紧张。

她快步走过去，压着不稳的呼吸说："走吧。"

陈屹目光落在她脸上，像是要说些什么，不巧的是刚好楼道里有其他人出来，他收回视线开了车门让她坐进去："走吧。"

车里车外两个温度。

等陈屹也坐进来，阮眠才问："你什么时候到的？给我打电话的时候就到了吗？"

"没，那会儿刚从医院出来。"

阮眠捕捉到其中两个字眼，视线往他身上扫了一圈，有些紧张地问："你怎么了？"

"我没事，去看望一个队友。"陈屹扭头看她，"周自恒，有印象吗？他在你们医院做康复训练。"

阮眠点点头，正巧车开出去了，她问："我们现在去哪儿？"

"先去吃点东西。"陈屹将车窗开了点小缝透气，"你刚睡醒，应该还没吃饭吧？"

"没。"

陈屹点点头："那想吃什么？"

"没什么想吃的。"

"……"

阮眠说完，也觉得这么说好像有点不给面子，又连忙补了句："我一到夏天，胃口就不太好。"

陈屹等保安放行的时候，偏头看了她一眼："那你平时上班都吃什么？"

"食堂，大多时候还是点外卖吧。"阮眠没说的是，她有时候懒起来连外卖都不想点，直接泡面凑合。

陈屹没再多问，自作主张带她去了一家店。

那是家中式餐厅，藏在胡同巷子里，阮眠之前在办公室听其他同事提到过几次，好吃是好吃，只是比较难订位置，而且还要提前一周预订才有可能在下一周排上号。

停好车到了店，陈屹从钱夹里翻出张卡递过去，立马有迎宾过来领着两人往包厢里走。

沿路都是古色古香的摆件和装饰，铮铮弦乐舒缓悠扬，陈屹边走边把那张卡塞到阮眠手里："这家店的老板跟沈渝是发小，他有投资在里面，今天带你尝尝味道，你要是觉得好吃，下次直接过来刷卡就行了。"

卡是定制的，螺纹烫边，上面只印了店的名字地址和电话，其余的什么也没有。

阮眠倒也没扭捏推拒，毕竟来不来还是一回事，大大方方收了卡："那我拿了你的卡，你以后怎么过来？"

陈屹偏头看她，一本正经道："刷脸。"

"……"

尽管早有心理准备，但这家店的好吃程度还是远超阮眠的意料，以至于在来之前声称没有什么胃口的她，硬是吃到七分饱才停下筷子。

陈屹在她停下来之后没多久，也放下了汤匙，问："吃饱了吗？"

"差不多。"阮眠喝了口水，眼睛瞄着桌上那道餐后甜品，手指挨着甜品勺，在纠结到底还要不要吃。

其实她没全饱，但也很少在这个饱度的前提下再吃掉一份甜品，可如果只吃一点又好像不够尽兴。

陈屹注意到她的动作，以为她是怕胖才不敢吃，还挺上道地说："想吃就吃吧，你又不胖。"

阮眠摇头："也不是怕胖，主要是吃不下了。"

"那打包吧，留着等会儿吃。"陈屹摁铃叫来服务员，只单独打包了那一份甜品。从店里出来已经是傍晚，他们这顿饭吃的时间不上不下，本该有的一天约会时间也因为彼此的工作性质浓缩到只剩下半天。

北方夏天热，却不像南方热得连空气都蒸人，只要站到阴凉处，倒也没那么闷燥。

车停得远，两个人沿着林荫道走过去，傍晚时分，沿路多了不少行人和下班骑行的工作党。

在等红绿灯的路口，阮眠挤在赶公交车地铁的人群里，和陈屹肩膀蹭着胳膊，晒了一天的柏油路热意直窜。

十多秒过去，红灯转绿，周围人开始走动，电瓶车挤着自行车，两个人走在人群当中，手在无意间触碰又挪开。

又一次触碰，陈屹没再往回收手，而是绕过去抓住她的手，手指顺着往下，从她的指缝间穿过去，十指相扣。

阮眠心跳一抖，抬头去看他，男人偏头注视着来往的车辆，留给她一个精致漂亮的侧脸棱角。

她抬手握紧了，低头笑了一下。

这个季节光是走在没有遮挡物的大街上就已经足够热，两个人牵了一路，手心里沁出薄薄一层汗意，可谁也没说先松手，就这么一直牵到了停车场。

　　坐进车里也没急着走，吹了会儿冷气降降温，阮眠手机响了起来，她扭头看着窗外接电话。

　　陈屹手握着方向盘，骨节白皙修长，之前残留在掌心里的温度也被冷气吹得一干二净。

　　他等着阮眠接完电话，关心道："怎么了？"

　　阮眠摇摇头："没什么，就是我师姐她男朋友的妹妹来找他们了，今晚估计要在家里留宿，她提前和我说一声。"

　　他"哦"了声，又问："现在去哪儿？看电影吗？"

　　"都行，反正也没什么事。"

　　附近没有特别大型的影院，陈屹就在美团上找了家私人影咖，直接订了一个包厢。

　　他把手机递给阮眠："你想看什么类型的电影，在这上面跟他说就好了。"

　　阮眠接过手机，上边是他跟店小二的聊天页面，对方还给了推荐，各种类型的都有。

　　她选择困难，最后还是让店小二自己做决定，临退出私聊页面前，对方问了句是情侣还是朋友多人。

　　阮眠照实回了，对方回个好，没了下文。

　　去的路上不算堵，二十分钟左右就到了附近的停车场。上楼去店里的时候，陈屹问："选了什么片子？"

　　"没选，我让店里的老板推荐的。"阮眠看着映在电梯镜面上两道牵着手的身影，"我也不知道看什么。"

　　陈屹好像并不在意看什么，闻言也没说什么。

　　等到了店，核验好购买券之后，前台小哥领着两人往走廊尽头的包厢走，边走边吹嘘道："这部电影，来我们这儿的情侣看完之后都说好看。"

　　阮眠有些好奇："什么电影？"

　　他一笑："先保密。"

　　阮眠看他那抹暧昧的笑，忍不住往歪了想，问了句："要是不好看还能换其他电影吗？"

　　"当然可以，我们这儿不按电影按时长。"

　　等到了包厢，小哥弄好播放仪器，临走前关了包厢里的灯，脑袋探进来说："包厢里是没有摄像头的哦。"

　　"……"

　　"……"

好在是关了灯，视线变得模糊不少，阮眠仗着这个先天条件，故作镇定地在双人沙发的另一边坐下。

很快，身旁也有了陷下去的重量。

尽管两个人中间还隔着一个巴掌的距离，但男人身上清淡凛冽的香味在这一方小小天地，如同蚕蛹一般，将她丝丝密密地缠绕在其中。

阮眠几乎如坐针毡，整个人僵直着后背，视线紧盯着屏幕，甚至做好了如果电影是那什么就立马冲过去拔掉电源线的准备。

不过好在这家店还算遵纪守法，在一段诡异惊悚的旋律结束之后，幕布上出现几个血淋淋的大字。

从背影音乐再到这个标题，就算是再迟钝的人，这时候也能看出来这是一部恐怖片。

阮眠低不可闻地松了一口气，整个人也下意识地放松，往后靠着沙发靠背，为了舒服还垫了个枕头在脑后。

看了几分钟，她想起什么："你看这个吗，不行我们可以换其他的。"

"不用，可以看。"陈屹往屏幕上扫了眼，又飞快地挪开了视线，之后很长一段时间，他都是支着肘手抵着额角，时不时拿手指挡着自己的视线。

其间，店里的服务员敲门进来送了零食和果盘，门外明亮的光线漏进来，陈屹稍稍缓了口气。

果盘上都是当季的水果，阮眠没什么兴趣，伸手够到之前从店里打包的甜品，小口小口吃了起来。

独属于甜食的香甜在空气中漫开。

陈屹偏头看过去，隔着昏暗的光线看见她左边的腮帮微鼓着，不知道嚼完没，就又往嘴里塞了一勺。

他低头看她："好吃吗？"

"还行，吃多了有点腻。"阮眠转头对上他的视线，唇瓣上一层水光，果香浓郁。

陈屹垂眸，抬手抹掉她嘴角一点痕迹。

视线不可避免地胶着在一起，一时间暧昧丛生，连不同寻常的背景音乐都不能破坏一丝一毫。

阮眠呼吸微屏，眼睫颤了下的同时，眼前人忽地将彼此间最后那点距离拉到密不可分。

不同于上一次的浅尝辄止。

男人的呼吸灼热，尽数喷洒在她脸侧，温热柔软的唇瓣轻吮着她的下唇，极为细致，却更像是折磨。

近在咫尺的距离，彼此都未曾闭眼，能够清晰地感知到对方每一个细小而敏感的变化。

四周的空气像是加进了滚烫的热水，变得燥热而难耐，阮眠睫毛轻颤着，缓缓闭上眼睛，偶尔溢出的几声嘤咛显得尤为暧昧。

过了好一会儿，陈屹低喘了口气，偏头靠近她颈侧，急促的呼吸像是在压抑着什么。

阮眠也有些浑身发软，任由他搂着，感受到他衣料之下有些灼人的体温，恐怖的旋律也变得旖旎起来。

狭窄昏暗的空间里，衣料和皮质沙发摩擦发出细微的动静，陈屹松开手，却没有拉开太远距离，语气一本正经："不腻，挺甜的。"

7月25号是何泽川的生日，按照往年的惯例，阮眠只要不忙都会去他的生日聚会。

他人缘好，以前在学校一个生日聚会能来二十多个人，毕业后，学校那伙人奔向大江南北，每年的生日聚会也就剩下留在B市的那几个人，今年也不例外。

阮眠提前一个星期就收到了今年聚会的地点，是Q大附近的一家老餐馆，南方口味，他们以前还在一个学校读书的时候经常去那儿改善伙食。

24号那天，阮眠傍晚下班前十分钟跟孟甫平上了一台手术，快八点才从医院出来。从医院过去餐馆也还有个把小时的车程，她赶不及饭局，直接去了他们续摊的KTV。

一路上紧赶慢赶，到地方也快十一点，阮眠从停车场过去，何泽川收到她消息，提前下了楼在门口等她。

阮眠老远就看见他站在那儿吞云吐雾，加快了脚步，语气带着几分笑意："抱歉啊，何总。"

何泽川摁灭了手里的烟，没在意她的迟到："走吧，他们已经在楼上玩起来了。"

阮眠和他并肩朝里走："今年来的都有谁啊？"

"还是去年那帮人。"何泽川摁了电梯，看她两手空空，开玩笑道，"礼物呢？"

"啊！"阮眠一拍脑袋，"我刚才只顾着回你消息，把礼物落在车上了，我去拿。"

何泽川揪住她胳膊，把人拉住又撒开手："行了，等会儿散场我跟你去拿，现在先上去吧。"

"也行。"

包间在二楼，一整个走廊都是鬼哭狼嚎的动静，何泽川带着阮眠进去，一屋子都是老朋友，也没什么好客套的，起身打了招呼又坐回去接着玩。

阮眠跟何泽川坐在旁边的沙发上聊天，过了会儿，又另起了一桌牌局，他们俩被叫过去凑人数。

闹哄哄玩了大半个小时，阮眠搁在桌上的手机亮了起来。她看了眼来电显示，抓起手机把牌塞给旁边看热闹的人："林立你帮我玩一局，我出去接个电话。"

"得嘞。"

何泽川看着她走出去，又收回视线盯着手里的牌，想起刚才看到的名字，有些心不在焉。

电话是陈屹打来的，他这段时间又去了西南那边演练，平常只有晚上才有时间，但也不是每天都能拿到手机，联系很随机。

他听见阮眠这边的动静，问了句："在外面吗？"

"是啊，有个朋友过生日。"阮眠绕过走廊，去到洗手间那边，周围的声音小了很多，"我下班晚没赶上饭局，现在在 KTV 等着零点给他庆生。"

陈屹没有多问是哪个朋友，拿下手机看了眼时间，又凑到耳边说："还能聊十分钟。"

一旦有了限制，任何东西都显得弥足珍贵，两个人聊完那十分钟，阮眠有些舍不得挂电话，总是无厘头的东问一句西问一句。

"你那边冷吗？"

"现在是夏天。"

过了几秒，她又问："你晚上不用训练吗？"

"不用。"

"沈渝没和你在一起？"

"他在二队。"

"哦。"阮眠叹了口气。

陈屹察觉出她的心思，低声说："不是给朋友过生日吗，都已经五十五分了，再不回去零点都过了。"

阮眠"嗯"了声，人往包间门口走："那我先挂了。"

"去吧。"

挂了电话，阮眠重新进到包厢，先前的牌局已经散场，几张桌子拼成一张放在中间。

何泽川见她回来，不着调地问了句："男朋友查岗？"

这两个月阮眠跟何泽川很少联系，也就偶尔他发过来几个和游戏互联网的链接，她再转载几篇医学养生的公众号文章给他，不常聊天，谈恋爱这事，她也就之前提了一嘴，没怎么细聊。

这会儿她也没否认是陈屹打来的电话，何泽川听了，笑道："那怎么不多聊一会儿？"

阮眠："还不是为了给你零点庆生。"

"行，等会儿蛋糕多分你一块。"

零点一到，包间里灭了灯，林立他们推着蛋糕车唱着生日歌从外面进来，阮眠记着之前几次给何泽川过生日的教训，往旁边挪了几步。

流程大同小异，许完愿吹完蜡烛，何泽川还没来得及说其他话，就被人一头按进了蛋糕里。

包间里闹作一团，彻底消停后，一行人坐在一起拍了张合照。

散场也已经是凌晨，何泽川送完朋友，跟着阮眠去她车上拿礼物，是一双限量版的球鞋。

他坐在副驾驶，拆完礼物很不走心地道了句谢："破费了，阮老板。"

"嗯，不客气。"阮眠低头在看之前拍的合照，看完挑了张最清晰的发了条朋友圈。

祝何同学二十八岁生日快乐 [蛋糕]

[图片]

第一个点赞的就是何泽川，阮眠刷新了下，首页全是今晚聚会那几个朋友给何泽川发的庆生动态。

她挨个点完赞，熄屏把手机放到一旁："你开车没，没开车我送你回去。"

"不用，你回去吧，我让司机过来了。"何泽川收起礼物，"我走了，你路上注意安全。"

"行。"阮眠笑着看他从车里下去，盯着他背影看的时候，才发觉他今晚穿着稍正式的衬衫西裤，比起以往的运动裤加 T 恤，显得成熟很多，那双球鞋和如今的他似乎有些格格不入。

不过阮眠也没在意太多，很快驱车离开这处。

到家已经凌晨两点，她拿着手机上楼，看到陈屹在半个小时前给她那条动态点了赞。

她点开陈屹的头像，发了条消息过去。

[阮眠]：睡了吗？

这条消息发出去如同石沉大海，一直到半个月后的某个深夜，阮眠在值班的时候才收到他的回复。

[CY]：还没。

阮眠忍了又忍，还是没忍住问了句他是不是才通网，结果下一秒，他就打来了语音电话，主动解释道："手机前段时间摔坏了。"

她"哦"了声。

陈屹问："你现在在哪儿？"

"医院，在值班。"阮眠说，"你回来了吗？"

"嗯，我待会儿过来找你。"

阮眠下意识地抬头看了眼桌角的时间，斟酌了几秒，说："已经很晚了，不然你明天再来找我吧。"

陈屹语气戏谑："怎么，现在见女朋友还要提前预约吗？"

"我不是这个意思。"阮眠说不清，放弃挣扎，"那你来吧，到了我下楼去接你。"

"行。"

陈屹来得很快，半个小时左右，阮眠下楼把人领上来，路过护士站，陈屹把买的宵夜分了一部分给护士站的人，成功博得一句称赞："阮医生，你男朋友对你真好啊，这么晚了还给你送吃的。"

阮眠笑着客套了几句，带着人回了值班室："你什么时候回来的啊？"

"晚上刚到。"陈屹把手里的东西放在桌角，搬了张椅子在旁边坐下，"先吃点东西吧。"

"等会儿，我写完这点。"这个月科室的论文数量不达标，阮眠白天没什么空，只能晚上挤时间写。

陈屹"哦"了声，慢条斯理道："那你写，我喂你吃。"

"……"

这话惊得阮眠动作一抖，手不小心碰到删除键，把刚才写好的一段话删了大半。

她强撑着平静连按了几下撤销，在脑海里设想了下他说的画面，明明还没什么，却已经有了脸红耳热的迹象。

沉默了几秒，阮眠抬眸对上他的视线，一本正经道："我在写论文的时候，不太能分心同时做两件事。"

陈屹被她的回答弄得有些忍俊不禁，便不再打扰她："你写吧，我去趟卫生间。"

"出门右拐走到头就是。"

趁着他出去的时间里，阮眠很快把剩下那点内容收了尾。

陈屹买的夜宵口味比较寡淡，搭配也很不伦不类，既有中式的粥，也有日式的寿司。

阮眠先拆了粥，吃了几口，陈屹从外面推门进来，见她一边吃还一边看着电脑，抽了张纸巾擦手说："医生吃饭也这样不专心吗？"

"……"

阮眠一瞬间真的有种见到了阮明科的感觉，抬手松开鼠标："没有，我就是在检查有没有什么错字。"

陈屹没接话，而是拖着椅子坐到了她旁边，语气不容反驳："先吃，吃完再弄。"

"哦。"

两个人挨得太近了，阮眠甚至能听见陈屹沉稳低缓的呼吸。她埋头吃了小半碗粥，像是忍不住般，偏头朝他看过去："你要不要吃点东西？"

陈屹侧着身，胳膊搭着桌角，另一只手放在她椅子扶手处，旁边的落地灯衬得他模样轮廓清晰。

"东西就不吃了，"他微低着眸，边说边拉着她的椅子朝自己这边靠近，声音低沉又温柔，"其他的倒是可以考虑考虑。"

他的话语和行为都直白又暧昧，阮眠还是有些克制不住地紧张，尤其是在对上那双曾经让自己念念不忘又魂牵梦绕无数次的眼眸，更是有满腔的喜欢说不清道不明。

陈屹低头蹭了蹭她的鼻尖，眼睫微微垂着，密长的睫毛几乎要触碰到她的脸上。

只差一点。

一通毫无预兆的电话打破了这久违的旖旎，是阮眠的手机，她从这氛围里清醒过来，伸手将手机拿了过来。

陈屹还握着她的手腕，他指腹贴着她脉搏跳动处有一下没一下地摩挲着，视线落到阮眠拿到眼前的手机。

来电显示，妈妈。

他抬手捏了捏鼻梁，先前被打断好事的不快散得一干二净，起身去了外面把空间留给她接电话。

阮眠也没想到方如清会这个点给她打电话，在铃声结束前一秒右滑接通了。

"妈妈？"

"哎，我还以为你睡了呢。"方如清像是刚睡醒，声音带着涩哑，"怎么还没睡？"

阮眠："我在医院值班，你怎么这个点想起来给我打电话了？"

"没什么，就是晚上睡觉梦到你了，醒了就想给你打个电话，也没注意到时间。"

阮眠被这一瞬间的温情弄得有些鼻酸："那等我过几天休息，我回来一趟。"

"不用，就周末两天，还不够你来回跑的。"方如清也没说什么，问了些她的近况后，忽地提了句，"你跟之前那个相亲对象，现在处得怎么样了？"

阮眠顿了下，还没想好怎么说，又听方如清开口道："我听你爸说他是军人，工作也挺忙的，你们是不是都不怎么见面？"

阮眠"嗯"了声："差不多吧。"

"你们要是实在处不来，就别勉强，你也不要因为妈妈催你，就病急乱投医。"方如清叹了口气，"你爸也真是的，给你介绍对象之前也不知道提前跟我说一声，我也好帮你把把关。"

阮眠听出母亲的弦外之意，试探性地问了句："妈妈，您是不是对陈屹不太满意啊？"

听筒里沉默了几秒，方如清言简意赅："是的。"

第十七章
最想要的都得到了

凌晨的医院大楼仍旧灯火通明，顶部的红十字在黑夜里闪着希望光芒。

陈屹在外面等了十几分钟，正准备回去的时候，却见阮眠从值班室里走了出来。

他收起手机迎过去，刚要开口说话，阮眠忽地伸手抱住了他，胳膊从他腰侧穿过去，手交叉着挂在那儿。

晚上走廊没人，陈屹也抬手搂回去，下巴抵着她脑袋蹭了蹭，低声问："怎么了？"

阮眠脸贴着他胸膛，没吭声，脑海里却不停地回想着方如清刚才说的那些话。

——"陈屹的职业我听你爸提了一些，我自己也在网上了解了不少，对于国家人民来说，他的这份工作确实很伟大，可如果是作为丈夫、你将来一生的伴侣，妈妈其实是不太认可的。"

——"之前你在洛林的那段日子，我每天晚上都睡不着觉，生怕第二天醒来收不到你报平安的消息。妈妈尝过担惊受怕的苦，不想我的女儿将来一辈子都活在这种担忧之中。"

——"我知道妈妈这样想确实自私了些，陈屹是个好孩子，在这件事情上他没有错，可是我也只是希望自己的女儿能够过得快乐幸福。"

陈屹由着阮眠安安静静抱了会儿，抬手在她脑后揉了揉，而后顺势滑下去，轻捏了下她后颈："跟伯母打电话闹不愉快了？"

阮眠脸贴着他胸膛，瓮声说："没有。"

方如清的出发点没有错，可她不知道陈屹对于阮眠来说有多重要，也不清楚两个人之间那些所谓的缘分。阮眠纵然有千万句可以替陈屹说的话，在那个时候却也不知道该从何说起。

陈屹没再多问，手有一下没一下地捏着她。过了会儿，他看到走廊那头走过来的人影，拍了拍阮眠的肩膀："有人来了。"

"嗯？"阮眠顺势从他怀里扭头往后看，下一秒，立马撒手乖乖站好，"孟老师。"

孟甫平点头应了声，神情疲惫却温和："怎么站在这儿说话，值班室又没其他人。"

阮眠稍显拘谨："我们出来透透气。"

孟甫平没再多问，交代了几句之后就回了办公室。

陈屹看着阮眠明显松了口气的模样，想起高中那会儿她见到语文老师的反应，和现在如出一辙，没忍住笑了出来。

阮眠不解："你笑什么？"

"没什么。"陈屹半推半搂把人带回值班室，门一关，他又把人抱在怀里，动作间不知道是谁碰到了墙上的开关，屋里只剩下窗口落进来一束朦胧光亮。

陈屹靠着门板，下巴磕着她的肩膀，温热的唇瓣在她颈侧轻啄了几下，抬头问："跟伯母打电话说什么了？"

阮眠被他这样抱着亲着，整个人都有些发软，却还是没说实话："没说什么，就是有点想她了。"

"那我呢？"

"嗯？"她愣了几秒才反应过来他话里的意思，抬眸对上他的视线，忽地踮脚仰头亲在了他嘴角上，软声道，"也想你。"

陈屹没在医院留到天亮，快四点多回了军区。关于方如清说的那些话，阮眠从始至终都没和他提起过，只是在考虑什么时候和父母坦白自己跟陈屹的关系，至于以后的事情，还是要交给时间去处理。

日子在B市越发炎热的天气中一天天翻过，很快八月也到了头，二十四号那天是陈屹的生日，正好也在周末，更巧的是那段时间梁熠然陪着孟星阑在B市出差，几个人就约了二十三号那天晚上的饭局。

五个人都不是爱闹的性格，一伙人吃完饭就回了陈屹的住处。

到地方，陈屹把钥匙拿给沈渝让他带着梁熠然和孟星阑先上楼："我和阮眠去超市买点吃的。"

"得嘞。"

等他们三个上了楼，陈屹转而看着阮眠："走吧。"

"好。"话音落下，阮眠自顾自朝前走着，错过了陈屹朝她递来的手，等意识到他没跟上来的时候，人已经走出好远。

她回头，陈屹还保持着伸手的姿势站在那儿，看起来有点呆还有点好笑。

阮眠没忍住笑了出来，快步走回去，乖乖牵住他的手，还不忘替自己解释一句："抱歉哦，我就是还没太习惯。"

陈屹抬了下眼："没习惯什么？"

"没习惯——"阮眠握着他的手往上一抬，一本正经道，"跟男朋友牵手走路。"

陈屹被"男朋友"三个字取悦，指腹捏了捏她的手背，淡淡说："没事，以后我会让你慢慢习惯的。"

阮眠弯了下唇，说了声"好"。

超市在小区外面，是一家大型生活超市，分三楼，陈屹在门口推了车，阮眠挽着他胳膊跟着往超市里走。

晚上人有点多，两个人从外围绕到零食区，阮眠站在放薯片的货架前，拿了几包她和孟星阑以前爱吃的口味放进推车，又问陈屹："沈渝和梁熠然他们喜欢吃什么口味的？"

"不知道，应该都可以。"

"那你喜欢什么？"

"你。"

"嗯？"阮眠抬头看他，几秒后，她眼神晃了晃，不自在地挪开视线，没再问过他喜欢什么。

两个人在超市逛了半个多小时，排队结账的时候，阮眠收到孟星阑的微信，说是想吃话梅。

她发来消息的时候，陈屹刚好也看到了，说："你在这儿排队，我去买。"

阮眠："还是我去吧，你不知道她喜欢吃什么口味的。"

陈屹纳闷话梅还分什么口味，但也没说什么，推着车从人群里出来，排到了队伍后面："你去吧。"

"嗯。"

晚上人本就多，收银台也是排着长队，陈屹走到队伍末尾，没一会儿后面又站过来几个人。

差不多过了十多分钟，陈屹才看见阮眠从不远处走过来，只是走姿看起来有些奇怪。

他神情一敛，将推车放在旁边，快步朝她走过去："怎么了？"

"被撞了一下。"说起来也是倒霉，阮眠在零食区那边拿了几包话梅，刚从货架那边走出来，旁边两个小孩在玩推车，一个来不及刹车，一个躲闪不及，直接撞到了一起。

推车里坐了一个小孩，阮眠被撞倒之后，推车的轮子直接从她脚踝处蹭了过去。

两个小孩的家长匆匆赶过来道了歉，阮眠被超市里的工作人员扶了起来，弯腰检查了下，没伤到骨头。

她接受了道歉，没再追究其他责任。

……

这会儿，陈屹听了原委，直接蹲了下去，撩起她的裤脚看了眼，踝骨那里被蹭破了一层皮。

他用手碰了下四周，阮眠轻轻哝了声往后躲。

"别动，我看下。"陈屹握着她脚踝上方，掌心微凉，挨着的那一片皮肤很快

271

被焐热了。

阮眠有些站不稳，一方面是疼，一方面是痒，扶着他肩膀，小声说："没事，应该没伤到骨头。"

陈屹很快也得出了这个结论，站起身，托着她的手臂，目光一寸一寸地从上到下将她看了一遍，确定没其他伤之后，才说："怎么不给我打电话？"

阮眠抬眸："我想着也不是很严重。"

陈屹没跟她争论这种问题，将人扶到一旁，掏出手机给沈渝打了电话，让他来一趟超市。

沈渝来得很快，几乎是一路小跑，看到他俩，问了句："怎么了这是？"

阮眠解释："不小心被推车撞了一下。"

陈屹接过话茬："你结一下账，我带她去医院看一下。"

"行，那你们快去吧。"

阮眠其实觉得没必要这么小题大做，但为了让陈屹放心，也就没好说不去。

两人从超市里出来，来来往往都是人，陈屹看了下她的脚踝，已经微微有些红肿。

马路对面就有一家社区医院，走过去差不多有一两百米，他想了想，伸手直接将人打横抱了起来。

突如其来的失重感让阮眠吓了一跳，下意识地伸手去找着力点，等到回过神，胳膊已经搂在他肩颈处了。

她眼睫颤了颤，入目的是他时而滚动的喉结，以及棱角分明的下颌线条，男人身上的温度隔着一层薄薄的衣料传递出来。

忽地，陈屹低头，目光落在她脸上看了几秒，又抬头看着前方的路，低声说："这也要习惯。"

阮眠嘴唇动了动，半天没想起来说什么，只是偏头靠得更近了些，耳畔是他沉稳起伏的心跳。

两人安静走过这段路，等到医院一番检查下来，没其他大问题，陈屹稍稍松了口气，等医生替阮眠处理完伤口，才扶着人从医院里出来。

医院和小区在同一边，夜晚温度不似白天那么热，偶尔还有微风吹过，带来几分凉意。

阮眠这会儿已经没有之前那么疼了，没让陈屹抱也没让他背。

"只是破了点皮，不影响走路的。"

她抓着陈屹的手，刚开始还有些一瘸一拐，到后面就差不多可以正常行走，只是太吃力了会有点疼。

到家已经快十一点半，本该是快快乐乐留在家里等着零点到来，结果因为这突如其来的意外，零点到来得格外仓促。

沈渝从冰箱里拿出一早订好的蛋糕，点上蜡烛，五个人围坐在沙发旁，屋里烛火闪动。

梁熠然把蛋糕店赠送的王冠递给陈屹："来吧，寿星，许个愿。"

陈屹接过王冠，没往自己头上戴，而是戴在了阮眠的脑袋上："不许了，直接切蛋糕吧。"

"干吗不许，一年一次的生日。"沈渝笑，"说不定今年的愿望就能实现了呢。"

陈屹看了眼阮眠，压了压眼底的笑，还是坚持不许了："早点弄完休息吧，这儿还有伤员呢。"

"得得得。"沈渝把刀递给他，"那你来切。"

"行。"

几个人八九点才吃完晚饭，这会儿都不是很饿，蛋糕意思意思吃了两口，五个人一起拍了张合照。

拍完陈屹又让沈渝帮他和阮眠单独拍了张合照，弄好这些，孟星阑准备回房休息，梁熠然和她睡了一间房。

还剩下一个客卧，是沈渝的，他之前每次来这儿都会住间房，大家按需找房，结果到最后就剩下一间没床的书房和陈屹睡的主卧。

有房的都回屋了，没房的阮眠和房主陈屹坐在客厅，阮眠还没意识到什么，坐在那儿看照片，偶尔一次抬头，看见陈屹在看自己的朋友圈。

正好就是她给何泽川发生日祝福的那条。

阮眠像是意识到什么，挑了张他们五个人的合照发了条朋友圈，没署名，只写了生日快乐四个字和一个王冠表情。

她和陈屹的关系还没完全跟父母公开，再加上方如清如今的态度，阮眠一时半会儿还没想好怎么跟她坦白。

陈屹很快也刷到了她最新的那条动态，抬手点了赞，收起手机抬头看着她："你今晚睡哪儿？"

阮眠没反应过来："什么？"

几秒后，她扭头看了眼身后房门紧闭的两间客卧，讷讷道："其实我睡书房也行。"

陈屹捏着她手指，没说好也没说不好。

两个人沉默着坐了会儿。

陈屹起身将剩下的蛋糕放回冰箱，出来时，见阮眠还坐在那儿，关了餐厅的灯走过去："要不要先洗个澡？"

"啊？"阮眠回过神，"行。"

陈屹刚想说话，梁熠然拿着衣服从屋里出来，直接进了外面那间卫生间，他抿了下唇，低头看着阮眠："我房间还有间浴室。"

阮眠想着只是洗个澡而已，没必要那么矫情，更何况他们现在已经是情侣，也就没说什么，拿了换洗衣服去了主卧。

阮眠来过陈屹这里几次，但还是头一回进主卧，房间面积明显比其他两个房间大很多，装修简单大方，风格偏冷淡。

她把衣服拿进浴室，想起忘记带卸妆水，又出去找孟星阑。路过书房，陈屹看见她，走出来问了句："怎么了？"

"忘记带卸妆的了。"阮眠没和他多说，敲了敲孟星阑的门，进去拿了东西就出来。

洗完澡是十分钟后的事情，她擦着被水沾湿的头发，找到手机给陈屹发了条消息，说弄好了。

主卧和书房的门是对着的，这会儿门都没关，阮眠很快看到陈屹从对面走了出来，而后径直朝着屋里走来。

她放下手机，两人视线对上，陈屹目光落在她脸上停留了几秒，而后顺着往下："伤口沾到水了吗？"

"没有。"洗澡之前阮眠用保鲜膜裹了一层，而且洗的时候也很注意，除了边缘的纱布有些湿，其他地方都没有碰到水。

陈屹"嗯"了声，走到衣柜旁拿了自己的衣服："晚上你就睡这里，消炎药记得吃，水已经给你倒好放在外面客厅了。"

"哦。"阮眠擦头发的动作停了下来，犹豫了几秒问，"那你晚上睡哪儿？"

"还能睡哪儿？"他意有所指地笑了下，"这不是我的房间吗，我当然是睡在这里了。"

阮眠一愣。

陈屹看她有点被吓到的反应，走过来揉了揉她的脑袋："开玩笑的，我睡外面沙发，你早点休息。"

阮眠说不上来到底是松了一口气还是怎么，半天没想起来说话，倒是陈屹怕她忘记吃药，出去后又回来了一趟，把水和药都拿了进来，好像她是个记性多不好的人，又提醒了遍："别忘了。"

她点点头："知道了。"

陈屹道了声晚安走了出去，阮眠在那儿站了会儿，走到桌旁吃完药，在床边坐下，看见床头柜上摆了一个相框。

那是张全家福。

她拿起来看了眼，又想起什么扭头往另一个床头柜看，那里也摆了个相框，是高中毕业那年，他们六个人在教室外面走廊拍的那张合照。

阮眠将手里的相框放回去，起身走过去。那张照片被保护得很好，他们六个人的笑容和眉眼依旧清晰无比。

她盯着照片看了会儿，想到过去的很多事情，恍神间没有听见敲门声，陈屹站在门口，门没关，一眼看见她所有的动作。

他突然想起拍毕业照那天，两个人为数不多的两句对话。

陈屹记得那天天气特别晴朗，烈日当空，闷热聒噪，一群人站在图书馆楼前，气氛伤感却又热闹。

拍完集体合照之后，沈渝他们几个叫来梁熠然，六个人在理一班的教室外面拍下了那张合照。

孟星阑和沈渝抢着看照片效果，陈屹和阮眠在走廊那儿站了会儿，后来有其他班的朋友叫他过去拍照。

他走之前，想起什么，回过头对她说：“高考加油。”

记忆里她应该是笑了一下，然后才说：“好，谢谢。”

后来，陈屹再见到阮眠是在高考结束后的散伙饭上，但是那天他去得晚，又没有在包厢里久留，他们没能说上话。

从那之后的九年里，陈屹再也没见过阮眠，一次也没有，直至在洛林的那一晚。

重逢来得猝不及防，也在意料之外。

后来陈屹不止一次地想过，如果他和阮眠没有在洛林遇见，而是在梁熠然和孟星阑的婚礼上重逢，会不会又会像之前一样，匆匆一面之后，又是几年甚至是更久的空白。

这是个无解的命题。

就像他和阮眠错过的这几年，如果年少时的他心思更细腻些，会不会也有不一样的结局。

错过的结局已然无从得知，但值得庆幸的是，他们的现在、将来，乃至百年之后，都会成为彼此的牵挂和唯一。

良久后。

阮眠放下相框，回过头才看见陈屹站在门口，神情愣了一下，才说：“我好久没看到这张合照了。”

“怎么，你的那张呢？”陈屹记得沈渝后来将照片洗了出来，给他们一人拿了一张。

“丢了。”阮眠说，“几年前和朋友去外地玩，连钱包都被人一起偷了。”

“想要吗，我那里应该还有底图。”陈屹走进来，从抽屉里翻出充电器，“在我QQ空间里，你可以去翻翻。”

“好。”应完这句，阮眠忽地想起什么，“你QQ号多少，我QQ复读那年被人盗了，后来找回来好友都被删除了，我就没用那个号了。”

“难怪呢。”陈屹想起她复读那年，他回国过暑假，奶奶在书房里翻出当初给她补习作文的资料，随口问了他一句她如今的情况。

那时候微信已在国内广受推行，陈屹很少用 QQ，听了奶奶的话，点开 QQ 准备问一句，可翻遍了好友列表，也不见她的名字。

他当时没怎么在意，转而去问了李执，才知道她是那一年的高考状元，去了北方的城市读大学。

人在错过的时候，失去的从来都不会只有一样东西，那些当初不在意的事情，如今全都成了遗憾。

陈屹的 QQ 还是以前的那个，阮眠用自己现在一直在用的 QQ 加上了他的好友，他的头像和网名都没有变过。

阮眠在他空间里找到那张照片，存下来之后，直接在 QQ 给他发了消息。

[阮眠]：你头像的那只橘猫和你微信头像是一只吗？

[陈]：不是，QQ 这只几年前已经去世了，微信这只是它的崽，叫小小橘。

[阮眠]：哦，很可爱。

[陈]：今年过年可以带你见见它。

这话里的意思已经很明显了，按照他们两家现在的关系，到年底见家长其实也不算太快。

陈屹等了会儿，收到她的回复。

[阮眠]：好。

两个人在 QQ 上聊了会儿，很快就有了几页的聊天记录，在凑够十页之前，陈屹让阮眠早点休息。

[陈]：明天想吃什么？

[阮眠]：你下厨吗？

[陈]：嗯。

[阮眠]：明天再说吧，我现在想不出来。

[陈]：行，晚安。

[阮眠]：晚安。

房间里，阮眠发完这最后一条消息，放下手机卷着被子翻了个身，脑袋埋在枕头里，闻见一点淡淡的香味，和她身上的沐浴露是同个味道。

明明很困，她却翻来覆去怎么也睡不着，就这么躺到了两点多，阮眠觉得口渴，起身出去倒水。

客厅里还点着夜灯，陈屹躺在沙发那儿，长腿舒展不开搭在外面，听见开门的动静，他闻声坐了起来："怎么还没睡？"

阮眠："有点口渴。"

陈屹掀开毛毯站起来，走过去开了餐厅的灯，找到水壶给她倒了杯水。

阮眠接过去，问："你怎么也还没睡？"

"不习惯。"

她"哦"了声。

喝完水，阮眠放下杯子往回走："你早点睡。"

"好。"

阮眠走了几步，回头见他在沙发坐下，人站在那儿犹豫不决。

过了好一会儿，陈屹没听见关门的动静，回头见她站在那儿："怎么了？"

"没事。"阮眠轻吸了口气，像是做了什么重要的决定，抬眸看过去，"陈屹。"

"嗯？"

"不然——"她挠了下脸，"你来房间睡吧。"

说完那句话之后，客厅倏地陷入了一阵微妙的沉默，陈屹直白幽深的目光像是带着温度。

阮眠眼眸闪了闪，着急解释还差点咬到舌头："我不是，我就是——"

话还未说完，被陈屹出声打断："行，你先回去睡，我马上就来陪你。"

"？"

阮眠蒙了好几秒，才把他这句话里的几个字完整地拼凑到一起，读出其中的意思。

我马上就来陪你？

嗯？

她是这个意思吗？

她不是啊！

阮眠抿了下唇，一时半会儿说不出反驳的话，只能有些欲言又止地看了他好几眼。

陈屹却好像并不在意自己这话说得有什么不对劲，低头弯腰捡起掉在地上的毛毯，直起身的时候见她还站在那儿，微挑了眉，正要开口说什么，她猛地回过神，快步走回了房间。

他笑着放下手里的毛毯，跟着走了进去。

两个人似乎都没什么困意，陈屹睡姿好，躺下来之后就一直是那个姿势。

反倒是睡在旁边的人，翻来覆去，几下动作就把他那边的被子扯过去大半，还一点都没意识到。

在被子快要完全被扯过去之前，陈屹忽地伸手把人捞进了自己怀里，下巴抵着她的脑袋，低声道："睡不着？"

阮眠哪里想到他会有这个动作，一时间僵在那里说不出话来，整个人从上而下都能感受到他的体温，耳朵开始发烫。

陈屹久等不到回答，抬手捏了捏她的脸："怎么不说话？"

"没有。"阮眠庆幸是背靠在他怀里，脸往枕头上埋了埋，瓮声说，"我有点认床。"

陈屹放下胳膊，顺势握住她的手腕，指腹停留在那儿摩挲着。她虽然瘦骨架也小，但不管是哪儿捏起来都是软绵绵，手感特别好，让他有些爱不释手。

房间里没有一点光亮，其他的动静就显得有些清晰，呼吸起伏、衣料摩擦，甚至是彼此间的每一次心跳。

两个人用的是同一款沐浴露，周身围绕的气息是一样的，陈屹有一下没一下地捏着她的手腕，时不时地往下捏捏手指。

阮眠在这样温情的氛围里，也逐渐放松下来，指尖偶尔戳一下他的手心，工作原因，她的十根手指指甲都剪得圆润干净，戳过去只有柔软的指腹触感。

阮眠任由着他把玩手指，无意问起："你晚上为什么不许愿？"

"嗯？"陈屹淡淡说，"没什么想要的了。"

她抬头："一点都没吗？比如升官发财这些都不想吗？"

"不想，做人不能太贪心。"陈屹这下没躲了，把人圈在怀里，温声说，"毕竟想要的已经得到了。"

阮眠没反应过来："什么？"

他低头亲在她耳侧，声音压得很低，尾音带着浅浅的笑意："你呀。"

次日一早，陈屹在生物钟的作用下，六点多就醒了过来，并不是他想象中的温情画面。

——原先躺在他怀里的人不知道什么时候滚到了床的边缘，不仅如此，她还卷走了大半床被子，将自己裹得严严实实。

陈屹四点多被冻醒，抬手将被子拽回来一角，等到早上又是只剩个被角搭在腿上。

他有些好笑地看着一旁睡得昏天暗地的某人，轻手轻脚将她抱回床中间，起身下床才觉得有些鼻塞，像是感冒的前奏。

陈屹怕吵醒阮眠，去了外面的卫生间洗漱。

收拾完，梁熠然和沈渝也从各自房间出来，三个大男人提着垃圾，准备出门去买早餐和菜。

陈屹想起什么，回了趟房间，被他起床之前抱回到床中间的人这会儿又裹着被子睡到了边边角角。

他走过去，蹲在床边，叫了声："阮眠？"

第一声她没应，后来又叫了几声才有反应，声音带着散不尽的倦意："嗯？"

"中午想吃什么？"

她又是一声"嗯"。

陈屹觉得好笑，也不再打扰她睡觉，临走前还想着把人抱回去，想了想，还是作罢。

就这样吧。

后来买完菜回来，陈屹在家里翻出感冒药吃了两粒，见时间还早，准备回房间再睡一会儿。

阮眠仍旧睡得很熟，但因为他走之前把空调往上调了几度，她这会儿没有把被子裹得太严实，只是从这一边滚到了他昨晚睡的那一边。

陈屹换了睡衣，掀开一角被子躺下去。过了会儿，她像是察觉到什么，慢慢挪进了他怀里。

他没敢动得太厉害，加上吃了药之后头有些昏沉，很快就睡着了。

房间重归安静，外面的日头愈升愈高，厚实的窗帘挡住了所有光芒，屋里仍旧暗沉无光。

突然乍响的手机铃声打破了这一片静谧。

阮眠是最先被吵醒的，她伸手往旁边摸，没摸到手机，皱着眉睁开眼的时候，陈屹已经从他那一边拿到电话，哑着声道："喂。"

听筒里没了动静。

陈屹拿下手机，看到来电显示是爸爸，还没回过神，阮眠也已经起身凑过来，这时候听筒里缓慢而迟疑地传来一声——

"眠眠？"

陈屹前段时间不小心摔坏了手机，没时间去修，就翻出了以前的旧手机，恰好和阮眠的是同型号同款式，两个人的来电铃声又都是系统默认。

更不巧的是，昨晚阮眠是睡在左边，手机也放在左边床头，但陈屹第二次进来的时候，她人却睡到了右边。

陈屹也没想到会有这么一茬，随手将手机一放，就在左边的空处躺下了。

这会儿，两个人听见听筒里传来阮明科疑惑的声音，互相看了眼彼此后，阮眠倏地回过神，拿过手机说："爸爸是我，给我几分钟，我等下给您回电话。"

说罢，她就立马掐断了通话。

屋里陷入一阵尴尬的沉默。

陈屹睡了一觉后，头已经没有那么昏沉，起身坐起来，只是声音有些低哑："我给伯父打个电话解释一下？"

"算了，我打吧。"阮眠把手机往被子上一丢，弯腰埋了下去，脊背因着这个动作紧贴着睡衣，露出笔直嶙峋的轮廓，一截细腰也露在外头。

陈屹抬手捏着她睡衣下摆往下扯了扯，抬手捏了两下鼻梁："我出去等你，你先给伯父回个电话。"

阮眠应了声好，慢吞吞地直起身。陈屹抬手拨开粘在她脸上的头发，够到手机递给她："有什么问题我担着。"

"嗯。"

陈屹又揉了揉阮眠的脑袋，起身下床，出门前拿走了自己的手机。

屋里伴随着开关门的动静又安静下来，阮眠拿着手机想了会儿，才拨通阮明科的电话。

几秒后。

"爸爸。"她张口喊完这声，没了下文。

阮明科反应寻常，也没提起先前那一茬："刚起啊？"

阮眠摸着被子上的纹路，低头"嗯"了声。

父女俩沉默了会儿，阮眠低不可闻地叹了口气，鼓足勇气提道："爸爸，刚才接电话的是陈屹。"

阮明科："我猜出来了。"

"我们……"其实阮眠在那一会儿已经想到好几个理由可以解释为什么是陈屹接的电话，但当真要说出口时，又变成了坦白，"爸爸，我和陈屹已经在一起了。"

阮明科像是一点也不惊讶："什么时候的事情？"

"上次端午节回去的时候。"阮眠说，"我跟陈屹之前在洛林就已经见过面了，我没有想到他就是陈伯伯的儿子，我也不是故意想瞒着你们的。"

"难怪呢，那天我看你俩都有点不对劲。"阮明科笑笑，"在一起就好好在一起，这又不是什么坏事。"

"嗯。"阮眠揉着额角，想了想还是把方如清的顾虑跟阮明科提了一下，"爸爸，您能不能帮我跟妈妈沟通沟通？"

"好，我回头跟你妈联系。"阮明科想起什么，"眠眠，虽然你已经不是十几岁的小姑娘了，但谈恋爱归谈恋爱，有些事情还是要做好保护。陈屹是爸爸朋友的儿子，照理说人品方面是不会有什么问题的，但你是爸爸的女儿，我作为父亲，唯一的要求就是希望你在这段感情中，无论是情感还是身体上都不要受到任何伤害。"

阮眠听到阮明科前半句话时还觉得不好意思，等听到后面，却觉得眼眶发热，怕被他听出哭腔，只是重重地"嗯"了声。

"好了，你妈妈那边你也不太担心。"阮明科没再多说什么，叮嘱了句天热不要不吃饭就挂了电话。

没了后顾之忧，阮眠低头掉了两滴泪，但很快就抬手抹掉了。她点开微信给陈屹发了条消息。

[阮眠]：我跟我爸说了我们的事情。

陈屹没有及时回消息，阮眠起床踩着拖鞋进了浴室洗漱。洗脸的时候，她听见外面拉窗帘的动静，想扭头看一眼，却不想洗面奶的泡沫进了眼睛，虽然是不刺激型的，但总归还是有些难受。

她连忙低头洗干净，腰上忽地多出来一双手，紧接着肩上就多了大半重量，男人温软的唇落在她耳畔亲吻着。

阮眠下意识地瑟缩了下。

陈屹咬了下她的耳垂，抬起头从镜子里看着她："伯父说什么了？"

"没说什么。"阮眠从包里翻出单独包装的擦脸巾，抹掉脸上的水珠，"他好像不太惊讶我们在一起的事情。"

"我刚才也给我爸打了一个电话，说了我们的事情。"不仅如此，陈屹还找陈父要了阮明科的联系方式，特地打电话过去解释了番。

他低头看见她眼尾的红，指腹贴过去："哭了？"

"没有，刚才洗面奶进眼睛了。"阮眠没想到昨晚还在担忧的难题，只是早上一个电话的工夫，就全都迎刃而解，虽然解决的方式有点尴尬，但起码是解决了。

陈屹没再多问，下巴搭在她脑袋上，抬手从两边捏了捏她软乎乎的脸颊："那晚上跟我过去吃饭？"

"……"

他勾勾嘴角："中午想吃什么？"

"随便点吗？"

"嗯。"

"红烧排骨？"

"行。"陈屹爽快应下，又搂着阮眠往外走，让她在床边坐下后，蹲下去检查了下她脚踝处的伤口。

没沾水没发炎没肿，万事大吉。

他松开手，站起身，低垂着眼看她："你慢慢弄，我先去厨房收拾。"

阮眠点头说好，转身去找自己的手机，在被子上摸索了半天也没找着。见状，陈屹走过去，几乎没怎么费神就找到了手机。

她"哎"了声，笑着伸手去接。

陈屹顺势握住她的手腕，低头亲了下去。

窗外阳光大好，屋里缠绵悱恻。

陈屹没有和阮眠说自己跟阮明科联系的事情，阮眠也没有和他提起方如清的态度。

两个人都瞒着彼此在为这段感情做努力。

中午吃过饭，孟星阑要回之前下榻的酒店参加临时会议，梁熠然陪着她一块过去了。

沈渝被暂住在 B 市的父母叫回家，不出意外又是相亲，上次为这事闹过一通之后，沈父被沈渝的叛逆气到高血压突升，在医院住了大半个月，后来又和妻子回到平城调养了一段时间。

前不久回来之后，夫妻俩和沈渝促膝长谈了一夜，双方都退让了一步，相亲还是会有，但都要经过沈渝同意，才会安排见面。

成年人总是逃不过这样的命运。

一伙人走了之后，原先热闹喧腾的屋子瞬间安静了不少，陈屹洗了葡萄和草莓端到客厅茶几上，见阮眠正在打电话，没凑过去打扰她。

几分钟后，通话结束，陈屹见她脸色沉沉，低声询问："怎么了？"

阮眠低头找拖鞋，边走边说："师姐那边出了点问题，现在在医院，我得过去一趟。"

陈屹跟过去："我送你。"

阮眠昨晚过来没开车，这会儿外面日头正晒着，光是走出家门就已经能感受到热意，也就没拒绝。

上车之后，阮眠把定位发给陈屹，又给林嘉卉打了一个电话："我已经出门了，估计还有一个小时就能到你那儿。"

陈屹看了眼导航的目的地，是 B 市一家妇产科医院，他隐约猜出什么，但毕竟是人家的私事，也没有过问太多，只握了握阮眠的手，安抚道："已经在医院了，应该不会有事的。"

阮眠叹气："嗯。"

到医院确实是一个小时后的事情，陈屹陪着阮眠进了医院，但没有跟着一起上楼："我在大厅等你，有什么需要给我打电话。"

"好。"上楼之后，阮眠直奔林嘉卉所在的病房。那是两间，旁边躺着一个刚刚做完手术的年轻女人，脸色惨白，床边坐着好几个女人，一群人显得躺在另一张病床上的林嘉卉格外形单影只。

阮眠走过去："师姐。"

"你来了。"林嘉卉被旁边那个女人吓着了，脸色和她也相差无几，"我本来没想麻烦你的，但我找不到其他人了。"

林嘉卉和男友周远恋爱十年，从大学走到现在，本该是谈婚论嫁的年纪，但因为各自的工作和家庭因素一直拖到现在都没有结婚。

上周她在医院常规体检，被查出怀有身孕，原想着有了孩子就能考虑结婚的事情，周远却想要她把这个孩子打掉。

林嘉卉自然是不愿意，两个人因为这个问题大吵了一架，已经濒临分手的边缘。

今天上午，周远在出差之前给林嘉卉发了条消息，大概意思就是如果她非要生这个孩子，那他们就分手。

林嘉卉捂着脸哭起来，阮眠不知道怎么安慰，等她哭完，才问："那你现在是打算不要这个孩子吗？"

"我没有办法了。"林嘉卉哽咽着，"我一个人怎么养得了孩子。"

……

手术早在阮眠来之前就安排好了，时间也比想象中要短，阮眠替林嘉卉忙前忙后，安顿好之后，她才想起来陈屹还等在楼下，见林嘉卉还在睡着，她跟护士交代了声，去了一楼大厅。

陈屹见她跑得满头大汗，起身兜住人，回头拿起旁边一瓶没喝过的水拧开递给她："情况怎么样？"

阮眠喝了一小口，抿抿唇："不太好。"

怎么个不太好法陈屹没问，他抬手抹掉她额角的汗："那你现在是要留在医院吗？"

"差不多吧，等师姐醒了，我再问问她要不要回去拿什么东西。"阮眠叹声气，一副愁云惨淡的模样。

几秒后，她想起什么，松开手催促道："你走吧。"

"嗯？"陈屹把人拽回来，觉得有些好笑，"这么没良心？好歹今天还是我生日。"

阮眠本来就是因为想到今天是他生日才想着催他早点离开，他这么一提，她更觉得有些对不起他，补偿似的凑过去在他嘴角亲了一下："生日快乐，陈屹同学。"

陈屹的车在院子里停下来的时候才下午四点，外婆柳文清惊讶地从屋里出来："不是说晚上才过来吗？"

他从车里下来，随手关上车门，朝前走了几步，扶住老人的肩膀："没什么事，就先过来了。"

林嘉卉暂时需要住院疗养一段时间，他走之前人还没醒，阮眠着急回去照看，和他没说几句话就走了。

"女朋友呢？"柳文清笑意温和，"之前不是说有喜欢的姑娘了，怎么到现在还没定下来？"

陈屹这次没再遮遮掩掩："定了，等下次我带她过来吃饭。"

"真的啊？"

"当然是真的，我骗您做什么。"陈屹扶着柳文清走进屋里，客厅里没开空调，顶部吊着一台吊扇，正缓缓送着风。

柳文清唤来保姆给陈屹盛了碗消暑的绿豆汤，清汤寡水里漂着几瓣百合叶子，好在是没加冰，陈屹端过来喝了几口。

晚上吃过饭，陈屹去厨房找了阿姨，要把鸡汤盛出一份打包带走。

阿姨找出一个保温桶，柳文清听到动静走过来："这么晚还去给谁送吃的啊？"

"女朋友，"陈屹摸了下鼻尖，"她在医院值班。"

"你这孩子，也不早点跟我说你要去给人家送吃的。"柳文清走进厨房，又洗了两盒草莓放在另一个保温盒，"不然我煮点馄饨你一起给她带过去？"

"不用，夜宵也吃不了那么多。"陈屹接过阿姨打包好的东西，"那我先过去了。"

"好，路上注意安全。"

"知道了。"

等到医院楼下，陈屹给阮眠发了微信。

[CY]：我在楼下，给你带了夜宵。

[阮眠]：我马上下来。

他看到阮眠的回复，低头勾了勾嘴角，收起手机靠着车门。夜晚凉风清爽，高楼大厦撑起一片天。

几分钟后，一道身影出现在大楼底下，一开始还是跑着的，等看见了人，反而慢了下来。

两个人说了会儿话，阮眠担心林嘉卉的情况，正准备上楼，又想起什么，补偿似的凑过去在他嘴角亲了一下："生日快乐，陈屹同学。"

陈屹眼疾手快地把人拽回来，讨了个更长时间的吻。

阮眠拎着保温桶回去的时候，林嘉卉正在打电话，言辞之间尽显激烈，不难猜出对方是谁。

她在门口站了会儿，等到屋里没了动静，才走进去："师姐，你要不要吃点东西？"

林嘉卉红着眼，脸色苍白："我不饿，你吃吧。"

"多少吃点吧。"阮眠盛了一小碗鸡汤递过去，"不管怎么样，自己的身体才是最重要的。"

林嘉卉没再拒绝，接过去勉强喝了两口，问："陈屹呢，回去了吗？"

"刚走。"阮眠也端着碗坐在一旁。

"真羡慕你们。"林嘉卉说着，一滴泪掉在汤碗里，自顾自地说，"我跟周远认识十年了，我把我最好的青春最宝贵的时间全都给了他，结果到头来，他却因为孩子要跟我分手。可明明这也是他的孩子，我如果真的怕吃苦，我怎么会跟他在一起这么久。我从来没有想过要他多富有、事业有多成功，我只是想要和他有个家而已，只要那个人是他，其他的我都不在乎。"

林嘉卉手捂着眼睛，阮眠怕她洒了汤，伸手接过碗放到一旁。

对于她的羡慕阮眠不置可否，虽然比起林嘉卉和周远的这十年，她和陈屹只能是有过之而无不及。

就像过去那些年她不为人知的暗恋，因他而起的心酸和难过，在八中的那两年甚至后来的很多年，都一直只是她一个人的独角戏。

但命运始终没有亏待过阮眠，她曾经的可望而不可即，无数的遗憾和难过，在如今终归都被岁月一笔勾销。

第二天，B 市接连晴了几日的闷热天气被突降的一场大雨浇得一干二净，陈屹在家里吃过早餐，望着窗外的飘泼大雨，拿起手机给阮眠发了消息，问她还在不在医院。

阮眠过了十多分钟才回的语音消息，背景音是很明显的雨声。

"不在，我现在回去给师姐拿点东西。"

陈屹拨了电话过去："坐上车了吗？"

"还没，下雨不好打车。"阮眠说，"我准备过去搭地铁。"

陈屹当机立断，不容拒绝："在地铁站等我，我过来接你。"

医院和大院在一个方向，距离算不上远，只是下雨路况变得复杂，比昨晚过来多花了二十多分钟。

接到人，陈屹拿起出门前泡好的姜汤递过去："喝点。"

"什么？"阮眠揭开盖子，姜味扑鼻而来，她又立马合上，将窗户开了道细缝，才觉得呼吸间那种窒息感少了很多。

她把杯子放回去，解释道："我不喜欢碰有姜味的东西，而且我刚才也没有淋到雨，喝不喝都不会感冒的。"

陈屹没说什么，目光从她湿淋淋的肩膀上挪开。

车外大雨倾盆，砸在车顶玻璃上发出沉闷的动静。阮眠昨晚没怎么睡好，这会儿听着雨声困意上涌，很快便靠着椅背睡着了。

陈屹等红灯时见空看了她一眼，抬手将空调往上调了两度，又把她那边的车窗关严实了。

到地方，车子开不进去，陈屹叫醒了阮眠，核实了信息才放行。几分钟后，车子在单元楼下停稳。

阮眠解开安全带："你等会儿有事吗？"

"没事，怎么了？"

"师姐有个朋友今早从老家赶了过来，我下午再过去，你要不要跟我上楼坐会儿？"

上次有人，陈屹没好上去打扰，这次天时地利人和，没有拒绝的理由。

"行啊。"

两个人下了车，阮眠看到陈屹把保温壶也拿了下来，眼皮忍不住跳了跳。

家里好几天没人住，显得有些冷清，阮眠从鞋柜里找出一双干净的棉拖鞋："没夏天的拖鞋了，你将就一下。"

"没事。"陈屹换了鞋，跟着阮眠朝里走。客厅沙发上放着几个印有卡通头像

285

的玩偶，屋子虽小，但处处可见温馨。

两间卧室是对通，中间隔着一个客厅的距离，互不打扰。

"你随便坐，我去给手机充下电。"阮眠进了卧室很快又出来，闻见空气里有股淡淡的姜味，视线往茶几那儿一看。

陈屹正在喝他自己带来的姜汤。

阮眠恨不得离陈屹几米远，陈屹却盖上杯盖，回头看着她，声音低磁："过来。"

她犹豫了下还是走了过去，但心里仍旧抗拒接受那股呛人的味道，强调道："我不——"

话说到一半，阮眠就被陈屹拉了过去，跌倒在他怀里，呼吸间的姜味掺杂着男人身上特有的清冷调，莫名被压制了几分。

她不得已撑着他的身体坐起来，掌心里残留着他胸膛的温度，客厅的窗帘拉了一半，昏暗的光线里，这个距离显得格外暧昧。

陈屹欺身靠近，抬手捏着她的后颈，唇瓣从她额角一点点吻下来："不喜欢有姜味的东西？"

"嗯……"阮眠差不多是坐在他身上，因着亲吻的动作，微低着头，手下意识地揪着他的衣服，尾音轻颤，分明是胆怯却平白像是在勾引。

陈屹轻滚了下喉结，仰头咬住她的下唇，牙齿微磨，嗓音低沉似是在蛊惑："那我呢？"

第十八章
亲一下就不疼了
Mei you ren xiang ni

屋外狂风骤雨，伴随着屋内时而溢出的暧昧动静，让气氛更添几抹缱绻旖旎。阮眠手挂在陈屹脖子上，呼吸变得灼热滚烫，后颈被陈屹揉捏着，那一块也像是沾染上他的温度。

长驱直入的攻势让她毫无防备，湿热的舌尖纠缠在一起，呛人的姜味在唇齿交融间漫开。

她欲向后躲着，却又被他捏着下颌牢牢控在怀里，他手按着她的后颈，不断加深这个吻。

阮眠难以自持地喘息着，眼尾泛着红，舌尖的姜味在逐渐加深的亲吻中被消融散尽。

她近乎被陈屹完全掌控着呼吸，耳边是他有些急促的喘息声，像是带着某种不可言说的情绪。

她睁开眼，男人的眼眸微合着，睫毛长而密，皮肤毛孔极小纹理细腻，透着情欲的红。像是察觉到她的注视，他缓缓抬眸对上她的目光，眼眸又黑又亮，深邃而多情，几乎让她溺毙在其中。

下一秒，他滚烫的唇倏地吻在了她的眼睛上，唇瓣上的湿热在眼皮上留下痕迹。

他一点点往下，而后偏过头，含住她的耳垂，舌尖缓慢舔咬着，牙齿顺着耳郭弧度，轻而慢地咬过去。

良久后。

屋里的暧昧气息逐渐平复下来，屋外的雨势不减，豆大的雨滴砸在玻璃上，发出叮叮当当的动静。

两个人交叠着坐在那儿，过了会儿，阮眠起身走进厨房烧了壶水，打开冰箱，满满都是食材，但有些搁置太久都已经枯败发黄。

她把不能吃的蔬菜挑出来，又从冷冻室里找出大半包鸡翅根，放在水池里解冻。

弄完这些，阮眠走出去："陈屹。"

"嗯？"陈屹抬眼看她。

"你中午要留下来吃饭吗？"

闻言，陈屹看了眼墙上挂着的时钟，已经快十一点，他扭头问："你下午什么时候去医院？"

"三四点左右。"

"那吃吧，吃完我送你去医院。"

"好。"阮眠没说什么，随手将头发扎起来，又进了厨房。

两居室的屋子，开放式的厨房正对着客厅，没有任何遮挡，陈屹弯腰捡起垂在地板上的毛毯，起身走了过去。

阮眠正在削土豆皮，陈屹站在那儿盯着看了几秒，察觉出了不对劲，也不知道是刀钝还是她手法不娴熟，一颗本就不大的土豆被她削完皮之后近乎小了三分之一。

在她伸手去拿第二颗的时候，他轻声问了句："会做饭吗？"

阮眠停下动作，抬头看他，眼眸清澈透亮，一脸天真样："我不知道你对会的概念是什么。"

一听这话，陈屹也不打算继续问下去了，走过去接了她手里的活："还是我来吧。"

阮眠原本就不怎么下厨，没跟他推让，很快洗了手站到他先前的位置。

男人的指节白皙修长，手背筋络纹理分明，拿着土豆和削皮刀也格外赏心悦目，动作也很娴熟，没几分钟就将土豆及其他蔬菜收拾干净。

清理完这些，陈屹转身朝她举着胳膊："帮我卷一下衣袖。"

阮眠回过神，抬手帮他把衣袖卷上去，怕掉下来还往上推了推，直至露出整个小臂："行了吗？"

"可以。"他盯着她，忽地俯身亲在她嘴角，声音含笑，"谢谢。"

"……"

陈屹做菜的速度很快，半个多小时的工夫，炒了两个素菜和一盘红烧鸡翅，另外还打了个紫菜蛋汤。

两个人吃饭也不怎么说话，自己吃自己的。等到差不多了，陈屹先放下筷子："你中秋回平城吗？"

"不确定，看有没有班吧。"阮眠还有些意犹未尽，舀了一小碗汤，"你有假吗？"

"估计没有。"

她"哦"了声，低头喝了口汤，想起什么："那你们国庆是不是还要参加阅兵仪式？"

"我们今年不用，前年参加过一次。"陈屹说，"你去看过吗？"

阮眠摇摇头，话里不知真假："我很忙的。"

陈屹和她视线对上，很轻地笑了下，也没有说什么。阮眠安静喝完一碗汤，两个人一块收拾了残局。

外头雨势不减，乌云遮天蔽日，整片天空昏沉沉的，阳台的推拉门没关，雨滴砸在玻璃上，动静不小。

阮眠昨晚在医院租的陪床椅，硬邦邦的，也没怎么睡好，这会儿听着这雨声困意直翻滚，坐在沙发那儿连着打了几个哈欠。

她扭头看陈屹，他靠着沙发，坐姿挺直，眼眸微合着，屋里电视闪动的画面在他脸上映出斑驳的光影。

阮眠不确定他有没有睡着，俯身凑近了："陈屹？"

"嗯？"这声倦怠慵懒，像是从胸腔深处溢出来的，他掀眸，眼神有些涣散，"怎么了？"

"你去房间睡会儿吧。"阮眠向后一指，"那个是我的房间。你要不要换睡衣，我这里有一套男士睡衣。"

陈屹往后仰着头，喉结因着这个动作完整地露了出来，锋利分明，弧度轮廓格外清晰。

过了几秒，他又坐了起来，说了声"好"。

阮眠带他回了自己房间。

她住的是主卧，面积大一点，相对来说房租就高些，还配了一间小浴室，阳台是个飘窗，上面堆的全是专业书。

屋里布置简约而温馨，床边丢了一个懒人沙发，书桌挤在飘窗那一角的墙角，衣柜是内嵌式，书桌旁还立了一个书架。

地板上铺着绒毛地毯，踩上去软塌塌的。

阮眠从衣柜里翻出那件睡衣："这是我去年凑单买一送一的赠品，一次没穿过，你先换衣服，我去洗个澡。"

"行。"陈屹接过衣服，当着她面就开始解衬衫的扣子，她愣了下，回过神立马转身走了出去。

陈屹勾勾嘴角，动作利索地换上了睡衣。

房间里没有开灯，昏沉暗淡，伴随着窗外的雨声，催眠效果极佳。陈屹掀开被子躺下去，没一会儿困意就又重新找了回来。

半梦半醒间隐约听见开门声，他微眯着眼，看见阮眠进了浴室又轻手轻脚走了出去，怀里抱着一堆衣服。

他没作声，翻了个身继续睡着。

阮眠是刷过牙洗完脸之后才想起来没拿换洗衣服，小心翼翼地进去了一趟，出来快速洗了个澡。

吹完头发，她又回了卧室。

陈屹的睡姿很好，只占了床的一小半，阮眠走到飘窗那边，动作缓慢地拉上了窗帘，屋里完全暗了下来。

她摸索着走到床边，掀开被子躺了下去，原先睡在旁边的人立马靠了过来，胳膊搂着她："定闹钟了吗？"

"定了，三点半的。"

"嗯。"他声音又小了下去。阮眠起身将他胳膊往上挪了挪，拽着枕头垫在脑后，调整了一个舒适的姿势重新躺了回去。

屋里逐渐安静下来，窗外的雨势也慢慢变小，夏季暴雨过后的天空飘着几朵零散的云，阳光晒得空气闷热。

猛烈的日头渐升，到了六点多却又被暮色渲染，西边的云层拉扯，大片的晚霞铺满整片天空。

陈屹是在夕阳落下的最后一刻醒来的，那会儿卧室里只留他一个人，遮光帘不够厚，漏了些光在被子上。

他捏了捏鼻梁，掀开被子坐起来，手边的床头柜上放了张字条：

我先去医院了，记得帮我关门。

陈屹手往被子上一摊开，眯着眼靠着墙缓了会儿，起身捞起一旁的西裤，从口袋里摸出手机。

18:47。

他拨通了阮眠的电话，第一通没人接，后来等他换好衣服，她回了电话过来："我刚刚帮师姐打水去了，你起来了没？"

"起了，你怎么不叫我？"

她"啊"了声："我看你睡得挺沉的，而且我起的时候外面已经没下雨了，我就自己开车来医院了。这样我晚上回去也方便，你是不是要回去了？"

"嗯。"陈屹这一觉睡的时间超过了他的预期，距离归队时间也没剩下多少，"你家这门是不是只要关上就行了？"

"对。"阮眠说，"我放在门口的垃圾走之前忘丢了，你也帮我带下来丢掉吧，里面有些碎瓷片，你小心点。"

"知道了，还有别的吗？"

"我想想。"停了几秒，她又说，"厨房里好像还有袋垃圾，就在流理台上。"

陈屹走出去："看见了，还有吗？"

"还有啊——阮眠兀自笑了声，猝不及防地坦白道，"其实我不会做饭来着。"

"看出来了。"陈屹声音懒懒的，似是调侃，"土豆都快给你削没了。"

"我太忙了，没时间学这个。"

"以后也不用学。"陈屹把那包垃圾拎出来，"家里有一个会的就行了。"

阮眠拿着手机笑，视线往走廊那儿一扫："我先不和你说了，我看见师姐的男朋友了。"

"好。"陈屹想了想，叮嘱道，"别起争执。"

"知道了。"

挂了电话，阮眠朝着前边走过去。周远刚找护士问了林嘉卉的病房，一扭头看见阮眠，朝护士道了声谢，急匆匆朝她跑了过来，神情担忧："阮眠，嘉卉她还好吗？"

"你觉得呢？"阮眠看着他捧在怀里的花和果篮，"你是来看望病人，还是来见女朋友的？"

"我……"

阮眠转身要走，周远急忙跟上来："嘉卉她不接我电话也不回我消息，我真的很担心她。"

"你如果真的担心她，就不会让她一个人来做手术。"阮眠停在病房门口，回头看着他，语气冷淡，"师姐见不见你我做不了主，但她如果不想见你，我是不会让你进来，所以还麻烦你在外面等一会儿。"

周远抿了抿唇："好。"

阮眠进了病房，林嘉卉抬头看着阮眠："周远来了是吗？"

"嗯。"

"让他进来吧。"林嘉卉笑了笑，"这两天辛苦你了。"

"你跟我还客气什么。"阮眠说，"那我帮你叫他进来，你们好好谈谈。"

"好。"

那天傍晚，周远跟林嘉卉在病房里谈了很久，阮眠下去吃了晚饭回来，又在楼下闲逛了大半个小时，才看见周远从医院大楼里出来，怀里空荡荡，神情也不似来时颓丧。

阮眠犹疑着回了病房，却见那束殷红的玫瑰被丢在垃圾桶里，林嘉卉拆了果篮："正好，这个你带回去吃吧。"

她有些弄不明白了，但也没好多问。

后来那几天，阮眠再去医院总能看见周远的身影，但每回他人一走，林嘉卉就会把他带来的花丢进垃圾桶。

就这样过了一个星期，出院那天周远特地请了假过来，中午他和林嘉卉还请阮眠吃了饭。

等回到家里，周远又赶回公司，阮眠在客厅打扫卫生，过了会儿，林嘉卉从房间里收拾了一堆东西出来。

阮眠认出其中一些都是周远以前送林嘉卉的礼物，林嘉卉从前拿它们当宝贝，这会儿却全都弃之如敝屣。

"师姐，你这是？"

"都是周远以前送我的东西，我打算还给他。"林嘉卉从阳台找了个纸箱，坐在地垫上一样样往里放，"我准备离开 B 市了。"

阮眠一愣。

林嘉卉说："我参加了我们科跟 S 市医院的交流学习研究，为期两年，下个月就要过去了。"

"那你交流结束之后还回来吗？"

"不回来了。这次交流结束之后，我打算申请留在那边的医院。"林嘉卉笑，"你知道的，我的家乡就在 S 市，当年如果不是因为周远，我是不会来 B 市读书的，更不会留在这里。讲真的，我一点都不喜欢这里。"

说着，一滴泪猝不及防掉了下来，她低下头，看着手里的曾经视如珍宝的八音盒，喃喃道："我甚至讨厌过去的那个自己。"

阮眠心里难受堵得慌，偏头看向别处，抬手抹了下眼角，故作轻松地笑了声："既然决定了，那就走吧。还有啊，不管现在的林嘉卉怎么样，我觉得过去的那个林嘉卉都是一个很勇敢的女生。"

——她为了喜欢的人而不顾一切的勇气，是十六七岁的阮眠曾经最渴望拥有的一样东西。

林嘉卉要离开 B 市并不是说走就走的事情，她在这座城市读书生活了十多年，几乎将人生里最重要的十年都留在了这里，除了爱情和事业还有其他方方面面的琐事。

其中一件便是她和阮眠合租的房子。房子十月份到期，阮眠不打算找新室友，决定重新在医院附近租套一居室。

周末，阮眠抱着笔记本电脑坐在沙发上，和中介在线上沟通。

刚问了两句，她手机响了。

来电显示，陈屹。

阮眠开了免提放在沙发扶手上，一边听他说话，一边回中介消息。陈屹说了两句，听见敲键盘的动静，停下所有话头，问："在忙？"

"没有，我在和中介聊天。"阮眠拿起手机关了免提，凑到耳旁，解释道，"师姐过阵子就要去 S 市交流，而且以后也不打算回 B 市，我跟她合租这房子十月份合约就到期了，我打算重新租房。"

陈屹"嗯"了声，问："你现在这套房子为什么不打算续租了？"

"我觉得一个人住两居室有点浪费，而且以我现在的工资供这套房子会有点压力，要不然我也不想搬走。"

陈屹低声问："那你怎么不重新再找个室友？"

她还在分心跟中介沟通，声音忽远忽近："我跟师姐是熟人，相处起来没什么问题，如果找个陌生人，住起来我会觉得有点尴尬。"

他步步设套："那找个熟人？"

"现在一时半会儿也找不到合适的熟人呀，而且我也不想跟同事住在一起。"

在医院人情往来已经足够复杂，阮眠不想再把这些掺杂到私人生活里。

"那——"陈屹拖着腔，声音含笑，"男朋友考虑吗？"

"嗯？考虑什——"等到阮眠反应过来到底是考虑什么之后，整个人直接愣在了原地。

明明是之前才和林嘉卉讨论过的事情，但真当被拎到明面上来的时候，她还是有些猝不及防："你真要住过来？"

"你要是觉得不合适，我就租了不住过来。"陈屹低声说，"你不是在这里住了很久吗，不想搬我们就不搬了。"

闻言，阮眠心里像是被敲碎的蜜罐，又软又甜，软声道："也不用这么麻烦了。"

陈屹以为这话是拒绝，不想下一秒，她又说了句："你什么时候休息，过来看看房吧，要是觉得合适，你住进来也行。"

后面几个字的音量明显小了很多，陈屹隔着屏幕也能想象得到她此时此刻的模样，压低声音里的笑意说："好，那我这周末过来。"

"周几？几点过来？"阮眠这会儿仿佛真拿他当过来看房的租客，"我这周单休，只有周日休息。"

本就是走个过场的事情，陈屹没怎么在意："那就周日。"

"行。"

很快到了周日那天，阮眠一早起床，瞧着散乱的客厅，开始忙活起来。

陈屹来的时候，她刚把洗好的衣服晒起来，听见敲门声，摁停了正在运转的洗衣机，走过去开了门。

然后，人愣在了那里。

陈屹今天不是以往黑衣黑裤的造型，而是一身常服，熨烫妥帖的衬衫和军裤，衬得他身形修长挺括。

他皮肤底子好，这一身橄榄绿更是衬得人清秀俊逸，以往漆黑冷淡的眉眼，此刻掺了点笑意，反倒多了些温柔。

陈屹嘴角一扬，抬手在她鼻尖不轻不重地刮了下："怎么了？"

阮眠倏地回过神，欲盖弥彰似的挪开了视线："没，我就是在想你怎么进来的，上次不是还要门禁卡吗？"

"可能看我穿着这身衣服，觉得我看起来应该不像是什么坏人。"

阮眠瞧着他那张白皙清俊的脸，忍不住反驳道："你就算不穿这身衣服，看着也不像坏人。"

"那怎么上次不让我进来？"陈屹边解了袖口的扣子，边缓步朝她靠近，将她抵在鞋柜旁，懒懒道，"不然阮医生去给我讨个公道？"

又来。

阮眠不受控制地耳热，转身要走，胡乱搪塞道："下次吧。"

陈屹却截住她的手腕将人带了回来，两手撑在她身侧，微微低着头："躲什么？"

"没躲。"饶是阮眠一而再再而三地回避，可还是忍不住把目光落在他脸上，而后一点点往下。

从额角、眉眼、鼻梁再至薄唇，而后是弧度明显的喉结，再往下，他的衬衫扣子扣得工整，恰好停在喉结下方的位置，以至于什么也看不见，腰间一根黑色的皮带，勾勒着精瘦的腰身。

阮眠重新抬眸看他，抬手攥着他的胳膊，声音温温软软："你今天怎么穿这身衣服了？"

"早上跟舅舅出去办事了，不能穿便装。"陈屹指腹拨开垂在她脸侧的碎发，低头有一下没一下地亲着她，呼吸温热，"怎么，不喜欢吗？"

她呼吸心跳都紧绷着："没有。"

"那就是喜欢了？"陈屹咬了咬她的下唇，抬眸对上她含羞带怯的眼眸，喉结轻滚了滚，又低头亲了下去。

唇齿摩挲间，他低着声，似是蛊惑："那我以后每次来找你都穿这身衣服，好不好？"

"倒也不用每次。"实在是美色误人，阮眠一不留神就将心里话说了出来，"看多了，容易审美疲劳。"

这话一出，屋里瞬间安静了几秒。

陈屹停下了亲她的动作，稍稍直起了身，眼眸里的情绪还未抽离，嘴唇在刚才的亲吻中沾上了水渍，为这张脸平添了几抹艳丽。

"嗯？"他拖着尾音，一字一句道，"审、美、疲、劳？"

阮眠说完才觉得说错话了，目光不自在地躲闪着，故意装傻充愣："啊，什么？"

陈屹抬手捏了捏她的脸，手下带了点力道，本想着兴师问罪，结果她一轻嘶着叫疼，又被转移了注意力："弄疼了？"

阮眠蹬鼻子上脸，手挂上他的脖子，撒娇道："有点。"

她皮肤白又软，稍稍用点力就能留下印子，陈屹想起之前在灾区那一次，他不过是轻握了一下，她的手腕就受了点伤。

这会儿脸颊也是，两个指印清晰分明，像是没抹匀的腮红，看起来有些滑稽的可爱。

陈屹低头凑过去亲了下，唇瓣和脸颊触碰，发出很轻的"啵"声，他叹气："怎么这么娇气？"

"哪有。"阮眠嘀咕着，手揽着他的脖子，手指不安分地戳着他颈后那一片，摸到他坚硬的脊椎骨，还搭在上边揉了两下。

两个人折腾了一上午，说看房也不过是推辞，到最后还是变成了约会，但两个人都挺犯懒的，出去吃完饭，想到明天是周一，又只想回去瘫着，兜兜转转约会地点还是换到了家里。

进了家，阮眠去厨房烧水，扭头和陈屹说："你的睡衣我放在卧室的飘窗上了，你自己进去换吧。"

陈屹"嗯"了声，低头在回消息，人往卧室里走。

阮眠在厨房等到水开，又在外面卫生间稍微洗漱了下，估摸着时间差不多，也准备回卧室。

陈屹先前进屋门没关严，留了道缝，她一推开，原先以为早就换好衣服的人，正弓着腰在穿裤子。

他随着开门的动静直起身，手往上一提，裤子松松垮垮地挂着，上衣敞着怀，露出大片胸膛和腹肌，人鱼线没在裤腰之下。

阮眠登时愣在那儿，视线猝不及防接触到这么刺激的画面，一时半会儿也忘了挪开。

陈屹也不出声，就那么慢条斯理地扣着上衣的扣子。画面从静态转为动态，阮眠猛地回过神，有些慌不择路，一头扎进了里面的浴室。

浴室灯的开关在外面，这会儿门一关，里面暗沉沉的，阮眠借着那点微弱的光从镜子里瞧见一张红到炸的脸，忽地抬手捂住了脸。

真的是，太丢人了。

她像是羞愤至极，又像是不知所措，人往马桶盖上一坐，在那儿冥想静心，说白了，也是逃避。

屋外的动静仿佛被放大了无数倍，忽远忽近的脚步声就像是踩在她心上，它快一些心跳就快一些，它慢了心跳也跟着慢了。

过了会儿，脚步从忽远忽近变成逐渐靠近，阮眠抬眸看见一道黑影映在玻璃门上，心忽地一提。

陈屹站在门外，手搭在门把手上："阮眠。"

没人应。

他又开口，这次带了点笑意："我进来了啊？"说完，手顺势往下压了压，发出细微的动静。

"别，我上厕所。"里面瓮瓮传来一声。

陈屹收回手，人站在那儿没动，扭头看了眼旁边的开关，摁下写着照明字样的那一个。

里面亮起冷白的光。

他也没催促，过了几秒，眼前的门从里被拉开，阮眠躲着他的视线："我去倒杯水。"

陈屹抬手拉住人："阮眠。"

她心一提，被迫对上他的目光："嗯？"

"你好像——"他嘴角慢慢勾了起来，漫不经心道，"没冲马桶。"

"……"阮眠胡乱应着，又走进去摁了下冲水键，最后还欲盖弥彰似的洗了洗手。

陈屹越发觉得好笑，起了逗弄她的心思，故意拖着腔问："刚刚看见什么了？"

他话说完，阮眠脑海里又自动开始回放之前看到的画面，嘴上却不诚实："什么都没看见。"

他颇为遗憾地"啊"了声："既然这样——"

陈屹刻意停了下来，阮眠抬眼看他："怎么？"

他似笑非笑地看着她，忽将抬手自上而下地解着上衣的扣子，慢悠悠地说了句："不如，我现在脱了，让你再好好地、仔细地看一遍？"

阮眠差点要点头说好，未出口的话被回过神的理智牵绊，牙齿猝不及防咬到了舌尖，疼得她眉头都蹙了起来。

这次是真疼，跟上午客厅撒娇那个疼差了很多。

陈屹也能看出来，立马又被转移了注意力，抬手捏着她下颌，让她张嘴，语气宠溺又无奈："我看看，怎么说个话还能咬到舌头。"

阮眠伸出一点舌尖，右侧被咬破了一个小口，正往外淌着血："没事，等会儿就——"

刚开口，陈屹倏地俯下身在她舌尖上舔了一下，而后咬住她的唇，舌头慢慢伸了进去："亲一下就不疼了。"

阮眠微仰着头，承受着这个吻，静谧的房间里，柔软的床垫忽地发出一声动静。

陈屹收紧手臂抱着阮眠，被子在动间被踢到地板上，枕头被挤到一旁，呼吸逐渐变得急促。

周围一片寂静，只剩下接吻时发出的动静，还有彼此的喘气和嘤咛，甚至是心跳动静。

……

良久后，陈屹倏地起身下床，赤脚踩过地板上的被子，脚步匆匆地离开了房间。

阮眠手臂横在眼前，抬手将被推了一半的衣服拉下来，躺在那儿慢慢地平复着呼吸。

过了好一会儿，她坐起来，捋好衣服，起身捡起地上的被子，又将枕头摆好，屋外的水声透过没关的门传进来。

阮眠抿着唇，将房门轻掩，走进里面的浴室，从镜子里瞥见自己颈侧的红印，领口往下拉，锁骨上也有。

她抬手拍拍脸，低头用冷水洗了把脸，将之前那些旖旎的画面从脑海里剔除。

等到收拾好，阮眠抽了张擦脸巾擦掉水，走出浴室，在门边站了会儿，想了想还是没出去。

她拉上窗帘，重新躺了回去。

屋外。

陈屹冲进了浴室之后，开了水池的水龙头，往脸上浇了几捧水，冰凉的冷意将身体某处的热意浇下去几分。

考虑到还有别人住在这里，陈屹没在浴室做什么过分的事情，只是站在那儿，逐渐平静。

差不多过了十几分钟，他又洗了把脸才从浴室出来，等回到卧室，阮眠已经快睡着了。

他掀开被子躺进去，阮眠翻了个身，手指感受到他脸上的凉意，都是成年人，不难想到什么。

她低头埋在他颈窝处，轻声道："陈屹……"

陈屹抬手捏了捏她的耳垂："怎么了？"

"算了，没什么。"阮眠换了个舒服的姿势，"睡觉吧。"

"好。"

那天陈屹没在阮眠那儿留到太晚，傍晚的时候就回了军区。他要搬过来已经是确定的事情，林嘉卉也开始陆陆续续将一些大件的行李打包寄回 S 市。等到月底的时候，她已经将房间收拾得差不多，只剩下一些随身的行李。

离开 B 市的前一天，林嘉卉又把周远以前送的一些东西打包寄到了周远的住处，晚上和阮眠在外面吃了饭。

第二天一早，她给阮眠留了两封信，拖着行李在雾色弥漫的秋日离开了这座城市。

十多年前那个为了喜欢的人孤身一人来到陌生城市的林嘉卉，在二十八岁这年，又兜兜转转回到了最初的起点。

……

小师妹，很抱歉用这种方式和你道别，我不想把离别弄得大张旗鼓，就这样静悄悄的最好。桌上还有封信是留给周远的，如果他要是来找你，你就帮我转交给他，没有的话就算了。我走啦，你要好好照顾自己，祝你和陈屹早日修成正果，我们更高处见。

落款，师姐林嘉卉。

B 市秋日的晨光薄薄一层，带着不怎么明显的暖意，空荡荡的客厅，阳光铺满了每个角落。

阮眠站在餐桌旁，看完林嘉卉留给自己的信，沉默良久，低头长长地呼了口气。

她拿起另外一封信，外面的信封上只写了"周远"两个字，力道很深，像是要把这个名字生生刻进去。

阮眠又叹了口气，将这封信收好。

等到下午，她正准备出门去医院，却不想周远突然找上了门，男人的神情落寞又着急："阮眠，嘉卉她……"

"师姐她已经离开 B 市了。"阮眠看着他，却不觉得同情，"你等下，她给你留了信。"

阮眠进屋把那封信拿给他。

周远没有急拆开看，而是问道："她怎么突然离开 B 市了，还把以前的东西都寄给了我。"

阮眠语气冷淡："也许等你看了这封信，你就什么都明白了。"

周远忽地一哽，低头看着手里的这封信，微微攥紧了，像是不敢面对，迟迟没有打开。

阮眠没跟他说太多，把信给了他，人就下楼了。

二号晚上，陈屹开始休国庆假，回去收拾了行李，准备搬到阮眠这儿来，八点多到小区门口。阮眠留了串钥匙存在门口速递柜，他下车拿了钥匙，登记完把车开进去，刷卡上了十五楼。

他提着箱子进屋，把行李放进次卧，从冰箱里拿了瓶水。等收拾好之后，他又出门开车去了医院。

阮眠今天是晚班，十点多才从科室出来，在医院门口找到陈屹的车，走过去敲了敲车窗："我不是说不用来接我吗？"

"反正也没事。"陈屹偏头，"上车吧。"

阮眠点点头，从车前绕过去，拉开车门坐进来。

陈屹看着她扣上安全带，说了句："饿吗，要不要吃点夜宵？"

"不用，困，想回去睡觉。"阮眠靠着椅背，眼睛都快合上了。

陈屹侧身靠过去替她系安全带，她察觉到动静，抬眸的瞬间，两个人的视线撞在一起。

他低头亲在她眉角："你睡，到了我喊你。"

"好。"

阮眠睡了一路，刚好在进小区前醒了过来，车子直接停进了车库，两个人牵着手往楼上走。

进了屋，阮眠打着哈欠说："床铺都给你铺好了，我明天一早的飞机，我要去睡觉了。"

"行，到时候我送你去机场。"陈屹明天要回趟外公外婆那儿，晚一天才回平城。

"那晚安？"

"嗯。"他揉了下她的脑袋，"晚安。"

阮眠趿拉着拖鞋回房间，收拾好关灯躺在床上的时候还能听见陈屹在外面的动静，不轻不重的，却不觉得吵，反而还有种温馨的感觉。

就好像两个人不是同居，而是真切地拥有了一个家，是她曾经渴望过也幻想过无数次的家。

伴随着陈屹忽轻忽重的动静，阮眠逐渐有了困意，半梦半醒间，隐约听见房门被推开的动静。

她还未完全醒来，身旁的空处就被突如其来的重量压着陷了下去，男人身上带着沐浴过后的潮湿，身上的水珠滴到她的颈侧，凉意让她彻底清醒。

她抬眸，看见陈屹近在咫尺的脸庞，声音困倦，尾音带着点笑意："你是不是走错房间了？"

"嗯。"他躺下来，抬手在她颈后捏了两下，一本正经道，"我认床，对这里比较熟悉。"

阮眠笑出了声，困意抵过一切，在快要睡着之际，嘀咕了句："早知道不给你铺床了。"

陈屹低头亲了亲她的额头，而后像是哄小孩子那样有一下没一下地拍着她的后背，哄道："睡吧。"

次日一早，陈屹送阮眠到机场，两人在停车场耽误了会儿，差点错过航班，阮眠气得一天都没理他。

晚上八点多，阮眠在家里吃过饭，陪着周秀君去楼下散步，回来时才知道阮明科和陈书逾约好了，明天他们一家人来家里吃饭。

父女俩难得有空，坐下来聊了会儿天。

阮明科又开始煮茶，阮眠坐在那儿，看着水汽在空中氤氲，有一瞬间好像回到了高三毕业那年暑假的某个晚上，她也是坐在同样的位置，和阮明科聊起陈屹的事情。

那个时候她以为自己和陈屹的结局已然注定，言辞之间尽是遗憾，却不承想在多年后，还能与他重逢，有新的故事和结局。

第二天一早，阮眠还在睡梦中就被周秀君叫了起来。

秋日的早晨雾蒙蒙的，还有些凉意。

她用冷水洗了脸，散去了几分困意，坐在客厅听周秀君和阮明科商量着陈屹第一次上门要给他包多少红包。

她忽地有了些不真实的感觉，这种感觉一直持续到陈屹他们一家人的到来。

陈书逾和宋景跟阮明科年纪相仿，但宋景保养得当，穿着身素雅的长裙，头发盘起，身材曼妙高挑，看起来要比两个父亲年轻几岁。

阮眠喊了声伯父伯母好，宋景和陈书逾都笑着应下，眉目温和，仔细一看却是有些相像。

阮明科招呼人："快进来坐。"

阮眠扶着门，等宋景和陈书逾都进来后，才挤出空儿和陈屹说话："你昨晚什么时候到平城的？"

"四点多。"陈屹往里迈了一步，客厅和玄关是个死角，里外都看不见，他两手提着礼物，猝不及防弯腰低头亲了她一下。

阮眠吓了一跳，猛地把人推开，小声道："你干吗？"说完，还扭头朝里看了眼，生怕屋里的人瞧见他们俩刚才的动作。

好在几个长辈都忙着寒暄，没把注意力放到这里。

她微红着脸，威胁道："你今天离我远点。"

陈屹乐不可支，越发觉得害羞又生气的阮眠可爱，但也没再火上浇油，点头说："我尽量。"

"……"

两个人没在门口那儿磨蹭太久，进了客厅，陈屹朝着周秀君问好："奶奶好，我是陈屹。"

周秀君笑着应了声，眼角细纹漫布。

长辈们聊天，两个小辈坐在一旁听着，只有偶尔被问到什么，才会开口应一声。

阮眠还记着陈屹之前做的事情，一边听他们聊天，一边分心提防着陈屹，生怕他下一秒又有什么举动。

不过一直到中午吃饭，陈屹都没和她表现得太过亲昵，阮眠慢慢也就放松了警惕。

家里的阿姨中午炸了牛肉丸子，阮眠之前没吃过，夹了一个，一口咬下去吃到里面的馅，尝到了洋葱的味道，忍不住皱了皱眉，但也没好意思往外吐，硬是没嚼直接吞了下去。

陈屹看她神情不对，稍稍往她这边侧了侧脸："怎么了？"

阮眠放下咬了一口的牛肉丸和筷子，边伸手去拿水边解释道："这里面放了洋葱。"

"那给我吧。"陈屹动作自然地夹过她碗里的那个丸子。

阮眠甚至来不及反应，就已经察觉到桌上交谈的声音好像停了几秒。

她整个人僵在那里，没敢抬头去看坐在对面的四个长辈，只能在桌底踩了陈屹一脚。

陈屹面不改色地吃着东西，桌下，他把腿往旁边挪了挪。

吃过饭，宋景和陈书逾又留了一会儿，阮明科特意拿出自己珍藏的茶叶，在那儿忙乎着煮茶。

阮眠和陈屹坐在客厅，各自低头玩着手机，茶香味逐渐顺着空气的流动飘了过来。

陈屹轻轻嗅了一下。

阮眠听见动静，抬头看他："能闻出来是什么茶吗？"

陈屹转过脸，阮眠现在警惕性百分百，下意识地往旁边挪了些，他勾勾嘴角："不能，我又不是狗鼻子。"

她动了下椅子，和他拉开了些距离，但一抬头看他眼睛红着，又心软了："你要不要去房间睡会儿？"

"不用。"陈屹指腹压了压眼尾，"等会儿应该要回去了。"

"哦。"

说话间，陈屹手机屏幕亮了下。他拿起来，屏幕识别到面部解锁，直接跳转到屏幕灭掉之前的页面，是他的微信聊天栏。

阮眠和他坐得很近，一眼看见了他的置顶聊天框是自己的微信头像，同时她也看见了他给她的微信备注。

不是想象中一本正经的名字全称，也不是情侣间各种甜蜜的代称，更没有像她一样省事没有备注直接用的本人微信昵称。

他给她的备注很简单，是她从来都没有想到过的三个字。

软绵绵。

她捏了下耳垂，凑近了问："你为什么给我的备注是这个，是因为我的名字吗？"

"嗯？软绵绵吗？"陈屹侧头，"不是。"

"那是为什么？"

"因为——"他看着离得很近的人，抬手捏了捏她的脸颊，低笑了声，"你捏起来手感软绵绵的。"

"……"阮眠有点忍不了了，动手在他胳膊上狠狠掐了一下，差点掀桌暴走。

陈屹疼得皱眉，但也没拦着她的动作，只是有些好奇她给自己的备注："你给我备注的是什么？"

阮眠觑着他，三个字像是从牙缝里挤出来的——

"臭、流、氓。"

傍晚时分，薄暮笼罩大地，送走陈屹一家人之后，阮眠收拾了两件衣服，出门去了方如清那儿。

路上有些堵，等到平江西巷，日暮也已降临，夜色来得悄无声息，这一片繁华与老旧交错的痕迹越发明显。

阮眠把车停在离巷子几百米远的停车场，步行往回走，一路上没碰见熟人，到家方如清正在厨房忙活晚饭。

"妈——"

"哎。"方如清闻声立马关了火，擦着手从里出来，"刚才还跟书阳念叨你怎么这么久还没到呢。"

"路上有点堵。"阮眠放下手里的东西，"赵叔叔还没回来啊？"

"早回来了，一听说你晚上要回来吃饭，下午就推掉所有事情跑回来了。"方如清笑，"他带书阳出去买凉菜了。"

"赵书棠呢？没回来吗？"

方如清给她倒了杯水："回了，今天林承他妈妈叫她过去吃饭，估计要晚点才能回来。"

阮眠"哦"了声，捧着水杯跟着方如清往厨房走："她跟林承打算什么时候结婚啊？"

"明年开春。"方如清重新开了火，"林承父母打算元旦两家人在一起吃顿饭，把日子择一择。"

"那也快了。"

"是啊。"

阮眠又喝了口水，正要提起陈屹，门口传来赵书阳的声音："妈！我姐回来了吗？"

她将杯子往旁边一放，往外走了几步，先和后进来的赵应伟打了招呼："赵叔叔。"

"眠眠回来了啊。"赵应伟笑着应声。

一旁的赵书阳边叫"姐"边跑了过来，几个月不见，他又长高了些。

阮眠比画了下："赵书阳，你现在多高？"

"一米七六。"小男生一脸得意，"我们班最高的。"

"厉害了。"阮眠穿着平底鞋，比他矮了小半个头，想到每次和陈屹站在一块时的压迫感，她不动声色地往后挪了一小步。

唉。

个高的千千万，为什么不能有她一个。

晚上吃过饭，阮眠陪赵书阳回八中拿卷子，他今年夏天中考，以高分考入了八中的重点班。

巧的是，带他的班主任是阮眠以前在八中的语文老师赵祺。在赵书阳几次周考都把作文写跑题之后，他把人叫到了办公室，无意间聊到自己过去一个学生，也和他一样，什么都好，唯独语文和英语差得要死。

后来赵书阳一听名字，差点叫起来，憋笑道："不好意思赵老师，这个学姐是我姐。"

赵祺："……"

这事阮眠之前没听赵书阳提过，这会儿听他说："你都不知道，赵老师一听你是我姐，那个脸顿时就哗——瞬间黑了下来，好半天才说了一句话。"他故意学着赵祺的腔调，"还真不是一家人，不进一家门啊。"

阮眠："……"

拿完卷子回去之后，阮眠晚上和陈屹通电话，和他也提起了这事，笑叹："哎，你说赵老师要是知道，你现在和我在谈恋爱，会不会觉得自家的白菜被猪拱了？"

陈屹漫不经心道："赵老师会不会这么想我不知道，但他肯定会觉得赵书阳是接替你过去折磨他的。"

阮眠坐在书桌旁，从窗户看见对面的光亮，嘀咕道："我那时候语文也没这么差劲吧。"

他笑了一声："能把一个范例用六篇作文，我想确实也没那么差劲。"

"……"

高中那会儿，阮眠刚跟着陈屹学写作文，唯一学到的就是要学会在作文里引用范例实例。后来学了一段时间后，陈屹发现只要是跟励志奋斗有关选题的作文，她用的全都是贝多芬的故事。

一学期加上考试几十篇作文，他找出来六篇一模一样的，甚至连描写顺序字数都不带变化。

阮眠反驳："那赵老师不也说了，一个例子只要能用得上，就算是用一百遍都没问题。"

陈屹低笑："那你觉得阅卷老师在改卷的时候会喜欢一个故事看上一百遍吗？"

她引用的贝多芬范例在高中算是典型，基本上人人都会引用，好故事看多了也觉得乏味，更何况是本就不出彩的文章。

"当时让你买了那么多书，写了那么多读后感，怎么一点都不会用？"

听筒里男人低沉的嗓音逐渐和记忆里少年懒散调侃的语气重叠，阮眠恍惚间好像又回到高中时代。

——喧闹嘈杂的教室，男生拿着她的作文本越过人群，走到她面前，身形如松竹般挺拔，尽管谈话的内容说不上多好听，但那张脸干净清爽，眉眼生动而鲜活，以至于让她念念不忘了这么多年。

和陈屹打完电话，阮眠拿着衣服去楼下洗澡，出来时碰见方如清往她房间里送被子。

"我刚刚看天气预报说是今天夜里降雨,我怕晚上降温冷。"方如清跟着她进去铺床。

阮眠站在一旁,低头看见母亲发间掺着的几根白发,忽然惊觉时间已经过了这么久。

十多年前,她跟随方如清刚搬来平江西巷的场景恍若还是昨天的事情,却不想,岁月不饶人,它在每个人身上都留下了或深或浅的痕迹。

阮眠突然出声:"妈妈。"

"嗯?"方如清铺好床,回头看她,"怎么了?"

阮眠摇头:"没事,就想叫叫你。"

"你这孩子。"方如清弯腰捋着被角,一旁的床头柜上摆着阮眠当年在八中的毕业照。

方如清拿起来,在床边坐着,感慨道:"时间过得真快啊,一转眼你都二十六岁了,我像你这么大的时候,你都会满地走了。"

"是吗?"阮眠这几年很少归家,也难得和方如清坐下来敞开心扉谈过去的事情,她大概意识到方如清有话要说,说完这句便没再吭声。

"你小时候发育慢,说话也比别人迟很多,我和你爸又担心又害怕,你是我们第一个孩子,我们生怕你会有什么问题。"方如清说了很多过去的事情,那些全都是阮眠七岁之前的事情。

也在方如清和阮明科还没有离婚之前。

"我和你爸离婚之后,我知道你对我的意见大过你爸爸,你以为我们会有机会再重新走到一起,却没有想到我很快带着你嫁给了别人。你来八中之后,也不像以前在学校发生什么事情都和我说,我不知道你在学校交了哪些朋友,也不知道你的同桌是谁,你去其他学校参加考试的事情我不知道,拿奖了我也不知道。"方如清低着头,看着照片里的阮眠,"我甚至不知道我的女儿,在学校有了喜欢的人。"

阮眠眼眶一酸:"妈……"

"你爸爸和我说这些事情的时候,我真的觉得很羞愧,我自以为能好好照顾你,所以不顾一切要把你带到我的新生活里,却从来没有考虑过你的感受,甚至现在连你谈恋爱,我也要干涉那么多。"方如清掉着泪,自我厌弃道,"我是个很失败的母亲。"

"没有。"阮眠趴在方如清腿上,"我没有怪你。离婚是你跟爸爸的事情,那个时候你跟爸爸要我的抚养权,我其实是很开心的,因为我知道你没有放弃我,也不会丢下我。"

虽然那时候阮眠有想过要和阮明科一起生活,但方如清的坚定选择也成了她成长里不可或缺的一份底气。

"赵叔叔对我很好，我在这里也没有受到太多委屈，反而还因此得到了更多的爱和保护。"阮眠看着方如清手里的相框，看见那个站在人群里笑得肆意明朗的男生，红着眼却也是笑着的，"我甚至还在这里遇见了我喜欢的人。"

　　"妈妈，我和陈屹在一起了。"她笑起来，"我觉得我好幸运，我和我喜欢了十多年的男孩子在一起了。"

　　方如清看着她，又低头看着相框里那张已经有些模糊，却依然能看出清俊模样的男生，声音有些哑："我那天从你爸爸那里知道你跟陈屹谈恋爱的事情，我其实是很惊讶的，这几年你除了大学那个身边就一直没有过其他人，一提找对象你就总是拿忙来搪塞我们，我不知道你怎么会突然谈起了恋爱。"

　　"后来你爸和我说起你高中的事情，说到你喜欢的人，也说到你和陈屹是同学，我那时就在想啊，你喜欢的人该不会就是陈屹吧。"方如清看着阮眠，"我回来之后，来你房间看见这张毕业照，我想啊想，终于想起来去你学校参加家长会那次，你让我给你找手机，我无意间在你抽屉看见张写了好多山和乞的草稿纸，我当时没想那么多，以为你胡乱写着玩的，现在想想，那应该是个'屹'字。"

　　不是山也不是乞，而是屹。

　　陈屹的屹。

第十九章
对不起，我爱你
Mei you ren xiang ni

　　陈屹接到阮眠电话的时候，他刚洗完澡出来，听筒里的哭腔让他没怎么思考，直接穿着睡衣拖鞋就往外跑。

　　家里的大门开了又关。

　　坐在客厅的宋景抬头看了眼，又看着丈夫陈书逾，淡淡道："你儿子这是什么情况？"

　　陈书逾一笑："年少气盛。"

　　"……"

　　陈屹一口气跑到了公馆门口，隔着不远的距离看见了站在路灯下的那道身影，脚步未歇。

　　阮眠只听见脚步声，一抬头看见男人的装扮，低声说："我也没有那么着急。"

　　"我着急。"陈屹靠近了，借着路灯将她泛红的眼角看得一清二楚，眉头微蹙，"怎么了？"

　　晚上果然在降温，秋风卷着城市的五光十色，卷着路边的枯败落叶，卷起阵阵涟漪。

　　阮眠将插在兜里的手拿出来，往前走了一小步，伸手从他腰侧搂过去，手指交叉着贴在他背后："陈屹。"

　　"嗯？"

　　"我好像还没有和你说过。"

　　陈屹捏着她后颈，强迫着人抬起头来："说什么？"

　　她仰着头，看着他的时候，眼睛是有光的，写满了热烈的爱慕："我好喜欢你。"

　　——在你不知道的时候，比你想象中的，还要喜欢你。

　　秋天的星光璀璨，却不足她眼里的一分，霎时间，陈屹的胸腔像是要被什么挤满了。

　　他垂着眼，漆黑的眸子一眨不眨地看着她，喉结稍稍滚动着，像是难以自持："我也是。"

　　"好喜欢你。"

他低头亲下去。

周围全是来往的路人，可陈屹依然不管不顾，尽管这已经打破了他以往的不在公众场合有亲密行为的原则。

他抬手托着她的脑袋，加深了这个吻。

路灯昏黄，路面上映着两道缠绵悱恻的影子，这一次，没有阴错阳差，也没有所谓的视角错觉。

两道影子无声无息地接着吻，一如旁边的两个人。

良久后，陈屹松开手，有那么一瞬间的冲动，想把人拐回去，秋风瑟瑟，将所有起伏的情绪和冲动吹散了几分。

他往后退了一小步，拉着人从风口走到一旁的角落："你什么时候过来的？"

"傍晚。"

"来伯母这儿吃饭？"

"嗯。"阮眠钩着他的手指，"我爸之前和妈妈说了我们的事情，我晚上也和她聊了这事。"

陈屹想着她今晚的反应和明显哭过的眼眶，心里咯噔了下，用开玩笑的语气去套她的话："所以你该不会是因为伯母不同意我们在一起，过来找我私定终身的吧？"

"你在想什么啊。"阮眠又好气又好笑，"我妈又不是不讲理的人，她就是想见见你。"

陈屹在心里松了口气："现在吗，那我得先回去换身衣服。"

"不用这么着急，我妈这几天都在家。"阮眠说，"你看看你这几天哪天有空。"

"我现在就有空。"

"……"

他揉着她脑袋："明天晚上行吗？"

"行。"阮眠松开钩着他的手指，"不早了，我先回去了，你也回去吧。"

陈屹却捉着她不松："走吧，我送你回去。"

"好哎。"

两个人从网吧那条巷子穿过去，等走到家门口，阮眠见晚上气温低，催着他回去。

陈屹正准备走。

二楼窗口忽地传来一声：

"妈！你快来！我姐在楼下呢！还有我未来姐夫也在！"

赵书阳那一声可谓是一道惊雷炸在陈屹和阮眠的耳边，两个人当时就愣住了，一抬头，方如清的身影在窗前一闪而过。

阮眠像是学生时代早恋被家长抓住的小孩，慌张之下只能推着陈屹的胳膊："快走。"

陈屹倒是淡定，反握住她的手："走什么，我们又不是早恋。"

阮眠这才反应过来，不过还是甩开了他的手，而后目光把他从上至下打量了一遍："我觉得，你还是走比较好。"

陈屹被她这么明显的眼神一看，也忽地反应过来。他刚才接到阮眠的电话，以为是有什么大事，匆忙之下跑出门，连衣服都没来得及换。

睡衣倒还好，是运动款式，上边是纯白 T 恤，下边是黑色运动裤，不说也看不出来是睡衣。

只是拖鞋……

他低头看了眼脚上的棉布拖鞋，以往做什么都游刃有余的人，这会儿难得有了几分不知所措："我现在走还来得及吗？"

结果当然是——

来不及。

两句话的工夫，方如清已经从楼下来到楼下，身影站在门口，眉目温和平静："陈屹来了啊，外面这么冷，进来坐会儿吧。"

陈屹索性破罐破摔，点头应道："打扰了，伯母。"

进了屋，方如清让阮眠带着陈屹去客厅沙发先坐，还问陈屹是喝茶还是喝果汁。

陈屹连忙客气道："不用麻烦了，伯母。"

"没事的，"方如清想着时间很晚了，喝茶影响睡眠，就给他泡了杯助眠的花茶，"就当在自己家一样。"

陈屹乖得不像话，颔首应道："好的，谢谢伯母。"

方如清泡完茶，又进了厨房忙活着切水果。陈屹把玻璃杯放到茶几上，扭头看着阮眠："我过去一下。"

阮眠假装听不出他话里的暗示："好，你去吧。"

陈屹："……"

他作罢，起身一个人往厨房那边走。隔着不远的距离，阮眠听见他客气道："伯母，这么晚了您别忙了，我坐一会儿就走。"

"没事，你快出去坐，我切好就来了。"方如清手下动作不停，很快又切好了两个橙子。

陈屹和父母相处如同朋友，鲜有应对长辈的经验，尤其还是跟未来岳母打交道，这更是头一回。

一时没辙，他只好回头看了眼女朋友。

阮眠接收到他求助的信号，忍着笑意，起身走了过来："妈，都这么晚了，您切这么多水果，我们也吃不完呀。"

"好了好了，就切这最后一个。"方如清停下刀，摆好盘，陈屹动作自然地从她手里把果盘接了过去。

她擦擦手，笑道："走吧，出去坐。"

三个人又在沙发上坐着，接下来便是千篇一律的见家长流程。尽管对陈屹早有了解，但方如清还是问了些他自己和家里的情况。

陈屹问什么说什么，姿态礼貌得体，气质沉着内敛，许是军人出身的缘故，给人一种格外正派的男儿气概。

家境斐然，样貌出众，再加上父母和阮明科是多年的老朋友，彼此知根知底，方如清几乎挑不出有什么不满意的地方。

最重要的是，他还是女儿喜欢了那么多年的人，哪怕是她有心想去挑，这时候也不忍心了。

陈屹临走前，方如清叫他明天晚上过来吃饭："两家住得这么近，以后放假回来，想过来就过来。"

"好，伯母再见。"陈屹要走，方如清和阮眠送他到门口。

他走了几步回过头，正好看见母女俩进门的背影。

他莫名松了口气，快步跑回家里。

宋景和陈书逾还没休息，坐在客厅那儿看电视。

宋景调低了电视音量："去哪儿了？"

陈屹低头给阮眠发消息，实话实说道："女朋友家里。"

陈书逾离他近些，看到他的穿着打扮："你胆子是大。"

"嗯？"陈屹抬起头，"什么？"

陈书逾却不理他，而是转头和宋景说："你儿子不得了，第一次去丈母娘家里就穿着拖鞋过去。我记得我那时候恨不得从头到脚都裹着金，翘起来一根发丝都紧张得不行，他倒好，第一次上门就跟回自己家一样。"

陈屹："……"

闻言，宋景也往儿子脚下瞥了眼："陈屹，我没记错的话，你已经过了二十七岁的生日了，你怎么还不如你十七岁的时候懂事。"

陈屹窝在沙发里，挠了下脖子，替自己解释道："事出突然，我本来准备明天晚上过去的，正巧就撞见了。"

宋景："所以你就穿着睡衣拖鞋，空着手去了人家家里？"

陈屹不说话了。

宋景叹了口气："你这样，我真的很担心如果没有你爸跟我，你还能不能娶到媳妇。"

次日一早，陈屹还在睡梦中就被宋景拽了起来，等到楼下客厅，他才知道宋景一早就让保姆把储藏间大大小小各种礼盒、珍贵药材、书画等全都收拾了出来，摆了满满一个客厅，场面略显壮观。

宋景不太了解方如清家里的情况，问了句："你岳母家里都有哪些人你清楚吗？"

陈屹"嗯"了声："奶奶、继父、姐姐还有个弟弟。"

"那你看看带些什么东西过去。"宋景交代，"虽然眠眠的父母现在不住在一起，但你两边该尽的礼数都不能丢了，不能让人家觉得我们介意这些。"

"知道了。"

"那行吧。你先挑着，我去看看还有没有其他的。"宋景又叫上保姆一块去了储藏间。

陈屹点头，又叫住人："妈。"

"怎么了？"

他笑："辛苦了。"

宋景淡声道："辛苦什么，我是怕你丢我跟你爸的脸。"

到了傍晚，阮眠接到陈屹的电话，出门去路口接他，被他大包小包的架势吓了一跳。

"你这带的东西也太多了吧。"阮眠伸手帮他拿了两个礼盒，分量还不轻，"这里面什么？"

"酒。"陈屹拎起地上另外几个礼盒，"给叔叔的，他生意人，应该能喝酒的吧？"

阮眠点点头，又问："那这些是什么？"

"人参跟一些药材，还有给伯母的燕窝和营养品。"陈屹晃了晃左手，"这是给你弟弟和赵书棠准备的。"

阮眠"哦"了声。

等到了家，赵应伟昨天推过一次应酬，今天推不开，要晚点才能到家，方如清在厨房准备晚饭。

赵家两姐弟坐在客厅，陈屹昨天来过一次，有了心理准备，再加上和赵书棠是老同学，有认识的人在，到底没有上一次去阮明科那里紧张。

方如清招呼他在客厅坐："你们年轻人聊会儿天，晚上的饭迟，我给你煮两个鸡蛋先垫一垫吧。"

"不麻烦了伯母，我不饿。"陈屹笑了笑，"我去厨房给您打下手吧。"

"不用不用，我忙得过来，你快去坐。"方如清朝客厅喊了声，"书阳，给哥哥泡杯茶。"

赵书阳："好嘞。"

方如清擦擦手，推着陈屹的胳膊，笑道："好了，这里油烟重，你去外边坐着吧。"

陈屹被未来岳母推出厨房，对方丝毫不客气，拿他当一家人似的，直接把门"嘭"的一声关上了。

他摸摸鼻子，正要抬脚往客厅走，却见阮眠从二楼冒了个头："陈屹，你上来一下。"

楼层不高，台阶也没几个，他几步一跨，很快到了二楼："怎么了？"

"带你去见一下奶奶。"如果放在之前，方如清肯定是会让阮眠带着陈屹去见一下段英，但自从和阮明科聊过之后，方如清觉得自己以前忽略了很多，也不再强求着阮眠去做些什么。

昨晚陈屹走后，方如清和阮眠提了这件事，大概意思就是如果她不想见，那就不用见。

但阮眠已经是成年人了，总不能像小时候那么幼稚，段英怎么说也是赵应伟的母亲，阮明不想方如清难做人，况且她对段英也谈不上憎恨，顶多就是以前不亲近，现在也不会太亲近，但该有的礼数总不能少。

她低不可闻地叹了口气，却不防陈屹耳朵尖，偏头看了过来，捏着她的手指骨节："叹什么气？"

阮眠抬眸："那么小声你都能听见？"

他"嗯"了声，提醒道："别扯其他的。"

阮眠张了张嘴想说些什么，但一想到段英现在的样子，对于过去的那些事情也没了再提起的念头。

人都已经那样了，再去说这些又有什么意义。

她没想说实话，嘴里自然也就没个正经："没什么，我就是担心她对你不满意。"

阮眠带着陈屹见完段英从楼上下来的时候，赵应伟刚好到家。他其实对陈屹不算陌生，之前他们还在读书的时候，他在李执家的超市和陈屹打过几次照面，后来毕业之后的春节和节假日，偶尔也碰见过几次。

两人没说过话，但起码是眼熟的。

陈屹对赵应伟也是如此，打完招呼，坐下来的时候和阮眠说："我之前在李执那儿见过你叔叔很多次。"

阮眠吃着苹果："是吗，那你们说过话吗？"

"没有。"陈屹侧过脸看她，"我那时候看起来可能有点生人勿近，也不太爱和陌生人说话。"

这话阮眠十分认可："我第一次见你的时候也有这种感觉。"

陈屹挑眉，给她设了一个坑："你之前不是说不记得第一次见我是什么时候了吗？"

阮眠不说话了。

他拿膝盖撞了撞她的膝盖，低声问："真不记得了？"

"记得啊，我第一次见你不是在一班的教室吗？"阮眠仍旧嘴硬不肯承认，反过来给他泼了盆所谓的脏水，"你当时对新同桌一点都不友好。"

重逢这么久，陈屹有刻意地去记起过去的一些事情，当然也记得阮眠口中的初遇。

那是八月的最后一天，他因为参加竞赛晚报到一天，早上到教室把书包一放就去了周海办公室，后来又和江让去超市买水，回来的路上早读铃响了起来，他们几个男生一路跑，到教室正好第二遍铃声响。

陈屹在琅琅书声中坐了下去，他对视线比较敏感，新同桌毫不掩饰的打量很快引起了他的注意。

只是这个新同桌好像比一般女生胆子要大很多，他都说话了，她还依旧发愣地看着他。

陈屹觉得好笑，但仍旧是那副懒散又冷淡的模样，他并没有在意这些，后来更多的事情，在如今都像是放电影般，一幕幕从脑海里闪过。

早读课摊在桌上的生物课本。

江让口中的学霸。

生物满分。

那个占据了课本扉页三分之二，字迹龙飞凤舞，和长相差别很大的名字。

原来一个人不在意的时候，真的会自动忽略很多事情。

饭后，阮眠被方如清叫进厨房说话，陈屹跟赵家两姐弟坐在客厅沙发那儿看电视。

赵书棠看了眼坐在旁边的陈屹，怎么想都觉得不可思议。在她的印象里，陈屹和阮眠就像是两条平行线，找不出一个交汇的点，但她转念又想到自己和林承，认识那么多年，甚至初高中都在一个学校，可算下来也没说过几句话，直到大学重逢，两条平行的轨道才在彼此的岁月里重叠了。

那天吃过饭，陈屹临走前方如清给他塞了一个红包，一万零一，寓意万里挑一，和阮明科给的一样多。

回来之后，宋景叫陈屹问问阮眠元旦有没有时间，到时候来家里吃饭。但陈屹考虑到阮眠越是节假日可能越忙的工作性质，就推掉了元旦见面的日程，改到了春节。

阮眠比陈屹提前一天结束假期，六号就回了 B 市，陈屹家里还有些事情，八号早上才回来。

阮眠那天恰好是个大夜班，比他早一点到家，听见开门的动静时，她刚洗完澡在厨房准备热两片吐司吃。

一回头，就见陈屹站在门口，身旁立着他的黑色行李箱，厨房是开放式的，一览无余。

陈屹缓步走过来，目光从流理台上掠过："吃早餐？"

阮眠"嗯"了声，指腹碰着装有热牛奶的玻璃杯："你吃了吗？要不要我帮你弄点？"

"没。"陈屹碰碰她的手指，顺手端起牛奶喝了一口，"吃面条还是馄饨？我走之前好像买了一包饺子。"

"你弄吗？"

陈屹揶揄道："不然你来？"

"不来。"阮眠打着哈欠，一副很懒的模样。

陈屹轻笑，又切了一小盘水果递给她。

吃过早饭收拾好，陈屹去冲了澡，阮眠吃饱了犯困，刷了牙就躺了下来，但还是不太能睡着。

她玩了会儿手机，等陈屹从外面进来的时候人已经睡着了，手机落在枕头上。

他轻手轻脚走过去，把被子整个盖过来，又拿起手机，指腹碰到屏幕，屏幕亮了起来。

陈屹下意识地看了眼屏幕显示的内容，眸光一顿，抬手点了几下屏幕才把手机放到一旁，掀开被子躺了进去。

阮眠这一觉直接睡到了傍晚，醒的时候，陈屹已经不在屋里，一旁的沙发上搭着他换下的睡衣。

屋外还有锅碗瓢盆的动静，听着很让人心安。

阮眠缓了会儿，洗漱完出去，陈屹已经将三菜一汤端上桌，他系着阮眠之前从超市得来的赠品围裙。

大红的牡丹花，和他配在一起，莫名有些大俗大雅的和谐。

阮眠忍着笑，在桌旁坐下："你今天什么时候回去？"

"七点左右。"陈屹取了围裙搭在一旁的椅背上，开始交代行程，"我这趟回去要去西南那边待一个月。"

他经常去那边，阮眠"哦"了声，没怎么在意。

陈屹瞧她，继续说："回来之后直接就要飞去西亚，估计也要待一段时间。"

屋里安静了几秒，阮眠终于意识到什么，斟酌着措辞："所以，你说的一个月和一段时间，这中间是没有假期的吗？"

他点了点头。

"那这一段时间，是多久？"阮眠莫名有些失落，这还是她和陈屹在一起以来，即将要分开最久的一次。

陈屹抿唇："还不确定。"

任务随机性很强，时间也不确定，长则一两月，短则几个星期，这些都说不准。

阮眠低头扒了口饭，不想他有太多的心理负担："那正好，我过阵子要和孟老师他们去 H 市参加研讨会，而且我年底事情也很多，就算你休假，我也不一定有空。"

这话是实话，可陈屹仍然觉得有点亏欠她，临走前，他揉了揉阮眠的脑袋："我尽量在你生日之前赶回来。"

"好。"阮眠松开手，送他出门。在他要进电梯的时候，她突然按住一旁的下行键。门开了。

人跑进去，整个人撞进他怀里，猝不及防仰头亲了过去，动作有些猛，牙齿磕到了他的唇瓣。

陈屹很快反客为主，把人往上提了提，转身压在电梯壁面上，冰凉的轿厢让怀里的人瑟缩了下。

他掌心往下挪，垫在她消瘦凸起的蝴蝶骨上，舌尖长驱直入，带着不容抵抗的力道。

湿润的舌尖纠缠在一起，难舍难分。

良久后。

陈屹稍稍往后撤了些，手提着她的腰，指腹隔着一层薄薄的衣料揉捏着，额头抵着她的额头。

他的呼吸声、喘气声，每个眼神，都带着不容忽视的，曾经被深深掩藏在平静之下的欲念。

阮眠像是要起了小性子，钩着他的脖颈不松，眼尾泛着红，分不清是情欲抑或是不舍。

"陈屹。"

他沉沉地应了声，指腹轻摸着她的眼尾。

她有好多话好多话想说，想让他不要走，想说自己舍不得，可到最后只有一句：

"你要注意安全，我会想你的。"

2019 年的冬天来得格外早，北风降临在这座繁华的都市，风里带着凛冽，刺骨而寒冷。才将将十一月中旬，气温却已经直逼个位数，空气里灰蒙蒙的，带着散不尽的雾霾。

陈屹离开 B 市已有一月余，在这段时间里，阮眠跟随孟甫平前往 H 市参加了有关于胸腺肿瘤治疗的研讨会，白天开会去各大医院参观学习，晚上回到酒店还要整理资料做报告，忙得脚不沾地，一天都睡不够八个小时。

后来回到 B 市，阮眠断断续续和陈屹联系着，但有时候不凑巧，他打电话过来的时候她正在忙，等到回过去却只剩下无人接听。

十一月底，陈屹从西南返回 B 市，被派遣至西亚执行任务。出发前一天夜里，他给阮眠打了通电话。

一遍不通，又打了第二遍，接连打了五六遍都是长时间无人接听的自动挂断。

那时候B市已经被冷空气全面笼罩，夜里的北风像是掺了刀子，刮在脸上生疼。

陈屹一身挺括利落的作战服，军靴没过脚踝，衬得人身量颀长。他停在走廊处，手机屏幕冷淡的光映在他脸上，打出硬朗分明的轮廓。

他发完消息，大步跨过最后几级台阶，身影在走廊那儿一闪而过。

到宋淮那儿待了会儿，陈屹和沈渝并肩从办公室里出来，两人穿着同样的作战服，脚步声在黑夜里轻的几乎听不见。

沈渝右臂夹着帽子，低声问："你和阮眠联系了吗？"

"电话没打通，给她留了消息。"陈屹抬眸望向远方黑沉沉的天空，什么也看不见。

与此同时，远在几十公里之外的医院，急诊大厅灯火通明，地面干净的瓷砖上尽是血污痕迹，哀号哭泣叫唤，此起彼伏。

几个小时前，协和附近的一条拥挤街道发生特大连环车祸，伤亡惨重，附近各医院接收不及，转送了一批伤员到协和。

阮眠被叫去急诊帮忙，等到彻底结束救援任务，已经是后半夜的事情，她跟着孟甫平回到胸外办公室。

窗外天空泛着雾白，灰蒙蒙的，将高楼大厦的轮廓遮掩了几分，只隐约看出棱角。

阮眠坐在位子上写病历，办公室里安静得只剩下笔尖磨过纸页的动静。

六点多，外面隐约传来些说话声，阮眠停下笔，揉着脖子往后靠，闭着眼拉开抽屉在里面摸到手机。

等拿到眼前一看，人倏地坐直了，脚尖不小心踢到桌脚，发出"咚"的一声，她顾不得疼，匆匆点其中一通未接来电回过去，听筒里传来对方已经关机的提示音。

阮眠放下手机，点开那条微信。

[CY]：少吃外卖。手机交了，别担心，我很快回来。

她低头盯着这条消息看了很久，在输入栏来回回敲了几个字，末了，还是发了最常说的四个字：

注意安全。

年末的时候，城市大街小巷遍地可见浓厚而热烈的年味，十二月最后一天是阮眠的生日。

往常这一天，阮眠基本上过得都很随意。她不喜欢热闹，如果没有何泽川和林嘉卉，她或许连生日蛋糕都懒得准备。

今年也没什么例外，唯一不同的是，以前给她过生日的两个人一个如今已经离开了 B 市，一个当天在国外出差。

生日当天，阮眠因为元旦要值班，空了一天休息，一大早接完方如清和阮明科的电话，又接到了孟星阑和林嘉卉的电话。

后来陆陆续续又收到些同学朋友的祝福，阮眠一一回着，却总是无意识点开和陈屹的聊天框。

他们俩的聊天记录仍旧停留在上个月。

阮眠顺着往上翻了翻，一直到全部看完，才惊觉两个人在不知不觉间已经发了这么多页的消息。

内容这会儿看着其实挺无聊的，无非就是些日常琐事，寻常得不能再寻常，她笑叹，以前怎么没觉得两个人的生活这么枯燥。

每天聊的不是吃饭就是睡觉，连个稍微突破性的话题都没有。

阮眠来来回回看了好几遍两个人的聊天记录，最后退回来，想要发些什么，却又不知道怎么开头，到最后就跟写日记一样，把这一个月发生的事情，全都发了过去。

消息一如以往地石沉大海。

阮眠也没在意这些，放下手机去厨房弄吃的，吃完饭睡了会儿午觉，大半天就过去了。

晚上快休息的时候，她又接到了何泽川的电话，两个人像往常一样聊了会儿，过了九点，才挂电话。

冬天的夜里总是比以往要暗沉许多，加上这几日接连不散的雾霾，晚上天空无星无月，也是雾蒙蒙的。

阮眠大约是白天睡多了，这会儿一点困意也没有，翻来覆去睡不着，索性爬起来坐到桌旁看孟甫平之前给她发的几个特殊病例。

屋里暖气充沛，哪怕开着加湿器也还是有些干，她喝完半壶水，起身出去加水。

客厅静悄悄的，楼外高楼大厦的光影影影绰绰落过来几分，阮眠揉着太阳穴，垂眸在想刚才看过的资料。

烧水壶发出细微的动静，一阵水开之后急促的笛鸣声伴随着开门的动静在这深夜里响起。

这个时间点这样的动静难免让人心神紧张，阮眠关了水壶，没开灯，借着玄关处的壁灯，手摸到一旁的水果刀。

但下一秒，她手又松开了，刀柄掉在流理台上，发出不小的动静。

刚进屋的陈屹闻声朝这边看过来，昏黄的光影落在他身后，阮眠也在瞬间看见了他手里拿着的花和蛋糕。

像是意料之外的惊喜，阮眠愣在那儿没有动。

陈屹把花和蛋糕放到一旁，径直朝她走过来，房间里光线昏暗，衬得他模样也不太清晰。

阮眠手还扶在流理台边，见他过来，手指微动，指腹碰到了放在上面的水果刀。

陈屹顺着那动静看过去，抬手将刀拿远了些，又低头看着她，声音微沉："吓到了？"

"有一点。"她不着痕迹地深呼吸了下，手握上他的手腕，"你怎么突然回来了？"

"我答应你的，你生日之前会赶回来的。"陈屹俯身靠近，身上还带着未散尽的寒气和不曾有过雪松木香调，"还好没错过。"

阮眠摸了摸他的手和脸，都很凉："你从军区那边过来的？"

陈屹"嗯"了声，低头亲了亲她的嘴角没有很深入。他牵着她的手往外走，客厅挂着的时钟刚过十点。

没有很复杂的流程，陈屹看着她许完愿吹完蜡烛，将玫瑰花递过去："生日快乐。"

花束很艳丽，带着浓厚却不俗的香味，阮眠抱在怀里时，只觉得那香味往鼻子里蹿。

她无意识地捻着花瓣玩。

陈屹起身脱了外套丢在沙发上，里面只穿了件黑色的衬衣，扣子扣得严严实实。

他坐到阮眠身旁，屈膝胳膊搭在上面，慢吞吞地说："走得太着急了，礼物落在宿舍了，下次见面拿给你。"

"好啊。"阮眠像是不怎么在意，"那你等会儿还要回去吗？"

陈屹点点头，斟酌着说："军区那边出了点事情，我接下来一段时间可能都不能回家，不过这次手机不用上交，你可以随时联系到我。"

阮眠"哦"了声，放下手里的花束，格外理解地说："那你早点回去吧，都这么晚了，我明天还要上班，等会儿也要休息了。"

两个人对视几秒，谁也没开口。

陈屹看着她，喉结偶尔上下滚动着，过了好一会儿才说："也没那么着急，我等你睡了再走。"

阮眠却没再看他，垂着眸，神情若有所思。

陈屹挣扎着，却还是没把话说出口，只是握着她的手："我很快就会忙完了，这之后会有一段时间的长假。"

"有多长？"

"一两个月吧。"陈屹捏着她的手指，凑过来和她接吻，不同于之前的克制和隐忍，这个吻显得有些激烈。

陈屹紧扣着阮眠的手腕，手掌落到她脑后，滚烫的唇舌毫不客气地长驱直入，炙热急促的呼吸交错着。

情到浓时，有些事情无可避免，可陈屹仍旧在踩线的边缘停了下来，停留在阮眠耳边的呼吸声有些不同寻常的深沉。

他往后撤开了些距离，眉头微蹙着，却在阮眠看过来时，又强忍着松开了。在被他搂进怀里时，阮眠听见他说了声对不起。

阮眠没敢太用力抱他，只是问："为什么说对不起？"

"我这个工作，太忙了。"

"我也很忙，如果你没有做这个工作，那是不是该我和你说对不起？"阮眠松开他，屋里没有开灯，但她的眼眸很亮，"陈屹，我和你在一起是因为我喜欢你，这个喜欢不会因为你怎么样就会消失，就算你到了中年发福七老八十卧病不起，我依然会像现在甚至比现在还要喜欢你。"

陈屹坐在那儿，眼眸一眨不眨地看着她，尽管什么也没说，可她知道他这会儿的情绪很强烈。

"我选择和你在一起的时候，就已经做好了要承受所有结果的准备。"阮眠看着他，避开了某些让人避讳的字眼，"无论你是怎么样，我都能接受。"

陈屹的嗓音有些低哑："我知道。"

可知道是一回事，想和不想又是一回事，两者并不能混为一谈。

"那你呢，你有没有想过，如果我在医院处理病患的时候不小心感染了，我选择瞒着你，你又会怎么想？"

陈屹抬眼看她。

阮眠目光坚定而专注，像是看透了也猜透了一切。他喉间有些发涩，拳头握紧了又松开，叹了口气说："我就知道瞒不过你。"

……

陈屹是十多天前回的 B 市，他受伤严重，西亚那边情况复杂，随时都可能有突发状况，宋淮收到消息之后，立马安排了人和直升机将他和另外两个伤员带回了国内。

他回国之后被紧急送往军区医院，这几天一直处于半醒半昏状态，到三天前情况才稳定了些。

受伤的那几天让陈屹对时间没了概念，加上情况才刚稳定，人也虚弱，虽然稳定了却也总是在昏睡。

他昨天因为伤口疼，到早上才睡着，一觉睡到晚上，像是想起什么，等护士来挂水的时候问了句时间，才知道已经三十一号了。

他现在这个状态光是下床走动就已经足够让医生大呼小叫了，更别提是出院去别的地方。

陈屹找护士借了手机，给沈渝打了电话，他们三天前结束任务回国，这期间正在休假。

沈渝过来后，等医生查完房，丢给陈屹一件外套，偷摸着带人溜出了医院："怎么，是直接送你过去吗？"

318

"先回趟我那儿。"陈屹回了自己在城东的住处,伤口不能沾水不能洗澡,他就打热水擦了擦,试图抹掉身上的消毒水味道。

收拾好,临出门前,他又不放心地往身上喷了点香水,只是没想到成也香水败也香水。

这会儿,阮眠解了陈屹衬衫的扣子,看到他肩膀上缠着的绷带,低着头说:"你以前从来不喷香水的。"

"你这样,我反而更注意了些。"她是医生,对于医院的味道格外敏感,再加上他今晚总是和她保持着若有似无的距离,她很难不生疑。

陈屹被拆穿了,也不强撑着,握住她的手,不让她继续看下去,如果他感觉没错,腰上的伤口应该是扯到了。

"别看了。"陈屹目光落到她脸上,声音有些不同于平常的虚弱,连着呼吸都低了几分,"送我回去?"

"好。"阮眠起身替他拿了外套,又回屋换了身衣服,拿上钥匙和手机,看起来有些说不出来的着急。

陈屹穿好外套,站在那儿看她换鞋,伤口一扯一扯地疼,加上暖气有些热,额角跟着冒出些汗。

他不动声色地抬手抹了下,阮眠换好鞋,扭头看他穿得单薄,又把自己的围脖系到了他颈间。

视线对上的刹那,陈屹看见她的眼尾有些红,在心里叹了口气,握住她的手:"走吧。"

"嗯。"

沈渝的车等在楼下,看到阮眠和陈屹从单元楼里出来,他神情有些惊讶,连忙从车里下来。

他不知道陈屹什么情况,没敢乱说话,祝阮眠一句生日快乐,又抬眸看了眼陈屹,眼神询问怎么回事。

陈屹神色苍白,只一句:"回医院吧。"

得。

沈渝明白了,这是暴露了,余光瞥了眼没什么神情的阮眠,抬手扶着陈屹上了车。

去医院的路上三个人都没说话,陈屹伤口疼,怕开口声音露馅,一直握着阮眠的手,时不时捏几下。

他们这里还算和风细雨,可医院那边却是炸开了锅,护士敲陈屹的病房门没人应,自作主张推门进去,却发现病床上空无一人,床头柜上压着张字条:

出去办点事,很快回,别声张,麻烦了。

落款是陈屹。

护士把字条拿给陈屹的主治医生，医生大喝胡来，又给宋淮打电话，一传十十传百，等到医院，陈屹和沈渝就差没被气急的宋淮拖出去打一顿了。

宋淮怒斥："你这么大个人了，自己什么情况还不清楚吗？这么冷的天，你有什么天大的事情非要跑出去？"

陈屹大半个身体压在沈渝肩上，格外虚弱地说："舅舅，我伤口有点疼，能先让医生看看您再骂吗？"

"疼死你算了！"宋淮这么说着，还是连忙叫了医生过来，看着纱布上渗出的血，他想骂也骂不出来，沉着脸站在旁边一言不发。

陈屹半躺在病床上，扭头看了眼沈渝。沈渝接收到他的讯号，趁着宋淮没注意，悄无声息地从病房里跑了出来。

之前快到医院的时候，沈渝接到了宋淮的电话，劈头盖脸挨了一顿骂，只说马上就回，并没把陈屹去哪儿了说出来。

陈屹一方面怕阮眠跟着自己上来挨骂，另一方面又怕她看到自己伤口裂开难过，到医院之后就找借口让阮眠去帮自己买点吃的。

阮眠也没说什么，去医院对面买了两份粥，回来在住院部楼下碰见沈渝，温声问："他怎么样了？"

"还好，没什么大事。"沈渝揉着脖子笑，"就是在挨他舅舅骂呢，我们等会儿再上去吧，省得也被骂。"

阮眠点点头，也没问其他的。

沈渝看了她一眼："你是不是在怪陈屹没和你说受伤的事呢？他也不是故意瞒着你的，就是怕你担心。"

"我知道。"阮眠分了一份粥给他，"没怪他，要是我遇到这事，我可能也会瞒着的。"

沈渝接过粥，笑了笑没有再多说什么。

两人在楼下站了会儿，沈渝眼尖看见宋淮疾步匆匆从里出来，等人走远了，才带着阮眠上了楼。

病房里，陈屹已经换完药，穿着病号服躺在床上，右手打着点滴，眼眸微合着，看起来有些虚弱。

买的粥，他也只吃了几口，剩下的阮眠坐在那儿慢吞吞地吃完了。沈渝见没什么事，就先走了，病房里这一会儿只有他们两个人。

阮眠起身把餐盒丢进垃圾桶，又坐回床边的椅子："医生怎么说？"

"没什么大问题，就是接下来一段时间都不能再走动了。"陈屹坐了起来，"别担心。"

阮眠没说话，视线盯着他肩膀那一处不动，像是后知后觉地意识到他受伤了这件事，情绪来得猝不及防。

陈屹是看着她掉了一滴眼泪，紧接着两滴三滴，越来越多的眼泪涌出来，他想要抬手去抹，却不防扯到手上的点滴，针头处开始回血。

阮眠慌张地压住他的手腕，声音有些哑："你别乱动。"

"那你别哭了。"陈屹轻滚着喉结，往旁边挪了挪，将不大的病床空出一块，声音很轻，"过来。"

"我不用。"阮眠自己抹掉眼泪，"这床这么小，我会碰到你的。"

陈屹作势要坐起来，这个姿势免不了又要牵扯到伤口，阮眠连忙摁住他："你别动。"

"那你上来。"

阮眠看着他，妥协道："好吧。"

单人间的病床比起普通间的稍微要大一些，但躺两个人还是有些勉强，阮眠侧着身，没占去太多的位置，动作间透露出几分小心翼翼和僵硬无措。

陈屹却丝毫不在意，像之前很多次同床共枕那样把人搂进怀里，指腹从她眼角擦过去："这次是意外，我保证不会有下一次了。"

阮眠"嗯"了声，心里想的却全都是怎么样才能不碰到他的伤口，整个人缩在他怀里不敢动弹。

过了会儿，她开口："陈屹。"

"嗯？"

"你能不能躺好？"

"……"

阮眠的语气有些无奈："你这样我都不敢动了。"

他像是笑了一声，松开手，像之前那样躺着，阮眠伸手关了灯，窗外很远的地方传来元旦跨年倒计时的欢呼声。

她忽然凑过来挽着他的胳膊："陈屹。"

"嗯？"

"新的一年了。"阮眠往上挪了挪，和他枕在同样的高度，视线与他平视，"我希望这一年，你也要平平安安的。"

陈屹看着她发红的眼角，喉咙像是被什么堵住了，胸腔里溢满了情绪。他抚着她的眉角："好，我答应你。"

阮眠低下头，脸埋在他肩颈处，眼泪烫得陈屹心里酸酸胀胀的，他伸手将人搂紧了。

2020 年伊始，陈屹是在医院度过的，那段时间阮眠工作很忙，只有周末或者偶尔下早班才有空过来。

十多天后，陈屹得到主治医生的允许，得以出院回家休养，出院那天 B 市大雪弥漫，城市白茫茫一片。

阮眠早上来医院在路上遇到堵车，七点多出门，快十点才到地方。

陈屹上午还要再挂最后三瓶水，阮眠到的时候他还剩下一个瓶底，她放下包，脱了羽绒服和帽子："你东西收拾好了吗？"

"还没。"陈屹靠着床头，手里把玩着阮眠之前拿来给他打发时间的六阶魔方。

"那我先帮你收拾一下吧。"阮眠坐不住，喝完半杯水，卷起衣袖在病房里走来走去，不一会儿手里就拿了好几件衣服，只是找不到地方放。

陈屹看了眼说："柜子里有背包。"

阮眠"哦"了声，走过去拿包，柜子里还有几件他的衣服，她顺手一起拿了，走到沙发那儿开始叠衣服。

陈屹没让宋淮那边来人接出院，拔完针站在窗边接电话，外面大雪纷飞，屋里暖意洋洋。

"不用了，我女朋友过来接我。"阮眠听到陈屹说这话，回头看了眼，又继续叠衣服。

她拿起一件他的外套，一抖开，从里掉出一个信封。

阮眠弯腰去捡，拿起来才看到信封另一面写着她的名字，她指腹摸到信封里的东西，愣了一下。

她扭头看了眼陈屹，他低头在听电话那边的人说话，侧脸轮廓从这个角度看过去格外锋利硬朗。

察觉到她的视线，陈屹偏头看了过来，微挑了下眉，像是在询问。

阮眠摇头笑了笑，示意他先接电话，等到转过头，她看着手里的东西，心跳在无意识间变得很快。

像是做了一个很久的决定。

阮眠动手打开了那个并没有封口的信封，捏着边缘微微一倒，两枚戒指从里掉了出来。

戒指很朴素，一大一小，内壁刻了他们俩名字的缩写。

随着戒指一同掉出来的还有一张折了几道的纸，阮眠不知道怎么回事，手指有些颤抖。

她屏息着，将纸张展开，上面只写了一句话，字迹一如既往的熟悉和漂亮：

对不起，我爱你。

第二十章
没有人像你
Mei you ren xiang ni

陈屹接完电话才察觉到屋里安静得有些过分，他扭头朝沙发那边看过去，阮眠背朝着窗户，低垂着头，一动不动地坐在那儿，旁边放着几件叠好的衣服和一个拉链敞开的黑色背包。

他不知道怎么了，收起手机走过去，却在快要靠近时又停了下来，目光落在阮眠拿在手里的那张纸。

准确点来说，那是他的遗书。

做他们这一行的，每次出任务之前都会提前写好一封遗书，以防在任务中出现什么意外，来不及处理以后的事情。

遗书和戒指陈屹原本是放在宿舍的枕头底下，前段时间，他让沈渝回去帮自己收拾些东西，沈渝顺手把这个也夹在其中拿了过来。

陈屹没想让阮眠看见这些，就像他一点也不想让她知道自己受伤这件事，有些事虽然无可避免，可早一点知道和晚一点知道却又是不一样的。

没有到那个时候，陈屹不想过早地让阮眠去了解去接触这些，对于她来说也许是一件很残忍的事情。

死亡是一件寻常事，这是每个人都要经历的，可当这件事降临在身边人身上的时候，也许并不是个容易迈过去的坎。

陈屹沉默着走过去，然后半蹲在阮眠面前，试图从她手里将那张纸抽出来："好了，别看了。"

阮眠没松手，手指捏得很紧，看着他的时候眼眶很红，像是用了很大的勇气才开口："是不是，如果你这次没——"

"没有如果。"陈屹打断她，用了点力把纸拽出来，按着以前的折痕重新折起来，"我回来了，这个假设不成立。"

阮眠手心里还攥着那两枚戒指，心里突然涌上些后知后觉的恐慌和害怕。

她以前读书的时候，在暑期和导师参加过几次援非的医疗项目，听队里的人聊起过，那些无国界医生在去到一些危险地方时都会提前留下一封遗书。就像当时来非洲执行任务的那些中国军人，他们在来到这里之前，也会留下只言片语。

阮眠想起前不久她在得知陈屹受伤之后，自己和他说的那番话，她自以为能坦然接受他的所有突发情况，可在真正看见这封遗书时，她才发觉那些所谓我可以我愿意我接受不过都是虚张声势。

就像那时候，他们在洛林重逢，她面对陈屹时的所有坦然和不在意，在他面临生死之际全都轰然崩塌。

她不能接受他有一丝一毫的闪失。

"陈屹……"阮眠有些失控地哭了出来，喉咙像是被堵住，一时半会儿说不出话来。

呜咽声像是一把密密麻麻的针，在同一时间扎在陈屹的心上，叫他泛起一阵难以言说的刺痛。

绵长的，尖锐的，让人久久不能释怀。

陈屹稍稍起身，把人搂在怀里，滚烫的泪水在薄薄的布料上洇染开，让那一小块皮肤似乎都沾染上了温度。

他喉间发涩，喉结上下滑动了好几次，唇瓣跟着动了动，却一个字都说不出来。

过了好一会儿，哭声渐渐停歇，转而是一阵长久的沉默。

阮眠坐在那儿，被他抱在怀里时，脑袋轻轻靠在他腰腹间，脸颊蹭着的那一块布料，温热而潮湿。

陈屹抬手捏了捏她的后颈，像是安抚："没事了。"

她没有吭声，只是抬手抱住了他，过了好一会儿才开口，声音还带着些哭腔："我以前过生日从来都不会认真许什么愿望，因为我觉得想要的已经有了，那些得不到也不是光靠许愿就能实现。"

"我不是个很贪心的人。"她说，"我只有今年许了一个愿望。"

陈屹垂眸看她："什么？"

"我希望——"阮眠抬起头，眼眸湿润明亮，一字一句格外认真地说，"陈屹一生平安，长命百岁。"

病房里只安静了一瞬，陈屹抬手抹掉她脸上的泪水，然后从她攥着的右手里拿出那两枚戒指，单膝跪了下来。

阮眠神情一愣，像是有些始料未及。

"不是求婚。"陈屹眼睛里有着温柔笑意，"这本来是给你准备的生日礼物，但现在我想，让它成为我们约定的见证。"他指腹摩挲着略小的那一枚戒指，"我知道我现在说我以后出任务一定不会再怎么样，都是不现实的，但我答应你——"

陈屹握着她的右手，将戒指从她的无名指指尖慢慢推进去，直至分毫不差地停留在尾端。他低头亲在戒指上，又抬起头，目光专注地看着她，语气缓慢而郑重："在有你的日子里，我一定平平安安地回来见你。"

你是我的心之所向，更是命之归属，是我日复一日永不磨灭的英雄梦想，从此以后，只要你在这儿，我就一定会回来的。

阮眠看着他，眼睫动了动，鼻尖开始泛酸，一滴泪恰好落在他刚刚亲吻过的地方，顺着指腹滑落下去。

她哭得溃不成军，在泪眼蒙眬里，说了声"好"。

2009 年，阮眠在烟熏缭绕的庙宇里，向佛祖许愿，能与他岁岁长相见。

2013 年，阮眠在人山人海里，许下愿他岁岁年年，万事顺意的祝福。

阮眠的确不是一个很贪心的人。

在和陈屹认识的这十多年里，她也仅仅只有过两个和他有关的愿望，而如今的第三个。

她希望陈屹一生平安，长命百岁。

她比任何时候都要期盼，这是一个能够永远实现的愿望。

B 市的冬天漫长而寒冷，北方城市多雪，元旦一过，成日大雪弥漫，整座城市白皑皑一片，零下的气温更是让人由内而外地生寒。

陈屹之前受伤严重，加上年关将近，宋淮心里难免有偏袒，特意给他休了两个月的病假。

外婆柳文清的意思是让他住到大院那边，家里有他们和阿姨方便照顾，但陈屹坚持要住到阮眠这里。

"我现在伤口还要定期换药，阮眠她是医生，她在家，我就不用特意跑去医院换药了。况且，她知道该忌口什么，饮食这块也能多注意些。"陈屹说，"没有，我们没睡一间房，我睡次卧。"

柳文清在电话里交代："那回头我让刘叔给你们送点蔬菜果肉，这么冷的天，就别出去跑了。"

"好，谢谢外婆。"

"你现在住在阮眠那儿，她平时白天要上班，晚上回来还要照顾你，你没事也做些力所能及的事情，别只知道躺在那儿当大爷。"

"知道了。"说这话的时候，陈屹正一手拿着手机，一手拿着汤勺在搅煲在锅里的汤。

而阮眠才真的像个大爷似的躺在客厅的沙发那儿看电视。

挂了电话，陈屹关了火，从厨房里出来，走到沙发那儿，抱着胳膊居高临下地看着阮眠。

她被看得头皮发麻，小声问道："怎么了？"

陈屹皱着眉，慢吞吞在一旁坐下来，声音听起来有些虚弱："伤口好像有点疼。"

"啊？"阮眠神情变得紧张，抬手去掀他的衣服，检查后发现没什么大问题，忍不住说，"我都说了让你不要久站。"

"那我还不是为了伺候谁？"陈屹捏了捏她的脸，把人拉到腿上坐着，"没良心。"

阮眠怕压着他伤口，往后挪了点："可我又不会做饭。"

陈屹刚住过来那几天，阮眠还尝试着从网上看教程给他熬点补汤，在经历接二连三的失败后，陈屹为了不让自己再吃到什么黑暗料理，主动提出包揽自己一日三餐和她的晚餐。

陈屹哼笑了声，把玩着她戴着戒指的那只手。

阮眠从他这声笑里听出点嘲弄的意思，两只手捏着他的耳朵，给自己找理由："还有，是你自己说的，家里有一个会做饭的就行了。"

"是。"他笑着叹了口气，打趣道，"所以，我现在不就算是搬起石头砸自己脚了吗？"

阮眠用了点力揪了揪他的耳朵，提高了音量，没好气地说："那你别住这儿了。"

陈屹轻轻嗤了声，握住她的手腕往怀里一带，偏头咬住她的耳朵，声音暧昧不清："房租都交了，怎么能不住。"

阮眠的耳朵不是敏感区，但这么被叼着舔着，还是有些说不出的酥麻，忍不住动了动："胡说，你什么时候交了房租。"

他笑了声，胸腔跟着颤动，指尖从她脊椎骨一点一点摸上来，意有所指道："前天不是才交过吗？"

前天……

阮眠在被他亲得迷迷糊糊之中回想起前天在浴室发生的某些事情，耳朵倏地热了起来，有些气急败坏地推开他："陈屹！"

"嗯？"他手还停留在她后背，有一下没一下地摸着。

"你要不要脸！"阮眠手脚并用从他怀里下来，踩着拖鞋回了房间，猛地把门一关。

陈屹揉了揉耳朵，想了会儿也起身走了进去。

没一会儿，便从房间里传出些暧昧的动静，微小的，像猫儿一样的叫唤声，格外撩拨人心。

约莫又过了好长一段时间，房间门被拉开，阮眠红着脸脚步匆匆，一头扎进了外面的浴室。

放在水池旁边的洗手液，才刚买没多久，却已经用了二分之一。

晚上吃过饭，陈屹和阮眠商量了下回平城的时间，还顺便提起了见家长的事情。

阮眠咬着果冻："我今年把年假一起休了，加上之前的一些假，差不多有十来天，但我除夕那天才开始放假。"

"那等除夕过了吧。"陈屹偏头看她，"我回去也和我爸妈商量一下，看看哪天合适。"

"那不然我除夕当天过去也行的。"

陈屹淡声拒绝: "不行。"

"为什么?"

"今年是第一年," 陈屹凑过来咬她湿润殷红的唇瓣, "应该我先过来给你父母拜年。"

她笑了声: "好。"

陈屹亲了她一会儿, 往后退着坐回去, 捏着她手腕问: "你今年是留在阮伯伯这边, 还是去平江西巷过年?"

"在我爸这边。" 阮眠已经在手机上在和阮明科提这件事, 过了几秒, 抬眼问他, "我爸让我问问你有没有什么想吃的。"

陈屹不挑食: "我都行。"

阮眠手指飞快地点着键盘, 嘴里也嘀嘀咕咕: "那你什么时候回去啊, 跟我一起吗?"

"比你提前一天吧。" 陈屹除夕当天还有别的安排, 当天回来不及, "你机票订了吗?"

"还没呢。"

"我一起订了?"

"行。"

……

余下的几天, 阮眠更加忙碌了些, 早出晚归, 有时候甚至直接不归, 很快到了陈屹回平城的日子。

他买的是下午三点的机票, 中午来医院找阮眠一起吃了午饭, 之后直接从医院去的机场。

阮眠凌晨忙完才看到他落地发来的消息。

她开车从医院出去, 停在路边回了消息, 又把手机丢到一旁, 到家也没等到陈屹的回复。

阮眠估摸着这个点他已经睡了, 发了条晚安便关了手机。

次日一早, 陈屹醒来看到阮眠早上三点发来的消息, 想到她今早十点的航班, 怕人睡过头, 打了语音电话过去。

电话好半天才接通。

"陈屹, 我好困啊, 不然我买下午的机票吧, 反正年夜饭晚上才吃。"

陈屹笑: "那你不如过完这个年再回来吧。"

她哼哼唧唧, 赖起床来像个小孩子一样。陈屹觉得好笑, 又有些心软, 妥协道: "那我帮你改签到下午吧。"

"算了。"阮眠说，"我已经爬起来了。"

"等到了我去机场接你。"

"不用，平城下雪了吗？"阮眠拉开窗户，"B市好像天晴了。"

陈屹也扭头看了眼窗外："今年没下雪。"

"平城好多年都没下雪了。"

南方城市不常下雪，尤其是近几年全球气温变暖，更是少雪，甚至冬天也不似零几年那么寒冷。

陈屹一直和阮眠通着电话，直到她出门的时候才挂断。他洗漱完，拿着手机去楼下吃早餐。

饭桌上，宋景问了他今天的安排："等会儿先去趟眠眠妈妈那里吧，今年不在那儿过年，但总归要去看看的。"

陈屹也早有这个准备："我知道。"

"礼物我都给你准备好了。"宋景看他无名指上的戒指，问了句，"求婚了？"

陈屹摇头："还没。"

宋景没再问什么，只叮嘱道："凡事你心里要有个数。"

"嗯。"

宋景说："我等会儿要和你爸爸去机场接你爷爷奶奶，东西给你放在客厅茶几上了，要是不清楚就问阿姨。"

陈屹点点头："好。"

吃过饭，陈屹在家里坐了会儿，等到时间差不多，才拎上礼物去了方如清那儿，也没多留，喝了杯茶就出来了。

方如清送他到门口，又往他口袋里塞了个红包："拿着啊，也没多少，大过年的讨个好彩头。"

"谢谢伯母。"陈屹没再推托，"那我先走了，您别送了，外面冷。"

"行，你快回去吧。"

陈屹从赵家出来，从另一条巷子去了趟李执那儿。李执之前去了B市之后，就一直待在那儿，陈屹住院之后，他还过来看过一次。

这会儿，李执穿着件单薄的黑色V领毛衣，像以前一样站在柜台后面清点账务，陈屹走进去："什么时候回来的？"

"前天。"李执放下计算器，眉眼和许多年相比变化不多，少年时清朗俊秀，如今温润成熟。

陈屹站在他对面，伸手从旁边抽了根棒棒糖，目光不经意间从他V领领口处扫过，顿了瞬，抬眸看着他，慢条斯理道："你交女朋友了啊？"

"啊？"李执摇头，"没。"

"那你这——"陈屹指了指自己锁骨下方的位置，意味深长地笑了下，"什么蚊子能咬成这样啊？"

李执低头看了眼，抬头朝他挑了下眉，轻笑："谁规定这样，只能交女朋友了？"

陈屹神情愣怔，像是不可置信，但很快又回过神，一如既往地懒懒地说："行吧，还真是我没想到的蚊子。"

李执笑："滚吧你。"

陈屹"哎"了声，语调带着惯有的漫不经心："走了啊，回头一起吃饭，可以带家属。"

"行。"

陈屹走出平江西巷，站在路口吹了会儿冷风，又抄着兜往家的方向走。

这世上每个人都有自己要走的路，不管路途坎坷还是一帆风顺，路都是自己的，怎么走别人说了不算。

李执既然选了这条，那就是他的人生，与旁人无关。

从平江西巷回到家里，陈屹在收到阮眠发来登机的消息之后，才开车去了阮明科那儿。

阮家人丁少，过年也只有阮明科和周秀君，以及一直住家照顾的阿姨，中午是阮明科亲自下厨。

吃过饭，陈屹看了眼时间，才刚过十二点，从B市到平城的航班要好几个小时，阮眠那趟航班最早也要到下午一点才能抵达平城机场。

阮家没有多余的房间，阮明科从书房出来："陈屹，你去眠眠房间睡一会儿吧，等会儿三点钟奶奶她们才开始包饺子。"

陈屹放下茶杯："好。"

"里面那间就是，床单被子都是才换的。"阮明科说完又进了书房，他最近项目上的事情比较多，过年也要开会。

这是陈屹第一次进阮眠的房间，上一次过来吃饭，怕留下什么不好的印象，他和阮眠说话都是坐在客厅。

房间不算特别大，东西倒还挺多的，书桌书柜衣架衣柜，一张一米八的双人床占去了二分之一的面积。

角角落落都堆着书和乐高模型，书桌上还放着两个纸箱子。

陈屹在书架那儿看见阮眠学生时期的几张照片，他一张张看过去，又走到书桌那儿。

两个箱子上的胶布都被剪开了，箱口盖得并不严实，甚至有一个边缘都裂开了，底部有被挤压的印子，像是从高处摔下来才会留有的痕迹。

陈屹掀开那个破损比较严重的箱子，里面放着的都是阮眠以前在八中的试卷和笔记本。

还有一部老式手机。

他本无意窥探阮眠的过去，却在将要合上的时候，看见露出一角的草稿纸，上面写了他的名字。

那张纸就像是打开百宝箱的钥匙，充满了诱惑。

陈屹犹豫了片刻，终究是好奇大过了理智，他伸手把那张草稿纸抽了出来，原来露出的一角不过是冰山一角。

那张泛黄的草稿纸上，全都是他的名字。

有潦草的，也有一笔一画认真写下的，但更多的是在写过之后又被人用笔涂抹掉的。

字迹在经年累月之后笔墨淡去的痕迹清晰无比，可藏在这张纸背后的喜欢，却是从未消退过。

陈屹像是又回到了刚得知阮眠曾经喜欢过自己的那个夏夜，心头漫开密密麻麻的酸涩。

他放下那张草稿纸，拿起放在所有东西最上方的一个黑色笔记本。

很多年之后，陈屹再回想起这个一开始看起来很寻常的午后，仍旧觉得他在十几岁的年纪好像花掉了太多的好运气，以至于过了这么多年，才找到打开宝藏的钥匙。

笔记本的封皮已经有些褪色，里面纸张泛黄字迹也有些模糊，但并不妨碍辨认。

陈屹翻开第一页，上面只写了两行字，一行是一个对他来说没什么印象也很久远的日期，一行是他格外熟悉的一句话：

2008/8/16

耳东陈，屹立浮图可摘星的屹。

陈屹怔了几秒，在一瞬间想起那个燥热而沉闷的夏夜，想起那个温暾寡言，连和他对视都胆怯的少女。

在得知阮眠曾经的喜欢后，他无数次回想着记忆里和她有关的事情，试图从某个节点里找寻到这份喜欢的起源，却未曾想过，这世上有一种喜欢，叫作一见钟情。

他无关痛痒的一句话，却是她漫长岁月里经久不息的一次心动。

陈屹忽然意识到手里的这本笔记是什么，整个人像是被捏住了喉咙，捧着笔记本的那只手竟隐隐有些发颤。

他喉结上下滑动着，指尖轻掀，翻开了第二页，纸张摩擦发出细微的动静，而这一页同样也是龙飞凤舞的两行字：

2008/8/31

怎么了。

陈屹对这个日期并不陌生，那是八中开学的日子，也是他曾经误以为是和阮眠的初遇。

从一开始就走错的路，在十多年后才重新找到正确的轨道。

陈屹又接连往后翻了几页，大多的日期和内容对于如今的他来说，仍旧是细碎而模糊的。

那些他不知道的岁月里，少女所有的心动和心酸，好像与他无关，可偏偏又和他有关。

他在她的世界里上演了一场轰轰烈烈的重头戏，可她却只是无足轻重的一个配角。

来时悄无声息，走时无人可知。

就好像 2009 年的 1 月 30 日，她在溪山寺许下"我与他岁岁长相见"的愿望，而他只是潦草而随便地希望明天不要下雪。

还有那年的 9 月 1 日，她或许是在为他将要出国而难过，所以这一页的字迹才会有被水渍打湿的痕迹，可那个时候的陈屹，为出国忙得焦头烂额，但偶尔还是会庆幸可以早日脱离高三的苦海。

十七岁的陈屹不知道，他的离开是为了学业而不得已的短暂分别，可在十七岁阮眠看来却是再也不见的遗憾。

她说不要再喜欢他了。

可下一页，却又出现一句——我对他的喜欢好像比我想象中还要多，我学不会及时止损，尽管想要喊停，可眼里仍旧全是他。

她竞赛失利，他放弃保送。

她回归枯燥单调的高三生活，他离开校园，从此与她渐行渐远，悲欢离合她全都看不见。

拍毕业照那天，他祝她高考加油，后来她回赠一张"祝你高考顺利，金榜题名"的同学录。

想来那时候，她应该不知道那是他给的同学录。

散伙饭，他来去匆匆，没能从江让的欲言又止里，在她红着的眼眶里，窥见一分喜欢。

盛夏，她高考落榜回到以前的学校复读，父母给他在平城最好的酒店摆谢师宴，觥筹交错间，他却从未对她的缺席感到遗憾。

2010 年的 8 月 17 日，她在热闹嘈杂的街头，有一瞬间是真的想要将他放下。

她希望将那两年停留在最好的那一时刻，所以才会在他将要出国的前一天，留下了这样悲伤的两句话：

2010/8/29

暗恋很苦，像夏季的风，听着很好，吹起来却满是燥热。于是夏天结束了，我也不喜欢你了。

陈屹，祝你一路平安，前程似锦。

翻至这一页的时候，陈屹倏地停了下来，他脑袋里出现一瞬间的空白，而后像是想起什么，将箱子里那部破旧的老式手机拿了出来。

充电，开机。

在点开短信发件箱的时候，陈屹的指尖都在发颤，他不出意料地在发件箱里看见了同样内容的一条短信。

收件人，是他。

陈屹喉间发涩，心中难平。

那一天对于他来说，再寻常不过，而那时候，他经常收到同类型的告白短信，以至于在收到这条短信时，他并未当回事，只当作垃圾短信删除了。

直至今日，在翻开这本日记时，在看见写下那句"耳东陈，屹立浮图可摘星的屹"的日期时，在看见那句"我又瞒着所有人偷偷喜欢了他一年"时，他才意识到，自己当初随手删掉的短信，对于十七岁的阮眠而言，却是一整个青春的结束。

阮眠从机场出来的时候，才看到陈屹半个多小时前给她发了条微信，说是在停车场等她，后面跟着的是车牌号和位置。

她又转而下到负二层，没怎么费神就看见了陈屹的车子，坐进去时，闻见车里有股淡淡的烟味。

阮眠心中纳闷，往陈屹那儿靠近了些，像小狗似的嗅了嗅。

陈屹低头看见她的动作，抬手捏着她的后颈，开口时，声音有着不常见的沙哑："做什么？"

她皱眉，心思很快被这声音分去几分注意："你感冒了？"

"没。"他将座椅往后调整了些，又抓着她的手，"过来。"

阮眠乖乖解了安全带，从副驾驶爬过来坐在他腿上，膝盖跪在两侧，鼻息间那抹烟味也因为这个距离变得越发浓郁。

她抬头，借着停车场昏暗的光影瞥见他发红的眼角，手指把玩着他衬衫上的纽扣："你怎么了？"

"没事。"陈屹低头和她对视，胸腔里翻涌着极为强烈的难过，他竭力控制着情绪，喉结不停上下滑动，无声吞咽。

阮眠有些无措，她从未见过陈屹这个样子，像是被很多负面情绪拢着，无论怎么挣扎也逃脱不了。

整个人如同坠入了深沉的海底。

她靠过去，脸颊贴着他的颈窝蹭了蹭，温热的呼吸一下又一下，仿佛和他的脉搏混为一体。

良久的沉默后，陈屹揉着她的后颈，声音仍旧低沉沙哑："对不起，我来得太晚了。"

"什么？"阮眠抬起头，看着他，那目光晦涩深情，却带着散不尽的难过。

情侣间的默契总是奇妙又无解，她像是一瞬间福至心灵，极快地否认道："没有。"

陈屹垂眼看她，喉咙像是被堵住，说不出话来。

"没有。"她重复了句，目光专注地看着他，认真而缓慢道，"你能来，而我也还在这儿，就已经是很大的幸事了。"

这世上有那么多的阴错阳差，在彼此不曾拥有过的岁月里，我们曾经渐行渐远，可岁月兜转，恰逢好时候，该遇见的人终究还是会遇见。

故事的开头总是极具温柔，可我们的结尾也不输任何温柔。

那天回去之后，阮眠在自己房间里看见那两个大箱子，心里隐约的念头被证实，竟有些尘埃落定的踏实感。

如今，她再翻开那本早就没什么印象的日记，记忆里的那些心酸和难过也好像随着时间的洪流被冲散，只留下浅淡的痕迹。

那已经不是过去的模样，而是她曾经喜欢过他的所有见证，是值得被永远纪念的一样东西。

阮眠将日记放进书架里，和她耀眼灿烂的学生时代放在一起，就好像曾经喜欢他的那些岁月也变得熠熠生辉，不复往日的晦涩难明。

她的念念不忘，如今终有回响。

过完除夕，阮眠在假期结束前去见了陈屹的家人，和她想象中的温馨家庭相差无几。

无论是陈父陈母，还是陈屹的爷爷奶奶，彼此间的感情模式尽管多有不同，但仍旧能看得出来夫妻间的那份默契和温柔。

晚上临走前，陈奶奶拉着阮眠的手，递给她一个用红线绣着平安两字的黄色绒布袋："这一块平安扣是我和爷爷在外旅游时偶然得来的，我们年纪大了也用不上，你和阿屹工作性质特殊，就留给你们在身边保平安。"

阮眠之前见过陈屹那枚平安扣的成色，并不似陈奶奶说的这么随意，甚至是十分罕见的一块玉，更别提价格。

但沈云邈不给她推托的机会，将平安袋塞到她手里："这枚平安扣拿回来之后，我叫你陈伯母拿去庙里开了光，还用你跟阿屹的生辰八字求了个平安符放在里面，所以现在这块玉已经是你的了，就拿着吧。"

阮眠收了下来："谢谢奶奶。"

"这平安符很灵的，阿屹高三那年参加竞赛的时候，我也给他求了一个，后来他就拿了一等奖。"

一旁的陈屹拿着外套走过来，不乐意地反驳道："奶奶，我拿奖跟这个没太大关系吧？"

沈云邈说了声"你这孩子"，又笑着和阮眠说："说到底也是讨个心安，你们在外都要平平安安的。"

"嗯，我们会的。"阮眠将平安袋收起来。陈屹走过来牵着她的手，戴在颈间的平安扣露出一截黑色的绳子。

回去的路上，阮眠拿出那枚平安扣看了看，又格外郑重地收了起来。

窗外高楼大厦的灯光掺着路灯的光影一闪而过，她看着看着，莫名笑了声。陈屹在等红灯的间隙看了她一眼，手伸过来钩着她的手指："笑什么？"

"没什么。"阮眠转过来看着他，"我就是觉得这一年的冬天，好像没有以前那么冷了。"

前方红灯跳转，陈屹收回视线，轻笑了声："我也这么觉得。"

前路漫漫，新的一年开始了。

年一过，南方小城春风一吹，满城花开暖意洋洋，而地处北方的B市却仍旧吹着寒冷的冬风。

短暂的假期结束后，阮眠又恢复到以往的忙碌生活，甚至比去年还要忙一些。毕竟今年的阮医生逐渐开始独立主刀手术，空闲之余还要兼顾科室论文课题发表的达标率，忙得不可开交。

比起阮眠连轴转，这一年的陈屹反倒闲下来很多，两个月的病假时间，他破天荒没有回到B市陪女朋友，反而是留在平城整日和李执待在一起。后来病假结束，他回到队里做了次系统的体能检测，右肩受伤的后遗症有些明显，整个上半年他都没有出过任务。除了必要的康复训练，偶尔休息的时候，他也马不停蹄地往返B市和平城两地。

阮眠一开始还没察觉到这些，直到五月的一天，她空了一天假，在家里找备用钥匙时，无意间在门口的鞋柜抽屉里翻出二十多张B市和平城的往返机票。

来回算下来，这半年里，陈屹差不多回了平城十多次，这加起来都快要比他前几年的次数还要多。

等到陈屹下一次休息，她把这些机票拿出来，语气有些严肃："你是不是有什么事瞒着我？"

聊这事的时候，陈屹还在看手机，余光瞥到桌上的一沓机票，他摁灭了手机，坐直了身体："没有。"

"那你怎么一休息就往平城跑？"阮眠这半年来很忙，几乎和他什么重叠的休息时间。

"嗯？我之前跟你说过的，你忘了啊？"陈屹站起来，拉着她的手，"李执有

334

个朋友在拍军旅片，没资金请不到专业人士，就找我过去帮忙了。"

阮眠想了下，好像是有这回事，但质问的谱已经摆了出去，又不好收，只能不咸不淡地"哦"了声。

陈屹笑出声，拽着她的手坐下来："周老师前几天给我打了个电话，学校今年准备拟邀一批优秀毕业生，在高考前回去给高三生演讲，让我问问你有没有空。"

阮眠啧声："那不太好吧，我复读生。"

"683分的复读生，复读一年还成了状元，"陈屹笑，"这难道不该是编入校史的大事吗？"

阮眠不和他胡扯："还是算了，我要是在八中复读倒还说得过去，我又不是从八中考出去的，回头我给周老师打个电话说一声吧。"

"行。"陈屹摸着她腰上的软肉，几下就察觉出不对劲，"你最近是不是又没好好吃饭？"

她这半年的工作忙，饮食不规律，刚回来那两个月直接暴瘦七八斤，本来骨架就小，看起来更是骨瘦嶙峋。

原先兴师问罪的人没了由头，反被倒打一耙，阮眠心虚，胳膊一抬搂着他："没有吧，我都有按时吃饭，除非特殊情况。"

其实不然，她现在排手术，择期的还好，要是遇上突发情况的，或者是给孟甫平当一助，经常连着十几个小时不吃不喝。

陈屹压根儿不信她的话，抱着人上了秤，一称不仅原来的没保持，甚至倒还瘦了三斤多。

他当时脸就黑了，阮眠虽然心虚，但也有理："我发誓，我真的有好好吃饭，可能就是最近工作太忙了，累的。"

"哼。"

阮眠又好气又好笑："那我保证，等你下个月休假回来，我一定一定吃回九十斤。"

陈屹勉强答应了，晚上做了一桌菜，看着她吃了两碗米饭，又喝了一碗汤才算作罢。

很快，五月也到了头。

八中将演讲的时间定在五月的最后一天，阮眠那天没空，连直播都没看到，后来去网上找回放也只有简短的几个视频片段。

其中有一个视频是陈屹单独的片段，但也不完整，开头已经是演讲的后半部分，男人穿着简单干净的白衬衫和黑色西裤，眉目落拓不羁，举手投足间都带着成年男性独有的成熟和性感。

演讲结束后是一成不变的学生提问环节，这个部分几乎没什么新意，无非就是问些当初是怎么样的人，现在又在做什么。

阮眠看到末尾，话筒传到角落的一个女生手里，她问了最后一个问题："学长，你高中时最值得纪念和最遗憾的事情是什么？"

　　视频的画质不高清，但也难掩男人出众的样貌，他停顿了几秒，像是在思索，单手垂在演讲台上，另一只手扶着话筒，微微倾身，低沉的嗓音经过多次传播依旧清晰无比。

　　"最值得纪念的，应该是和阮同学做了同桌。"现场掀起一阵尖叫声，但很快又因为话筒里传出的声音而安静下来，男人低垂着眉眼，笑得有些无奈，"最遗憾的事情，是和阮同学同桌的时间太短了。"

　　视频到这里就结束了，最后传出的尖叫声和欢呼声戛然而止，可阮眠仍旧止不住地心潮澎湃，就好像那一瞬间，她也在现场。

　　后来，阮眠从孟星阑那里看到了视频的后续，在陈屹说完最遗憾的事情准备退场的时候，台下有人问了句："那你们现在还有联系吗？"

　　当时已经走完台阶的陈屹借了导播的麦，站在人山人海的礼堂，抬手亮了亮无名指上的戒指，语气潇洒肆意："当然。"

　　看到这段视频的时候已经是七月，B市的夏天来得晚，也不像南方城市那么湿热，这里空气干燥却不沉闷，风里掺杂着切实的凉意。

　　阮眠翻来覆去地看着这段视频，连睡前那一点时间都不肯放过。陈屹洗完澡出来，见她捧着手机看得乐不可支，擦着头发凑过去："你看什么——"话音在看清视频内容时倏地停了下来。

　　他伸手去抢手机："别看了，这有什么好看的。"

　　"好看，我觉得好看啊。"阮眠胳膊拦着，不让他拿手机，而后转头看他，见他耳尖红红，没忍住笑了出来，"你是在害羞吗？"

　　"没有。"他嘴硬，趁她不注意把手机拿了过来，几下退了出来，而后倏地把人压倒，"好笑吗？"

　　他来势汹汹，阮眠强忍着笑意摇头，可一出声还是暴露了，声音里全是笑意："不好笑啊。"

　　陈屹气哼哼地俯身咬了一下她的鼻尖，而后直起身站在床边，格外煞风景地说："起来，称个体重。"

　　阮眠脚卷着被子，打了个哈欠："明天吧，我困了。"

　　陈屹却没依她，直接弯腰将人打横抱了起来。

　　阮眠见事已至此，小小地挣扎了下："我称我称，但你让我先上个厕所。"

　　陈屹这下听了她的话，松开手，走出去找秤。等了几分钟还不见阮眠出来，他回到房间一看，被气笑了："你干脆裹着被子来称算了。"

　　闻言，阮眠放下手里的厚外套，拿起被子试探道："真的可以吗？"

　　"……"

后来折腾了半天，体重终归还是称了，阮眠抱着赴死的心上了秤，眯眼一看，心情大好。

她指着秤上的"89.99"："四舍五入，九十斤了。"

见确实长回来了，陈屹也没说什么，临睡前又给她泡了杯助眠的牛奶："你记得把下个月的二十四号空出来。"

"知道。"那天是陈屹的生日，他今年准备回平城过，阮眠怕时间不充裕，把后面一天也空了出来。

等到回去那天，阮眠赶的是二十三号晚上最后一趟航班，到平城已经是深夜，陈屹的车仍旧停在上次的位置。

两个人一块回了平江西巷那边，夜晚寂静，巷子里鲜有人走动，从李执家穿过去的那条小道最近在修排水管道暂时封路。

陈屹带着阮眠走了当初网吧的那条小巷，以前没有烧烤摊，现在真的支了起来，网吧门口焕然一新，却仍旧能从周围看出当初的破旧。

台阶上站着几个男生，其中有一个穿着宽大的黑色T恤和黑色带白杠的运动裤，头发蓬松而柔软，侧脸的轮廓很漂亮。

阮眠多看了一眼。

陈屹顺着看过去，用力捏了下她的手指。

"那个男生，"等到走过去，阮眠钩着他的手指，"你不觉得和你很像吗？"

陈屹语气淡淡的，头也不回地说："哪儿像了？"

"我第一次见到你的时候，你就穿着和他差不多的衣服，就连站的位置都很像。"阮眠说着又回头看了眼，男生像是注意到什么，往这里看了眼，这一次，她没有躲闪也没有紧张，反而像发现了什么有趣的事情，"就连发现有人盯着看时的反应都一样啊。"

听到她说过去的事情，陈屹倒没那么介意，反而还跟着她一起回头看了那男生一眼。

她不停说着两个人相像的地方，好像不管多少年过去，能吸引她目光的，仍旧是和他有关的事情。

陈屹想到这儿，收回视线，轻轻笑了一声。

陈屹二十八岁的生日过得挺平淡的，但处处都透着温馨，长寿面是爷爷和奶奶亲手擀的，蛋糕是女朋友和母亲一起做的。

就连晚上那一桌饭都是父亲一个人完成的，全程没让家里的阿姨插手，一家人和和乐乐地吃完饭，给他正儿八经地过了个生日。

许完愿切完蛋糕，陪着家里人说了会儿话，为了不打扰两位老人的休息，陈屹和阮眠九点半就从平江公馆出来了。

小城的晚上也挺热闹的，夏风温热，带着熟悉的味道。

两个人沿着街边一直往前走，不知不觉就走回了八中门口。这个季节学校里只剩下高三生在补课，门口的值班室也从往日的三人削减为一人。

陈屹看着以前高二时的那栋教学楼，提议道："要不要进去走走？"

"好啊。"阮眠转念又想到什么，"我们没带证件，能让我们进去吗？"

"试试不就知道了。"陈屹牵着她走过去，结果还没怎么说，大爷就大手一挥放行了。

阮眠唏嘘："现在管得这么松吗，我前几年回来看望周老师，带了身份证也不让进，最后还是给周老师打电话让他出来接我的。"

"毕竟是暑假嘛。"陈屹说，"而且又这么晚了。"

阮眠想想也是，目光不经意间看向一旁的篮球场。这个点球场里竟然也有还有男生在打球，好像还挺热闹的。

她停了下来。

陈屹跟着也停了下来，两个人站在那儿喂了会儿蚊子，他抬手看了眼时间："走吧，去里面看看。"

阮眠收回视线，等走到教学楼底下，竟然还碰见了熟人："李执？"

"嗯？"李执抬手摁灭了烟头，丢进一旁的垃圾桶，人走下台阶，"你们怎么在这儿？"

"没什么事就过来了。"阮眠看着他，"你在这儿干吗呢？"

"哦，有个朋友来这里试景，弄完了，在楼上看电影呢。"李执挥了挥空气里的烟味，"要不要上来看看？"

"行啊。"

说着，三个人就一起上了楼。

也挺巧的，他们放电影的那个教室正好就是阮眠和陈屹高二时的教室。

教室里没开灯，全靠幕布上那点光亮，稀稀拉拉坐了些人，阮眠和陈屹从后门进去，就近坐在靠墙边最后一排的位置。

这个位置太熟悉了。

阮眠一坐下来，竟有些恍如隔世的感觉，就好像回到了他们还在八中读书的那段时光。

她扭头看了眼陈屹，倏地想起高二第一次月考前，周海在教室放学校安排的心理健康教育的视频。

男生也是像这样懒散地靠着墙，神情寡淡地看着屏幕，昏暗的光影在他脸上分割出明暗不同的侧影，衬得他模样影影绰绰。

阮眠莫名有些想哭的冲动。她看着陈屹，逐渐将他和记忆里的男生重合，但好像又有什么不同，十六岁的陈屹不会在意十六岁的阮眠任何一个目光。

可二十八岁的陈屹会。

他转头看向阮眠，在桌底牵住她的手，就好像学生时代瞒着老师和同学在教室里偷偷谈恋爱。

阮眠看见他动了动唇，可惜光线昏暗，并没有看清，她倾身靠过去："你刚刚说什么？"

下一秒，她嘴角忽地落下一片温热。

"想亲你。"他说。

他们进来得晚，电影已经播到结尾，没一会儿就开始唱片尾曲，阮眠坐在位置上，打量着教室。

比起十多年前，这间教室明显焕然一新，除了身边的人，几乎找不出和过去有任何相同的地方。

时过境迁，什么都在变。

没一会儿，教室前方的幕布又开始播放另一部电影。

阮眠在另一边的角落里看见李执，在他旁边还坐了一个男人。

她没怎么在意地收回了视线，把目光放到前方正在播放的电影上。

电影一开场是一条巷子，阮眠认出里面那间网吧和烧烤摊，偏头凑过去问陈屹："这是在平江西巷取的景吗？"

陈屹"嗯"了声："应该是吧。"

"我怎么没听说有什么电影在平江西巷取过景。"阮眠嘀咕着，目光继续看向屏幕。

电影里的场景很熟悉，可慢慢地，阮眠忽然意识到那些场景的熟悉不是来自于她曾经在这里生活过。

那种熟悉，就好像电影里发生过的一切，她曾经都经历过一样。

在意识到这一点之后，阮眠心里忽地冒出个难以置信的念头，她看着电影里的少女从昏暗的巷子里跑出来。

看着她看见那个一眼就心动的少年，好像在一瞬间也回到了那个燥热而沉闷的夏夜。

十六岁的阮眠在慌张和无措中，看见的那个少年，他有着一双深邃而凛冽的眼眸，给了她一生一次的难忘心动。

那时候，现实里的陈屹并没有朝阮眠看过来，可电影里的陈屹却在阮眠收回视线后，将目光转向她。

他们一起走到了可以回家的那条巷子，在八中的教室里重逢，这一次少年没有忘掉他们彼此的初遇。

他说："阮同学，你好，我们又见面了。"

他在教室里自我介绍："我叫陈屹，耳东陈，屹立浮图可摘星的屹。"

运动会，少女向着光，向着心里的少年一往无前，而他却早早地站在了她的终点。就好像现实里，毕业这么多年，阮眠原以为和陈屹再无瓜葛联系，却不想他原来早就站在了她的终点。

电影才刚刚开始，阮眠却已经在流泪了，她过去每一个喜欢陈屹的瞬间都在电影里得到了回应。

他比她更早一些祝她新年快乐。

他在溪山寺许下"希望我与阮同学岁岁常欢愉，年年皆胜意"的心愿。

……

他看得见她的每一分喜欢。

电影的结尾，是陈屹又回到了八中的这间教室，可这一次，电影里和现实里皆是一个人。

电影里的开门声也和现实里的开门声逐渐重叠。

阮眠这才意识到坐在身边的人不知道什么时候离开了教室，她回过头，热泪盈眶。

男人穿着八中的校服，蓝白相间的校服裹着他如青竹般笔挺颀长的身形，他怀里抱着捧玫瑰。

她的呼吸在这一瞬间停住。

陈屹走进来，光亮如影随形，就好像这么多年，无论路途多遥远，他永远是她生命里最亮的那抹光。

他像无数爱情电影里的结局一样，单膝跪在自己的女主角面前，神情郑重而专注。

"阮眠同学，"陈屹抬眸看她，喉结上下滚动着，细微的动作间全是紧张，"我知道我迟到了很久，但我会把迟到这段时间的爱全都补给你，我会只爱你，很爱很爱你。"

他低头从口袋里拿出戒指盒，却因为太紧张拿反了，阮眠双手掩面，忍不住笑出来。

她弯腰接过玫瑰。

与此同时，陈屹抓住她的右手腕，取下那枚代表约定的素环，又抬头看着她："所以，你愿不愿意给我个机会，让我娶你？"

阮眠站在那儿，在泪眼蒙眬里说了声"我愿意"。

十六岁的阮眠敏感、温暾，看着喜欢的男生，将爱慕的目光一藏再藏，直至藏到谁也看不见的深处。

她以为这份喜欢不会再有重见天日的机会，却不想在多年后，那些她曾费尽心思的追逐和努力，会在有朝一日被他看见，被他重写新的序章。

　　他会将她无处安放的少女心事怀揣，而后再小心翼翼地安置在他的世界里。

　　原来第一眼就喜欢的人，真的会喜欢很久很久，无论结局是意难平还是得偿所愿，那种看一眼就再也挪不开视线的感觉，是不可能简简单单就忘掉的。

　　哪怕喜欢他是布满荆棘的一路坎坷，但只要想起看见他的第一眼，就永远会为了那一个瞬间而心动。

　　人总是要为自己的心动买单，或悲或喜，一生难忘。

　　电影的最后，幕布画面变黑，出现一句话和片名：

　　这世上不是所有的喜欢都会有一个好结果，但阮眠的喜欢会。

——《没有人像你》

番外

Mei you ren
xiang ni

番外一·江让

2019 年的夏天，正在为新项目焦头烂额的江让收到一封来自国内的邮件。

发件人是梁熠然。

梁熠然是他高中时的好友，也是从他出国以来，唯一一个仍旧和他保持着频繁联系的人。

邮件里除了日常的问候，还有一张结婚邀请函。

新娘孟星阑是梁熠然的青梅竹马，是江让的另一位高中好友，婚礼定在 6 月 6 号。

随着邀请函一同发过来的还有一张照片。

那是他们几个在高三毕业那年拍的一张合照，照片上有六个人，他、梁熠然、孟星阑、沈渝、陈屹。

还有——

那个被他藏在心里多年，念念不忘却又念念不得的人。

2008 年的夏末，八中迎来新学年，空了一个多月的校园又重新拥进大批陌生而鲜活的面孔。

靠南边的一栋教学楼三楼走廊处站着几个男生。

楼前的梧桐树高耸入云，枝丫延伸到很远的地方，遮天蔽日，风里全是夏日的气息。

男生胳膊挂在栏杆上，整个上半身俯在外面，脑袋朝下，微眯着眼睛瞧着楼下奔跑的身影。

旁边是似有若无的交谈声。

男生的话题总离不开大三样、鞋、游戏、篮球赛，江让听得无趣，抬手刮了两下耳朵，而后猛地直起身，手抓着栏杆晃了两下。

他有些无聊地叹口气，转身进了教室。

新学期，江让和以前的好友被分到了不同的班级，唯一一个分到一起的，还不知道因为什么原因今天没来报到。

好不容易熬到上课，教室里终于安静下来，江让收回搭在椅子上的脚，扭头看向窗外。

周海带着阮眠过来的时候，他是第一个注意到的。

女生扎着中规中矩的马尾，皮肤很白。

周海高一带过江让他们班的课，江让跟他算熟，插科打诨是常事，他开玩笑似的吹了声口哨，目光无意间掠过站在一旁的女生。

她是这学期新来的转校生，叫阮眠。

阮貂换酒的阮。

睡眠的眠。

那个时候的江让并不知道，这个名字会成为他一辈子的遗憾，十几岁的他只是看出了女生的无言和窘迫，带头鼓掌打破了僵局。

本是无心之举，奈何有的人却由此上了心。

兴许是新学期太无聊，班级里又没有很熟悉的朋友，江让对这个新同学充满了好奇。

尤其是在摸底考试成绩出来之后。

江让被她出人意料的成绩所折服，专门绕过去夸赞了她一番。

只是阮眠好像习以为常，甚至还自嘲下次考全科，他就不会这么认为了。

当时江让并没有理解这句话的意思，直到开学第一次月考结束，阮眠暴露出自己在其他科目上的短板，他才反应过来。

而那个时候，他和阮眠靠着孟星阑和他们同在一个班的缘故，已经成为说不上多亲近，但又比普通同学关系更进一步的朋友，偶尔还能坐在一起吃饭。

长此以往的相处，并没有让江让意识到自己对阮眠的不同寻常，他以为自己只是出于好奇，所以才会过多地关注她，是出于朋友的关心，才会提出寒假帮她补课的想法。

尽管他的数学成绩虽然不及她，却也甩其他人一大截，根本用不上花费太多功夫。

这一切的一切，不过是他的自欺欺人。

但可惜的是，少年心动晚来一步，这一步似毫厘，却亦是鸿沟，让他自此再也无法迈过这一步。

阮眠喜欢陈屹这件事，就好像他喜欢阮眠一样，自以为瞒得很深，却不料总会被不该知道的人所知道。

该知道的人却又在不恰当的时间所得知。

命运总是这样阴错阳差。

阮眠的疏远在他意料之中，江让无可奈何，只能看着自己被一步步推离她的世界。

高三那一年，江让和阮眠已经不怎么来往，偶尔的集体活动，他都是能推就推。

散伙饭那晚，江让看着阮眠看向陈屹时，充满了遗憾和难过的目光。

那时他有过冲动，想把她的喜欢告诉陈屹，想和陈屹公平竞争。

可哪儿来的公平竞争。

从一开始，阮眠就没有给过他机会，陈屹永远是她的赢家，他在这场竞争里，甚至连参赛权都未曾拥有。

毕业之后，陈屹出国读书，阮眠回到六中复读，沈渝去了军校，他和梁熠然、孟星阑来到S市。

六个人各奔东西，彼此再也没见过。

直到大四那年冬天，他和孟星阑作为学校代表前往Q大参加比赛，出发前一晚，他在操场跑了一圈又一圈。

冬夜里寒风萧瑟，一如他的内心，表面滚烫炙热，内里却早已千疮百孔。

碰面在所难免，这一次，江让不再兜兜转转，明面上像是要找阮眠讨个说法，可实际上不过是给自己一个彻底死心的理由。

阮眠告诉他，早在去八中之前，她就已经先认识了陈屹。

她说遇见什么人，又喜欢上什么人，说起来更像是每个人的命数，运气好些得偿所愿，运气不好就是所谓的劫。

他运气好，遇见了她。

可终究还是差了点，只是遇见而已。

江让最终还是决定回国参加梁熠然和孟星阑的婚礼，却不想，这一次才是真的再见。

他从梁熠然的口中得知了陈屹和阮眠的重逢。

原来从始至终，运气不好的只有他一个而已，这样也好，他和她之间总该有一个人要得偿所愿的。

如果可以，他希望那个人是她。

婚礼当天，江让见到了阮眠。她还和以前一样，笑起来很好看，可唯独看着他的时候，目光里总是充满了说不出的复杂。

他尽量让自己看起来落落大方一些，强忍着难过和心酸说出那番话，就像当初她劝他放下往前看时一样。

那一晚，江让借着替梁熠然挡酒喝了一杯又一杯，可头脑却始终清醒，就像心里那个洞。

难过和遗憾都是清晰的。

他看见陈屹在婚礼现场走远的身影，所以选择在婚礼结束后装醉回到了房间，等着陈屹过来询问，等着借故和陈屹大吵一架，甚至是大打出手。

可陈屹却停住了脚步。

他躺在床上，睁着眼睛看着窗外的夜色。良久，只听见陈屹走远的动静，他合眸叹了口气。

陈屹还是给他留了最后的尊严。

有些话，不该从他这里知道，也不该摊开在他们兄弟之间，尽管这些年，他因为过不了心里的坎，刻意疏远了陈屹。

但在毫不知情的陈屹的心里，江让永远是以前那个江让，是自己青葱岁月里不可或缺的一份回忆。

那个晚上，对于江让来说是格外漫长的，他没有在酒店多留，而是下楼沿着马路往前走了很久，直至破晓才停了下来。

江让站在陌生的街头，看着初升的阳光，掏出手机，删掉了这些年来存下的各种和阮眠有关的东西。

到此为止了。

他从十六岁至今的喜欢，终究还是以遗憾收尾。

番外二·新婚快乐

Mei you ren xiang ni

去民政局领证那天，平城已经入冬，陈屹一大早开车过去，取了号坐在大厅的等候区，时不时抬头看一眼门口。

大门正对着车水马龙的街道，人来人往，一览无余。

工作日，加上也不是什么讨巧的节日，办事大厅的人并不是很多，阮眠进来时，风尘仆仆的样子加上微凛的神情，比起来领证反而更像是来找碴儿的。

坐在门边的三对情侣不约而同地抬起头看着她，目光八卦又好奇，生怕错过什么好戏。

阮眠没在意这些，目光锁定在一个方向，径直朝着那边走了过去，还没完全走近，坐在那儿的人反倒先抬起了头。

去年夏天陈屹求婚之后没多久，阮眠这边就忙起工作来，尤其是这半年，要不是这一次领证，两个人估计要到春节前后才能有时间碰面。

陈屹站起来，从口袋里掏出好几张类似于小票的东西塞到她手心里："你再不来，取号的工作人员都以为我被人逃婚了。"

没有像你

阮眠忍着笑意把那五张叫号票捋整齐，找到时间最早的一张，惊讶道："你干吗来这么早啊？民政局又不会跑，而且我昨天晚上都和你说了，我今天来不了太早。"

"哦。"陈屹看着她，一本正经道，"我忘了。"

阮眠："……"

领证的程序不算复杂，材料都是现成的，结婚介绍信也是一早就审批下来的，阮眠和陈屹坐在柜台旁，目不转睛地看着工作人员拿着两个红本子往上盖戳，眉眼间的细微动作如出一辙。

伴随着"吭吭"两声，工作人员拿着盖好戳的结婚证分别递给两人，笑着祝福道："好了，祝你们永结同心，白头到老。"

阮眠和陈屹同时伸手接过结婚证，也笑着回道："谢谢。"

从民政局出来后，阮眠还要赶晚一趟的航班回 B 市，陈屹没说什么，开车送她去了机场。

临分别前，他也还是那句"到了给我打电话"的老父亲式叮嘱。

阮眠猜想他可能是对自己来去匆匆的行径有些不满，但任命缠身，她也没有办法，只能凑过去好言好语地哄了几句："别生气？"

陈屹任由阮眠搂着自己胳膊撒了会儿娇，过了好一会才抬起手揉了揉她的脑袋，语气带着显而易见的宠溺："好了，我没生气。你快点进去吧，在那边要注意休息。"

"好。"阮眠松开手作势要走，而后又趁陈屹不注意，凑过来在他脸侧亲了一口，言语之间满是愉悦笑意，"新婚快乐，陈先生。"

待到陈屹回过神，她人已经跑远了。他抬手摸了摸脸颊，几秒后，垂下眼帘笑了一声。

小流氓。

阮眠抵达 B 市已经是傍晚，给陈屹打电话，对方提示已关机，她在微信上报了平安，又急匆匆赶回了医院。

好在晚间没出什么大事故，做完常规工作后，阮眠踩着点下了班，拿到手机仍旧没有陈屹的消息。

她觉得纳闷，但也没太在意，开车回了家。

阮眠和陈屹还住在原来的小区，但从楼上搬到了楼下。现在两个人住的这套两居室，是陈屹去年秋天新买的婚房。

两个人都不打算花父母的钱，房子只付了三成的首付，余下按揭每月两个人共同还。

房子是装修好的，陈屹尽量还原了楼上那套房的布局，小打小敲改造下来也花了不少时间。直到今年夏天他和阮眠才搬进来。

搬家那天是个大晴天，到了傍晚空气中仍旧留有闷热的暑气，夕阳的余晖落了满屋。

阮眠坐在地上叠着她和陈屹的衣服，陈屹拎着两个纸箱在整理她的书和论文资料。天热开了空调，冷气"扑哧扑哧"往外跑，两个人各忙各的，偶尔问一句这要不要放哪儿。

住了这么久，陈屹也陆陆续续搬过来不少东西，阮眠光是叠他的衣服就花了不少时间。

客厅从一个纸箱慢慢堆到十几个纸箱，空间逐渐变得狭窄，转个身都有些困难。陈屹收拾完零碎的小东西，刚站起身，阮眠也抱着最后一摞衣服从卧室出来，两人挤在仅有的一条过道中间你让我让你，到最后堵在那儿谁也没走成。

陈屹乐了，伸手从她怀里接过衣服，问："这放哪儿？"

"你后面的纸箱里。"阮眠说完又去检查有没有什么遗漏的，身影时不时从陈屹面前走过。

她总是记不起哪些装了哪些没装，问了一遍又一遍，陈屹也不厌其烦地回答着。

六点多的时候，太阳仍旧没有完全落下，只是余晖越发昏黄，掺着将要到来的夜色。

阮眠收拾累了，瘫倒在懒人沙发上。

陈屹做完最后的收尾工作，抬头见她闭着眼睛躺在那儿，心里蓦地软了一角。

他放下胶带和剪刀，倒了杯水走过去。

"困了？"陈屹蹲在她面前，胳膊搭着膝盖，身形微微前倾，余晖描摹着他起伏有致的轮廓。

"没，有点累。"阮眠伸手去接水杯，反被他握着手腕往前拉了些。

她抬起头，在他眼里看见一个小小的自己，嘴角带笑："干吗？"

他不说话，低头亲了亲她的鼻尖，耳鬓厮磨了会儿，才道："我这趟回去就打申请。"

"啊？"阮眠没明白，"什么申请？"

"结婚申请。"陈屹往后稍退，也坐在地上，目光温柔得只叫人沉溺，"我们结婚吧，好不好？"

阮眠指尖动了动，握住他的手，十指相扣，眸光一眨不眨地看着他，专注而坚定："好呀。"

阮眠从医院回到家里，窗外对面高楼大厦的斑斓灯光衬得屋里的昏暗格外冷清。

她洗完澡，去厨房煮饺子。

水开的时候，阮眠听见玄关处有开门的动静，她愣了下，而后立马关了火往外走。

看见原先还在百公里之外的人，这会儿突然如同天降般站在那儿，阮眠这下是真的愣住了。

陈屹也没说话，像之前很多次一样，低头换了鞋，挂好钥匙，缓步朝客厅这边走来。

直至停在阮眠面前，他才忍不住笑了出来，俯下身和她脸对脸：

"新婚快乐，陈太太。"

番外三 · 我爱你
Mei you ren xiang ni

今年的年夜饭是阮、陈两家人一起在酒店吃的，长辈们在桌上定下了办婚礼的日子，还包揽了婚礼的大小事情。

吃完饭，一行人从酒店出来，陈屹和阮眠没跟着父母回家，而是绕道去了市中心。

今晚在那里有一场盛大的跨年活动。

除夕夜，车如流水的街道人来人往，汽笛声此起彼伏，车灯与路灯交相辉映，连成一条绵长的灯带，宛若银河。

冬夜寒风瑟瑟，陈屹和阮眠手牵手走在人群里，步伐缓慢，低声聊着些日常琐碎。

两个人领完证后的生活和之前没有太大的区别，聚少离多的工作性质让每一次陪伴都显得弥足珍贵。

吃饭的酒店离跨年活动的举办地不远，陈屹和阮眠过去的时候，市中心的街道上已经挤满了人。

中间的车道也被塞得满满当当，车辆堵在路中间，将拥挤的人流分割成一片一片。

阮眠接到孟星阑的电话，她和梁熠然被堵在南边，一时半会儿走不动，从家里过来的沈渝也发消息说被堵在西边。

周围全是热闹的动静，阮眠刚想扭头和陈屹说话，却不想眼前全是陌生的面孔。

她唇瓣微张，神情里全是惊讶。

愣了一两秒，阮眠收回视线，边走边给陈屹打电话，刚摁下一个"1"，整个人忽然被人从后面拉住胳膊扯进怀里。

男人的气息温热而熟悉，让她只挣扎了一秒就停了下来。陈屹低下头，凑在她耳边说："不用找，我看得见你。"

这里人太多，他刚才为了躲避抱小孩的夫妻，被挤到了旁边。

此时，陈屹站在阮眠后面，胳膊搂着她的肩膀，顺着人流往前走："下次再有这种情况，你站在原地等我就行，我会回来找你的。"

阮眠笑着点头："知道啦。"

跨年夜市中心的人多到无法想象，整条街道就像是锅里煮沸的开水，热闹而沸腾。

陈屹和阮眠好不容易才找到歇脚的地方，停下来的时候，两个人都或多或少地出了些汗。

陈屹干脆直接脱了外套，穿着单衣站在冷风里。

这么多年过去，他这个坏习惯还是没能改掉，无论冬天多冷，羽绒服里永远都只穿着一件衣服。

阮眠跟他说了多少次也不听。

眼不见心不烦，阮眠说多了也懒得再说，索性就不回头看他，目光看着远方闪烁的灯光，也不说话。

站了会儿，陈屹估摸着察觉出什么，摸摸索索把外套又重新穿上，俯身凑过来，叫了声："老婆。"

阮眠仍旧不回头看他。

陈屹忍着笑，走到她面前，挺拔的身影将灯光遮得严严实实，她不得已抬头看着他。

两个人对视了会儿。

他猝不及防地低头，视线和她平视，轻声哄道："别生气了，我以后出门穿多点行不行？"

"都听你的。

"毛衣也穿，秋衣也穿。

"秋裤也穿。

"我穿五条裤子。"

听到这儿，阮眠不知怎么就被戳中了笑点，忍不住破了功，吐槽道："你有病啊，穿五条裤子。"

陈屹也跟着笑："我这不是为了哄你高兴吗？只要你不生我的气，我穿十条裤子也行。"

"那你倒是穿啊。"

"……"

阮眠抬手揪了下他的脸，撇嘴道："男人的嘴，骗人的鬼。"

"……"

快到零点，街道上的人越来越多，阮、陈夫妻俩和梁、孟夫妻以及时至今日依旧单身的沈渝成功会师。

五个人并肩站在热闹的街头，一晃好像回到了当初在学校的时候。

沈渝感慨道："没想到，一转眼竟然已经过了这么多年，真怀念读书那时候啊。"

一句话，把所有人都带回了在八中读书的那段日子。

蝉鸣不绝的夏日，书声琅琅的教室，永远人潮涌动的篮球场，还有喜欢的他和她。

在倒计时的整齐声音里，阮眠偏头看向站在自己身边的男人，忽然想起 2013 年的跨年夜。

她站在人山人海里，听闻他的一丝消息，不敢将爱意诉之于口，只能在心里向他道一句新年快乐。

时隔经年，伴随着"一"的尾音落下，阮眠偏头看向陈屹，却不想，他也在同一时刻扭头看着她。

两个人都在彼此眼里看见了相同的笑意和爱意。

冬夜的风寒冷而凛冽，可风里也藏着爱人的千言万语，足以弥补这世间数不尽的遗憾。

"新年快乐，陈同学。"

"新年快乐，阮同学。"男人的声音未停，随着风飘向远方，"还有——我爱你。"

跨年夜后，陈屹和阮眠开始配合家里的长辈筹备婚礼的事情，婚期定在 8 月 23 号，陈屹生日的前一天。

过了年后最忙的三个月，夫妻俩在六月份的时候，挤出两天时间回平城拍了结婚照。

地点定在平江西巷和八中。

拍摄的最后一天傍晚，是在平江西巷，陈屹临时有些事，要晚来一会儿，阮眠和摄影师在沟通等会儿拍摄的细节。

日暮西斜，摄影师架好机器，见迟迟等不来新郎，便提议先拍几张新娘的单人照。

阮眠穿着八中的校服，沿着巷子往前走，不远处是那间老旧的网吧，夕阳穿过头顶错乱交织的天线，落下细碎的剪影。

网吧门口的台阶上一如既往地站着几个抽烟的男生。

烟雾缭绕间，阮眠在其中看见一张熟悉的侧脸，男人穿着黑色短袖，同色系带白杠的运动裤，脚上是一双白色的浅口帆布鞋。

像是命中注定一般。

他扭头朝阮眠看了过来，清俊的眉眼一如往昔，生动而鲜活，阮眠倏地停住了脚步。

这一次，十六岁的陈屹真的向她看了过来。

阮眠看着陈屹熟悉的模样，眼眶忍不住有些泛酸。

她开始奔跑，向着光，向着藏在心里的少年，一往无前。

像十六岁的阮眠一样。

爱一个人，爱一辈子。

拍完婚纱照后，两个人的婚期将近。

陈屹和阮眠都尽最大的努力调休了最长的假，婚礼地点定在平城，伴郎是沈渝，伴娘是刚订婚不久的林嘉卉，以及陈屹和阮眠的高中同学傅广思。

而何泽川则因为临时被公派，暂时无法回国，在婚礼当天给阮眠发了一个大红包。

江让远在美国，陈屹给他发了邮件，他回了一句新婚快乐，却没说会不会回来。

但陈屹仍旧给他留了伴郎的位置。

婚礼当天，阮、陈两家忙得不可开交，陈屹从家里出发，接到阮眠之后，直接去了酒店。

距离婚礼仪式开始还有四十多分钟。

一行人全都坐在房间里聊天，婚鞋有些磨脚，陈屹蹲在床边替阮眠揉脚，被大家起哄说没眼看。

沈渝举着手机，笑道："这我得拍下来带回去给队里的人看看，你们英明神武的陈队在家里是什么样。"

众人哄笑。

阮眠有些脸热，推着陈屹的肩膀，小声道："不用揉了，没那么疼。"

陈屹倒是丝毫不在意，半蹲在那儿又揉了几分钟，拿过酒店的拖鞋替她穿好："要是不舒服，我们等会儿走仪式就穿拖鞋。"

"我不要。"阮眠嘟囔，"你见过谁结婚穿拖鞋的。"

陈屹不跟她争辩，站起身，在她头顶揉了一下，结果又被孟星阑怼了一句："哎哎哎，你别乱动啊，阮眠这发型弄了好久呢。"

"……"

一群人聊得热火朝天，陈屹坐在阮眠身边，时不时拿出手机看一眼，偶尔还会抬头看看门口。

婚礼仪式开始前十五分钟，化妆师进来给新人补妆，整理礼服，包间里逐渐乱了起来。

陈屹坐在梳妆台前，侧目看到挂在一旁的另一套伴郎服，忍不住垂眸叹了口气。

意料之中的情况，也谈不上多失落，但他心里多少还是有一些。毕竟是那么多年的兄弟，如今走到这个境地，怎么看都是遗憾。

化妆师还在往陈屹脸上扑粉，动作间满是生疏，陈屹察觉出不对劲，抬眸看向镜子。

这一看。

"你是猪吗，江让。"陈屹笑骂了一句，回头看着身后的"化妆师"。

男人戴着口罩和棒球帽，几乎遮住了大半张脸，眼里是藏不住的笑。

江让伸手摘下口罩和帽子，露出熟悉的眉眼："我要是不这么弄，你什么时候才能发现我啊。"

陈屹还未说什么，一旁的沈渝先爆了句粗口，大步走了过来，一拳捶在江让肩膀上："你能不能行，我们等你等得心都焦了，你在这儿装什么化妆师呢。"

江让笑："我这不是为了给你们一个惊喜吗？"

包间里因为江让的突然出现变得热闹起来，还没聊几句，外面有人过来催新郎入场。

陈屹应了句马上来，又走过去取下那套伴郎服递给江让："快点啊，别让我这个新郎还要等你这伴郎。"

"行行行，今天你结婚你是大爷。"江让接过衣服往洗手间走，没多会儿就换好了衣服。

妆发来不及弄，就随便擦了层粉，喷了点发胶，鞋带都没系好，就跟着他们三个人跑了出去。

宽敞的走廊，四个西装革履的男人，还像十几岁时一样，走路也不规矩，左一拳右一拳，时不时踢上两脚。

孟星阑收回视线，关上门和阮眠吐槽："他们四个加起来得有一百多岁了吧，怎么还跟以前一样那么幼稚啊。"

阮眠笑着摇了摇头："我也不知道。"

"搞不懂。"孟星阑摇头叹息。

婚礼的流程之前彩排过，但真正开始之后，阮眠还是忍不住有些紧张，甚至差点被裙摆绊倒，好在陈屹及时扶了她一把。

站稳之后，陈屹索性直接将她打横抱起，惹得现场一片欢呼。

阮眠拿手捧花挡住视线，羞红着脸娇嗔道："陈屹，你能不能注意点，这么多人呢。"

陈屹低声笑，步伐依旧很稳，说话时胸腔跟着颤动："我只是抱一下你就这么害羞，那我等会儿当着这么多人的面亲你，你该不会扭头就跑吧？"

"……"

他一本正经："那我们事先说好，你跑得拉着我，不然大家还以为你要逃婚呢。"

阮眠被噎得一个字也说不出来。

真到了新郎亲吻新娘的环节，陈屹像是真的怕她跑一样，紧抓着她的手腕不松，闹得司仪都忍不住开口打趣他是不是紧张。

现场哄堂大笑。

阮眠这下是真的想跑了。

丢捧花的时候，阮眠站在人群前方，陈屹站得稍后些，手扶在她腰后护着她。

在阮眠要丢之前，陈屹扭头看了眼身后，而后低声和她说了句："往左边丢。"

"嗯？"阮眠愣了一秒，但很快反应过来他的意思，抬手向自己左后方丢了过去。

夫妻俩随着花束的落下一同转身，见捧花落到想给的人手里，低头看了彼此一眼，而后默契地笑了出来。

江让拿着捧花，朝他们俩挥了挥手，笑容坦然而轻松。

他接过司仪的话筒，声音温润有力："祝我的两位好朋友新婚快乐，百年好合。祝我们的友谊天长地久。"

话音落下，沈渝也挤了过去，喊了声友谊万岁，四个大男人在台上抱成一团，阮眠和孟星阑看着，忍不住红了眼眶。

这一路走来，他们哭过笑过，也曾经各奔东西不再联系过，但无论岁月如何流逝，他们永远是彼此青葱岁月里最美好的回忆。

婚礼的最后，在场的所有人一起拍了张大合照，阮眠和陈屹站在人群里，没有看镜头，而是互相看着彼此。

在摄影师按下快门的瞬间，阮眠唇边扬起笑意，看着陈屹格外认真地说了句："我爱你。"

他们在夏天相遇，又在夏天分别，但幸运的是上天眷顾，又让彼此重逢于经年。

好像故事里的每个夏天都很美好。

它让每一分喜欢都染上了炙热，深深地刻在了彼此的骨子里，永远发光发热，生生不息。

❖

番外四 · 我爱她，胜过爱我自己

Mei you xia xiang ni

这一年冬天，B市的气温愈来愈低，北方城市一如既往地飘起鹅毛般的大雪，整座城市白皑皑。

阮眠站在窗前，恍神的某个瞬间像是踏入了一尘不染的仙境。

屋里开着暖气，她随意穿了条夏天的碎花凉裙，漂亮的肩颈和细瘦的胳膊露在外面。

屋外大雪纷飞，阮眠低头抿了一口牛奶，肩上忽地落下件柔软的开衫外套，伴随着男人温暖的体温一同将她包裹。

"怎么不多睡会儿？"陈屹的声音还带着刚睡醒时的沙哑，伴随着低沉的性感，轻飘飘地撩动着阮眠的心弦。

她微微瑟缩了下，偏过头来看他，眼角眉梢间皆是柔软和温情："被你儿子闹醒了。"

闻言，陈屹从喉咙里溢出声笑，抬手覆到妻子已经明显凸起的肚子上，指腹摩挲了两下，假意威胁道："臭小子，再闹腾你妈妈，等你出来有你受罪的时候。"

阮眠"啧"了声，轻拍他手背："没个正经。"

陈屹笑出声来，也不在意这些，替她将好外套，卷起衣袖往厨房走："早上想吃点什么？"

"白粥吧。"阮眠回头看他，"我没什么胃口。"

自从怀孕之后，阮眠对于吃这块，口味变得很挑剔，以前喜欢吃的现在闻见一点味道就想吐，反倒是以前不爱吃的，偶尔还能吃上一点。

刚怀孕的时候，她孕吐反应厉害，吃什么吐什么，恰好那阵子陈屹在国外执行任务，等回来已经是一个多月后的事情。

阮眠那时候已经瘦了将近十斤，骨架本就小的人，这一瘦看着更是憔悴，陈屹回来一见到人，眼眶立马就红了起来。

自那之后，陈屹便向上级提交了暂停任职的申请，尽管这样会延迟甚至是改变他升职加官的机会。

可他并不在意。

毕竟那是他的妻，是他要用一辈子去爱和守护的人。

阮眠的预产期在下一年的春天。

熬过怀孕初期的难受和不适，孩子像是学会了体谅母亲的不容易，很少再闹腾。

为了方便照顾，宋景特意从平城来了 B 市，平常周末的时候，也会带着阮眠回大院，外婆会煲很多口味的补汤给阮眠。

考虑到母子俩可能不适应长途飞行，今年除夕夫妻俩没有回平城，陈屹怕阮眠想家，过完除夕就回去将阮明科和方如清两家人接过来在 B 市住了几天。

短暂的春假一晃而过，随着预产期愈来愈近，陈屹竟比阮眠还要紧张，成天在网上看一些和孕妇相关的新闻，越害怕越想看，越看人越紧张，到预产期那一个月，他明显可见地瘦了一圈，人也莫名焦躁了许多，还容易失眠。

起初阮眠并未当回事，直到二月的一天。

那是个久违的晴天，风和日丽，连风里都掺着暖意，宋景和阿姨在家里大扫除，陈屹出门办点事，要傍晚才回来。

阮眠在书房处理一些工作上的事情。

她直到这一个月才开始休假,但也没有完全停下来,平常都会抽时间看一下特殊病例,偶尔还要帮科室新来的实习医生改论文。

陈屹知道她爱吃酸,特意备了很多软糖放在书房里。

改论文的时候,阮眠碰上一个陌生词条,点开浏览器正准备搜索,底下未清除的历史记录露了出来。

标题全是什么孕妇生产时可能出现的意外,以及一些孕妇产后心理辅导等之类的。

阮眠随手点开一个,图片和内容都有些引人不适,她匆匆关了页面。

书房里的电脑平常只有她和陈屹在使用,这些新闻是谁搜的又是谁看的不言而喻。

她想到陈屹最近的不对劲,一瞬间恍然大悟。

那一天,阮眠在书房坐了一下午,直到陈屹推门进来,她才关了电脑起身去外面。

外婆又让人送了新的补汤过来。

陈屹扶着阮眠在餐桌旁坐下,边拆保温桶边说:"先喝一点汤垫垫,今晚的晚饭会迟一点。"

阮眠接过汤勺,问了句:"怎么了?"

"妈和阿姨都忘了买菜,这会儿才出门去买菜。"陈屹拉开旁边的椅子坐下,"你下午在书房做什么呢,妈说你在里面待了很久。"

"改论文,回邮件,都是些小事情。"阮眠抬头一眨不眨地看着陈屹,也不说话。

陈屹被看得有些不自然,摸摸耳朵又摸摸脸,问:"怎么了,我脸上是有什么吗?"

"嗯。"她点头,"有帅气。"

陈屹愣了几秒,而后没忍住笑出声来,屈指在她鼻尖上刮了一下:"就你会说。"

阮眠不置可否,低头几口喝完一碗汤,并未提起在书房看到的内容。

次日一早,陈屹陪阮眠去产检。结束后,他正要去取车,阮眠忽地拉住他的手:"陈屹。"

"嗯?"他回头,"怎么了?"

阮眠握着他的手,看着他的眼睛:"你这段时间是不是一直都睡不好觉?失眠,紧张,莫名的焦躁。"

陈屹怔住,放松的嘴角慢慢抿了起来,他看着妻子,欲言又止。

"我先和你道个歉,我昨天下午在书房用电脑的时候,不小心看到了你之前的搜索记录。"

陈屹摇头:"这不是你的错。"

"是我的疏忽,没有注意你最近的变化。"阮眠说,"我真的不知道你这么担心我,甚至担心到了出现焦虑失眠这种地步。"

陈屹微抿着唇，想说什么又不知道该怎么说。

阮眠又说道："孕育一个新生命本该是一件幸福开心的事情，我不希望他成为你的负担。"

"没有。"陈屹反握住妻子的手，格外认真地说，"我没有觉得他是我的负担。"

"我知道你不会这样想，可我也希望你能够不要给自己那么大的压力。"阮眠哄道，"所以我给你在院里约了心理医生。她是我的朋友，你就当是和一个新朋友聊会儿天，行吗？"

陈屹抿着唇，沉默半晌，终究还是松了口："行。"

心理诊疗室在二楼，陈屹是一个人进去的，聊了半个多小时就出来了，回去的路上阮眠也没问他和医生聊了什么。

晚上吃过饭，阮眠躺在床上，陈屹坐在床尾替她揉着有些浮肿的小腿，灯光昏黄，衬得人影万般温柔。

两人还像往常一样，聊着些平常的琐事。

阮眠放下手里的育儿手册，拿脚碰碰丈夫的小腿："你觉得孩子是像我多点还是像你多点？"

陈屹低着头，不假思索道："像你多点。"

"你怎么知道？"

"儿子不是更像妈妈一点吗？"

一听这话，阮眠又有些不乐意："那万一要是女孩呢？"

"也像你。"陈屹停下动作，握着她的脚踝，"不管男孩女孩我都希望能多像你一点，是男孩我就希望他像你一样勇敢果断，是女孩我希望她像你一样温柔善良。"

阮眠忍不住笑："那总不能都像我一个人吧。"

"为什么不能？"

阮眠笑了一会儿，没继续这个话题，想起了别的："陈屹，你是不是更喜欢男孩子啊？"

"没有，我只是觉得如果是男孩，我们父子两个就可以保护你一个人了。"陈屹停下手里的动作，抬眸对上妻子的视线，继续道，"而且，如果是女儿，我肯定舍不得她嫁人。"

阮眠一听这话，不免想到自己结婚时父母眼眶湿红的模样，加上孕妇本就情绪敏感，竟忍不住有些鼻酸："你干吗呀，非要说这些。"

陈屹没说话，抬手抹了抹她的眼角，取笑道："好了，乖一点，都要当妈妈的人了，怎么还这么喜欢哭鼻子。"

"哪有。"她不满道。

夜渐深，两人说话的声音也渐渐小了很多。陈屹想起什么，低头亲了亲妻子的脑袋："阮眠。"

"嗯？"

"你怎么不问我今天和医生聊了什么？"

阮眠抬头看他："你希望我问吗？"

陈屹沉默了片刻，诚实道："想也不想。"

阮眠在他怀里换了个姿势，闭着眼睛说："那我不问了，我们虽然是夫妻，但也会有自己的隐私和秘密。我带你去见医生，只是希望你能睡一个好觉。"

"我知道。"陈屹握住她的手，慢慢进入了梦乡。

在梦里，他回到了下午在诊疗室的时候。

大片刷白的墙，红木的办公桌，生机勃勃的绿植，以及坐在沙发上的他和医生。……

"我听阮眠说，你最近出现了失眠的情况是吗？"周韫语气温和，像个老朋友一样。

陈屹"嗯"了声："不是特别严重。"

周韫点点头，又和他聊家常似的聊了会儿天，忽然问："你很担心阮眠会出现意外对吗？"

陈屹身体明显僵硬了下，十指交叉又松开，才沉声道："我确实很担心，我不希望也不愿意看到她出现任何的意外。"

"你很爱你的妻子。"

"是，我很爱她。"陈屹抬头看向屋外，阮眠的身影映在门边的玻璃上，轮廓影影绰绰，并不清晰。

他盯着那道影子，在心底念道：

"我爱她，胜过爱我自己。"

番外五·陈屹的山，阮眠的民

陈岷是植树节出生的，六斤三两，是那天产房里出生的新生儿中唯一一个男孩子。

大名是陈屹取的，姓陈，单名一个岷字。小名就比较随意，是阮眠起的，叫小耳朵。

小耳朵还在妈妈肚子里的时候就爱闹腾，出生后也是一个样，爱哭爱闹，半天也没个消停。

时间久了，阮眠和陈屹都被他闹得不行，以至于后来一听到哭声，夫妻俩第一反应就是往卫生间跑，惹得宋景上了火把两人拎出来教育了一顿。

"有你们这么做父母的吗？"宋景又好气又好笑，"从今天开始，我就让刘阿姨晚上不留宿，你们自个照顾孩子。"

阮眠和陈屹都像小时候面对长辈时一样，低着头没敢反驳。

单独照顾孩子的第一个晚上，夫妻俩费了九牛二虎之力把孩子哄睡着后，累得直接坐在地板上。

阮眠靠着陈屹的肩膀，不满道："你儿子怎么一点都不像我，我小时候可没这么闹腾。"

陈屹哼笑："我小时候也不这样。"

阮眠坐起来趴在床边，拿指尖轻碰了下宝宝的嘴巴："小耳朵，你告诉妈妈，你到底像谁呢，这么爱哭，妈妈都要怀疑是不是在医院把你抱错了。"

闻言，陈屹皱起眉，屈指在阮眠的脑袋上弹了一下："别乱说话。"

阮眠也知道自己说错话了，抬手捏捏小宝宝肉乎乎的胳膊，小声说了句对不起，又道："也不知道他现在这样爱闹，长大了会不会收敛一些？"

"当然会，他现在还这么小，将来还有很长的时间可以成长。"陈屹知道妻子在担心什么，摸了摸她的脑袋，安慰道，"妈妈之前和我说，你小时候发育慢，说话也比别人迟很多，她和爸爸都很担心你会有什么问题，可你现在却比很多人都优秀。我们有两位爸爸妈妈可以当老师，还会担心教不好一个小孩子吗？"

阮眠轻笑："你说得对。"

夜晚寂静，孩子睡觉的轻微鼾声格外清晰，两人听着这动静，聊到后半夜才渐渐睡去。

自那晚之后，阮眠和陈屹对照顾孩子这件事都比之前要上心许多，宋景有意不让阿姨插手太多，任由夫妻俩照着书摸索着养孩子。

陈岷还在襁褓里的时候爱哭爱闹，等到了能爬能走的年纪反而变得乖巧了许多，丢给他一个小玩具，就能在那儿坐一个下午。

时间久了，孩子像谁就明显了许多，五官随了爸爸，尤其是眼睛，简直就像是复制出来的，但性格更像妈妈小一点的时候，不哭不闹，完全褪去了婴儿时期的那股折腾劲。

等到再大点的时候，陈岷开始学说话，成天到晚黏着阮眠叫"麻麻"，阮眠每次一听心都要化了。

晚上和陈屹视频的时候，阮眠还专门要宝宝在镜头前叫她"麻麻"，陈屹面上没说什么，其实心里羡慕得不行，私底下叫宋景没事多教教小耳朵叫爸爸。但大约是没见着父亲的面，不管怎么教，陈岷仍然就只会叫妈妈。

夏天的时候，陈屹休假在家，阮眠白天工作，留他和阿姨在家照顾小耳朵。傍晚阿姨出门买菜，陈屹带着孩子坐在地板上搭积木。

孩子的长相是真随了他，剑眉星目，有时候宋景和陈书逾过来看孙子，总有种时光回溯的错觉，像是看见了小时候的陈屹。

这会儿，暖黄色的光芒铺满了整个客厅，陈岷自顾自玩着积木，陈屹坐在一旁，时不时叫他一声：

"儿子。"

"陈岷。"

"小耳朵。"

"宝贝。"

每叫一声，陈岷就会抬头看一眼陈屹，眼神无辜又茫然，可爱极了。陈屹心都被软化了，伸手把儿子抱到怀里。

起初，陈岷还挣扎着要下去，但陈屹哄了几声后就不动了，趴在他怀里，手指抠着他衬衫的扣子。

陈屹有一下没一下地抚着陈岷的后背，等到点了，抱着他去厨房拿阿姨温的牛奶。

等到小宝贝吃饱喝足，他捏捏宝宝软乎乎的脸，轻声问："小耳朵，你怎么只会叫妈妈，不会叫爸爸？"

陈岷捧着牛奶瓶，在陈屹怀里晃来晃去手舞足蹈的，但不管陈屹怎么哄，他就是不开口。

陈屹轻叹了口气，恰好这时候阮眠下班回来，他听见开门的动静，抱着孩子往门口走。

阮眠刚从医院回来，没直接去抱孩子，边往卫生间走边问："阿姨呢，怎么就你一个人在家？"

"出去买菜了。"陈屹把孩子放到地毯上，站在能看见他的角度和阮眠吐委屈，"儿子怎么还不会叫我爸爸。"

自从陈岷会开口叫妈妈之后，阮眠就没少听陈屹这么说，有时候某个瞬间，她甚至觉得自己像是养了两个儿子。

"宝宝还那么小，你又不常在家，他不会叫爸爸是正常的呀。"阮眠拿手摸了摸他的脸，哄道，"那等你不在家的时候，我天天拿着你的照片给他，教他喊爸爸，不学会不让吃饭，你看成吗？"

陈屹被她的话弄得哭笑不得："怎么感觉那画面好像有点奇怪。"

阮眠不跟他废话，擦干净手往客厅走，伸手把宝宝抱起来，陈屹走在她身后。

她转过身，指着陈屹问陈岷："宝宝，你看，这是谁呀？"

陈岷抬头看着陈屹，大眼睛扑闪了两下，半天没开口。

陈屹其实没抱太大的希望，但见儿子这样认生，心里难免还是有点失望，抬手刮了下眉毛："算了，我——"

谁知话音落下，陈岷却忽然伸出胳膊，糯声糯气道："粑……粑，抱。"

陈屹怔住。

像是被突如其来的惊喜砸中，好一会儿才回过神，他不可置信道："他刚刚叫我什么？"

阮眠也有些惊讶，哄着陈岷："宝宝，你刚刚叫什么，再叫一声给妈妈听听。"

陈岷又叫了声"粑粑"，叫完像是不好意思，头埋到阮眠脖颈间，紧搂着妈妈不撒手。

阮眠抬头看陈屹，却见他撇开头，抬手抹了下眼角，而后伸手将他们母子俩都搂进怀里。

她不免有些眼热，轻枕着丈夫的臂膀，心中涌动着无法诉之于口的幸福和满足。

窗外日暮西斜，一家三口的影子映在地板上，光影斑驳而温柔。

陈岷出生那年，陈屹的爷爷在家中的院子里种了一棵香樟树，希望重孙能像这棵樟树一样，拥有坚韧不拔的品格，同时也希望他能像樟树所蕴含的寓意一样，岁岁年年吉祥如意。

一晃七年过去，陈岷步入义务制教育阶段，而那棵樟树也从当初一株细小树苗成长为参天大树。

这一年夏天，阮眠的奶奶因病去世，阮眠因此大病了一场，陈屹特意请了半个月的假陪她回溪平老家小住。

关于溪平，留给阮眠的记忆不仅仅是和奶奶的温馨，在这里还藏有她曾经对陈屹最好的祝愿。

时隔经年，当初香火旺盛的溪山寺到如今仍然鼎盛，阮眠和陈屹跪在当年相同的位置，却拥有着和当年截然相反的心情。

2009年1月30日，陈屹在这里潦草而随便地许下希望明天不要下雪的愿望。

如今的陈屹只希望夏天能够更长些，长到足够他和阮眠天荒地老。

从溪山寺回去之后，阮眠和陈屹又回归到正常的生活。周末的时候，一家三口回到平城看望父母，院里的樟树枝繁叶茂遮天蔽日，风里带着滚烫的热浪。

午后的懒散时光，阮眠和陈屹在卧室里翻看当初的结婚照片和纪录片，正看到交换戒指的阶段，陈岷在外面敲门："妈妈，我能进来吗？"

屋里，陈屹看了眼已经睡熟的阮眠，关了投影仪，轻手轻脚地下了床，走过去开了门。

陈岷见开门的是陈屹，乖巧地叫了声："爸爸。"

陈屹应了声，蹲下来和他说话："妈妈睡着了，你找妈妈有事吗？"

"老师布置了作文。"陈岷挠了下脑袋，小声道，"我不知道怎么写，想问问妈妈。"

提到作文，陈屹想到读书时的阮眠，低头笑了笑，起身牵着陈岷往书房走："作文还是爸爸来教你吧，你妈妈以前读书的时候学得最差的就是作文了。"

"真的吗？"陈岷半信半疑。

"当然啊。"陈屹笑，"爸爸以前还让太奶奶教过妈妈写作文呢，不信的话，你可以等妈妈睡醒了去问妈妈。"

陈岷点点头，拿出作文本，作文题目是"我的名字"。

他抬头问陈屹："爸爸，你当初为什么会给我起这个名字呀？"

陈屹将儿子抱进怀里，握着他的手，一笔一画写着他的名字："因为你是爸爸和妈妈的宝贝。"

那天下午，陈屹在书房和儿子第一次说起关于他名字的起源，看着他一笔一画写下那些话。

后来过了不久，陈岷的这篇作文登上了学校的周报，阮眠看见后，将其中一段话拍下来发在了朋友圈里——

我叫陈岷，耳东陈，山民岷。

我爸爸说，"岷"这个字，是非常用字，没有姓名学解释，可我的"岷"是不同的，因为那是爸爸和妈妈对我全部的爱。

我的岷，山是爸爸，是陈屹的山，民是妈妈，是阮眠的民。

我是爸爸妈妈最好的礼物，也是他们最珍贵的宝贝，我永远爱他们，就像他们爱我一样。